KOPFKINO

SASHA URBAN SERIE: BUCH 4

DIMA ZALES

♠ MOZAIKA PUBLICATIONS ♠

Veröffentlicht von Mozaika Publications, einem Impressum von Mozaika LLC.
www.mozaikallc.com

Umschlag von Orina Kafe
www.orinakafe-art.com

e-ISBN: 978-1-63142-449-6
ISBN drucken: 978-1-63142-450-2

KAPITEL EINS

DIE BLÖDE TÜRKLINGEL ERTÖNT LAUTSTARK.

Durch meine noch geschlossenen Augenlider sehe ich die Sonnenstrahlen, die durch das Fenster hineinscheinen. Das bedeutet, dass es schon Morgen ist, auch wenn ich mich fühle, als sei ich gerade erst ins Bett gegangen.

Wer auch immer vor der Tür steht, ist nicht so verrückt, wie ich dachte.

»Felix!«, schreie ich, ohne die Augen zu öffnen. »Kannst du die Tür aufmachen?«

»Er ist schon zur Arbeit gegangen«, sagt Fluffster in meinem Kopf, und ich kann fast hören, wie er hinzufügen will: »Im Gegensatz zu manchen anderen Leuten.«

»Was ist mit dir?« Ich ziehe mir die Decke über den Kopf. »Kannst du gehen?«

»Ich?« Verwirrung verdrängt Fluffsters

unausgesprochenen Vorwurf. »Ich kann die Tür mit diesen winzigen Pfoten nicht öffnen.«

Wir beide wissen, dass sich seine »winzigen Pfoten« in gigantische Krallen verwandeln können, die zerfetzen und töten, aber ich widerspreche ihm nicht. Stattdessen öffne ich widerwillig meine Augen und schlage die Decke zurück.

Ja, es ist schon Morgen.

Grummelnd stehe ich auf, ziehe mir einen Bademantel an, trete über Fluffster und schleppe mich zur Wohnungstür.

Während ich gehe, wird mir der Grund für meine Benommenheit klar.

Trotz meiner Hoffnungen war mein Schlaf *nicht* traumlos. Ich hatte Alpträume, in denen gedankengesteuerte Gangster versucht haben, mich zu töten. Schlimmer noch, einige Träume haben mich und meinen Chef in kompromittierenden Positionen gezeigt – die nichts mit Aktien zu tun hatten.

»Wer ist da?«, frage ich heiser durch die Tür.

»Ich bin es, Rose.«

Das Guckloch bestätigt diese Aussage, also öffne ich die Tür.

»Wie spät ist es?«, frage ich und reibe mir die Augen.

»Oh je.« Meine ältere Nachbarin klimpert mit ihren stark geschminkten Wimpern. »Habe ich dich geweckt?«

»Es ist acht Uhr morgens«, sagt Fluffster,

vermutlich in unseren beiden Köpfen. »Sasha wird zu spät zur Arbeit kommen.«

Verdammt nochmal. Bei allem, was passiert ist, habe ich total vergessen, meinen Wecker zu stellen.

»Nero wird mich umbringen«, murmele ich. »Ich werde an meinem ersten Tag zu spät kommen.«

»Oh.« Rose sieht geknickt aus. »Ich wollte dich etwas fragen …«

Adrenalin verdrängt meine Schläfrigkeit. »Was ist los? Ist etwas passiert?«

»Nein, nichts dergleichen.« Sie sieht erst mich, dann Fluffster schuldbewusst an. »Wie wäre es, wenn du bei mir vorbeikommst, bevor du zur Arbeit gehst, und ich dir Frühstück mache?«, schlägt sie vor. »Du musst etwas Ordentliches essen.«

Ich beiße mir auf die Lippe, während ich an die Uhrzeit denke. »Ich weiß, dass es so etwas wie ein kostenloses Frühstück nicht gibt.«

»Du lässt mich so machiavellistisch klingen.« Sie kichert. »Ich wollte dich nur um einen kleinen Gefallen bitten.«

»Schön. Gib mir eine Minute.« Ich muss schließlich etwas essen.

Sie eilt fort, und ich schließe die Tür.

»Was glaubst du, was sie will?«, fragt Fluffster mich, als ich zum Badezimmer gehe, um mich fertig zu machen.

»Ich habe keine Ahnung«, sage ich ihm. »Was auch immer es ist, ich hoffe, es geht schnell.«

Ich schließe die Tür, bevor Fluffster noch mehr sagen kann, tue, was ich tun muss, und beende das Ganze mit einem Spritzer eiskalten Wassers ins Gesicht.

Jetzt bin ich wach, aber tief enttäuscht.

Ich hatte gehofft, dass ein paar Stunden Schlaf die Ereignisse der vergangenen Nacht klären würden, aber hier bin ich, am Morgen danach, und nichts ergibt Sinn, am wenigsten dieser Kuss …

»Also, was ist passiert, nachdem du gegangen bist?«, fragt Fluffster, als ich auf dem Weg zu meinem Zimmer bin.

»Hat Felix es dir nicht gesagt?« Ich mache mich bereit, zu Rose zu gehen.

»Das hat er. Aber er hat auch gesagt, dass du aufgelegt hast, also habe ich mich gefragt, ob …«

»Es ist nicht viel passiert, nachdem ich aufgelegt habe«, lüge ich. »Ich habe Neros Wohnung verlassen und bin nach Hause gekommen.«

Das Chinchilla neigt seinen Kopf in einer seltsam menschlichen Geste. »Nun … Ich bin hier, wann immer du darüber reden willst.«

Hat sich Fluffsters mentale Botschaft in meinem Kopf besonders weise angehört – oder bilde ich mir das ein?

»Danke«, murmele ich.

Natürlich habe ich *nicht* vor, den Kuss mit Nero mit meinem flauschigen Domovoi zu besprechen.

Oder Felix.

Oder irgendjemand anderem.

Ich schätze, ich könnte mir vorstellen, mit Ariel

darüber zu reden, wenn sie es unbedingt wissen wollen würde, aber sie ist wegen ihrer Vampirblutsucht in der Reha, und wir werden so schnell nicht miteinander reden.

Ich seufze. Ich vermisse Ariel jetzt schon, und ich mache mir immer noch große Sorgen um sie, auch wenn sie endlich die Hilfe bekommt, die sie braucht.

Das Schuldgefühl ist jedoch das Schlimmste. Es lauert direkt unter der Oberfläche meines Bewusstseins, bereit, mich zu ersticken – so wie Ariel mich fast erstickt hätte, während sie unter Baba Yagas Kontrolle stand.

Ich schüttele meinen Kopf, sehe mich im Spiegel an und runzele die Stirn.

Das war ja klar.

Da ich mich wie ferngesteuert angezogen habe, habe ich meine Lederhose, schwarze Armbänder, die schwarze Vinylweste und den Rest meines Restaurantoutfits ausgewählt.

Und wenn schon.

Als Nero so brutal über meine Rückkehr verhandelt hat, hat er nicht über die Kleiderordnung gesprochen – also kann ich tragen, was ich will, auch wenn ich so aussehe, als würde ich zum nächsten Gothic Club und nicht zu einem Hedgefonds gehen.

Ich eile aus dem Raum, halte an der Haustür inne, um meine Stahlkappenstiefel anzuziehen, und machte mich dann auf den Weg zu Roses Wohnung.

Sie öffnet die Tür, bevor ich klingele, und belohnt mich mit einem breiten Grinsen.

»Komm rein«, sagt sie und führt mich in die Küche.

Mein Magen knurrt, als ich das Aroma von frisch gebackenen Muffins und Jasmintee einatme.

»Setz dich. Iss«, sagt Rose und zeigt auf das Kopfende des Tisches – wo sie mein Frühstück hingestellt hat.

»Ich habe nur Zeit für eine schnelle Kleinigkeit.« Ich schaue auf ihre Wanduhr und erschaudere. »Nero mag keine Verspätungen.«

»Ich bin mir sicher, dass er dir lieber ins Gesicht schauen würde, wenn du gegessen hast«, sagt Rose, und ein Lächeln erscheint in ihren Augenwinkeln. »Sonst ist er derjenige, den du fressen möchtest.«

Ich bekämpfe ein Erröten. »Ich bin mir nicht sicher, was du damit sagen willst.« Ich puste so unbefangen wie möglich auf meinen Tee.

»Okay, dann erzähl du es mir«, sagt Rose. »Was ist passiert, nachdem Vlad dich in das Gebäude auf Gomorrha gebracht hatte?«

Das tue ich auch umgehend. Ich erzähle ihr davon, wie ich Nero ausspioniert habe und wie ich einen alten russischen Vertrag zwischen meinem Chef und dem Mann gefunden habe, der sich als mein biologischer Vater herausgestellt hat: Grigori Rasputin. Als Roses Augen sich weiten, gehe ich darauf ein, wie Nero seine Seite dieser Abmachung erfüllte, indem er mich mein ganzes Leben lang im Auge behielt und sich einmischte, wann immer er es für richtig hielt. Ich halte mich noch rechtzeitig davon ab, ihr von dem Kuss zu erzählen, aber wegen der Art und Weise, wie sich ihre Augenbrauen bewegen, als er mich mit dem Ordner in meinen Händen erwischt hat, frage ich mich, ob sie es sich nicht trotzdem denkt.

»Also ist dein Geburtstag nicht im Sommer?«, fragt sie, als ich aufhöre zu reden.

Ich verschlucke mich fast an meinem Tee. »*Das* ist deine Reaktion auf alles, was ich dir erzählt habe? Nicht etwa, dass ich über hundert Jahre alt bin? Oder dass Nero getan hat, was er getan hat? Von all den Millionen Dingen machst du dir Gedanken um meinen Geburtstag?«

»Ich muss wissen, wann ich dir dein Geschenk besorgen muss«, sagt Rose und blinzelt. »Geschenke sind wichtig.«

»Ich werde immer noch meinen Sommergeburtstag feiern«, sage ich und bekämpfe den Drang, mit den Augen zu rollen. »Es ist der Tag, an dem meine Adoptiveltern mich am Flughafen gefunden haben, und ich sehe keinen Grund darin, ihn nicht so zu feiern, wie ich es immer getan habe.«

»Großartig«, sagt Rose. »Den habe ich in meinem Kalender.«

Ich esse meinen köstlichen Heidelbeermuffin und schlürfe den Tee.

Sie sitzt einfach da und beobachtet mich.

»Du bist nicht empört über Neros Verhalten? Du denkst nicht, dass es eine große Sache war, dass er …«

»Neros schlechtes Verhalten ist der Grund, warum du lebst – und Vlad auch«, sagt sie, und ihr Ton ist jetzt düster. »Im Gegensatz zu dir schaue ich einem geschenkten Gaul nicht ins Maul.«

»Nun, bei diesem Pferd kannst du es gern«, meckere ich und beeile mich, meinen Muffin aufzuessen, damit ich gehen kann. Rose versteht die Perversion der Situation offensichtlich nicht.

»Ich habe mein eigenes wunderbares Pferd, das ich reiten kann, vielen Dank«, sagt Rose, ohne eine Miene zu verziehen. »Und außerdem glaube ich nicht, dass du es ernst meinst. Ich bezweifle, dass du willst, dass eine andere Frau ihn …«

»Ich bin spät dran.« Mit brennendem Gesicht springe ich auf die Füße. »Was war der kleine Gefallen, um den du mich bitten wolltest?«

»Warte. Bitte lauf nicht gleich weg.«

Ich setze mich beschämt wieder hin und gebe Nero in Gedanken die Schuld für mein unhöfliches Benehmen.

»Es tut mir leid, wenn ich dich verärgert habe«, sagt Rose, als ich meine Teetasse wieder in die Hand nehme. »Ich habe einfach nur gesehen, wie Nero dich angeschaut hat, als Isis dich gestern in den Heilschlaf versetzt hat.«

»Ja. Wie Dagobert Duck seinen mit Gold gefüllten Swimmingpool.«

»Die Art und Weise, wie du über ihn redest, verrät dich. Du willst ihn, aber du findest es unangebracht, also bist du nicht bereit, ihm eine Chance zu geben.«

Ich ertappe mich dabei, wie ich den Becher so fest drücke, dass es ein Wunder ist, dass er nicht zerbricht.

»Du hast nur mit einer Sache recht. Dieses abscheuliche Szenario *wäre* unangebracht.«

»Oh, Kind.« Roses blaue Augen nehmen einen abwesenden Blick an. »Ich verstehe deine Situation viel besser, als du denkst.«

»Wirklich?«

»Natürlich.« Rose starrt auf die Tischdecke, als ob sie die Fadenzahl bestimmen wollte. »Auch ich befinde mich in einer Beziehung, die genau die Definition von unangemessen ist, und als sie begann, habe ich sie verleugnet, so wie du, und das wahrscheinlich aus den gleichen Gründen.«

Ich verspüre einen starken Drang, zu schreien, dass Nero und ich *keine* Art von Beziehung haben. Ich will auch aus dem Raum stürmen und die Tür hinter mir zuschlagen, ganz wie ein Teenager. Ich beherrsche mich aber. Rose taucht endlich in ihre geheimnisvolle Beziehung zu Vlad ein, und ich bin zu neugierig, um sie aufzuhalten.

Ich schweige und ziehe meine Augenbrauen leicht in die Höhe.

Wahrscheinlich sieht es wie ein nervöses Zucken aus.

»Die Lebensdauer meines Geliebten ist theoretisch unbegrenzt«, sagt Rose leise. »Ich dagegen habe nur noch ein paar Jahrzehnte zu leben.«

Ich halte den Atem an, weil ich fürchte, dass schon ein Ausatmen sie erschrecken könnte.

»Wir konnten nie Kinder haben – und ich wollte so verzweifelt eine Tochter …« Sie starrt immer wieder auf den Tisch, als sei er eine Kinoleinwand, die ihr langes Leben wiedergibt. »Sein Blut hat auf mich die gleiche Wirkung wie Gaius' Blut auf Ariel«, sagt sie mit noch leiserer Stimme. »Wir müssen immer sehr vorsichtig sein.«

Da ich meinen Atem nicht mehr anhalten kann, lasse ich ihn heraus.

Entweder dieses kaum hörbare Geräusch oder eine Erinnerung scheint Rose aus ihrer seltsamen Träumerei herauszuholen. Als sie aufschaut, fängt sie meinen Blick auf, und ihre Lippen formen ein Lächeln. »Ich schätze, das ist ein langer Weg, um zu sagen, dass es sich unter allen Umständen immer lohnt, Liebe in seinem Leben zu haben.«

»Da widerspreche ich dir nicht«, sage ich. »Ich würde mich glücklich schätzen, wenn ich jemanden finden würde, der mir genauso viel bedeutet wie Vlad ganz offensichtlich dir. Die Betonung liegt dabei auf *wenn*.«

Sie lächelt, dann blickt sie schüchtern auf die Uhr. »Du wirst meinetwegen noch zu spät kommen. Soll ich dir einen Muffin für den Weg ins Büro einpacken?«

»Na klar«, antworte ich. »Das wäre toll.«

Während sie aufsteht und langsam zum Ofen geht, um einen Muffin herauszuholen, trinke ich meinen Tee aus.

»Also, wegen dieses Gefallens«, sagt sie, als sie mir den Muffin einpackt, »Vlad will mal wieder mit mir in einen Kurzurlaub fahren …«

»Das ist toll.« Ich stehe auf. »Ich wünsche euch viel Spaß.«

»Danke«, sagt sie. »Es gibt dabei nur ein Problem.« Sie reicht mir die braune Tüte, ohne mich anzusehen. »Luzie findet unsere Urlaube stressig. Und sie fühlte sich gestern so wohl in deiner Wohnung. Ich hatte gehofft …«

»Du willst, dass ich deine Höllenbrut babysitte?«

»Sie ist schon in ihrer Transportbox«, sagt Rose defensiv. »Und sie ist frisch gewaschen.«

Ich atme tief durch.

Rose verdient einen Urlaub. Vlad auch. Nachdem er gestern sein Leben für uns riskiert hat, sollte ich sogar bereit sein, die Katze für ihn zu baden. Ohne Schutzkleidung.

»Wo ist sie?«, frage ich resigniert.

Rose führt mich ins Wohnzimmer und nimmt die Box hoch.

Luzifer schläft und sieht aus wie ein Katzenengel.

Entweder hat Rose das Tier betäubt oder Vlad es bezirzt – falls das bei Katzen oder Dämonen überhaupt funktioniert.

Da ich keine Gliedmaßen verlieren will, hebe ich die Kiste vorsichtig auf und bringe sie in meine Wohnung. Rose kommt mit.

»Töte die Katze nicht«, sage ich Fluffster, als er den Käfig mit einem verblüfften Ausdruck anstarrt.

»Ein weiterer Mund zum Durchfüttern?« Das Chinchilla schaut Rose empört an.

»Ich bringe ihr Essen und Spielzeug gleich vorbei«,

erklärt Rose ihm. »Sasha, du solltest dich beeilen. Nero wartet.« Sie zwinkert.

»Danke«, sage ich und unterdrücke den Drang, mit den Augen zu rollen. »Genieß deinen Urlaub.«

»Das werde ich«, antwortet Rose und geht zurück zu ihrer Wohnung, um die Katzenausstattung zu holen.

Der Aufzug ist immer noch kaputt, seit ich in ihn gekracht bin, also nehme ich die Treppe.

Nachdem ich in das Taxi gestiegen bin, nehme ich meinen Muffin heraus und fange an, ihn zu essen.

Nein.

Das Essen unterdrückt die hungrigen Schmetterlinge nicht, die sich in meiner Magengrube niedergelassen zu haben scheinen.

Wirklich? Habe ich Angst davor, ihn zu sehen?

Das ist einfach dumm.

Doch die Angst nimmt zu, als wir uns dem Fonds nähern. Fragen wirbeln durch meinen Kopf, eine komplizierter als die andere.

Wie soll ich mich verhalten, wenn wir uns wiedersehen?

Tue ich so, als wäre der Kuss nie passiert?

Ich könnte das wahrscheinlich schaffen, obwohl es so wäre, als würde man im Schutt des eigenen Hauses stehen und so tun, als hätte es den Tornado, der es zerstört hat, nie gegeben.

Ich schlucke einen weiteren Bissen des Muffins hinunter und spiele immer wieder das Ende der Begegnung von gestern Abend in meinem Kopf ab, so wie eine kaputte Schallplatte.

Dann bemerke ich, dass meine Finger meine Lippen berühren, und ziehe meine tückischen Hände schnell weg.

Ein Gedanke lässt mir trotzdem keine Ruhe.

Den echten Nero zu küssen war völlig anders als meine Erfahrung mit Kit, als sie so tat, als sei sie er. Bei dem falschen Nero erinnerte ich mich daran, dass er mein Chef war, und wusste die ganze Zeit, wie falsch jede Verbindung zwischen uns sein würde.

Nicht so bei dem echten.

Es ist, als ob mein Gehirn gestern Abend eine Pause eingelegt hätte und meine Hormone meinen Körper übernommen hatten – trotz der Tatsache, dass der Boss-Mentor-Aspekt jetzt nur noch die Spitze des Eisbergs dieses unangebrachten Verhaltens ist.

Nero ist alt genug, um mein entfernter Vorfahre zu sein, obwohl ich seltsamerweise schon vor hundert Jahren geboren wurde – und er sah mich aufwachsen.

Macht ihn das nicht zu so etwas wie diesem Humbert aus *Lolita*?

Andererseits *bin* ich in meinen Zwanzigern.

Moment, verteidige ich ihn wirklich? Haben Roses Worte mich verzaubert, oder hat mir der Kuss einen dauerhaften Hirnschaden zugefügt?

»Wir sind da«, sagt der Taxifahrer und holt mich damit aus meinen verwirrten Gedanken.

Ich zahle, stopfe mir den Rest des Muffins in den Mund und renne zu den Aufzügen.

Als ich in meiner Etage ankomme, nicke ich ein

paar Kollegen zu, von denen die meisten mich seltsam ansehen, und gehe zu meinem Schreibtisch.

Aber mein Schreibtisch fehlt.

Und nicht nur mein Schreibtisch. Mein Stuhl, mein Computer – alles ist weg.

Stattdessen gibt es eine handschriftliche Notiz – eine Seltenheit in diesem papierlosen Büro.

Sie liegt auf dem jetzt leeren Boden.

Sie sagt in makelloser Schrift mit starken, maskulinen Strichen:

Komm gleich zu mir.

-Nero-

KAPITEL ZWEI

ICH STÜRME UNANGEMELDET an einer empörten Venessa vorbei in Neros Büro.

Er hat seinen Sitz-Steh-Schreibtisch in der Stehposition und tippt ruhig vor sich hin, anscheinend, ohne meine Ankunft zu bemerken.

Er trägt ein gestreiftes Hemd und hat die Ärmel bis zu den Ellbogen hochgekrempelt – genau wie Magier, die beweisen wollen, dass sie nichts im Ärmel versteckt haben.

Was für ein Haufen Scheiße.

Ich vertraue Nero so sehr, wie jeder andere einem Magier vertrauen sollte. Also überhaupt nicht.

Ich räuspere mich.

Er nimmt meine Anwesenheit nicht zur Kenntnis.

»Wo ist mein Schreibtisch?« Obwohl er bekleidet ist, kann ich nicht anders, als ihn nackt vor mir zu sehen – ohne Zweifel sind seine entblößten Unterarme schuld. »Wie soll ich ohne Stuhl oder Computer arbeiten?«

»Du beehrst uns endlich mit deiner Anwesenheit?« Nero hört auf zu tippen, schaut mich an, und sein Blick verweilt auf meiner Lederhose. »Ist heute *Casual Monday*?«

»Gehört Modeberatung zu deinem berühmten Mentee-Training?« Ich lasse mich ohne Einladung auf seinen Besucherstuhl fallen. »Wenn ja, könnte ich ein paar Make-up-Tipps gebrauchen.«

»Du brauchst kein Make-up.« Neros Augen fahren über mein Gesicht, als ob er eine 3D-Druckvorlage dafür erstellt.

Ich runzele die Stirn. »War das ein Kompliment?« Falls er mich mit dieser Aussage ablenken wollte, ist es ihm bewundernswert gelungen.

Nero senkt seinen Schreibtisch, setzt sich auf seinen eigenen Stuhl und bringt unsere Augen auf die gleiche Höhe.

»Erzähl mir alles«, sagt er herrisch.

»42«, antworte ich. Er hebt die Augenbraue, also erkläre ich: »Das ist die Antwort auf das Leben, das Universum und *alles*.«

»Ich habe Douglas Adams getroffen, den Autor des Buches, auf das du dich beziehst.« Neros Lippen verziehen sich ironisch. Bevor ich ihn mit Fragen zu einer solchen Bombe überschütten kann, sagt er: »Lass es mich umformulieren. Wie bist du in das Durcheinander mit Baba Yaga geraten?«

»Das scheint nichts mit der Arbeit zu tun zu

haben.« Ich überkreuze langsam meine lederüberzogenen Beine – ganz im *Basic-Instinct*-Stil.

Mein Manöver funktioniert wie geplant. Die Limbusringe in Neros Augen scheinen zu wachsen, und einen Moment lang sieht er aus, als wolle er mich von seinem Stuhl aus anspringen.

Moment. Warum sollte ich das wollen? Meine Herzfrequenz beschleunigt sich, ich nehme das obere Bein wieder herunter und setze mich kämpferisch nach vorn. »Warum sollte ich es dir erzählen?«

Er hat sich sofort wieder unter Kontrolle und fragt mit nervtötender Ruhe: »Weil du mich nicht verärgern willst?«

Ich bin dabei, ihm von ganzem Herzen zu sagen: »Doch, das will ich«, aber er muss meine Absicht erkennen, weil er mir ein haiartiges Lächeln schenkt und sagt: »Selbst wenn du es wolltest, ich bin dein Mentor. Es ist mein Vorrecht in dieser Rolle, solche Dinge zu erfahren, also *wirst* du antworten. Ist das klar?«

Seufzend erkläre ich ihm, wie die Suche nach meinem Erbe mich zu Baba Yaga geführt hat – und was die böse Hexe im Gegenzug dafür wollte und dass Fluffster eine Erinnerung an Rasputin zurückbekommen hatte. Als ich zu dem Teil gelange, in dem sie will, dass ich Sex mit Jaroslaw, dem Bannik, habe, wird Neros Gesicht so dunkel, dass ich befürchte, dass seine orkzerreißenden Krallen herauskommen könnten.

Ich beeile mich, ihm zu erklären, dass besagter

Bannik-Sex nicht passiert ist und auch nie passiert wäre, solange ich bei Bewusstsein gewesen wäre, und Nero entspannt sich leicht. Dann beschreibe ich meine Flucht und wie ich erfahren habe, dass Ariel entführt wurde. Schließlich erzähle ich ihm von der Rettung bis zum Teil, als ich ihn um Hilfe bat.

»Es war alles deine Schuld«, sage ich abschließend. »Du hast immer gewusst, wer mein Vater ist. Hättest du mir das gesagt, wäre ich nie Baba Yaga begegnet.«

»Du wirst jetzt zu Lucretia gehen.« Nero zieht sein Handy heraus und schaut darauf. »In zwei Minuten.«

»Du wechselst das Thema, einfach so?« Ich widersetze mich dem Drang, aufzuspringen.

»Lucretia regelmäßig zu sehen wird Teil der Mentorschaft sein, und deshalb wird die Zeit, die du mit ihr verbringst, nicht von deinem Arbeitspensum abgezogen.«

Arbeitspensum? Macht er Witze? Wie wäre es, wenn er mir ein paar Antworten gibt?

»Wer ist meine Mutter?«, frage ich. »Und wo ist …«

»Lucretia wird dich in ihrem Büro sehen.« Nero legt sein Handy weg.

»Ich gehe nirgendwo hin, bis du mir von meinen Eltern erzählt hast.«

»Wir haben einen Deal«, sagt Nero kühl. »Wenn es um das Mentoring und deinen Job hier im Fonds geht, wirst du tun, was ich dir sage.«

»Ist es die Geheimhaltungsklausel in diesem dummen Vertrag?« Ich verschränke die Arme. »Können wir nicht einen Weg finden, sie zu umgehen?

Vielleicht kannst du mir eine E-Mail schreiben; die war 1916 noch nicht erfunden.«

Nero schaut mich an, dann schaut er demonstrativ zur Tür.

»Bitte, Nero.« Ich ändere meine Taktik, mache Welpenaugen und hoffe, dass er für den Trick anfällig ist, der bei Felix immer funktioniert. »Stell dir vor, jemand würde *deine* Familie vor dir verstecken. Wenn …«

Ich höre auf zu sprechen, weil Neros Gesicht erschreckend dunkel wird. Der Himmel über Mordor sah nicht so schlimm aus. Dann verschwimmt er mit so einer übernatürlichen Bewegung, die auch damals dem Orkmassaker vorausging, und einen Bruchteil einer Sekunde später steht er an der Tür.

»Raus«, knurrt er und zeigt mit dem Daumen auf die Tür. »Jetzt.«

Etwas in seiner Stimme lässt mich, ohne Fragen zu stellen, gehorchen.

Ich springe auf und renne aus dem Büro, als ob mich etwas extrem Gefährliches verfolgen würde.

Und vielleicht ist das ja auch der Fall.

KAPITEL DREI

»BITTE, MACH ES DIR BEQUEM«, sagt Lucretia, als ich ihr Büro betrete.

Ich lasse mich auf die braune Ledercouch fallen, strecke meine Beine aus und übe die entspannende Atmung, wie sie es mir selbst beigebracht hat.

Sie beobachtet mich mit anscheinend unendlicher Geduld.

Als ich mich ausreichend beruhigt habe, betrachte ich meine Umgebung.

Jetzt, da ich weiß, dass Lucretia jahrhundertealt ist, ergibt das traditionelle Ambiente dieses Büros mehr Sinn. Sie könnte dieses antike Bücherregal schon besessen haben, als es neu war, und dabei zugesehen haben, wie ihre Büchersammlung im Laufe der Jahre immer vergilbter und teurer aussah.

Andererseits ist Nero auch uralt, aber sein Büro ist hochmodern.

Sie steht auf und schließt die kunstvollen Vorhänge, die die Glaswände ihres Büros bedecken.

»Denkst du, das gibt uns Privatsphäre?«, frage ich. »Nero hat zweifellos Überwachungsgeräte in diesem Raum.«

»Wir haben einen Vertrag, Nero und ich.« Sie geht zum Bücherregal, nimmt etwas heraus und nähert sich meiner Liege. »Was in diesem Raum passiert, *ist* privat.«

»Wenn es dir nichts ausmacht, gehe ich davon aus, dass der Mann ein Lügner und Betrüger ist.« Ich schaue mich um, sehe aber keine versteckten Geräte – allerdings bedeutet das nur, dass jemand seine Arbeit gut gemacht hat.

»Es ist ein schriftlicher, verbindlicher Vertrag.« Lucretia gibt mir das Objekt, das sie in der Hand hält – eine Art alte Puppe. Soll ich es zur Stressbewältigung zusammendrücken? Bevor ich die Gelegenheit habe, zu fragen, fügt sie hinzu: »Solche Verträge können nicht gebrochen werden.«

»Er kann deine Notizen stehlen.« Ich drücke das Spielzeug. Definitiv Stressabbau. »Das hat er bei dem Therapeuten meiner Mutter gemacht.«

»Der Datenschutz meiner Notizen steht im Vertrag.« Sie setzt sich in ihren thronartigen Stuhl.

»Okay, aber wenn du wolltest, könntest du ihm alles, was ich dir erzähle, persönlich weitergeben.«

Sie atmet heftig aus und wirkt, als hätte ich sie in den Magen geschlagen.

»Tut mir leid.« Ich lasse meinen Blick auf die Puppe

in meinen Händen fallen. »Ich bin heute nicht gerade in einer vertrauensvollen Stimmung.«

»Warum erzählst du mir nicht mehr davon?«, fragt sie leise. »Tu so, als hätten wir tatsächlich keine Privatsphäre. Sicherlich gibt es Themen, die wir trotzdem besprechen könnten?«

»Du hast recht.« Ich richte mich im Stuhl auf und schaue sie an. »Wie viel weißt du über meine Situation?«

»Nicht viel. Warum erzählst du mir nicht alles von Anfang an?«

Also beginne ich mit meiner Geschichte – der Fernsehaufführung, die schiefgelaufen ist, dem Zombieangriff, den Visionen, dem Rat, meinem Zusammenschluss mit Ariel, um eine Nekromantin namens Beatrice loszuwerden, Neros Orks, Beatrices Sukkubusfreundin Harper und Harpers Rache.

Dann fange ich an, ihr von dem Durcheinander mit Baba Yaga zu erzählen, und sie rutscht an die Kante ihres Stuhls, als ich zu dem Teil mit dem Bannik komme.

Warum bekommt das von all den schrecklichen Dingen, die mir passiert sind, besondere Aufmerksamkeit?

»Kennst du Jaroslaw?«, frage ich, weil ich plötzlich so eine Vorahnung habe.

Sie zappelt, und ein Hauch von Farbe breitet sich über ihre Wangen aus. »Als er noch mehr Freiheiten hatte, war Jaroslaw ein Kunde von mir. Wir sehen uns immer noch von Zeit zu Zeit, aber weniger formell, angesichts seiner neuen Situation.«

»Du siehst ihn immer noch?« Die Idee, dass der Bannik eine Psychiaterin hat, finde ich seltsam, aber andererseits bin ich selbst bei ihr, also warum nicht? Wenn *ich* unter Baba Yagas Fittichen stünde, so wie Jaroslaw drauf ist, würde ich sicherlich eine Menge Therapie brauchen.

»Warum sollte ich ihn nicht sehen?« Ihre Errötung verstärkt sich. »Ich darf mich von Zeit zu Zeit einer Spa-Behandlung unterziehen, also warum sollte ich nicht mit jemandem reden, der zufällig auch da ist?«

»Ich denke, Baba Yaga könnte etwas dagegen haben«, sage ich.

»Sie kann nichts gegen etwas haben, wovon sie nichts weiß.« Normale Blässe – für einen Pre-Vampir – kehrt schließlich auf Lucretias Gesicht zurück. »Wir unterhalten uns nur, wenn niemand sonst in seiner Sauna ist. Die Banja ist offen für jeden, der bereit ist, zu zahlen, und Baba Yaga ist stolz auf die Gewinne, die der Ort erzielt. Er ist bei den Cogniti sehr beliebt, besonders bei den Vampiren.«

»Im Ernst?«

»Warum nicht?« Sie zieht ihre Augenbrauen in die Höhe. »Auch Vampire mögen Spas. Ich habe dort häufig Gaius und auch einige andere Vollstrecker gesehen. Als ich letzte Woche dort war, war da eine …«

»Du warst letzte Woche dort?« Ich springe fast von meiner Liege auf.

»Ja. Aber vor deinem unschönen Erlebnis.« Sie beißt sich auf die Lippe. »Ich kann dir aber keine weiteren Details sagen – Schweigepflicht, du verstehst schon.«

»Aber …«

»Bitte, Sasha«, sagt Lucretia. »Reden wir über dich.«

Ich seufze. Sie ist eindeutig wieder in ihrem Psychiatermodus und wird nichts Weiteres über dieses faszinierende Thema sagen.

Ich kann meinen Verstand aber nicht davon abhalten, weiter darüber nachzudenken.

Hat Lucretia auch eine unangemessene Beziehung? Mit einem Kunden? Jaroslaw *war* extrem angenehm für meine Augen, also kann ich es ihr nicht verübeln.

»Bitte erzähl mir den Rest der Geschichte«, sagt Lucretia und lehnt sich nach vorn, um mich aufmerksam anzuschauen.

Hoppla. Haben meine Emotionen irgendwie verraten, woran ich gerade gedacht habe?

Sie *ist* eine Empathin.

»Ich war fast am Ende«, sage ich und erzähle ihr von dem visionenbasierten Plan des Bannik für meine Flucht und was daraufhin folgte. Ich beende meine Geschichte damit, wie die Suche nach meinen Eltern gestern Abend Neros Rolle in meinem Leben offenbart hat.

Obwohl ich Lucretia nichts von dem Kuss erzähle, habe ich das gleiche Gefühl wie bei Rose: dass die Psychiaterin ihn irgendwie erahnt.

Ihr Gesichtsausdruck sieht zumindest so aus.

»Das ist eine Menge zu verarbeiten«, sagt Lucretia, als ich verstumme. »Deine Emotionen sind überall deutlich zu spüren. Nero hatte recht, als er vorschlug, dass du mich aufsuchst.«

»Er hat es nicht vorgeschlagen.« Ich drücke die Puppe. »Er hat es befohlen.«

»Nun«, sie schenkt mir ein rätselhaftes Lächeln, »wenigstens hat er sein Herz am rechten Fleck.«

»Sein Herz ist wahrscheinlich ein Stück Metall, das er in einem unterirdischen Bunker aufbewahrt«, knurre ich.

Sie lacht. »Auf jeden Fall bist du hier, also kannst du genauso gut davon profitieren.«

»Ich schätze, da hast du recht.«

»Warum wählst du nicht ein Thema aus. Irgendein Thema. Wir können dann einfach als Freundinnen darüber reden«, schlägt sie vor.

»Ich weiß wirklich nicht, wo ich anfangen soll.« Irgendwie beruhigt sie mich schon, indem sie sich einfach im selben Raum befindet – ein seltsamer Effekt, den ich schon bei unserem ersten Treffen bemerkt habe.

»Ich habe eine Menge Schuldgefühle gespürt, als du mir deine Geschichte erzählt hast«, sagt sie, »und Schuld ist eine schwere Last. Falls es also nichts mit dem verbotenen Thema Nero zu tun hat, warum reden wir nicht darüber, was dich so fühlen lässt?«

Habe ich Schuldgefühle gegenüber Nero?

Ich habe ihn mit Felix' Apparat ausspioniert und ich bin in sein Haus eingebrochen.

Nein. Keine Schuldgefühle deshalb.

Wenn überhaupt, bin ich fast stolz.

Das Einzige, was ich bereuen könnte, ist, dass ich ihn zurückgeküsst habe. Vielleicht. Trotzdem fühle ich mich deswegen nicht *schuldig*.

Wenn sich jemand wegen des Kusses schuldig fühlen sollte, dann Nero. Rumknutschen war nicht Teil des Deals, den er mit meinem Vater gemacht hat, da bin ich mir ziemlich sicher.

»Wir können über etwas ganz anderes reden«, sagt Lucretia, als ich stumm bleibe. »Es gab einige sehr komplexe Emotionen, die ich gegen Ende deiner Geschichte entdeckt habe, und …«

»Schuld ist ein gutes Thema«, sage ich schnell. Auf keinen Fall möchte ich auf meine Gefühle rund um den Kuss eingehen. »Ich fühle mich extrem schuldig wegen Ariels Situation.«

»Abhängigkeit von Vampirblut ist ein schreckliches Leiden.« Lucretia führt ihre Fingerspitzen zusammen. »Ich habe zu Beginn meiner Karriere selbst in dieser Reha-Einrichtung gearbeitet. Sie ist ausgezeichnet. Wenn Ariel wirklich gesund werden *will*, können sie ihr helfen.«

»Ich weiß nicht, ob sie gesund werden will.« Ich ziehe meine Beine an die Brust und umarme sie. »Ich hoffe es.«

»Hmm.« Lucretia starrt mich ohne zu blinzeln an, so als ob sie in meine Seele blickt. »Ich weiß, dass Logik keine Schuldgefühle löst, aber sie könnte ein guter Anfang sein.«

»Logik?«

»Du hast Ariel nicht dazu gezwungen, gegen Beatrice zu kämpfen«, sagt Lucretia. »Es war genau umgekehrt. Sie wollte sich der Nekromantin stellen, und du hast sie gezwungen, dich mitzunehmen. Dennoch tust du so, als wäre sie verletzt, weil du sie dazu gedrängt hast, zu gehen.«

»Sie wollte mich beschützen.« Ich senke meine Beine und drücke das Quetschspielzeug an mich, als wäre es Fluffster. »Wenn ich nicht gewesen wäre, wäre sie nicht verletzt worden und hätte somit kein Vampirblut getrunken.«

»Ist dir klar, dass einige Schlucke von Gaius sie *nicht* zu einer Süchtigen hätten machen dürfen?«, fragt Lucretia.

»Nein?«

»Nein.« Sie zuckt zusammen. »Ich weiß das aus eigener Erfahrung. Ich wurde vor einiger Zeit verletzt, und durch Zufall rettete mich Gaius auf ähnliche Weise. Ich wurde nicht im Geringsten süchtig. Es ist so ähnlich wie Morphium nach einer schrecklichen Verletzung; jede Chance auf Euphorie ist minimal.«

»Selbst wenn das, was du sagst, wahr ist, vermute ich, dass sie wegen ihrer PTBS süchtig geworden ist.«

»Du sagst es, als ob *das* deine Schuld wäre«, erwidert sie. »Du hast sie nicht in den Krieg geschickt. Du hast nicht …«

»Trotzdem hätte ich mehr tun können.« Ich ertappe mich dabei, wie ich die arme Puppe fast ersticke, und lockere meinen Griff. »Ich hätte zum Beispiel vorschlagen können, dass Ariel zu dir kommt.«

»Glaubst du, das hätte funktioniert?«, fragt sie. »Verleugnet sie ihre PTBS nicht?«

»Es hätte funktioniert, wenn ich mich genug bemüht hätte«, sage ich hartnäckig. »Außerdem ist die Sucht nur ein Teil von allem. Ich habe auch nicht bemerkt, dass meine Freundin entführt wurde.«

»Du hast gesagt, sie sei vor der Entführung nicht mehr nach Hause gekommen. Woher hättest du wissen sollen, dass sie nicht einfach mit Gaius unterwegs war?«

»Ich schätze, da hast du recht.« Ich senke die Puppe auf meinen Schoß. »Ich fühle mich trotzdem nicht viel besser.«

Eigentlich ist das eine Lüge.

Ich *fühle* mich irgendwie ein klein wenig besser.

»Wir können später mehr darüber reden«, sagt sie – zweifellos spürt sie mit ihrer Empathie meine Erleichterung. »Gab es noch andere Schuldgefühle, die du mit mir besprechen wolltest?«

»Vielleicht«, überrasche ich mich selbst, als ich es sage. »Oder, genauer gesagt, mein Mangel an Schuldgefühlen.«

Sie blickt mich ermutigend an, und ich fühle einen starken Zwang, die verdammenden Worte herauszupressen.

»Ich habe Baba Yagas Männer erschossen und getötet.« Ich schnappe mir die Puppe wieder. »Und ich habe es nicht bereut. Ich habe sie immer weiter erschossen«, flüstere ich und erinnere mich mit einem Schaudern daran. »Und ich habe bis zu diesem Moment nicht viel über ihren Tod nachgedacht. Über Beatrice und Harpers Tod auch nicht. Zugegeben, ich habe es nicht persönlich getan …«

»Ich spüre, wie sehr dich diese Taten belasten«, sagt Lucretia und runzelt die Stirn.

Ich beiße mir auf die Wange. »Nun … ich mache mir Sorgen, dass ich eine Art Monster bin.«

»Das musst du nicht. Ich habe in meinem Leben echte Monster kennengelernt«, sagt sie scharf. Dann atmet sie einen großen, beruhigenden Atemzug ein und scheint das abzuschütteln, was sie gerade überkommen hatte. »Das bist du nicht«, sagt sie mit ruhigerer Stimme. »Deine Fragen zeigen, dass du fähig bist, Reue zu empfinden.« Sie lächelt dünn. »Monster erwähnen ihre Sünden bei ihren Therapeuten nicht. Monster sind nicht im Konflikt mit sich selbst.«

»Ich würde nicht sagen, dass ich im Konflikt mit mir selbst stehe.« Ich lege die Puppe auf den Couchtisch neben meiner Liege. »Was du spürst, ist wahrscheinlich auf einen bestimmten Menschen zurückzuführen, den ich manchmal ermorden *möchte*.«

Das Lächeln breitet sich bis in die Augenwinkel aus. »Die Quelle deiner Angst könnte genauso empfinden.«

Ich runzele die Stirn. »Ich bin mir nicht sicher, ob er … ich meine, die Quelle zu Gefühlen fähig ist.«

»Du wärst überrascht«, sagt sie und schaut dann auf die Vorhänge. »Wenn es um Gefühle geht, könnte die hypothetische Person genauso viel Angst haben wie du, auch wenn eure Gründe unterschiedlich sind.«

»Angst?« Ich bin versucht, wieder nach der Puppe zu greifen, aber stattdessen starre ich sie nur verwirrt an, unsicher darüber, was ich für unmöglicher halte: die absurden Dinge, die sie über mich andeutet, oder die Idee, dass Nero vor etwas Angst haben könnte.

»Ich denke, es wäre mir lieber, wenn du diese Erkenntnisse im Laufe vieler Sitzungen selbst bekommst.« Sie schaut nach unten. »Ich bin keine gute Therapeutin, wenn ich solche Dinge anspreche.«

»Aber jetzt, wo du es getan hast, musst du es näher erläutern«, sage ich. »Als Freundin.«

Sie blickt auf die Tür.

»Du hast gesagt, wir würden nicht belauscht werden«, erinnere ich sie. »Du kannst das nicht als Entschuldigung benutzen, wenn es dir passt.«

»Gut.« Sie sieht mich an. »Du hattest schon lange keine Beziehung mehr. Du hattest auch noch nie eine, in der du dich emotional verletzlich gefühlt hast. Habe ich recht?«

Moment mal. Ich habe ihr nie von meiner Durststrecke oder den kurzen, unbefriedigenden Beziehungen, die ihr vorausgingen, erzählt.

Hat sie das wirklich gerade mit einigen Psychiater-Techniken herausgefunden, die mich an Hannibal Lecter denken lassen?

Der Magier in mir will eine einfachere Erklärung, also frage ich: »Hast du diese Informationen aus den Dateien gezogen, die Nero über mich hat?«

Ihre blauen Augen nehmen einen traurigen Blick an. »Ich wusste, dass das eine schlechte Idee ist.«

»Nein.« Ich öffne meine Hände, da ich merke, dass ich sie zu Fäusten geballt habe. »Du hast recht mit meiner Vergangenheit, na und? Ich hatte einfach nur Pech. Ich habe mich zuerst auf die Schule und dann auf meine Karriere konzentriert. Es gibt keinen finsteren tieferen Sinn.«

Sie neigt den Kopf. »Du hast Angst, von der Person, in die du dich verliebst, verlassen zu werden.«

»Na gut«, sage ich. »Hat das nicht jeder?«

»Ich nicht«, sagt sie. »Vlad und Rose auch nicht. Nicht …«

»Schön«, sage ich gereizt. »Selbst wenn das, was du sagst, wahr ist, was es nicht ist, hat es nichts damit zu tun, warum ich keine Gefühle für die hypothetische Person entwickeln sollte, über die wir vorher gesprochen haben. Es ist völlig normal, sich vor bösartigen, manipulativen Scheißkerlen zu hüten.« Ich merke, dass meine Stimme lauter wird, also atme ich tief durch und füge ruhig hinzu: »Wovor hat *er* Angst?«

»Dass eine andere Person, die ihm wichtig ist, sterben könnte«, sagt sie düster. »Aber frag mich nicht nach Details, denn es steht mir nicht zu, sie mit dir zu teilen.«

Als ob er genau auf diesen Moment gewartet hat, knurrt Lucretias Magen wie ein Bär, der aus dem Winterschlaf erwacht ist.

Sie bedeckt ihren Bauch mit einer zarten Hand und lacht freudlos.

»Vom Magen gerettet«, murmele ich, immer noch überwältigt von dem Thema, über das wir gestolpert sind. Ich schlucke und dehne meine Schultern nach hinten. »Sollen wir die Sitzung beenden?«

»Wenn du willst.« Sie nickt.

Ich stehe auf. »Wie wäre es, wenn ich dich zum Frühstücken einlade, bevor ich mich wieder einem gewissen Menschen stelle?«

»Deal«, sagt sie und steht von ihrem Thron auf. »Aber du musst mir versprechen, zurückzukommen.«

»Ich bezweifle, dass mir eine Wahl gelassen wird«, sage ich, als wir aus dem Büro gehen.

Auch ich kann gut einen Besuch in der Cafeteria vertragen.

Um Nero wieder gegenüberzutreten, muss ich genug Espresso für einen Elefanten konsumieren.

KAPITEL VIER

NERVÖS VON ALL DEM KOFFEIN, stürme ich zum zweiten Mal an einem Tag in Neros Büro.

Diesmal hört er sofort auf zu tippen und schaut mich von oben bis unten an.

»Das ging schnell«, sagt er. »Ich habe nicht gesagt, dass du deine Therapie schnell machen musst.«

»Ich bin hier, um mich mit meinem Arbeitspensum zu befassen«, sage ich. »Ich bin gespannt, was es ist und wie ich es ohne Schreibtisch erreichen kann.«

»Folge mir«, sagt er und marschiert aus dem Büro.

Als ich seine langen Schritte einhole, hat er bereits den Aufzug gerufen.

Nero überrascht mich mit einer gentlemanartigen Geste, als er die Aufzugstür vom Schließen abhält. »Nach dir.«

Verspottet er mich?

Meine Herzfrequenz steigt aus irgendeinem Grund

an – zweifellos der zügige Gang –, ich schlüpfe hinein und lehne mich gegen die Rückseite der Kabine.

Nero schlendert herein und hält an den Fahrstuhlknöpfen an, so dass er mir seine Seite zudreht.

Ich knirsche verärgert mit den Zähnen. Der Typ schafft es, auch im Profil hervorragend auszusehen.

Meine Kehle fühlt sich unbehaglich trocken an, als ich feststelle, dass wir auf engstem Raum zusammengepfercht sind.

Nimmt er grundsätzlich mehr Platz in Anspruch, als es die Gesetze der Physik vorschreiben?

Nero, der mein Unbehagen bemerkt, zieht eine ungewöhnlich aussehende Karte hervor und streicht sie über den Scanner auf der Aufzugkonsole, von dem ich dachte, dass Feuerwehrmänner dort im Notfall die Steuerung des Fahrstuhls übernehmen.

Der Aufzug läutet zustimmend.

Nero drückt den Knopf mit der Bezeichnung B01 – einem von mehreren, die nicht funktionieren, wenn ein bloßer Firmensklave auf sie drückt, egal wie neugierig der gewisse Sklave auch ist.

Wir fahren in einer Stille hinunter, die immer angespannter wird. »Sind wir auf dem Weg zu deiner geheimen unterirdischen Höhle?«, frage ich, wenn auch nur halb scherzhaft.

Die hartnäckigen Gerüchte, dass Nero eine Höhle voller Geld und Reichtümer hat, werden oft mit diesen verbotenen Kellergeschossen in Zusammenhang gebracht.

Nero zieht eine Augenbraue in die Höhe, antwortet aber nicht.

»Ich würde gern mal in Gold schwimmen«, sage ich.

»Dafür ist heute leider keine Zeit«, sagt er, und sein Gesichtsausdruck ist unverändert. »Deine Aufgabe ist mehr als einfach. Du sollst mir eine Aktienempfehlung geben. Nur eine. Das ist alles.«

»Das klingt gar nicht so schlecht.« Ich schenke ihm ein erleichtertes Lächeln, und er erwidert es – aber irgendetwas daran ist falsch. Es scheint, als würde er über mich lachen, nicht mit mir.

Der Aufzug gongt.

Wir gehen einen langen, schlecht beleuchteten Korridor entlang, der mich an die geheimen Passagen erinnert, die zum Drehkreuz im JFK Airport führen.

Als ich Nero ein paar Weggabelungen hinunterfolge, wird die Ähnlichkeit stärker.

Für alle Fälle ziehe ich heimlich mein Telefon heraus und mache Notizen über die Abzweigungen, die wir nehmen – genau wie im JFK-Labyrinth, als Ariel mich führte.

Schließlich biegen wir rechts ab, und der Gang endet vor einer Metalltür.

Auf der Vorderseite der Tür befindet sich ein digitaler Bildschirm.

Nero greift danach, und ich bereite mich darauf vor, unauffällig auszuspionieren, was er eingibt.

Als ob *er* der Hellseher wäre, benutzt Nero seinen

Körper, um die Tasten, die er drückt, vor meinem Blick zu blockieren.

Das Einzige, was ich gut sehe, ist sein Hinterteil – nicht schlecht für einen Trostpreis.

»Ist das ein Safe?«, frage ich, als die Tür aufgeht. »Ist hier dein Geld versteckt?«

Nero macht nur eine Geste, dass ich eintreten soll, also tue ich es.

Der Safe ist kein Safe.

Es ist ein möbliertes Zimmer.

Auf dem Boden liegt ein flauschiger Teppich mit einem modernen Kunstmotiv, in dessen Mitte sich ein bequem aussehendes Meditationskissen befindet. Mein alter Stuhl ist auch hier. Er steht am Rand, aber es gibt keinen Schreibtisch oder Computer. Am anderen Ende des Raumes befindet sich jedoch eine Couch.

Könnte der Computer in einem der angrenzenden Räume sein? Ich sehe zwei Türen im Inneren, vielleicht befindet sich dort der Arbeitsplatz?

Der einzige monitorähnliche Bildschirm ist eine Tastatur, die mit derjenigen außerhalb identisch ist.

Nero verdeckt wieder, was er in den Tastenblock eingibt, und als er fertig ist, erscheint 8:00:00 Uhr auf dem Bildschirm über dem Ziffernblock. Eine Sekunde später wechselt die Uhr auf 7:59:59.

Moment mal.

Er kann doch nicht …

»Das ist dein Arbeitspensum«, sagt Nero und zeigt auf den digitalen Countdown. »Du sollst jeden Wochentag acht Stunden arbeiten.«

»Das ist unfassbar.« Ich schaue auf den metallischen Glanz der Wände, dann auf meinen Chef.

Nero zieht wieder eine Augenbraue hoch. »Du wirst die einzige Person im Fonds sein, die so wenige Stunden arbeitet, und das weißt du. Sogar du hast früher mehr gearbeitet.«

»Ich rede *davon*.« Ich deute auf meine safeartige Umgebung. »Das ist der schlimmste Alptraum eines jeden Klaustrophobikers.«

»Es ist neunzig Quadratmeter groß und damit das zweitgrößte Büro in diesem Gebäude.« Nero verschränkt die Arme. »Und du hast keine Klaustrophobie.«

»Nach acht Stunden in diesem Käfig könnte ich sie vielleicht entwickeln«, murmele ich.

»Wenn du Lucretia davon überzeugst, dass du wirklich eine Klaustrophobie entwickelt hast, werde ich mit dir das Büro tauschen.« Nero kommt auf mich zu.

Ich ziehe mich vor ihm zurück. »Warum tust du das?«

»Dieser Raum ist schalldicht, und niemand wird dich stören.« Zu meiner Erleichterung bleibt er einige Meter von mir entfernt stehen. »Kannst du dir ein Umfeld vorstellen, in dem du besser deine Visionen bekommen könntest?«

Ich möchte mich selbst schlagen, weil ich es nicht früher verstanden habe.

Natürlich.

Dies *ist* der perfekte Ort zum Meditieren – so wie es beispielsweise eine Höhle in den Bergen sein könnte.

Andererseits erinnert es auch stark an Einzelhaft, was normalerweise eine Strafe ist, die schlimmer ist als bloße Inhaftierung.

Und es kommt alles auf die dummen Visionen an.

Wie konnte ich das vergessen?

Grigori Rasputin – oder ich sollte sagen *mein biologischer Vater* – gab Nero eine Prophezeiung, die alle bemerkenswerten Ereignisse in den Jahren zwischen 1916 und 2016 aufführte. Wie Biff, der Bösewicht in *Zurück in die Zukunft II*, hat Nero Rasputins Weitsicht in obszönen Reichtum verwandelt.

Jetzt, da wir uns außerhalb der Zeitachse der Liste befinden, wird Nero *mich* benutzen, um das Geld fließen zu lassen.

Wahrscheinlich habe ich Glück, dass er plant, mich nach acht Stunden aus diesem Käfig zu lassen.

Zumindest nehme ich an, dass er das tun wird.

Er wendet sich der Tür zu.

»Was ist mit Mittagessen?«, frage ich schnell.

Er geht zu einer der Türen und öffnet sie. Abgesehen von den metallischen Wänden sieht der Raum aus wie eine High-End-Küche mit Mikrowelle, normalem Backofen, einem Toaster und einem riesigen Kühlschrank mit Glaswänden.

Im Kühlschrank befinden sich genügend Gourmet-Gerichte, um eine Armee der wählerischsten Feinschmecker zu versorgen.

Einige Sachen sehen so gut aus, dass ich mir fast wünsche, ich hätte nicht all diese Muffins gegessen.

»Was ist mit einem Badezimmer?«, frage ich, und meine Hoffnung schwindet weiter, weil ich sehe, wohin das führt.

Nero bringt mich zur anderen Tür, und natürlich gibt es dahinter ein riesiges, schickes Badezimmer – mit einer Duschkabine und einem Whirlpool. Am beunruhigendsten ist, dass er einen Schrank öffnet, der mit meinen Lieblingsmarken von Kosmetika, Shampoos, Seifen und sogar Damenhygieneartikeln gefüllt ist.

»Was ist, wenn es einen Notfall gibt?«, frage ich, größtenteils, um mich davon abzuhalten, mich zu fragen, woher er wusste, welche Produkte er kaufen sollte.

»Tippe 911 auf der Tastatur«, sagt Nero. Er muss ein gewisses Funkeln in meinen Augen sehen, denn er fügt hinzu: »Wenn du das tust, wenn es keinen Notfall gibt, wird dein Arbeitspensum für diesen Tag verdoppelt.«

Ich stolpere aus dem Badezimmer.

Er folgt mir. »Und versuche nicht, das Passwort zu erraten und behaupte, dass du 911 eingeben wolltest. Wenn zu irgendeinem Zeitpunkt und aus irgendeinem Grund ein falsches Passwort eingegeben wird, werde ich es wissen – und dein Arbeitspensum wird sich für eine ganze Woche verdoppeln. Ist das klar?«

»Kristallklar.« Ich werfe ihm einen bösen Blick zu.

Wie konnte ich einen so unerträglichen Mann

küssen? Ich muss verrückt gewesen sein, ihn auf irgendeiner Ebene attraktiv zu finden.

»Wir reden, wenn du fertig bist«, sagt er und geht zum Ausgang.

»Du erwartest von mir, dass ich dir eine Aktienempfehlung gebe, ohne eine echte Recherche durchzuführen?«, frage ich und runzele die Stirn. »Ohne jegliche Technologie?«

»Ich glaube an dich.« Nero dreht sich um und klopft gegen seine Stirn. »Jetzt an die Arbeit.«

Er geht, und die dicke Metalltür schließt sich mit der Endgültigkeit einer Steuerprüfung.

»Arschloch!«, schreie ich, aber ich bezweifele, dass er mich durch das dicke Metall hören kann.

Ja. Es kommt keine Antwort. Tatsächlich ist der Raum so ruhig, dass es für einen New Yorker wie mich unheimlich ist.

In der Totenstille höre ich meine schnelle Atmung.

Der Typ hat Nerven.

Wie soll ich Visionen haben, wenn er mich so verärgert?

Aber er hat sich sowieso verrechnet.

Er sagte nicht ausdrücklich, dass ich eine Vision haben müsse, um ihm den Aktientipp zu geben.

Ich könnte ihm theoretisch alles als Kaufempfehlung geben, was mir in den Sinn kommt.

Wir haben nie in CAKE investiert, zum Beispiel, das zufällig das Börsenkürzel für The Cheesecake Factory ist. Wir haben auch nie EAT gekauft – ein Unternehmen, das mehrere Restaurantketten besitzt.

Nein, das könnte mein Magen sein, der mich das gerade denken lässt. Es gab Kuchen im Kühlschrank.

Alternativ sollte ich vielleicht BOOM anbieten, ein Metallbearbeitungsunternehmen, das Sprengstoffe verwendet. Die Investition in diese Aktie würde auch einen Boom erleben.

Ich lächele, wie der Grinch, und komme richtig in Schwung.

Vielleicht sollte ich Nero sagen, dass er in Harley-Davidson-Motorräder investieren soll? Das würde ihm passen: Das Kürzel ist HOG, wie das englische Wort für Mastschwein, und Nero *ist* gerade ein Schwein.

Oder ist er ein Hund? Es gibt WOOF für diesen Fall – ein Veterinärmedizinunternehmen.

Nein.

Zu offensichtlich.

Ich werde ihm sagen, dass er in Majesco Entertainment investieren soll, ein Videospielunternehmen mit dem Börsenkürzel »COOL«.

Es sei denn, das lässt ihn denken, dass wir »cool« sind, was wir nicht sind.

Mein Lächeln verblasst.

Was passiert, wenn ich ihm einen dieser lustigen Aktiennamen nenne und er einen Haufen Geld verliert? Würde sich mein *Arbeitspensum* dann auch verdoppeln?

Ich seufze.

Jetzt, da ich ruhiger bin, sollte ich versuchen, Nero einen Aktientipp zu besorgen, der auf einer Vision basiert – egal, wie sehr ich die kleine Rache genossen hätte, ihn in rein zufällige Aktien investieren zu lassen.

Ich mache es mir auf dem Meditationskissen bequem, schließe die Augen und versuche, in den Leerraum zu gelangen.

Als sich meine Atmung beruhigt, wird mein Verstand glückselig leer. Alles, was ich jetzt wahrnehme, ist meine Atmung.

Ich schwebe in diesem wunderbaren Zustand für eine unbestimmte Zeit, bis meine Handflächen warm werden.

Das war's.

Blitze schießen aus meinen Handflächen in meine Augen, und ich schieße davon.

———

DIE ÜBLICHE KÖRPERLOSE Fremdheit des Leerraumes umgibt mich wieder einmal.

Ich schwebe dort und versuche, mich an die fremden Sinne anzupassen, die für diesen Ort einzigartig sind.

Bald werde ich mir der surrealen Formen rund um mich herum bewusst – Formen, die Visionen darstellen.

Okay, und was jetzt? Ich habe keine Ahnung, wie ich die Formen finden kann, die Nero Geld einbringen werden.

Sollte ich nach grünen und minzigen Formen

suchen? Oder solche, die wie Münzen oder Diamanten geformt sind?

Die bessere Frage ist: Warum muss ich diese Dinge *immer* selbst herausfinden?

Warum musste Nero Darian von mir fernhalten?

Trotz all seiner Fehler und offensichtlichen Pläne hat Darian mich jetzt viele Male gerettet – und ich bezweifele, dass ich ohne sein Jubiläumsgeschenk auf dem Video so schnell den Leerraum erreicht hätte.

Guter alter manipulativer Darian.

Wo ist er jetzt? Gibt es eine Möglichkeit, wie er mit mir reden kann, ohne sich Neros Zorn zuzuziehen?

Ich kann mir gerade fast bildlich vorstellen, wie er meinen Fragen ausweicht und dabei wie das britische Königshaus klingt.

Plötzlich passiert etwas extrem Seltsames – seltsam sogar für den Leerraum.

Eine sich bewegende Form erscheint neben mir.

Eine Form, die sich so sehr von den anderen unterscheidet, dass sie auch eine andere Art sein könnte.

Nein, es ist eher so, als würde man ein konkretes physisches Objekt – wie eine Gurke oder ein Stinktier – mit etwas Flüchtigerem – wie Ehre oder Gerechtigkeit – vergleichen.

Neben den typischen Merkmalen im Leerraum, wie Temperatur, Farbe, Geschmack und Musik, hat diese Erscheinung noch eine Million Mal mehr – überwiegend ohne sensorische Parallelen.

Aber das ist nicht das Seltsamste daran.

Es ist die Überzeugung, dass sein Erscheinen durch meine Gedanken an Darian ausgelöst wurde.

Das und die Tatsache, dass es empfindungsfähig ist.

Ich weiß nicht, woher ich das weiß. Ich weiß nur, dass *es* wie ich ist. Ich wette, wenn ich meine Aufmerksamkeit im Leerraum magisch auf mich lenken würde, würde ich wahrscheinlich die gleiche unglaubliche Komplexität sehen.

Erwartung – mir fällt kein besserer Begriff dafür ein – geht von dem Wesen aus.

»Was soll ich deiner Meinung nach tun?«, möchte ich es fragen, aber ich weiß nicht, wie.

Das Wesen zeigt seine unzähligen Attribute ungeduldig.

Ich schwebe dort und überlege, was ich tun soll.

Dann geht mir ein Licht auf.

Warum versuche ich nicht das Übliche?

Bei den normalen Formen musste ich mich immer irgendwie ausdehnen und sie metaphorisch berühren, um eine Vision zu aktivieren.

Wird es in diesem Fall funktionieren?

Ich versuche es.

Das Wesen pulsiert vor Aufregung und scheint nach mir zu greifen, genau als ich nach ihm greife – und dann saugt mich ein visionsartiges schwarzes Loch ein.

KAPITEL FÜNF

ICH STARRE auf eine Spielkarte in meiner Hand.

Meine Finger sehen eigenartig groß aus, obwohl meine Nägel nicht lackiert sind.

Wie seltsam.

Ich versuche, mich zu bewegen, aber bemerke, dass ich es nicht kann.

Was?

»Karo zwei«, denkt eine männliche Stimme mit einem auffälligen britischen Akzent in meinem Kopf.

»Darian?«, antworte ich. »Was machst du in meinem Kopf?«

Keine Antwort.

Stattdessen bewegen sich meine Augen von der Karte weg, um meine Umgebung zu betrachten – und in diesem Moment bemerke ich, dass ich meinen Körper nicht kontrollieren kann.

Die Umgebung ist verblüffend vertraut.

Das ist das Restaurant, in dem ich meine Magie

ausgeübt habe, bis mir verboten wurde, dies zu tun – aber alles sieht wie ausgewaschen aus, auch wenn diese Beschreibung es nicht hundertprozentig trifft.

Es ist, als ob alles mit einer alten Kamera aufgenommen wurde, und dann hat jemand dieses Material in eine Virtual-Reality-Umgebung verwandelt.

Ich kann die Leute an den anderen Tischen nicht erkennen, und den meisten Objekten wurde die Farbe entzogen.

Ohne es zu wollen, nehme ich eine Bierflasche vom Tisch und trinke einen Schluck.

Zu meiner Überraschung schmeckt das dunkle Lagerbier lecker und nicht wie üblich bitter.

»Karo zwei«, sagt eine weibliche Stimme, die so klingt wie ich, auch wenn sie nicht aus *meinem* Mund kommt.

Ich schaue nach oben.

Da stehe ich, halte ein Kartenspiel in den Händen und grinse.

Ist das ein weiterer Trick von Kit?

Es ist möglich, aber das *Ich* sieht nicht genauso aus wie ich, und Kit war sehr genau.

Diese Person sieht aus wie meine viel heißere Schwester, die eine umfassende plastische Operation hatte und dann ein paar Jahre lang mit Photoshop bearbeitet wurde.

Ich zoome auf dieses Gesicht, als ob ihm gleich ein Heiligenschein wachsen würde.

»Wie haben Sie das gemacht?«, frage ich mein anderes Ich mit Darians Stimme.

Moment, sogar meine Stimme ist die von Darian?

»Sehr gut«, antwortet die Supermodel-Version von mir mit einem verführerischen Augenzwinkern. »Jetzt versuchen Sie es.« Sie wendet sich an die Frau zu meiner Rechten.

Moment mal.

Ich weiß, was passieren wird.

Die Frau ist im Begriff, eine Karte unter extrem fairen Bedingungen auszuwählen, und ich werde sie erraten.

Natürlich.

Dies ist eine seltsame Wiederholung des Tages, an dem ich Darian zum ersten Mal traf – das Treffen, das zu dem schicksalhaften Fernsehauftritt und dem Rest dieses ganzen Wahnsinns führte.

Aber warum sehe ich diese Erinnerung auf eine so seltsame Art und Weise?

»Sie ist so feurig«, denkt Darian in meinem Kopf. »Genau wie Matilda es war.«

»Wer zum Teufel ist Matilda?«, versuche ich zu fragen, aber er antwortet nicht – wahrscheinlich, weil mir ein Mund fehlt, um mit ihm sprechen zu können.

Das Ich außerhalb von mir errät die Karte der Frau richtig, dann eine weitere, die unter so gerechten Bedingungen wie in einem Versuchslabor ausgewählt wurde, dann noch eine und noch eine.

»Sie ist so unerschrocken«, denkt Darian. »So anpassungsfähig und kreativ.«

Meine Doppelgängerin nennt seine Karte. Er klatscht und denkt: »So verspielt mit dem Publikum, so mutig … und so verdammt umwerfend.«

»Danke, Kumpel, aber im Ernst …«

Mein Restaurant-Ich übergibt mir das Kartenspiel und bittet mich, abzuheben.

Als ihre Handmodel-glatten Finger die meinen berühren, spüre ich ein seltsames Gefühl in meiner Leistengegend.

Moment mal.

Was?

Seit wann bekomme ich eine Erektion?

Habe ich eine Art narzisstische Schizophrenie entwickelt? Denn das erinnert mich langsam an die Szene von *Being John Malkovich*, als der Titelheld John Malkovich in seinen eigenen Kopf kommt.

Dann dämmert es mir endlich.

Irgendwie – und ich habe keine Ahnung, wie – bin ich in Darians Erinnerung an unser Treffen.

Es ist *seine* sehr männliche Erregung, die ich gerade gespürt habe.

Das ergibt Sinn – so sehr, wie so etwas eben Sinn ergeben kann.

Deshalb sieht alles um uns herum so seltsam aus. Erinnerung ist keine perfekte Aufzeichnung von Ereignissen, und deshalb scheint sich Darian nicht an all die Kleinigkeiten zu erinnern wie die Farben der Dinge oder wer sonst an den Tischen in der Nähe gegessen hat.

Das ist auch der Grund dafür, weshalb die

Kartenauswahl so viel fairer erschien, als wenn ich diesen Effekt tatsächlich durchgeführt hätte. Er erinnert sich an das, von dem ich wollte, dass sich meine Zuschauer später daran erinnern würden, nicht an das, was *wirklich* passiert ist.

Das erklärt auch, warum das Ich in seinem Gedächtnis so perfekt aussieht.

Ich bin es, aber durch Darians Bierbrille gesehen.

Die Szene um mich herum beginnt zu wirbeln und zerfällt wie eine Fata Morgana, nur, um durch eine neue ersetzt zu werden.

KAPITEL SECHS

ICH STEHE vor einem Badezimmerspiegel und versuche aufzuwachen.

Gegen meinen Willen schauen meine Augen auf mein Spiegelbild und bestätigen meine Theorie.

Ein Darian mit nacktem Oberkörper starrt mich an. Wow.

Entweder schreibt Darian die Geschichte neu – oder er hat zu diesem Zeitpunkt in seinem Leben ziemlich viel trainiert.

»Etwas stimmt nicht«, denkt Darian in meinem – seinem – Kopf. »Wo ist sie?«

Ein Wolfsheulen durchdringt die Luft.

»Sie muss wütend sein«, denkt Darian. »Aber warum?«

Die Tür bricht auf, und eine nackte Frau stürmt herein.

Eine schwangere nackte Frau.

Darian schaut sie an und pfeift spielerisch.

Sein Gedächtnis muss ihm wieder Streiche spielen, denn normale Sterbliche sehen nicht so perfekt aus wie diese Dame. Ihre makellose Haut ähnelt geschmolzener weißer Schokolade auf Seide. Sogar ihr kleiner Babybauch sieht irgendwie so aus, als sei er von Leonardo da Vinci entworfen worden.

Darian lächelt. »Großartig. Warum sich mit lästiger Kleidung abgeben?« Dann bringt ihn etwas an ihrem Gesicht zum Schweigen.

Trotz der Wut in ihren Gesichtszügen sowie ihrer fast übernatürlichen Schönheit kommt mir etwas am Gesicht der Frau bekannt vor.

Darian kennt sie offensichtlich sehr gut, aber wo habe ich sie schon einmal gesehen? Auf einem Cover der *Maxim* vielleicht?

»Wie konntest du nur?«, ruft sie mit melodiöser Stimme.

»Was ist los, Liebes?« Darian räuspert sich. »Was ist passiert?«

Sie schlägt ihm – mir – auf die Wange.

Das brennt.

»Matilda!« Er reibt sich die Wange. »Was ist das denn?«

»Das ist also die Matilda, mit der du mich im Restaurant verglichen hast?«, frage ich, auch wenn ich weiß, dass Darian nicht antworten wird. »Warum hast du gesagt, dass sie feurig *war*?«

»Ich weiß Bescheid«, antwortet sie nur. »Hör auf mit der Farce.«

»Sie kann es nicht wissen«, denkt Darian, »woher könnte sie das wissen?«

Die Angst, die diesen Gedanken begleitet, ist stärker als jede andere, die ich selbst jemals erlebt habe – und ich dachte, ich sei nach allem, was passiert ist, ein Experte auf diesem Gebiet.

Andererseits könnte die Angst in seiner Erinnerung als stärker abgespeichert worden sein, als sie wirklich erlebt wurde. Besonders, wenn etwas Schreckliches passieren wird, was diese Episode in Darians Gedächtnis einbrennen wird.

»Ich kann dir immer noch nicht folgen«, lügt er.

»*Das* kann ich glauben«, sagt Matilda, und ihr Kiefer spannt sich an. »Du hast schon seit einiger Zeit Schwierigkeiten, mir zu ›folgen‹, nicht wahr?«

Die Angst verfestigt sich in Darians Magen zu einem Eisberg. »Du hast nicht …«

»Das habe ich«, sagt sie. »Ich bat Chester, mich vor den Augen der Seher zu schützen.«

»Verrückte Frau«, denkt Darian. »Dein Mann ist nicht dumm. Er wird erraten …«

Der Blick auf ihrem Gesicht schließt Darians Gedanken kurz.

»Du wolltest mir nicht sagen, was los ist«, knirscht sie zwischen ihren Zähnen hindurch, »also habe ich mich vor deiner Macht abgeschirmt, gerade lange genug, um einen Traumwandler anzuheuern, um herauszufinden, was du verheimlichst.«

Darians negative Emotionen sind an dieser Stelle stark vermischt.

Dunkel erinnere ich mich daran, dass Felix eine Traumwandlerfreundin erwähnt hat, die für die Reha-Einrichtung arbeitet, in der wir Ariel untergebracht haben. Er hat gesagt, dass sie in die Träume anderer Menschen eintreten und ihre Umgebung manipulieren können.

Klingt, als könnten sie auch Geheimnisse stehlen.

»Du willst einem Scharlatan vertrauen?«, fragt Darian und zwingt Empörung in seine Stimme, aber er weiß, wie verzweifelt er klingt.

»Tu das nicht.« Wenn Blicke Köpfe abtrennen könnten, hätte Darian den seinen verloren.

»Hat dir der Traumwandler gesagt, *warum*?« Panik kriecht in seine Stimme.

»Warum?« Sie spuckt das Wort aus. »Warum du mir nicht gesagt hast, dass mein Baby sterben wird, meinst du?«

Er krümmt sich wieder, als hätte sie ihn geschlagen.

»Ich kann es mir denken«, sagt sie. »Du weißt, dass das *sein* Baby ist. Zweifellos hast du eine Zukunft gesehen, in der ich um meines Babys willen endlich das mit uns beendet habe – was auch immer das war. Zweifellos hast du …«

Mit Lichtgeschwindigkeit konzentriert sich Darian auf eine Weise, die ich nicht ganz verstehen kann, und befindet sich sofort im Leerraum.

Wow. Wie hat er das so schnell und ohne Meditation geschafft?

Er tut etwas anderes zu schnell, als dass ich es verstehen könnte – und tritt in eine Vision ein.

Das macht es für mich zu einer Erinnerung an eine Vision – was sich irgendwie anfühlt, als sei ich auf Drogen.

Darian steht am Rande eines Friedhofs.

»Verborgen und versteckt wie ein Feigling«, denkt er voller Trauer.

Chester und ein Haufen anderer schwarzgekleideter Menschen stehen in der Nähe des frisch ausgehobenen Grabes.

Chesters normalerweise fröhliches, samtartiges Gesicht ist von tiefer Trauer zerfurcht.

Trauer, die nichts im Vergleich zu dem ist, was Darian fühlt.

Die Vision ist vorbei, und wir sind wieder im Badezimmer, mit der nackten und wütenden Matilda, die sagt: »… lieber das Baby würde sterben, damit du mich für dich allein haben kannst.«

»Die Zukunft hat sich verändert«, denkt Darian und ignoriert ihre Worte. »Sie stirbt jetzt, außer …«

Die Szene um uns herum fängt zu wirbeln an, zerfällt wieder und wird durch eine weitere ersetzt.

KAPITEL SIEBEN

DARIAN IST IM LEERRAUM.

Er greift nach einer nahegelegenen Form, und eine Vision beginnt.

Und was für eine Vision.

Wow.

Das ist definitiv *too much information*.

Ich spüre seine Lust, während Darian eine Frau von hinten nimmt.

Wenn ich mein eigenes Gesicht hätte, hätte es die Farbe einer überreifen Tomate.

Darian greift nach der schmalen Taille der Frau.

Sie stöhnt.

»So ist das also für einen Mann?«, frage ich niemand Bestimmten. »Fühlt es sich immer so fantastisch an?«

Nein.

Das kann nicht sein.

Das ist zweifellos ein weiterer Trick der Erinnerung.

Ja. Konzentrieren wir uns *darauf* anstatt auf sein Grunzen und ihr Stöhnen.

Am besten konzentrieren wir uns auf die metaphysischen Aspekte dieses Themas – diese Szenarien wie auf einem Drogentrip.

Ich meine, ich bin gerade in einem Kerl, während er in jemand anderem steckt –

Nein. Dieser Gedankengang führt in den Wahnsinn.

Vielleicht sollte ich mich mit dem Geheimnis der Identität der Frau beschäftigen?

Sie ist auf allen vieren und schaut nach vorn, also kann ich nicht sagen, wer sie ist – ich weiß nur, dass sie Spaß hat.

Darians Verstand ist völlig überwältigt von dem Vergnügen, also denkt er nicht an einen nützlichen Gedanken wie ihren Namen.

Obwohl sie zu blass aussieht, hoffe ich immer noch, dass es Matilda aus dem früheren Gedächtnis ist.

Vielleicht hat er einen Weg gefunden, um die Vision auf dem Friedhof zu verhindern? Vielleicht hat sie ihren Mann verlassen und ihre Differenzen mit Darian geklärt – und ihr Baby lebt?

Dann trifft mich eine Erkenntnis so stark, wie ein Orgasmus den aktuellen Partner von Darian treffen muss. Zumindest nehme ich an, dass sie deshalb den Rücken wölbt und wie eine läufige Katze klingt.

Ich weiß bereits, was mit Matilda passiert ist.

Und warum ihr Gesicht etwas vertraut war.

Und wer das Baby ist.

Gaius erzählte mir eine Version dieser Geschichte vor dem Ritual – nur dass seine Version sich von dem unterschied, was die Wahrheit zu sein scheint.

Als er die Fehde zwischen Chester und Darian erklärte, sagte mir Gaius, dass Darian Chesters Frau eine Prophezeiung gemacht hätte, die besagte, dass sie die Ursache für den Tod ihrer Tochter sein würde – und dass es diese Prophezeiung war, die die Mutter dazu brachte, sich umzubringen.

Er nannte sie »eine Werwölfin« – was das Heulen erklärt, das ich in Darians Erinnerung gehört habe, und ihre Nacktheit erklärt.

Später erfuhr ich, dass es sich bei dem Kind um Roxy handelt, meine zickigste Klassenkameradin.

Deshalb kam mir Matildas Gesicht so vertraut vor. Roxy hat viele der Gesichtszüge ihrer Mutter geerbt.

Die ganze Geschichte unterscheidet sich jedoch sehr von dem, was mir Gaius erzählt hat. So wie es aussieht, stimmt es nicht, dass Darian eine Vision gehabt und Chesters Frau davon erzählt hat.

Soweit ich das beurteilen kann, hatten sie – Matilda – und Darian eine Affäre, und dann hatte er die Vision von Roxys Tod, von der *er* Matilda nichts gesagt hat. Sie spürte jedoch, das Darian ihr etwas verschwieg, und fand einen Weg, die Wahrheit trotzdem herauszufinden – mit verheerenden Folgen.

Wenn ich Lungen hätte, würde ich seufzen.

Wusste Chester von der Affäre?

Da Matilda ihn bat, sie vor der Sicht eines Sehers zu

schützen – und in Anbetracht der anhaltenden Feindseligkeit zwischen den beiden Männern –, wette ich, dass Chester nicht völlig ahnungslos war.

Wenn ich einen Kopf hätte, würde ich ihn frustriert schütteln.

Kein Wunder, dass Chester mich töten wollte.

Er muss gedacht haben, dass Darian als Mann an mir interessiert war – und wollte seinen Todfeind dort treffen, wo er ihm wirklich wehtun würde.

Seine Motivation bestand nicht nur darin, zu verhindern, dass ein neuer Seher unter das Mandat kommt, wie er im Earth Club behauptete.

Das erklärt auch, warum er mich seit seinem ersten Schlag in Ruhe gelassen hat. Er muss entschieden haben, dass Darian schon allein wegen Nero nicht mit mir zusammenkommen würde.

Oder vielleicht hat er mich in Ruhe gelassen, weil ich Neros Mentee bin?

Ist der Selbsterhaltungstrieb stärker als die Rache?

Natürlich basiert das alles auf der Annahme, dass Chester mich tatsächlich in Ruhe gelassen hat, was ich nicht mit Si…

Ekstase überschwemmt Darians Gehirn und ruiniert meine Versuche, das Geschehen zu ignorieren.

Wow.

Ist es meine anhaltende Abstinenz – oder war das besser als alles, was ich je empfunden habe?

Darian lehnt sich nach vorn und umarmt die Frau, die daraufhin lacht und sich herumdreht.

Ich starre in ihr Gesicht und wünschte, ich hätte

einen Mund, damit meine Kinnlade herunterklappen könnte.

Das ist *mein* Gesicht.

»Ich liebe dich«, sagt jemand, der besser Kit sein sollte, mit meiner Stimme und grinst Darian dümmlich an.

»Ich liebe dich mehr«, sagt Darian zu ihr – mir.

In seinen Gedanken fügt er hinzu: »Ich liebe dich fast so sehr wie ich Matilda geliebt habe – und ich konnte dich retten, wo ich sie nicht retten konnte.«

Er hat mich gerettet?

Wovor?

Hoffentlich denkt er an die Rettungen, die bereits geschehen sind. So wie damals, als er mir nach der Fernsehkatastrophe auf dem Weg zur Arbeit eine Nachricht schickte – eine Sache, von der er später behauptete, dass sie mich gerade so weit aufhielt, dass ich überleben konnte. Oder er könnte über die gestrige Warnung sprechen, als er sagte: »Hütet euch vor dem roten Licht.«

Interessanterweise meint er seine Liebeserklärung wirklich ernst.

Jetzt, da er *nicht* mitten im Koitus ist, drehen sich seine verbleibenden Gedanken zuckersüß um die mehr als befriedigte Sasha vor ihm.

Und dann habe ich endlich zwei und zwei zusammengefügt.

Als wir im Earth Club zusammen getanzt haben, sagte Darian mir, dass er eine gemeinsame Zukunft von uns gesehen hat.

Und diese Erinnerung begann im Leerraum – also muss es eine Vision von einer Zukunft sein.

Ich möchte mir auf meine fehlende Stirn schlagen, aber stattdessen starre ich den nackten Menschen mit Darians Augen an.

Diese Sasha sieht beneidenswert glücklich aus in seinen Armen.

Ein Teil von mir lehnt ab, was ich sehe, aber ein anderer Teil fragt sich, ob diese Zukunft wirklich schlecht wäre.

Will ich nicht eines Tages *so* glücklich sein?

Nein, Moment. Was denke ich gerade?

Ist das ein Nebeneffekt davon, dass ich es mir buchstäblich selbst gemacht habe?

Man kann keine Gefühle für jemanden entwickeln, die auf dem beruhen, was in einer Erinnerung an eine Zukunftsvision passiert, die sich ereignen kann oder auch nicht.

Das wäre eine paradoxe, sich selbst erfüllende Prophezeiung.

Auch in dieser rosigen Zukunft scheint Darian mich mit seiner Matilda zu vergleichen.

Will ich immer mit einem Geist konkurrieren?

Noch wichtiger ist: Könnte ich mit jemand anderem glücklicher sein? Jemandem wie, sagen wir, …

Die Szene um mich herum zerfällt wieder, und ich befinde mich außerhalb von Darians Erinnerungen – an einem Ort, den ich noch nie gesehen habe.

KAPITEL ACHT

DIES KANN NICHT der normale Leerraum sein, da ich bereits eine Vision zu haben scheine. Um mich herum ist vakuumartige Schwärze, und in der Mitte ist ein Hologramm, aus Mangel an einem besseren Begriff.

Ein Hologramm von Darian.

Wenn die grünen Gehirnsynapsen aus meinem Biologiekurs eine geisterhafte Person bilden würden, sähe das so aus.

Darians durchsichtige Form scheint an dieses unheimliche Wesen gebunden zu sein, das mich in dieses Leerraum-Abenteuer hineingezogen hat. Allerdings sehe ich diese Verbindung nicht mit meinen Augen.

Ich spüre sie mit diesem besonderen Leerraumbewusstsein.

Das gleiche Bewusstsein sagt mir, dass das Wesen gewachsen zu sein scheint.

Nein, das ist nicht richtig. Es ist mit einem anderen Wesen verbunden.

Ich schaue einen Moment nach unten und stelle fest, dass ich selbst ein spindelförmiges Synapsen-Hologramm bin, das an das zweite Formenwesen gebunden ist.

»Mach dir keine Sorgen«, sagt Darian.

Hat er diese Worte im traditionellen Sinne gesagt?

Seine geisterhaften Lippen haben sich bewegt, aber ich habe den starken Verdacht, dass es hier keine Luft zum Vibrieren gibt. Und seine durchsichtigen Ohren sehen aus, als ob ihnen das Trommelfell fehlt – also nehme ich an, dass meine auch so aussehen.

»Was ist das?«, frage ich ihn.

Cool. Ich kann mich in meinem Kopf hören, als hätte ich in der realen Welt gesprochen.

»Du hast im Leerraum an mich gedacht.« Seine geisterhafte Gestalt schwebt nach oben. »Ich war zur gleichen Zeit im Leerraum, also ist das geschehen.« Er zeigt mit dem Finger dorthin, wo sich die verbundenen Wesen befinden.

»Sicher«, sage ich sarkastisch. »Das erklärt alles. Danke.«

Er schwebt in meine Richtung, aber ich schwebe instinktiv rückwärts.

Prima. Ich kann auch schweben.

Er schwebt nach unten, so dass unsere Augen parallel sind. »Erlaube mir, es dir zu erklären. Hast du gedacht, dass der Leerraum ein Raum in deinem eigenen Kopf ist, wie der ziemlich unglückliche Titel impliziert?«

Ich zucke mit den Schultern. Ich dachte eigentlich, es könnte eine andere Dimension sein, aber ich habe mich nach dem ersten Gespräch mit Felix nicht viel damit beschäftigt.

»Nun, diese Begegnung widerlegt eindeutig dieses häufige Missverständnis.« Er nickt in Richtung der anderen Wesen. »In Wirklichkeit ist der ›Raum‹-Teil des Begriffs der Schlüssel. Der Leerraum ist eine Art von, nun ja, *Raum*, den alle Seher besuchen können.« Er breitet seine Arme aus. »Einer wird von allen geteilt. Und für den Fall, dass es nicht klar ist«, er zeigt wieder auf die beiden Dinge, mit denen wir verbunden sind, »das sind die Manifestationen von dir und mir, wie wir im Leerraum erscheinen. Unsere gegenwärtigen durchsichtigen Körper sind nur Erfindungen unserer Vorstellungskraft, die dazu dienen, das Gespräch zu erleichtern.«

Mein Kopf dreht sich ziemlich gut dafür, dass er nur imaginär ist.

Zuerst gab es die Otherlands – die im Wesentlichen Paralleluniversen sind. Und jetzt bekomme ich die Bestätigung, dass der Leerraum eine andere Dimension ist – eine völlig fremde neben unserer üblichen dreidimensionalen.

»Das sollte keine so große Überraschung sein«, sagt Darian, da er mein Schweigen missversteht. »Man muss außerhalb der Zeit sein, um die Zukunft zu sehen.«

»Ich schätze, das stimmt«, murmele ich und verarbeite das Ganze immer noch. »Ich finde es schwierig, mit diesem durchsichtigen Gehirn den Gedanken ›außerhalb der Zeit‹ zu begreifen.«

»Ich kann es dir nicht verübeln.« Er zwinkert. »Mächtigere Seher als ich haben es nicht geschafft, den Leerraum vollständig zu erfassen. Sie lernten einfach, ihn für Visionen zu nutzen und heimlich zu kommunizieren, so wie wir es jetzt tun. Aber es kann gefährlich sein, auf diese Weise zu kommunizieren – deshalb bin ich heute deinem Ruf gefolgt. Ich wollte dich warnen.«

»Gefährlich?« Ich versuche, meine Arme vor meiner Brust zu kreuzen, aber sie gehen einfach durcheinander hindurch, wie die eines Geistes.

»Zum einen kann es schlecht für den gesunden Menschenverstand sein«, sagt Darian, und sein Gesicht sieht aus wie das Sinnbild von Ernsthaftigkeit. »Seher erleben manchmal Halluzinationen, wenn sie sich zum ersten Mal auf diese Weise verbinden. Je mächtiger der Seher, desto stärker können diese Halluzinationen sein – und desto größer die Gefahr. Heute dürfte dir nichts geschehen sein, da deine Macht neu für dich ist, aber wegen des durch das Fernsehen verstärkten Rohmaterials war das Risiko vorhanden.« Er schaut mich aufmerksam an und fragt so beiläufig wie möglich: »Du hast nichts Seltsames erlebt, oder?«

»Nein«, lüge ich, hoffentlich genauso geschmeidig, wie er es gerade getan hat.

Und er muss gelogen haben – mit einem Können, das mit dem eines Magiers konkurriert.

Es sei denn … könnte es sein, dass diese Erinnerungen, die ich gerade gesehen habe, tatsächlich Halluzinationen waren?

Wenn ja, warum war ich in ihnen Darian, und was noch wichtiger ist, warum passen sie so gut zu dem, was ich bereits wusste?

Die Erinnerung oder Halluzination aus dem Restaurant war genauso, wie ich mich selbst an die Ereignisse erinnere, und die über Matilda passt zu der Fehde zwischen Chester und Darian. Sogar die von Darian und mir im Bett war etwas, von dem er einmal behauptet hatte, es in einer Vision gesehen zu haben.

Und außerdem, wenn ich *halluzinieren* würde, mit jemandem zu schlafen, wäre es mit einem Partner, der noch weniger geeignet ist als Darian. Wie, sagen wir, mit meinem Chef …

Darian schwebt einen Zentimeter näher und sagt mit verdächtiger Erleichterung: »Ich bin froh, zu hören, dass dir diese Unannehmlichkeiten erspart wurden.«

»Glück gehabt, schätze ich«, lüge ich. »Was ist mit dir?«

Er sieht aus, als versuche er, ein Lächeln zu unterdrücken. »Ich war nicht so immun den schrecklichen Dingen gegenüber wie du.«

Oh nein.

Hat er eine oder mehrere *meiner* Erinnerungen gesehen?

Schaut er deshalb so aus, als müsse er grinsen?

Hoffentlich ist es keine, in der meine Periode mitten im Geometrieunterricht begann, oder in der ich auf nassen U-Bahn-Treppen ausrutsche und hinfalle. In einem Rock. Vor dem ganzen Lacrosse-Team.

Dann merke ich, dass es schlimmere Dinge gibt, die Darian hätte erleben können, wie alles, was Copperfield betrifft – mein *Massagegerät*.

All die unzähligen Szenarien, die sich vor meinen Augen abspielen, jedes schlimmer als das andere, wie die Zeiten, in denen ich über Criss Angel fantasierte, während ich Copperfield benutzte ... oder als ich damals an Nero dachte, nachdem Harper mich angeheizt hatte.

In diesem Zusammenhang hoffe ich, dass er meine Erinnerung an den Kuss von gestern Abend mit Nero nicht gesehen hat – obwohl mir etwas sagt, dass Darian in *diesem* Fall nicht in einer humorvollen Stimmung sein würde.

»Ich hoffe, deine Halluzination hat dich nicht verrückt gemacht«, zwinge ich mich mit einem unbeweglichen Gesicht zu sagen.

»Noch nicht.« Er lässt endlich sein Grinsen raus. »Aber Wahnsinn ist nicht die einzige Gefahr bei einem solchen Gespräch.« Sein Gesicht wird ernster. »Wenn man nicht aufpasst, kann ein mächtigerer Seher während einer Begegnung im Leerraum die Kräfte des anderen aufsaugen.«

»Ach?« Die Neugierde lässt mich aufleben, und ich

ertappe mich dabei, wie ich ein wenig nach oben schwebe.

»Falls du es nicht wusstest, längere Visionen sind erschöpfender als kürzere Visionen.« Er schwebt nach oben, damit wir auf derselben Höhe bleiben.

»Ich habe es bemerkt.« Als ob es eine Reaktion auf meine Irritation ist, schwebe ich einen Zentimeter tiefer. Warum hat er mich auf dem Video nicht vor dem Machtverlust gewarnt? Das hätte er leicht tun können.

»So zu reden ist ähnlich wie eine Vision zu haben.« Er richtet unsere Augenhöhe wieder aus. »Je länger wir reden, desto mehr Energie verbrauchen wir.«

»Mist.« Wie als Antwort auf meine Besorgnis schwebe ich wieder weiter nach unten.

Lassen mich positive Emotionen hier buchstäblich schweben und negative ziehen mich runter?

Darian scheint in der Lage zu sein, nach Belieben zu schweben.

Ich versuche, selbst nach unten zu schweben, und grinse, als es funktioniert.

»Ja.« Er schaut geduldiger meinem Auf-und-Ab zu, als ich es an seiner Stelle getan hätte. »Eine weitere Sache, die man bedenken sollte, ist, dass diese Art von Gespräch nur dann enden kann, wenn wir beide es wünschen – oder wenn jemand die Macht verliert oder wenn ein Seher bereit ist, einen riesigen Kraftschub aufzuwenden, um die Verbindung zu trennen. Auf diese Weise kann ein mächtigerer Seher einen schwächeren auszehren.«

»Klingt nach einem bösen Trick.« Ich ertappe mich beim Herunterschweben und versuche, mein Hologramm auf dem gleichen Niveau zu halten. »Ist es das, was du gerade machst?«

»Ich versuche eigentlich, genau das Gegenteil zu erreichen.« Er schwankt auf und ab, wie ein Floß auf einem wogenden See. »Ich möchte dir so schnell wie möglich Informationen geben, damit wir beide gehen können. Vergiss nicht, dass ich mir nicht sicher bin, ob du der schwächere Seher hier bist, wenn es um reine Energie geht. Ich habe so oder so keinen Grund, dich auszuzehren.«

»Wenn diese Form der Kommunikation so gefährlich ist, warum sollten Seher dann riskieren, sie zu benutzen?« Ich lasse mich nach oben schweben.

»Sagen wir, du und ich wollten eine geheime Verhandlung.« Er schwebt auf meine Höhe. »Nehmen wir an, wir haben vereinbart, uns irgendwo auf der Erde oder in einem anderen Land zu einem bestimmten Zeitpunkt in der Zukunft zu treffen.«

»Okay.«

»Ein anderer Seher kann theoretisch eine Vision von diesem Gespräch haben und die Geheimhaltung unseres Treffens zunichtemachen.«

Ich schwebe nach unten, aber sage kein Wort.

Er schließt sich mir an und fährt fort. »Noch wichtiger ist: Wenn nur einer von uns das Gespräch voraussehen würde, hätte er oder sie die Oberhand bei den eigentlichen Verhandlungen.«

»Ich glaube, ich verstehe.« Ich lege meine

Fingerspitzen gegeneinander – nur um festzustellen, dass sie wie eine Gabel durch Nebel hindurchgehen. »Selbst wenn wir beide Visionen von diesem hypothetischen Treffen gesehen hätten, könnten wir dann eine neue Vision der neuen Zukunft sehen, in der wir beide von dem Treffen wissen, und davon ausgehend eine weitere Reihe von Visionen.«

»Genau. Das heißt, bis einem von uns die Macht ausgeht.« Er schüttelt den Kopf. »Du hast ein teuflisches Gespür dafür, was meinen lang gehegten Verdacht bestätigt: Du wirst zu einem Seher, mit dem man sich messen kann.«

»Also, lass mich raten.« Ich treibe nach oben. »Gespräche im Leerraum können nicht vorhergesehen werden.«

»Genau.« Er schwebt wieder auf mein Niveau.

»Und deshalb wäre ein schwächerer Seher bereit, das mit einem solchen Treffen verbundene Risiko einzugehen«, sage ich. »Zumindest könnte er sich so sicher sein, dass das, was er sagt, dem mächtigeren Seher nicht bereits bekannt ist.«

»Das – und absolute Privatsphäre.« Er schaut mich mit seinen seltsamen holographischen Augen aufmerksam an.

Etwas macht klick, und ich versuche, mir auf die Stirn zu schlagen – nur, um meine Hand durch meinen imaginären Kopf gehen zu lassen.

»Deshalb redest du trotz Neros Ultimatum mit mir«, sage ich. »Selbst wenn er einen Seher auf seiner

Gehaltsliste hätte, würde dieser Seher nichts von diesem Treffen wissen. Das könnte nie jemand.«

»Es sei denn, du entpuppst dich als Petze.« Er schwebt nach unten, dann fängt er sich und schwimmt wieder nach oben. »Selbst dann würde ich deine Absicht sehen, es ihm zu sagen – wie zum Beispiel dadurch, dass ich in absehbarer Zeit aufgespießt werde.«

»Interessant.« Ich ertappe mich dabei, dass ich aufsteigen will, und bleibe auf gleicher Höhe mit ihm. Ich muss lernen, meine Emotionen an diesem Ort zu verbergen. »Ich werde dich wahrscheinlich nicht verraten … zumindest dann nicht, wenn du dich weiterhin wie ein Gentleman benimmst.«

»Du wirst keinen authentischeren Gentleman finden«, sagt er, und sein britischer Akzent verstärkt sich. »Es tut mir leid, dass ich mich so beeilen muss, aber das muss ich.«

»Ich verstehe«, sage ich schnell. »Ich möchte dir nur noch ein paar Fragen stellen.«

Was ich ungesagt lasse, ist, dass er nach eigenem Bekunden meine Zustimmung braucht, um diesen metaphysischen Chat ohne großen Machtaufwand zu beenden.

»Tu das«, sagt er mit unleserlichem Gesicht.

»Muss ich nur an einen Seher denken, mit dem ich im Leerraum sprechen möchte, um ein solches Gespräch zu starten?«

»Es ist eher so, dass man ihre Essenz hervorrufen muss«, antwortet er. »Aber es wird nur funktionieren, wenn sich der andere Seher auch im Leerraum befindet, was an sich schon eine knifflige Aufgabe ist. Es wird auch erfordern, dass der Seher deinem Ruf folgen *will* – und nur wenige tun das ohne vorherige Absprache.«

»Wie können sie meinen Ruf ablehnen?«, frage ich. »Indem sie im Gegenzug einfach meine Form nicht berühren?«

»Das ist eher eine Sache der Willenskraft«, sagt er. »Obwohl in der Regel eine willige Beteiligung erforderlich ist, können einige sehr mächtige Seher das Gespräch erzwingen. Das Sicherste ist, den Leerraum zu verlassen, wenn ein Hinweis auf einen Ruf erscheint, was im Grunde genommen dann der Fall ist, wenn man etwas anderes sieht als die Visionsformen.«

»Den Leerraum verlassen?« Ich treibe nach oben. »Wie mache ich das?«

»Oh, das ist einfach.« Auch er schwebt nach oben, und ein Lächeln berührt die Winkel seiner geisterhaften Lippen. »Du musst dich nur selbst berühren.« Er sagt das mit einem völlig ernsten Gesichtsausdruck, aber ich kann sagen, dass er ein weiteres Grinsen unterdrückt. »Ich bin zuversichtlich, dass du *das* herausfinden kannst.«

Ich sinke fast einen halben Meter.

Er muss in der Tat eine meiner Erinnerungen mit Copperfield gesehen haben – was könnte er sonst damit andeuten wollen?

Hey, zumindest habe ich währenddessen nie an *ihn* gedacht. Oder doch?

Moment, ich muss mich auf den wichtigen Teil konzentrieren.

Es klingt, als könnte ich den Leerraum verlassen, ohne eine Vision zu haben, indem ich mich *metaphysisch* berühre.

Also indem ich das, was ich mit Formen mache, bei mir selbst mache – nichts daran ist schmutzig.

Wenn das so funktioniert, wie ich es vermute, könnte es sehr nützlich sein, wenn es um meine Leerraumübungen geht.

»Wir müssen auf die Zeit achten«, sagt Darian, und ich vermute, dass er, wenn er eine Uhr hätte, gerade auf sie schauen würde.

»Na schön, aber können wir das noch einmal machen?« Ich schwebe wieder nach oben, damit wir auf Augenhöhe sind. »Ich will mehr lernen …«

»Es tut mir leid.« Er schaut auf die Dunkelheit unter uns herab. »Ich fürchte, wir werden in nächster Zeit nicht miteinander reden können. Weder auf diese Weise noch persönlich.«

So enttäuschend diese Aussage auch sein mag, sie weckt interessante Vermutungen. Es könnte bedeuten, dass er gerade so viel von seiner Kraft verbraucht hat, dass er sich für eine Weile erholen muss. Wenn das stimmt, und vorausgesetzt, ich verliere meine Kräfte nicht ganz so lange, könnte ich einschätzen, wer von uns der mächtigere Seher ist.

Oder er könnte jetzt einfach weniger Macht haben, weil er heute schon etwas verbraucht hat.

»Sei nicht so nachdenklich«, sagt er. »Die Liebe wächst mit der Entfernung und so.«

»Ja, ja. Träum weiter.« Ich hüpfe auf und ab wie eine Feder im Wind. »Wie soll ich dann lernen, eine Seherin zu sein?«

»Nicht von Nero, das ist sicher«, sagt er, und seine geisterhaften Gesichtszüge verdunkeln sich. »Apropos Nero, ich wollte dir etwas Wichtiges sagen.« Er rutscht ein spürbares Stück hinunter, dann schwebt er wieder nach oben. »Verliebe dich *nicht* in Nero … Ich sage dir das als Seher, nicht als Mann.«

Ich ersticke fast an den Millionen möglicher Antworten, die von »Das geht dich nichts an« bis »Das würde sowieso nie passieren, also mach dir keine Sorgen um deinen hübschen kleinen Kopf« reichen.

Ich begnüge mich mit etwas inmitten dieser Extreme und sage mit übertriebenem Sarkasmus: »Ich werde das berücksichtigen. Gibt es noch *andere* Weisheiten, die du loswerden möchtest?«

»Übe deine Seherfähigkeiten«, sagt er. »Es geht in einer sehr nahen Zukunft um Leben und Tod.«

Ich falle fast einen Meter nach unten. »Was meinst du damit? Wessen Leben oder Tod? Was wird mit ihnen geschehen? Gibt es etwas Bestimmtes, um das ich mir Sorgen machen muss?«

»Ja«, sagt er. »Deine Priorität ist dein …«

Ich höre nicht, was Darian als Nächstes sagt, denn in diesem Moment wird unser Gespräch beendet.

———

KAPITEL NEUN

»NEIN!«, versuche ich zu schreien, aber es gibt keine Möglichkeit, zu schreien, wenn man eine Vision verlässt – was gerade passiert ist.

Ich sitze auf meinem Meditationskissen in Neros Metallkäfig.

»Dein *was?*«, schreie ich, aber erfolglos.

Er hätte im Begriff sein können, »dein Freund« oder »deine Mutter« oder »dein ungeborenes Kind« zu sagen.

Ich schlage frustriert auf das Kissen unter mir.

Das war eindeutig eine wichtige Warnung.

Außerdem hatte ich noch so viele weitere Fragen.

Kannte Darian meinen Vater?

Wenn ja, kannte er auch meine Mutter?

Ich stehe auf und fange an, von Metallwand zu Metallwand zu gehen.

Warum endete das Gespräch so abrupt? Hat Darian gelogen, als er gesagt hat, dass es von ihm nicht ohne meine Zustimmung beendet werden kann, oder ist einem von uns doch der Sehersaft ausgegangen?

Wenn es Letzteres ist, hoffe ich, dass nicht ich es war, oder wenn es ich war, hoffe ich, dass ich mich bald erhole, damit ich mit meinen Kräften üben kann, so wie er es mir geraten hat.

Nicht, dass ich diesen Rat brauchte. Das hatte ich sowieso vor.

Irgendetwas sagt mir, dass ich nicht diejenige war, der die Macht ausgegangen ist. Ich hatte diese mehrstündige Vision vom Spielen von Videospielen mit Felix – und erholte mich innerhalb weniger Tage. Unser Gespräch dauerte höchstens ein paar Minuten.

Es sei denn, diese Gespräche verbrauchen mehr Kraft als Visionen.

Ich höre auf, hin und her zu laufen.

Ich muss mich beruhigen und versuchen, wieder in den Leerraum zu gehen.

Wenn es funktioniert, bedeutet es wahrscheinlich, dass Darian die Macht ausgegangen ist.

Bedeutet das, dass ich mächtiger bin?

Nein.

Wie ich vorher vermutet habe, hätte er in letzter Zeit eine lange Vision haben können und hatte deshalb wenig Energie, als er meinen Ruf hörte.

Ich ertappe mich dabei, wie ich wieder auf und ab gehe, und halte neben dem Bildschirm mit Neros digitalem Countdown an.

Ich habe nur eine Stunde meines achtstündigen Pensums erledigt.

Jede Hoffnung auf Entspannung stirbt, als ich merke, wie eingesperrt ich mich bereits fühle.

Ich ziehe mein Handy heraus, um meine E-Mails zu überprüfen.

Zuerst sieht es so aus, als hätte ich keine, aber dann bemerke ich es.

Kein Netz und kein WLAN.

Also, das ist einfach grausam, selbst für Nero.

Soll ich wie ein moderner Robinson Crusoe sein, der auf dieser unbewohnten Insel ohne Internetzugang festsitzt? Eigentlich bin ich eher ein Edmond Dantès – in einem schrecklichen Gefängnis von einem verräterischen Feind.

Ich atme tief durch.

Ich muss ernsthaft einen Weg finden, um mich zu beruhigen.

Dann erinnere ich mich, dass Nero mir einige Annehmlichkeiten hinterlassen hat, die dem Grafen von Monte Christo in seiner Zelle im Château d'If fehlten.

Ich gehe ins Badezimmer und drehe den Wasserhahn des glänzenden neuen Whirlpools auf.

Während das heiße Wasser einläuft, gehe ich in die Küche und mache mir einen Gourmet-Snack.

Unglaublicherweise schmecken die Schnecken noch besser, als sie aussehen.

Hat Neros Privatkoch sie zubereitet?

Ich nehme mir noch einen zweiten Gang, und danach einen dritten.

Hmm. Ich muss auf mein Gewicht achten, wenn ich

jeden Tag acht Stunden in diesem Raum bleibe. Bei diesem leckeren Essen, aber keinem Ort zum Trainieren, könnte ich leicht außer Form geraten.

Nach dem Essen gehe ich zurück ins Badezimmer. Das Wasser im Whirlpool ist genau richtig, also schließe ich die Tür, bete, dass Nero nicht zusieht, und ziehe meine Kleidung aus.

Die Düsen in der Wanne sind fast so gut wie ein Massagetherapeut, und bald entspanne ich mich, besonders, als das Essenskoma eintritt.

Sobald ich zufrieden und schrumpelig bin, verlasse ich widerstrebend die Wanne und trockne mich ab.

Jetzt bin ich bereit, zu meditieren.

Ich nehme eine bequeme Position ein und beginne mit der Atmung.

Bald darauf befinde ich mich im Leerraum.

ICH SCHWEBE zwischen den Formen und denke nach.

Scheint so, als hätte ich noch etwas Seherkraft im Tank.

Ich spüre meine Umgebung, als sei es das erste Mal.

Das ist ein *Platz*.

Ein Ort.

Wenn ein Seher, irgendwo in der Vielzahl der Otherlands, derzeit versucht, eine Vision zu bekommen, dann ist er irgendwo hier, auch umgeben von Formen, die diesen nicht unähnlich sind.

Könnte ich zufällig jemanden treffen?

Wie groß ist der Leerraum?

Wenn meine Intuition stimmt, könnte der Leerraum riesig sein – wie ein ganzes Universum oder größer, was eine zufällige Begegnung unwahrscheinlich macht.

Was wahrscheinlich das Beste ist, wenn man bedenkt, was Darian mir gesagt hat.

Ich frage mich, ob ich so schnell wieder mit ihm reden könnte.

Als ich an Darian denke, erinnere ich mich an den glücklichen Gesichtsausdruck von Sasha aus der seltsamen Zukunft – einer Zukunft, in der sie Darian zu lieben scheint.

Ich weigere mich, zu denken, dass ich sonst in diese Position gekommen wäre – Wortspiel beabsichtigt.

Will ich diese Zukunft?

Die Formen um mich herum verändern sich, als ich über diese Frage nachdenke, aber Darian taucht nicht auf.

Nun, das hatte ich auch nicht erwartet. Offensichtlich ist er derjenige, dem die Kräfte ausgegangen sind.

Plötzlich fällt mir etwas ein.

Mein biologischer Vater ist ein Seher.

Könnte ich ihn im Leerraum rufen?

Pulsierend vor Aufregung, denke ich das Wort »Vater« immer wieder zu mir selbst.

Nichts passiert.

Mist.

Ich muss vielleicht seine Essenz rufen, was auch

immer das ist – was schwierig sein könnte, da ich nichts über ihn weiß.

»Grigori Rasputin«, denke ich immer wieder.

Kein Glück.

Ich versuche, mich an alles zu erinnern, was ich über den Mann gelesen habe.

Nichts.

Ich denke über fiktive Dinge nach, wie seine Rolle als Schurke in den Filmen *Anastasia* und *Hellboy*.

Diesmal bin ich froh, dass es nicht funktioniert. Wenn seine Essenz so etwas wie diese fiktiven Darstellungen wäre, bin ich mir nicht sicher, ob ich ihn treffen möchte.

Als ich es satthabe, meinen biologischen Vater vergeblich zu beschwören, denke ich darüber nach, die gleiche Methode zu verwenden, um meine biologische Mutter zu rufen – vorausgesetzt, dass sie ebenfalls eine Seherin ist.

Ich gebe mein Bestes, aber es trägt keine Früchte.

Dann fällt mir noch etwas ein.

Ich sollte keine wichtigen Leute wie Rasputin im *Leerraum* rufen, wenn meine Kräfte so erschöpft sind wie jetzt; sonst wird mir das passieren, was Darian passiert ist.

Wenn ich heute üben will, meine Kräfte besser zu beherrschen, sollte ich mich lieber darauf konzentrieren, den Leerraum zu verlassen, so wie Darian es erwähnt hat.

Richtig.

Damit könnte ich immer wieder in den Leerraum

gehen und hierher zurückkehren, bis ich lerne, Visionen so reibungslos zu aktivieren, wie es Darian in seiner Erinnerung getan hat.

Wenn ich Lungen hätte, würde ich seufzen.

Alles, was ich jetzt tun muss, ist, mich selbst zu berühren.

KAPITEL ZEHN

OKAY, Darian hat diese Aufgabe definitiv schwieriger gemacht, indem er die Idee beschmutzt hat.

Zumindest denke ich, dass ich deshalb Probleme damit habe.

Ich weiß nicht einmal, wo ich anfangen soll.

Wenn ich eine Form hier im Leerraum aktiviere, scheint eine Art Anhängsel beteiligt zu sein, aber ich habe jetzt Schwierigkeiten, es zu spüren – besonders in Bezug auf mich selbst.

Das Problem ist, dass ich nicht weiß, wo ich bin. Was meine Sinne steuert, hat nicht die Fähigkeit, »das Selbst zu sehen«.

Moment mal.

Vielleicht funktioniert das wie diese Rufe?

In diesem Fall ist der erste Schritt vielleicht, dass ich an meine eigene Essenz denke?

Allerdings ist das leichter gesagt als getan. Was zum Teufel ist meine Essenz?

Darian hielt mich in seinem Gedächtnis für unerschrocken – und ich könnte ihm fast zustimmen. Ich bin definitiv mutig, wenn es um die Methoden meiner Magie geht, aber ich bin mir unsicher, was meine Kühnheit außerhalb dieses Kontextes betrifft.

Er nannte mich auch anpassungsfähig und kreativ – aber ich bin mir nicht sicher, wie viel davon wirklich wahr ist, zumindest außerhalb meines darstellenden Ichs.

Ich werde mit dem Publikum spielerisch, wie er vorgeschlagen hat, aber ist das etwas, was als meine Essenz angesehen werden kann?

Ich bin mir auch nicht sicher, ob ich mich für mutig halten würde – was eine weitere Eigenschaft ist, die er mir zugeschrieben hat. Es gibt Bereiche meines Lebens, in denen ich überhaupt nicht mutig bin. Mein Liebesleben ist ein großartiges Beispiel.

Was die Vorstellung betrifft, dass ich – ich zitiere – »verdammt umwerfend« bin, so ist sie lächerlich. Ich bin bestenfalls niedlich, und, was noch wichtiger ist, ich sehe mein Aussehen überhaupt nicht als Teil meiner Essenz.

Mein Versuch der Selbstbeobachtung bringt keine Ergebnisse. Bedeutet das, dass ich tiefer in meine Essenz eindringen muss?

Wer hätte gedacht, dass »sich selbst berühren« so sehr wie eine Therapiesitzung mit Lucretia anfühlen könnte?

Ich spiele gern Streiche, das *gebe* ich zu. Ich versuche zwar, diesen Hang in meinen Illusionen auszuleben, aber es funktioniert nicht immer. Manchmal endet Felix trotzdem mit einer Tastatur, die grün sprießt, oder einem super-sauren Kuchen.

Endlich passiert etwas.

Wow.

Abgefahren.

So müssen sich diese außerkörperlichen Erfahrungen anfühlen – außer, dass ich von Anfang an keinen Körper hatte.

Abgesehen von der Metaphysik spüre ich die Form, mit der ich während der Unterhaltung im Leerraum mit Darian verbunden war.

Irgendwo in meinem nicht existierenden Bauch weiß ich, dass *ich das bin*.

Jetzt muss ich nur noch einen Weg finden, sie oder es zu »berühren«.

Dieser Teil ist jedoch einfach.

Ich mache das, was ich mit Formen gemacht habe – und mit Darians Wesen.

Das Wichtigste jedoch zuerst. Mein von Darian verschmutzter Verstand verlangt, dass ich eine frühere Terminologie ändere. Von nun an wird das, was ich mein metaphysisches und nebulöses *Anhängsel* genannt habe, mein *ätherischer Schweif* heißen.

Denn wenn ich mich »berühren« will, dann tue ich das lieber damit als mit allem, was an Tentakel eines lovecraftianischen Monsters erinnert.

Mit meinem ätherischen Schweif berühre ich mich also endlich selbst.

Und fühle mich, als ob ich direkt aus dem Leerraum implodiere.

Ich schaue mich in der Metallzelle um, die jetzt mein Büro ist.

Ich habe es geschafft.

Ich habe den Leerraum verlassen, ohne eine Vision sehen zu müssen.

Hat das irgendwelche Seherkraft verbraucht?

Der beste Weg, das herauszufinden, ist, wieder in den Leerraum zu gehen.

Bevor ich das tue, nehme ich mein Handy heraus und finde eine Playlist, die Felix für mich erstellt hat. Ich finde darauf einen Song von Divinyls namens »I Touch Myself«, drücke Play, und grinse die ganze Zeit.

Die Meditation geht besser zur peppigen Musik, und ich kehre schneller als je zuvor in den Leerraum zurück.

Ich bin wieder ein wenig holprig, als es darum geht, mein Leerraum-Ich zu beschwören, aber ich bekomme es hin, berühre mich mit dem ätherischen Schweif und finde mich in Neros Metallkäfig wieder.

Ich wiederhole die ganze Prozedur immer wieder, bis meine Beine krampfen.

Dann stehe ich auf und mache mir einen weiteren Snack.

Ich kann den Leerraum jetzt fast reibungslos verlassen – obwohl ich bei weitem nicht so gut wie Darian bin, wenn es darum geht, ihn zu betreten.

Ich sollte wahrscheinlich noch mehr trainieren. Es

ist ja nicht so, dass ich in meinem gefängnisartigen *Arbeitszimmer* etwas Besseres zu tun hätte.

Ich setze mich auf den Stuhl, begebe mich in den Leerraum, und dann steige ich ganz schnell wieder aus.

Das mache ich immer wieder, bis ich es sowohl auf einem Stuhl als auch in der Lotus-Pose beherrsche.

Als Nächstes versuche ich, es im Stehen zu machen – was auch klappt, aber etwas länger dauert.

Also übe ich, wie ich im Stehen in den Leerraum komme, bis meine Beine wirklich schmerzen.

Ich bin jetzt genauso gut dabei, das im Stehen zu tun wie im Sitzen.

Ich überprüfe Neros Countdown.

Ich habe noch eine Stunde Zeit.

Die Zeit vergeht wie im Fluge, wenn man sich eine Aufgabe stellt.

Den Leerraum beherrschen zu wollen erinnert mich an die Stunden, die ich in den letzten Jahren damit verbracht habe, Taschenspielertricks zu erlernen. Während des Übens verging die Zeit immer genauso schnell.

Ich stelle mich neben meine Zeitanzeige und gehe wieder in den Leerraum, aber verlasse ihn nicht.

Ich sollte zumindest versuchen, dem Sklaventreiber ein Trinkgeld zu geben.

An grüne und minzige Gedanken zu denken funktioniert nicht, also versuche ich stattdessen, mir einen glücklichen Nero vorzustellen, der überzeugt ist, dass ihm das Geldverdienen Freude bringt.

Eine Form taucht vor mir auf.

Es ist ein rotes, schneeflockenartiges Ding in Raumtemperatur, das nach Kaviar schmeckt und eine vertrauenerweckende melodiöse Musik spielt.

Scheint so, als wäre mein Leben in der Vision nicht in Gefahr – denn dann wäre die Musik weniger freundlich.

Das ist ein gutes Zeichen. Aktientipps sind normalerweise nicht gefährlich. Zumindest nicht, was das unmittelbare Überleben betrifft.

Ich zoome ein paarmal auf die Form, um sicherzustellen, dass die resultierende Vision schön kurz ist. Ich möchte nicht zu viel von meiner Kraft auf einmal verbrauchen.

Als ich zufrieden mit der Größe der Form bin, benutze ich meinen ätherischen Schweif, um sie zu berühren und mich in eine Vision zu stürzen.

DIE ZEIT SCHEINT LANGSAMER zu vergehen, als ich mich auf Neros Gesicht konzentriere und alles andere ausblende.

Meine Faust fliegt vorwärts und trifft zu meinem absoluten Schrecken auf seinen Kiefer.

Sogar durch den Handschuh hindurch schreit meine Hand vor Schmerz.

Nero scheint es jedoch nicht zu kümmern. Es ist, als hätte ich ihm gerade einen langweiligen Aktientipp gegeben, anstatt ihn brutal anzugreifen.

Nein. Es *gibt* ein Gefühl auf seinem Gesicht, es ist einfach gut versteckt.

Sieht er zufrieden aus?

Was ...?

ICH ÖFFNE die Augen und stehe immer noch neben dem digitalen Bildschirm.

Ich sehe mich unauffällig im Raum um, so als ob Nero irgendwie mitbekommen haben könnte, was gerade in meinem Kopf passiert ist – oder wo auch immer die Visionen auftauchen.

Das ist es, was ich bekam, als ich versuchte, eine Vision aufzurufen, in der er glücklich ist?

Dass ich ihm in sein selbstgefälliges Gesicht schlage?

Heißt das, er ist ein heimlicher Masochist? Wenn ja, dann war diese Vision, die ich gesehen habe, angesichts dessen, wie sehr ich mich immer wieder über ihn ärgere, vielleicht eine vorteilhafte Lösung, die wir für beide Seiten gefunden haben?

Spaß beiseite. Was hat mein zukünftiges Ich sich in dieser Vision gedacht? Wer schlägt den Boogeyman der Cogniti-Gemeinschaft – ganz zu schweigen von seinem Mentor und Chef?

Zwischen Darians feuchtem Traum und diesem fange ich an, das Gefühl zu bekommen, dass mein zukünftiges Ich nicht nachdenkt, bevor es Dinge tut –

nicht so viel, wie ich es an seiner Stelle tun würde. Was wurde daraus, älter und weiser zu werden?

Ich schaue auf meine verbleibende Arbeitszeit.

Sie ist noch nicht um.

Ich setze mich wieder auf das Kissen und versuche erneut, in den Leerraum zu gelangen.

Ich scheitere.

Ich versuche es noch einmal und scheitere erneut.

Es sieht so aus, als wäre mir nach allem die Kraft ausgegangen – zumindest im Moment.

Hoffentlich werde ich morgen so gut wie neu sein.

Ich gehe erneut in die Küche, um etwas zu essen, und verbringe dann meine restliche Zeit mit einem Kartenspiel in der Hand, um meine Lieblingsbewegungen zu üben.

Als der verhasste Timer endlich null erreicht, schwenkt die große Metalltür auf und gibt den Blick auf Nero frei.

Ich gehe zur Tür, aber er versperrt mir den Weg.

Wir starren uns an wie zwei Cowboys, die ihre Waffen ziehen wollen.

Ich blinzele zuerst. »Kann ich gehen?«

»Der Aktientipp«, sagt er. »Gib ihn mir, und du kannst gehen.«

Ich atme tief durch. »Du solltest in ML Macadamia Obstgärten investieren.« Ich kämpfe darum, einen ernsthaften Gesichtsausdruck zu bewahren, und füge hinzu: »Ihr Börsenkürzel ist NUT« – wie *Verrückter* auf Englisch, aber das sage ich nicht dazu.

»Oh, *das* weiß ich«, sagt Nero mit unleserlichem

Gesichtsausdruck. »Was ich wissen will, ist: Hast du deine Zeit in dem Raum produktiv genutzt?«

»Natürlich«, sage ich und versuche, nicht an den Whirlpool zu denken. »Auf jeden Fall.«

Er runzelt die Stirn. »Lass es mich genauer sagen: Hast du deine Kräfte genutzt?«

»Ich habe heute sehr gute Fortschritte mit meinen Kräften gemacht«, sage ich vorsichtig.

Schließlich ist dieser Mann ein wandelnder Lügendetektor.

Aus dem Stirnrunzeln werden verengte Augen. »Lass mich noch konkreter werden: Hast du deine Macht heute genutzt, um für mich die Börsenabschlüsse vorauszusagen?«

»Ja«, antworte ich. »Das habe ich.«

Natürlich habe ich es nur für eine kleine Weile getan und bin gescheitert, aber vielleicht reicht das ja, damit es bei ihm als Wahrheit durchkommt. Wenn er dann annimmt, dass ich die NUT-Empfehlung mit Hilfe meiner Kräfte bekommen habe, und nicht, weil er mich verrückt macht, ist das sein Problem, nicht meines.

Er entspannt sich.

Ich atme den Atem aus, von dem ich nicht wusste, dass ich ihn angehalten hatte.

»Warum ist dir das so wichtig?«, frage ich, obwohl ich mir nicht sicher bin, warum mich das interessiert.

Er sieht sofort deutlich *weniger* zufrieden aus und hebt eine Augenbraue.

»Mich einzusperren, meine ich.« Ich stelle mich

gerader hin. »Nur damit du reicher werden kannst, obwohl du doch schon steinreich bist.«

Er tritt auf mich zu. »Dir die Chance zu geben, deine Kräfte zu nutzen, ist nicht …«

»Bitte mach das nicht mit mir.« Ich trete zurück.

»Dein Auto wartet«, sagt er und dreht sich auf der Ferse um.

»Warte, welches Auto?«, frage ich, aber da ist er bereits verschwunden.

Wütend folge ich seinen langen Schritten.

Ich schnaufe und keuche, als wir endlich in den Aufzug steigen. Aber hey, wenigstens habe ich die Kalorien eines der Snacks verbrannt.

Er drückt den Knopf für die Lobby, und mir fällt auf, dass er seine spezielle Karte nicht braucht, um uns aus dem geheimen Stockwerk zu bringen, sondern nur um *dorthin* zu gelangen.

Wir fahren in mürrischer Stille hinauf.

Dann, ohne sich umzudrehen, sagt Nero: »Es geht nicht um Reichtum.«

»Geld verdienen bedeutet nicht, Reichtum zu haben?« Ich bin schockiert, dass meine frühere Frage tatsächlich beantwortet wird.

Die Muskeln in seinem Rücken verkrampfen sich, und ich bekämpfe den Drang, ihm eine kleine Rückenmassage zu geben, weil … was ist los mit mir?

»Es geht um Macht«, sagt er und schaut immer noch weg. »Und Macht ist Überleben.«

Der Aufzug gongt, bevor ich die Möglichkeit habe, nachzufragen.

Nero geht so schnell heraus, dass man denken könnte, dass er vor mir davonläuft.

Verwirrt folge ich ihm. Macht ist Überleben? Was bedeutet das überhaupt?

In Gedanken versunken verlasse ich den Fahrstuhl … und laufe ungebremst in Neros harten Körper.

Wenn dies ein Cartoon wäre, würde ich von ihm abprallen und in eine Pfütze auf dem Boden rutschen, aber in dieser sehr realen Realität packt er mich einfach sanft an den Schultern, so als ob er sichergehen wollte, dass ich auf meinen Füßen stehen bleibe.

Und alles, was ich tun kann, ist, dumm darüber nachzudenken: Wann ist er stehen geblieben und hat sich umgedreht?

»Geht es dir gut?«, fragt er mich, halb flüsternd und halb knurrend.

Mein Verstand erholt sich genug, um zu ihm aufzuschauen und mit trockenem Hals zu murmeln: »Ja.«

Das Aufblitzen in diesen blaugrauen Augen verrät mir, dass er weiß, dass ich gelogen habe.

»Das ist dein Auto.« Nero dreht mich sanft zur Straße, wo ich eine elegante Limousine stehen sehe. »Es wird dich nach Hause bringen.«

Eine Limousine?

Das ist neu.

Was …?

»Zieh dir morgen etwas Sportliches an«, sagt Nero hinter mir.

»Wie bitte?« Ich drehe mich um und starre ihn an.

»Wir werden uns morgen früh um sieben im Fitnessstudio treffen«, sagt er. »Komm nicht zu spät.«

»Was?« Ich suche sein Gesicht nach Anzeichen von Belustigung ab, aber finde keine.

»Ein Sport-BH wäre gut«, sagt er, und diesmal könnte es den Hauch eines Lächelns geben, das sich in seinen Augen widerspiegelt. »Und vielleicht eine Yogahose?« Er sieht mich von oben bis unten an. »Ich bin mir sicher, du wirst etwas Passendes finden.«

Ich atme tief ein, um mich auf eine Tirade vorzubereiten, aber bevor ich die Möglichkeit habe, sie zu entfesseln, dreht sich Nero um und stolziert zurück in das Gebäude.

Meinte er das ernst?

Trainingskleidung? Fitnessstudio?

Es sei denn … befürchtet er auch, dass ich mit all dem, was in seiner Gourmet-Food-Zelle herumliegt, an Gewicht zulegen werde? Wenn ja, ist das wirklich falsch und wahrscheinlich auch illegal.

Ein Fahrer in Orkgröße steigt aus der Limousine aus und öffnet mir die Tür.

Ich betrachte den Kerl eindringlich und versuche herauszufinden, ob er tatsächlich ein Ork ist.

Es gibt keine Aura, aber die Orks, die für Nero arbeiteten, hatten auch keine. Allerdings hat der Fahrer auch kein Make-up im Gesicht – ein viel besserer Hinweis.

Ich beschließe zögerlich, dass er nur ein extrem kräftiger Mensch ist.

»Danke«, sage ich, als ich ins Auto steige.

Er nickt nur und schließt die Tür.

Kann er nicht sprechen?

Ich würde es Nero zutrauen, mir einen Fahrer mit geschädigten Stimmbändern oder einer fehlenden Zunge zu geben.

Da die Trennwand nach vorn geschlossen ist, habe ich keine Chance, seine Fähigkeit zu sprechen weiter zu testen. Stattdessen erkunde ich meine Umgebung.

Unglaublicherweise ist die Limousine innen noch ausgefallener als außen.

Ich esse einen Löffel schwarzen Kaviar, gieße mir ein Glas Vieille Bon Secours – das Bier, das 100 Dollar pro Liter kostet – ein und schaue mir dann etwas auf dem Großbildfernseher an, während ich mich auf dem superbequemen Loveseat entspanne, der sich als vollwertiger Massagestuhl erweist.

Ein Mädchen kann sich an diese Art von Pendeln gewöhnen.

Wir halten früher an, als ich erwartet hatte. Wir müssen schneller gefahren sein, als es schien.

Der große Kerl öffnet mir die Tür und reicht mir sogar seine Hand.

Ich beschließe, die Hand zu ignorieren, klettere hinaus und sage Danke – aber er antwortet nicht.

Als ich mich dem Gebäude nähere, bin ich überrascht zu sehen, dass alles repariert zu sein scheint.

Mein alter Schlüssel passt auch in die neue Tür, und

der Aufzug funktioniert genauso gut wie vor dem Aufprall.

Auf dem Weg zu meiner Wohnung denke ich über Neros Macht über Monteure und Subunternehmer nach.

Als ich meine Wohnung betrete, muss ich mir bei dem Anblick, der mich beim Betreten begrüßt, ungläubig die Augen reiben.

Die Katze und das Chinchilla schlafen zusammen im Flur, so wie der biblische Löwe neben dem Lamm liegt.

Ich frage mich allerdings, wer von ihnen der Löwe ist: Luzifer, die Katze, oder Fluffster, derjenige, der jemanden in kleine Stücke reißen kann?

Ich steige auf Zehenspitzen über das eigenartige Paar und gehe ins Wohnzimmer.

Geräusche aus Felix' Zimmer wecken meine Neugier, also klopfe ich sanft an.

»Komm rein«, sagt Felix.

Ein Computerchip knirscht unter meinem Fuß, als ich eintrete.

»Alter«, sage ich, »was zum Teufel ist hier passiert?«

Der Raum sieht aus, als wäre Intels größte Fabrik explodiert – und Transistoren, Kabel und andere Hardware seien dabei verstreut worden.

Felix legt seinen Lötkolben ab und sieht mich mit einem Lächeln an.

»Hast du einen RadioShack ausgeraubt?«, frage ich. »Oder war es der Apple Store?«

»Ich habe etwas davon aus Gomorrha geschmuggelt«, flüstert Felix verschwörerisch. »Ich habe Ariel besucht und …«

»Ariel?« Ich schreie so heftig, dass Felix zusammenzuckt. »Wie geht es ihr?«

»Schwer zu sagen. Sie benutzen verschiedene Methoden, damit sie sich wohlfühlt, aber der Nebeneffekt ist, dass niemand weiß, wie klar sie ist.«

»Ich würde sie gern sehen«, sage ich. »Können wir das nächste Mal zusammen gehen?«

»Sicher«, sagt Felix. »Ich werde morgen früher nach Hause kommen, also können wir dann gehen.«

»Ich werde auch versuchen, eher nach Hause zu kommen«, sage ich, aber runzele dann die Stirn. »Nero ist sehr streng, was die acht Stunden betrifft, aber ich denke, wenn ich den Tag extra früh beginne, sollte ich es schaffen.«

Ich ziehe mein Handy heraus und stelle den Wecker. Unabhängig von dem Besuch bei Ariel will ich nicht herausfinden, was passiert, wenn ich nicht um genau sieben Uhr im Fitnessstudio auftauche, wie Nero es verlangt hat.

»Apropos Nero.« Felix schaut auf die verschiedenen Computerteile, die den Boden bedecken. »Was ist passiert, nachdem du aufgelegt hast?«

»Nichts«, sage ich und entwickele plötzlich meine eigene Faszination für das Hardware-Armageddon auf dem Boden. »Du bist so ziemlich auf dem Laufenden, was das betrifft.«

Felix ist die letzte Person, der ich von einem nackten Nero erzählen würde, oder von dem Kuss.

»Oh.« Er schaut nach oben. »Es schien, als wäre da noch mehr gewesen.«

»Nein. Gute Nacht.«

Ich fliehe, bevor Felix noch mehr fragt. Als ich in mein Zimmer komme, lege ich mein süßestes Tanktop heraus. Dann wähle ich aus meinem Schrank eine besonders schöne, von Netzstrumpfhosen inspirierte Yogahose mit Löchern an den Seiten, die viel Haut zeigt.

Wird das »sportlich« genug sein? Schwer zu sagen, ohne zu wissen, was Nero für morgen für mich im Sinn hat.

Was auch immer es ist, ich habe das Gefühl, dass es mir nicht gefallen wird.

Ach, und wenn Nero auch nur einen Witz über dieses Outfit macht, wird meine Rache schlimmer sein als die legendären Fischköpfe, die ich einst in der Highschool in dem Schrank eines Mobbers versteckt habe.

Ich weiß auch schon genau das Richtige für ihn. Ich werde eine Durian in Chinatown kaufen und sie in einer Ecke von Neros Büro verrotten lassen. Das Zeug riecht so übel, dass eine australische Universität einmal fünfhundert Menschen evakuiert hat, da sie den stechenden Geruch für ein Gasleck hielten.

Als ich ins Bett gehe, lächele ich, während ich mir den Ausdruck auf Neros Gesicht vorstelle, wenn er zum ersten Mal die übel riechenden Ausdünstungen bemerkt.

Hat er neben der Supergeschwindigkeit auch einen Supergeruchssinn? Das wäre noch besser.

Diese bösen Gedanken wiegen mich in den Schlaf, aber sobald ich mich im Land der Träume befinde, verwandeln sich meine Fantasien mit Nero von rachsüchtig zu nicht jugendfrei.

KAPITEL ELF

MEIN WECKER KLINGELT.

Eine pelzige Kreatur saust unter meine Decke.

»Fluffster?« Ich reibe mir den Schlaf aus den Augen.

Als ich unter der Decke nachschaue, sehe ich, dass es *nicht* Fluffster ist.

Luzifer schaut mich streng an, mit Augen, die zu sagen scheinen: »Diese königliche Decke ist das Eigentum Ihrer Majestät. Was macht ein Bauer wie du hier?«

Die Tür zum Raum knarrt, gefolgt vom Getrappel winziger Füße auf dem Boden.

Die Katze versteckt ihren Kopf unter der Decke.

Fluffster springt auf das Bett, quietscht und springt auf Luzifer.

Verwirrt befreie ich mich schnell aus dem Wirbelsturm pelziger Aktivitäten unter der Decke.

»Fluffster, was zum Teufel …?«, frage ich, während ich anfange, mein Sportoutfit anzuziehen.

»Wir spielen Verstecken, wie du und ich damals«, sagt er in meinem Kopf. »Wenn ich dieses Tier nicht beschäftige, wird es jedes teure Stück Keramik im Haus zerstören.«

Wie zur Betonung seiner Worte stürmt er mit Luzifer auf den Fersen unter der Decke hervor.

»Sicher«, sage ich leise zu mir, als das aufgeregte Zischen und Quietschen sich Richtung Ariels Zimmer entfernt. »Du machst es nur aus Domovoi-Pflicht, nicht, weil du es *liebst*, Verstecken zu spielen.«

Fluffster antwortet nicht, also ziehe ich mich zu Ende an, stolpere dann in die Küche und bereite das Essen für die beiden Spielkinder vor.

Dann schnappe ich mir ein schnelles Sandwich für den Weg und gehe los.

Ich bin nicht überrascht, dass die Limousine auf mich wartet. Ich wäre nicht einmal sehr schockiert, wenn ich herausfinden würde, dass sie die ganze Nacht hier stand.

»Morgen«, sage ich zu dem stummen Fahrer, der mir die Tür aufhält.

Er nickt und schließt die Tür hinter mir.

Ich lasse mein Sandwich liegen und falle über die Snackbar her.

Die Limousine kommt genau dann am Büro an, als ich mein Festmahl beendet habe.

Ich wische mir die Trüffelölreste von den Lippen und verlasse das Auto.

Einige ehemalige Kollegen werfen mir seltsame Blicke zu, als sie mich aus der schicken Limousine steigen sehen, und weitere schließen sich ihnen an, als sie mein Outfit bemerken.

Als ich den Knopf für die Etage mit dem Fitnesscenter drücke, scheinen meine Mitfahrer im Aufzug verständnisvoll zu nicken. Sie müssen denken, dass ich in einem Spind auch noch ein ordentliches Outfit habe.

Es ist 6.59 Uhr morgens, als ich am Eingang des Fitnessstudios ankomme.

Nero steht schon da und blickt auf seine Uhr.

Wie ich trägt er Trainingskleidung, und sie sieht auf seinem muskulösen Körper genauso gut aus wie seine üblichen Hemden und Anzughosen. Wenn ich nicht wüsste, dass er in der Finanzbranche tätig ist, würde ich ihn entweder für einen Schwimmer oder Turner halten … oder vielleicht einen Kampfkunstmeister. Alles in allem sieht er viel zu nett aus, um …

»Das war knapp«, sagt Nero, ohne nach oben zu schauen, und vertreibt das *nette* Gefühl.

Woher wusste er, ohne aufzuschauen, dass ich es bin? Hat er mich gerochen?

»Dir auch einen guten Morgen«, antworte ich ruhig. »Was steht heute auf der Tagesordnung?«

Nero schaut von seinem Handy auf und sieht mich von den Turnschuhen bis zum Pferdeschwanz gründlich an.

Er tritt auf mich zu.

Ich trete zurück.

Seine Nasenlöcher beben, und die Limbusringe in seinen Augen dehnen sich aus.

»Du hast gesagt, ich soll etwas Sportliches tragen«, sage ich und kämpfe gegen ein seltsames Panikgefühl an.

Ein Mann räuspert sich hinter Nero.

Mein Chef dreht sich so schnell um, dass er sowohl mich als auch den Neuankömmling erschreckt.

Der neue Typ hat eine Cogniti-Aura und sieht aus wie Po – der Held aus *Kung Fu Panda*. Die Onkel-Fester-ähnlichen dunklen Ringe um seine Augen tragen ebenso zu diesem Eindruck bei wie der rundliche Bauch, der durch seinen schwarz-weißen Trainingsanzug sichtbar ist.

»Ich bin bereit, wenn du es bist«, sagt der neue Typ, und er klingt sogar so, wie er aussieht.

Gibt es so etwas wie einen Werpanda?

Ohne auf eine Antwort zu warten, geht der Fremde zurück in das Fitnessstudio.

»Los geht's«, sagt Nero über die Schulter, während er dem Kerl folgt.

Das Fitnessstudio ist leer, als wir hindurchgehen. Hat Nero es für alle anderen geschlossen?

Wir halten neben dem Raum, in dem der Yoga- und die anderen Kurse normalerweise stattfinden.

»Zieh das an.« Nero gibt mir Knieschützer, einen Boxhelm, einen Mundschutz und ein Paar Handschuhe, die mir vage bekannt vorkommen.

Ich ziehe die Ausrüstung an und betrachte den Raum.

Jemand hat eine dicke Matte auf den Boden gelegt, und der Panda-Typ steht mit gespreizten Beinen in einer Kampfhaltung auf der Matte, die sich nicht von der unterscheidet, die sein Bärenkollege im Cartoon einnehmen würde.

»Sasha, das ist Bentley«, sagt Nero. »Bentley, das ist Sasha.«

Ich winke Bentley mit meinem Handschuh wie bei einem Schönheitswettbewerb zu, und er lächelt mich mit einem rundwangigen Grinsen an.

Nero wirft ihm einen strengen Blick zu, und das Gesicht des Mannes wird ernst.

»Bentley wird dein Kampftrainer sein«, sagt Nero und stellt sich mir gegenüber hin. »Du hast eine Vorliebe dafür, in Schwierigkeiten zu geraten, also habe ich als dein Mentor beschlossen, dafür zu sorgen, dass du dich selbst verteidigen kannst.«

Wow. Man erkennt, dass die Dinge außer Kontrolle geraten sind, wenn Nero sich endlich gezwungen sieht, seine Mentorpflichten zu erfüllen.

»Okay«, sage ich mit nervöser Aufregung, als ich auf die Matte gehe. »Wie soll das funktionieren?«

»Zuerst die Beurteilung«, sagt Bentley, und sein Grinsen kehrt in voller Stärke zurück. »Schlag mich. Wenn du kannst.«

»Okay, Morpheus«, murmele ich und gehe auf meinen Gegner zu. »Du hast mich darum gebeten.«

Ich schlage meine Faust auf Bentleys üppigen Bauch.

Meine Hand fliegt durch die leere Luft.

Bentley grinst noch breiter und steht mehr als

einen halben Meter von dem Ort entfernt, an dem er eben war.

Obwohl ich erwartete hatte, dass er so etwas tun würde – er ist schließlich ein Lehrer für Kampfkunst – habe ich ihn trotzdem unterschätzt. Das ist ein Fehler, den ich nicht noch einmal machen werde.

Ich halte meine Fäuste zur Ablenkung vor mich, während ich Bentley gegen das Schienbein trete.

Mein von Magie inspirierter Angriff schlägt fehl.

Bentleys Bein ist nicht da, wo ich es erwartet hatte.

»Ich sagte schlagen, nicht treten«, sagt er unbeschwert. »Aber entweder würde ich …«

Ich schlage erneut zu, bevor er seinen Satz beendet.

Er bewegt sich, bevor meine Faust seine Schläfe trifft.

»Hör auf zu *versuchen*, mich zu schlagen, und schlag mich.« Er zwinkert mir zu.

Hat er mit Felix rumgehangen, bevor er hierherkam? Das ist das zweite Zitat aus Felix' Lieblingsszene in *Matrix*.

Ich greife erneut an und scheitere wieder.

Und noch einmal.

Und noch vier weitere Male.

Schweißperlen laufen über meine Stirn, während ich keuche.

Zu meinem Leidwesen sieht Bentley weniger angestrengt aus als ein Panda, der ein Bambusblatt isst.

Das nächste Mal, als ich versuche, ihn zu schlagen, fängt er mein Handgelenk ein und wirft mich mit einer winzigen Bewegung auf die Matte.

Der Sturz verletzt meinen Stolz mehr als mein Gesicht.

Stöhnend rolle ich mich zur Seite, stehe auf und keuche wie ein Marathongewinner.

Aus dem Augenwinkel sehe ich, dass Nero verärgert aussieht.

»Das war's«, sagt Bentley. »Ich glaube, ich bin fertig damit, dich zu beurteilen.«

Ich betrachte Neros Reaktion, aber seine Verärgerung wurde durch einen uninteressierten, eiskalten Ausdruck ersetzt.

»Ich werde damit beginnen, dir einen Kampfstil beizubringen, der von den Nonnen in den Jinto-Bergen verwendet wird«, sagt Bentley.

Ich ringe um Luft. »Geographie ist nicht meine Stärke, aber ich habe noch nie von Bergen mit diesem Namen gehört.«

»Hast du nicht?« Er schaut Nero mit einem Was-hast-du-ihr-beigebracht-Blick an. »Sie sind der größte und heiligste der toten Vulkane auf Voikomlya.«

Ich zucke mit den Schultern. »Das sagt mir immer noch nichts, fürchte ich.«

»Es ist eines der Otherlands«, sagt Bentley verärgert. »Die fraglichen Nonnen geben sich ausschließlich zwei Aktivitäten hin: Selbstverteidigung und Fasten.« Er reibt sich den Bauch, wie eine Trotzreaktion auf die Idee, eine Mahlzeit zu überspringen. »Deshalb denke ich, dass der Stil perfekt für dich wäre. Obwohl du nicht so abgemagert bist wie die Nonnen«, er schaut mich von oben bis unten an,

»bist du ziemlich mickrig, und ihr Kampfstil sollte perfekt zu dir passen.«

Nero nickt zustimmend. Denkt *er*, dass ich mickrig bin? Weil ich das absolut nicht bin.

»Zuerst will ich dir die Haltung beibringen«, sagt Bentley und geht auf mich zu. Er bleibt so nah neben mir stehen, dass ich den Keksteig in seinem Atem riechen kann.

»Stell dein Bein so hin«, sagt er, ergreift mein mit der Yogahose gekleidetes Bein und zieht es nach vorn.

Als er mein anderes Bein positioniert, kitzeln seine wurstartigen Finger durch die Löcher in meiner Hose meine Haut, und ich muss lachen.

Nero verschränkt die Arme vor der Brust, und sein Gesichtsausdruck wird düster.

»Jetzt deine Hände«, sagt Bentley und positioniert meine Arme in einer insektenartigen Haltung, von der ich bezweifele, dass ich sie jemals allein hinbekommen werde.

Dann nimmt er dieselbe Position ein – was ihn wie eine schwarz-weiße Haarmücke aussehen lässt, die auf ihren Hinterbeinen steht.

»Streck deinen Arm so aus.« Er führt eine Tai-Chi-ähnliche Bewegung aus.

Ich wiederhole seine Geste, so gut ich kann.

»Nein.« Er greift nach meinem Handgelenk und bewegt meinen Arm, als wäre ich eine Marionette. »So.«

Neros Gesichtsausdruck wird dunkler. Er muss denken, dass ich wirklich schlecht bin.

Ich ignoriere meinen Chef und wiederhole die Geste – ich gebe mein Bestes, um die Bewegung nachzuahmen.

»Das ist besser«, sagt Bentley. »Aber es sollte eher so sein.«

Er greift noch einmal nach meinem Handgelenk und zeigt mir erneut den richtigen Bogen.

Nero sieht so aus, als stünde er kurz davor, Orks auseinanderzureißen.

Verdammt. Jemand will *wirklich*, dass ich schnellstens gut in Selbstverteidigung werde.

Ich tue mein Bestes, um zu vermeiden, dass der Zorn meines Chefs ausgelöst wird, und wiederhole die Bewegung so sorgfältig wie möglich.

»Gut. Endlich«, sagt Bentley. »Jetzt mach das mit deinem anderen Arm.«

Er zeigt mir einen neuen Zug, der noch kniffliger aussieht.

Ich versage.

Bentley kommt herüber und greift nach meinem Handgelenk.

»Genug«, knurrt Nero so brutal, dass Bentley und ich zusammenzucken.

»Deine eigene Haltung ist nicht korrekt«, sagt Nero zu Bentley. »Du solltest so stehen.«

Er nimmt die Position ein, die Bentley mir beigebracht hat, und ich muss zugeben, dass sie viel natürlicher aussieht, wenn mein schlanker, fitter Chef sie darstellt.

»Ich wusste nicht, dass du die Technik kennst.«

Bentley lächelt Nero nervös an. »Ich habe nur …«

»Sieh mir zu«, sagt Nero und geht auf die Matte.

Bentley schlurft mit den Füßen dorthin, wo Nero bis eben stand, während mein Chef wieder die Haltung einnimmt.

Ich tue mein Bestes, um sie nachzuahmen, und finde es einfacher, Nero zu imitieren. Vielleicht, weil meine Augen es genießen, über die Wölbungen dieser Muskeln zu wandern und die …

»Beweg dein linkes Bein einen Zentimeter nach hinten«, bellt Nero mich an. »Und hebe deine rechte Hand um fünf Zentimeter.«

Obwohl ich versucht bin, ihm zu sagen, dass ein »Bitte« nett wäre, tue ich einfach, was er verlangt.

»Jetzt.« Nero geht zu mir hinüber und steht in Schlagweite. »Mach den Schlag von eben, aber so.« Er zeigt mir seine eigene Version von Bentleys Übung, und während er es macht, sieht er aus wie eine Kobra, die auf eine kuschelige Maus trifft.

»Ich werde dich schlagen, wenn ich das tue«, sage ich unsicher.

»Wenn du das tust, zahle ich zehntausend auf dein Sparkonto ein.« Er grinst. »Wenn du Bentley nicht treffen konntest, bin ich in Sicherheit.«

Bentley räuspert sich. »Ich bin mir nicht sicher, ob du mir genug für den verbalen Missbrauch zahlst.«

Ich warte nicht darauf, dass sie ihre Differenzen beilegen.

Meine einzige Chance, die zehn Riesen zu bekommen, ist ein Überraschungsangriff – obwohl ich den ausgefallenen Zug nicht gut genug kenne. Andererseits sagte Nero nur »wenn du mich schlägst«. Er hat nicht verlangt, dass es sich um einen Schlag im Jinto-Nonnen-Stil handeln muss.

Ich balle meine Hände zu Fäusten, während die Zeit langsamer zu werden scheint. Ich blende alles andere aus und konzentriere mich auf Neros selbstgefälliges Gesicht.

Meine Faust fliegt vorwärts und schlägt zu meinem absoluten Schrecken in seinen Kiefer.

Sogar durch die Handschuhe hindurch schreit meine Hand vor Schmerz.

Moment mal. Ich habe gestern eine Vision davon gesehen.

Genau wie in meiner Vision sieht Nero nicht im Geringsten verletzt aus.

Auch wie in der Vision gibt es einen Hauch von Befriedigung auf seinem Gesicht.

Er schaut Bentley bedeutungsvoll an.

Bentley zuckt mit den Schultern. »Sie hat den Schlag nicht benutzt.«

»Aber sie hat *mich* getroffen«, sagt Nero. »Mit der richtigen Motivation …«

»Bekomme ich das Geld?«, frage ich.

»Ein Deal ist ein Deal«, sagt Nero. »Wenn du willst, gebe ich dir die Chance, noch mehr Geld zu verdienen. Alles, was du tun musst, ist, einen weiteren Treffer zu landen, aber im richtigen Stil, mindestens einmal in dieser Woche. Wenn du das tust, gebe ich dir das Zehnfache deines bisherigen Gewinns.«

Mein Atem stockt. »Und wenn ich verliere?«

»Ich behalte meine zehntausend«, sagt Nero. »Was sagst du dazu?«

»Deal«, sage ich und versuche, ihn mit meiner besten Imitation des Zuges zu schlagen, den Bentley mir gezeigt hat – hoffentlich noch bevor meine Worte Neros Ohren erreichen.

Mein Chef bewegt seinen Kopf noch viel schneller als Bentley.

Meine Faust verfehlt ihr Ziel.

Dann, mit einer Berührung, die sich so weich anfühlt wie die Liebkosungen eines Liebhabers, schafft es Nero, dass ich das Gleichgewicht verliere und auf die Matte falle.

»Deine Form war grausam.« Nero streckt eine Hand aus, um mir beim Aufstehen zu helfen. Ich lasse mich von ihm auf die Beine ziehen und tue so, als hätte ich eine leichte Gehirnerschütterung. »Obwohl du ein paar Brownie-Punkte verdienst, weil du versucht hast, ein Überraschungselement einzubauen.«

So plötzlich ich kann, schlage ich wieder mit der richtigen Bewegung zu.

Neros Kopf ist nicht mehr da, wo er noch vor einer Sekunde war.

Irgendwie lande ich wieder auf der Matte, und als ich für einen Moment dort liege, wird mir eine einfache Wahrheit klar: Der Bastard hat mich ausgetrickst. Das erste Mal hat er sich von mir schlagen *lassen*, weil er wusste, dass ich danach wie ein Spieler reagieren und dieses erste Dopamin-High jagen würde. Und das Schlimmste ist, dass das Erkennen dieses Plans es nicht weniger verlockend macht, ihn wieder treffen zu wollen – nicht nur, weil zehntausend – oder hunderttausend – auf dem Spiel stehen oder wegen des selbstgefälligen Ausdrucks auf seinem Gesicht.

Ich *will* lernen, mich zu verteidigen.

Er streckt seine Hand wieder aus, und ich halte mich an ihr fest, während ich aufstehe und dann versuche, seinen Oberkörper zu treffen, da er nie gesagt hat, dass ich in sein Gesicht schlagen muss.

Sein Oberkörper ist nicht mehr da, wo er gerade war, und seine Hand auch nicht.

Als ich seine Stütze verliere, falle ich um.

Diesmal schlägt mein Rücken in einem seltsamen Winkel in die Matte, wodurch die Luft schmerzhaft meine Lunge verlässt.

»Autsch«, keuche ich, als ich wieder ein Geräusch machen kann. »Ich hoffe, du hast einen Chiropraktiker gebucht, der danach kommt.«

Nero kniet sich auf die Matte neben mich und untersucht mich gründlich mit unleserlichem Gesichtsausdruck.

Jetzt wäre ein großartiger Moment, um ihn zu verdreschen, abgesehen davon, dass ich immer noch nach Luft schnappe.

»Warum lernst du nicht eine Weile die richtige Technik«, schlägt Nero vor. »Erst dann wirst du einen Vorteil haben, wenn du deinen heimlichen Angriff ausführst – und ich werde ihn wahrscheinlich weniger kommen sehen, wenn du mich mit deinem guten Verhalten einlullst.«

Es ist ärgerlich, dass Nero recht hat.

Wann immer ich für eine Illusion einen neuen Handtrick brauche, übe ich die benötigten Bewegungen so lange, bis sie instinktiv werden. Ihn zu schlagen ist nicht so anders als ihn mit einem Effekt zu täuschen, also ist mein üblicher illusionistischer Ansatz der richtige Weg.

Angefangen mit diesem Kobra-Schlag, oder wie auch immer er genannt wird.

Stöhnend drehe ich mich um und fange an, mich nach oben zu schieben.

Starke Hände legen sich auf meine nackten Schultern und helfen mir bei diesem Vorhaben.

Mein Atem stockt erneut, und hitzige Energie pulsiert durch meinen Körper.

Oh nein. Das werde ich nicht zulassen.

Ich schiebe die unwillkommenen Empfindungen beiseite und begebe mich in die Ausgangsstellung.

Nero tritt vor und legt seine Hand auf mein rechtes Bein – angeblich um meine Haltung zu korrigieren.

Warum, oh, warum nur habe ich die Yogahose mit den Löchern angezogen?

Ich spüre Neros schwielige Handflächen auf der empfindlichen Haut meiner Oberschenkel, und der Kampfsport verschwindet immer mehr aus meinem Kopf.

Scheinbar ohne mein Unbehagen zu bemerken, korrigiert Nero mein linkes Bein und lässt es prickelnd und voller Sehnsucht nach weiteren Berührungen zurück.

»Beug dich so nach vorn.« Er legt eine große, warme Hand auf meinen unteren Rücken und drückt mich sanft nach vorn. »Du solltest eine Spannung in deinem Bauch spüren.« Seine Finger streifen an meinen Bauchmuskeln entlang – und ich fange tatsächlich an, *etwas* in meinem Bauch zu spüren, aber wahrscheinlich nicht das, was er meinte.

»Jetzt deine Arme«, sagt er und berührt meine rechte Schulter, wobei er flüssige Wärme verströmt.

»Vielleicht solltet ihr beide euch ein Zimmer nehmen?«, schlägt Bentley vor und öffnet seinen Trainingsanzug. Seine Wangen sind gerötet, und er sieht aus, als wollte er lieber woanders sein.

Das ist es, was diese Pandas in Zoos fühlen müssen – diejenigen, die gezwungen sind, Pandapornos als Motivation für die Vermehrung ihrer schwindenden Art anzusehen.

Nero tritt zurück und starrt Bentley an. »Du bist gefeuert.« Seine Stimme ist scharf genug, um jemanden aufzuspießen. »Du hast einen akzeptablen Job gemacht, indem du herausgefunden hast, welchen Stil sie lernen sollte, also wirst du dafür bezahlt, aber …«

Bentley schießt aus dem Raum, als würde ihn ein Waldbrand verfolgen.

»Also, wo waren wir?« Nero schaut mich an.

Ich räuspere meine trockene Kehle. »Die Haltung. Du hast mir gerade gezeigt, wie man …«

»Richtig.« Er nimmt mühelos die richtige Haltung ein. »Schlag diesmal in die Luft.«

Das tue ich.

»Nein«, sagt er. »So.«

Sein muskulöser Arm durchdringt die Luft mit einem hörbaren Rauschen. »Jetzt du.«

Ich versuche es, so gut ich kann.

Nero zuckt zusammen. Er kommt zu mir, ergreift meinen Arm und lenkt meine Bewegung.

Ich schlucke. Jetzt, da wir allein sind, spüre ich seine Berührung umso mehr.

Vermassele ich meine Schläge, damit er mich berührt?

Nein. Das ist eine dumme Theorie.

»Konzentriere dich«, murmelt Nero und lässt mich los. »Ein wichtiger Teil eines jeden Kampfsports ist es, sich im gegenwärtigen Moment zu befinden – bewusst und aufmerksam.«

»Okay«, sage ich heiser. »Verstanden.«

»Jetzt mach es noch einmal.«

Ich führe die Bewegung aus.

Er nickt zustimmend, geht in die Ecke des Raumes und zieht ein Paar Handpratzen an.

Ich schätze, sie sind da, um es eher mir leichter zu machen als ihm.

»Jetzt schlage einen von diesen genauso«, sagt Nero und streckt seine behandschuhten Hände aus. »Tu dein Bestes, um die Form beizubehalten, während du dich bewegst.«

Ich schlage erst seinen rechten Pratzen, dann seinen linken.

Ein Tropfen Schweiß rollt von meinem Gesicht in meinen Sport-BH, und ich bemerke, wie Neros Blick ihm folgt.

Ich erröte. Ich schätze, ich bin nicht die Einzige, auf die das eine Wirkung hat.

Ich schüttele diesen Gedanken ab und versuche, mich zu konzentrieren. Nero ist abgelenkt, also ist jetzt ein guter Zeitpunkt, um die hundert Riesen zu verdienen.

Ich tue so, als würde ich seinen Pratzen treffen wollen, und ziele stattdessen auf sein Gesicht.

Er duckt sich mühelos, dann grinst er.

»Nicht schlecht. Vielleicht gelingt es dir doch noch. Jetzt ziele weiter auf die Pratzen.«

Ich tue, was er sagt, und kanalisiere all meine aufgestaute Frustration in die Schläge.

Das hier ist ein großartiges Training.

Zumindest hoffe ich, dass meine explodierende Herzfrequenz auf die körperliche Aktivität und nicht auf die Nähe von jemandem zurückzuführen ist.

Nach ein paar weiteren Minuten schnaubt Nero zustimmend.

Ermutigt, wiederhole ich die Bewegung immer wieder, bis meine Muskeln zu brennen beginnen.

»Du wirst besser«, sagt Nero nach einigen weiteren Minuten anstrengenden Übens.

Ich möchte sagen: »Sollen wir diese Theorie

testen?« Aber ich schlage stattdessen auf sein Gesicht anstatt auf den weichen Pratzen.

Bevor ich die Bewegung beende, sagt mir etwas Ähnliches wie meine Intuition im Straßenverkehr, dass dieser Versuch scheitern wird, also folge ich dem einen Schlag mit der anderen Hand und ziele darauf ab, wo Nero enden könnte, wenn er dem ersten ausweicht.

Mein erster Schlag trifft in die Luft und zieht mich leicht nach vorn.

Der zweite stoppt einen Nanometer vor Neros überraschtem Gesicht.

Bedeutet das, dass ich ihn *fast* erwischt habe?

Ich habe keine Chance, die Antwort herauszufinden, weil Nero mich mit seinem Finger antippt, während ich nach dem zweiten Schlag noch mein Gleichgewicht wiederfinde.

Ich rudere mit meinen Armen und beginne zu fallen.

Als ich falle, ziehe ich meinen Peiniger mit.

Ich verwandele meine Hand in eine Klaue und greife auf dem Weg nach unten nach Neros Hemd.

Es ertönt ein Geräusch von reißendem Stoff, gefolgt von einem dumpfen Fluch.

Mein Rücken schlägt wieder auf die Matte.

Nero stürzt auf mich, schafft es aber, anmutig in einer Liegestütz-Position auf dem Boden zu landen – Arme ausgestreckt und Hände fest auf meinen Handgelenken.

Mein Puls erreicht die Stratosphäre, und meine

Atmung wechselt von zerklüftet zu Überschallgeschwindigkeit.

Er beugt seine Arme, so als ob er mir zeigen will, wie gut er Liegestütze machen kann.

Wird er mich wieder küssen?

Er hält kurz vor meinem Mund an, wobei seine Atmung schnell ist und die Muskeln sich unter dem großen Riss, den ich in sein Hemd gemacht habe, anspannen.

»Ich denke, das ist genug für heute«, murmelt er, nachdem er mich eine gefühlte Stunde lang angestarrt hat. »Wir werden das morgen um sieben Uhr fortführen.«

Er springt mit übernatürlicher Geschwindigkeit auf die Beine, aber ich bleibe für ein paar weitere Sekunden liegen, hauptsächlich, um Luft zu holen.

Als ich mich wieder halbwegs menschlich fühle, nehme ich Neros ausgestreckte Hand an und stehe auf.

Das fortführen?

Und gestern habe ich mir noch Sorgen gemacht, dass ich aus der Form kommen könnte.

KAPITEL ZWÖLF

WIR BETRETEN MEINE METALLZELLE, und Nero stellt den Timer wieder ein.

»Acht Stunden?« Ich versuche fast mein Glück, die hundert Riesen zu verdienen, indem ich ihm jetzt ins Gesicht schlage.

»Das Kampftraining ist Teil deiner Menteeausbildung.« Er geht auf den Ausgang zu und fügt über die Schulter hinzu: »Bitte habe einen Aktientipp für mich, wenn du fertig bist.«

Er verlässt den Raum, und einen Moment später schließt sich die undurchdringliche Tür.

Ich starre auf die Tastatur am Bildschirm und erinnere mich an die schwere Strafe, wenn ich versuche, das Passwort zu erraten, und scheitere.

Wenigstens hat Nero diesmal *bitte* gesagt.

Ich erinnere mich nicht daran, dass er das schon einmal getan hat.

Ich stehe mit schmerzenden Muskeln da und

verlangsame meine Atmung, um in den Leerraum zu gelangen.

Wenn das funktioniert, kann ich alle Errungenschaften von gestern erneut testen.

Bald finde ich mich inmitten der Formen wieder.

Das hat nicht einmal viel Mühe gekostet. Meine Kräfte haben sich deutlich erholt, und ich kann auch in unbequemen Situationen in den Leerraum gelangen.

Als Erstes, zweifellos inspiriert von diesem »Bitte«, tue ich mein Bestes, um eine Vision über die Börse zu bekommen.

Genau wie gestern bekomme ich stattdessen einen Blick auf mein bevorstehendes Training mit Nero.

Es ist eine langweilige Vision, denn alles, was ich tue, ist, immer wieder Neros Pratzen zu schlagen, so wie ich es heute getan habe.

Ich verlasse den Leerraum, lasse heißes Wasser in den Whirlpool ein und mache mir einen Snack.

Kann ich meine Kampfkünsten verbessern, wenn ich mir in der Vision beim Training zusehe, so wie ich es gerade getan habe? Rein logisch würde ich sagen nein, da ohne Übung kein Muskelgedächtnis entwickelt wird, und ich vermute, dass mein Körper nicht von dem beeinflusst wird, was mit ihm innerhalb der Vision passiert.

Schließlich bin ich in Visionen verletzt und getötet worden, aber unversehrt aus ihnen herausgekommen.

Andererseits hatte ich einmal einen Traum davon, einen magischen Kartenzug zu üben, und nach dem Erwachen hätte ich schwören können, dass ich bei der Ausführung des Zuges spürbar besser geworden war. Damals nannte ich es Placeboeffekt, aber Felix hat einige Artikel über Athleten ausgegraben, die ihren Sport in ihren Träumen ausüben und sich verbessern.

Habe ich die Ergebnisse von Felix zu schnell verworfen?

Was das betrifft ... war mein Traum von dem Karteneffekt vielleicht eine Vision?

Jede Möglichkeit, die es mir erlaubt, schneller in der Lage zu sein, Nero zu schlagen, ist es wert, ausgeschöpft zu werden.

Apropos, das Training meiner Seherfähigkeiten ist wahrscheinlich der beste Weg, um diese hundert Riesen zu verdienen. Alles, was ich tun muss, ist, so schnell in den Leerraum zu kommen, dass ich es während des Sparrings tun kann.

Und warum nicht? Wenn Darian dies während eines Streits tun konnte, liegt es nahe, dass ich einen Weg finden könnte, es während eines Kampfes zu tun.

Was mich daran erinnert ... als Darian diese Vision direkt vor Matilda hatte, warum hat sie es nicht bemerkt?

Oder hat sie es bemerkt, aber nichts gesagt?

Auf diese Eingebung hin stelle ich mein Handy auf Videoaufnahme und gehe kurz in den Leerraum und wieder zurück.

Als ich das Video abspiele, bekomme ich meine Antwort.

Irgendwie reduziert oder beschleunigt das

schnellere Eindringen in den Leerraum den Blitzeffekt, der meine Augen trifft.

Ich muss das Video Bild für Bild abspielen, um einen Blick darauf zu werfen. Ein normaler Mensch würde nicht merken, dass er überhaupt da war.

Das ist gut. Das bedeutet, dass wenn ich den noch schnelleren Zugang zum Leerraum beherrsche, ich meine Kräfte vor normalen Leuten einsetzen kann, ohne das Mandat zu brechen.

Nach dem Snack und dem Bad kehre ich in den Leerraum zurück und versuche, Darian zu rufen.

Kein Glück.

Dann versuche ich, Rasputin zu rufen – mit demselben Ergebnis.

Zu schade, dass der Leerraum keine Sprachnachrichten oder SMS zulässt.

Für den Rest meines Aufenthaltes in der Zelle übe ich das Erreichen und Verlassen des Leerraums und schaffe es, meine Fokussierungszeit um ein paar weitere entscheidende Sekunden zu verkürzen.

»Was ist deine Aktienempfehlung?«, fragt Nero, als er die Tür öffnet.

»Biotelemetrie«, sage ich und kämpfe darum, das Lachen, das sich auf mein Gesicht schleicht, zu unterdrücken »Sie entwickeln eine Technologie zur Überwachung des Herzschlags.«

»BEAT?« Nero verengt seine Augen. »Hast du deine Kräfte *heute* für mich eingesetzt?«

»Das habe ich«, antworte ich ehrlich und bin froh,

dass ich dafür gesorgt habe, eine aktienbezogene Vision zu finden.

»Besser lang oder kurz?«, fragt er, und sein Misstrauen ist verschwunden.

Eine Rückblende des Kusses geht mir durch den Kopf, und ich bin versucht, »lang« zu sagen. Und vielleicht auch »fest«.

Errötend, stelle ich fest, wie viele finanzielle Begriffe sexuelle Anspielungen haben, wenn man sich an seinen nackten Chef erinnert. Abgesehen von der Größe gibt es Position, Straddle, Spread, Marktdurchdringung …

»Und?«, fragt Nero und zieht seine Augenbrauen zusammen.

»Kurz«, platze ich heraus.

Ich denke, wenn meine Herzschläge plötzlich schnell und kurz sind, warum sollte das nicht auch zu BEAT passen?

»Okay. Los geht's«, sagt Nero und führt mich hinaus.

Puh. Apropos Länge – wie viel Zeit habe ich, bevor er Geld mit meinen Aktientipps verliert?

Wir steigen in den Aufzug, und er steht mit dem Rücken zu mir.

»Kannst du mir *irgendetwas* über meine Eltern erzählen?«, frage ich, weil ich mir denke, dass jetzt ein besserer Zeitpunkt ist als nachdem er einen Haufen Geld verloren haben wird und deshalb sauer auf mich ist.

Die Stille im Aufzug ist ohrenbetäubend.

Na gut, zumindest kann ich versuchen, wieder etwas Geld zu verdienen.

Ohne Umschweife schlage ich Nero auf den Hinterkopf.

Sein Kopf ist nicht mehr da.

Meine Hand schlägt gegen die metallische Aufzugsverkleidung, und meine Knöchel schreien vor Schmerz.

»Autsch!« Ich ziehe die Hand zurück und werfe Nero einen wütenden Blick zu, als der Aufzug zum Stillstand kommt.

Ich muss den Stoppknopf getroffen haben.

»Lass mich mal sehen«, sagt er und greift nach meinem Handgelenk.

Vorsichtig strecke ich meinen Arm aus und versuche, zu ignorieren, was ich fühle, als er meine Handfläche in seine große Hand nimmt.

Er untersucht meine Knöchel so sorgfältig wie ein Chirurg. Andererseits … woher weiß ich, dass er keiner ist? Schließlich schaffte er es, einen zufälligen Kampfstil zu erkennen, den Bentley aus seinen Panda-Rippen zu leiern schien.

»Die sind in Ordnung«, sagt Nero entschieden und lässt mein Handgelenk los. »Aber wenn sie morgen wehtun, kannst du ein Beintraining statt des üblichen Schlagtrainings haben.«

»Bitte erzähl mir etwas über meine Eltern«, flüstere ich, da ich denke, dass ich mein Elend für einige Sympathiepunkte nutzen könnte.

Nero schüttelt den Kopf.

Ich Dummerchen.

Mitgefühl erfordert Empathie.

»Du darfst es mir nicht sagen?«, frage ich, um einen neuen Ansatz auszuprobieren.

Er nickt.

»Also *würdest* du es mir sagen, wenn du könntest?«, frage ich weiter, obwohl ich mir nicht sicher bin, warum das wichtig ist. »Weil ich mir etwas überlegen ...«

»Nein.« Nero wendet sich ab und fummelt an der Schalttafel, um den Aufzug wieder in Gang zu setzen. »Selbst wenn ich könnte, würde ich es nicht tun. Bring es noch einmal zur Sprache, und ich verdopple dein Kontingent für den nächsten Tag.«

Den Rest des Weges fahren wir in wütender Stille. Der einzige Grund, warum ich nicht versuche, ihn noch einmal zu schlagen, sind die Schmerzen in meiner Hand.

Ohne mich zu verabschieden, schreite ich aus dem Aufzug und steige in die Limousine.

Ich schnappte mir etwas Eis aus der Bar, um meine Verletzung zu behandeln, und ziehe mein Handy heraus.

Ich habe ein Dutzend Nachrichten von Felix.

Sie beginnen damit, dass ich sanft an unseren Besuch in Ariels Reha erinnert werde, bevor ich Beschwerden bekomme, weil ich nicht geantwortet habe, bis ich letztendlich getadelt werde, weil ich zu spät komme. Um 19 Uhr sagt mir Felix schließlich, dass er ohne mich geht.

Ich schreibe ihm meine Entschuldigung, aber ich höre für den Rest der Fahrt keine Rückmeldung.

Als ich unsere Wohnung betrete, hat das Pochen in meiner Hand nachgelassen, und ich kann meine Finger schmerzfrei bewegen.

Luzifer begrüßt mich an der Tür mit dem freundlichsten Ausdruck, den ich jemals auf ihrem flachen, pelzigen Gesicht gesehen habe. »Ehre sei mit dir, Vasall«, scheinen ihre Augen zu sagen. »Ihr dürft Eurer Majestät heute Abend Fancy Feast füttern. Wasche Sie sich Ihre dreckigen Hände und mache Sie sich an die Arbeit.«

Als ich das Katzenfutter in die Schüssel fülle, kommt Fluffster zu mir in die Küche, also füttere ich ihn auch.

»Wie war dein Tag?«, fragt er in Gedanken, also erzähle ich ihm davon.

»Du musst Nero treffen«, sagt Fluffster, sobald ich fertig bin. »Für so viel Geld darfst du nichts anderes tun, als zu üben, wie man ihn schlägt. Du musst …«

Ich blende den Rest aus und will mich im Nachhinein selbst dafür schlagen, weil ich meinem sparsamen Nagetierfreund gegenüber Geld erwähnt habe.

Als Fluffster seine Aufmerksamkeit auf das Essen richtet, gehe ich in Felix' Zimmer, für den Fall, dass er zurück ist.

Die Geräusche im Raum sagen mir, dass er es ist, also klopfe ich vorsichtig an.

»Ja?«, sagt Felix. »Wer ist es?«

»Wer kann es schon sein?« Ich stecke meinen Kopf hinein. »Es tut mir leid, dass ich nicht auf deine Nachrichten geantwortet habe. Meine Einzelhaftzelle hat keinen Empfang, und Nero …«

»Das ist kein Problem«, sagt Felix, ohne von seinen Lötaktivitäten aufzusehen. »Du hast nicht viel verpasst. Ariel wird für den Rest der Woche unter Gedankenkontrolle stehen. Sie sagten, sie könnten ihr vielleicht erlauben, diesen Samstag zum ersten Mal nicht von Medikamenten benebelt zu sein.«

Er schaut auf und betrachtet mich aufmerksam.

»Ich werde da sein, egal was passiert«, sage ich ernst. »Es ist mir egal, ob ich …«

»Gut«, sagt er. »Ich bin mir sicher, Ariel würde gern ein paar bekannte Gesichter sehen.«

»Ja«, sage ich und betrachte schließlich das Chaos in seinem Zimmer.

Die Computerhardware, die wie in einem Durcheinander herumliegt, beginnt in der Mitte des Raumes zu verschmelzen – obwohl mir noch unklar ist, was das Endergebnis sein soll.

»Ich baue etwas Cooles«, sagt Felix, als er meinem Blick folgt. »Sieh dir das an.«

Er streckt seine Hand aus, und ein Haufen aus Teilen, die er gerade gelötet hat, imitiert seine Bewegung.

»Das ist wie ein Metallarm ohne Haut«, sage ich und betrachte den Mischmasch aus Drähten, die die Kapillaren des Arms bilden, den hydraulischen Servo, der die Muskeln nachahmt, und die dünnen Metallstreben, die als Knochen dienen.

»Und nicht nur irgendein Arm.« Felix hebt für mich einen Daumen seiner echten Hand nach oben, und der skelettartige Kunstarm wiederholt die Geste.

»Du bist voll auf Skynet, nicht wahr?« Ich lächele. »Wessen Mutter ist diese Terminatorin, die in die Vergangenheit zurückkehren wird, um zu töten?«

»Wenn ich Skynet wäre, würde ich einfach Antibabypillen in die Getränke meiner Roboter mischen, oder …«

»Aber im Ernst«, unterbreche ich, weil ich weiß, dass Felix eine Weile lang eine bösartige KI spielen könnte, »was ist das für ein Ding?«

»Ich werde es Golem nennen«, sagt Felix in seiner besten Nachahmung von Dr. Evil. Mit normaler Stimme fügt er hinzu: »Es ist ein Roboter, den ich fernsteuern will.«

»Und du brauchst einen ferngesteuerten Roboter, weil …?«

»Weil ich nicht glaube, dass ich mich dir das nächste Mal, wenn jemand entführt wird, körperlich anschließen kann«, sagt er und untersucht Golems metallisches Innenleben, das zu unseren Füßen ausgebreitet ist. »Ich habe wirklich üble Alpträume gehabt.«

»Oh«, sage ich und fühle mich wie die beschissenste Freundin aller Zeiten. Es kam mir nicht in den Sinn, ihn zu fragen, wie es ihm geht, nachdem er das ganze Blut gesehen hatte – und das hätte es sollen. Er ist kein

Freund von Blut, und es gab wahre Ströme davon. »In diesem Fall ist das eine großartige – wenn auch hoffentlich unnötige – Idee.«

»Ob ich Golem brauche oder nicht, die Arbeit lenkt mich von anderen Gedanken ab.« Er macht eine Faust, und der Roboterarm macht sie nach.

»Du solltest mit Lucretia reden. Außerdem bin ich auch immer für dich da, wenn du reden möchtest.«

»Ich habe meine Traumwandlerfreundin um Hilfe gebeten.« Er entspannt seine Faust. »Sie ist zuversichtlich, dass sie diese Alpträume verschwinden lassen kann – also bin ich bald wieder in Ordnung.«

»Gut«, sage ich und unterdrücke den Drang, ihn zu fragen, ob seine Freundin die nicht jugendfreien Bilder von Nero aus *meinen* Träumen verbannen könnte. Ich werde Felix gegenüber nicht zugeben, dass diese Träume existieren. »Ich gehe besser ins Bett. Ich habe morgen einen langen Tag vor mir.« Ich gähne, als ich die letzten Worte sage.

»Gute Nacht.« Felix gähnt auch. Dann grinst er, und sowohl er als auch seine Kreation winken zum Abschied.

Ich gehe so schnell wie möglich ins Bett und schlafe in Rekordzeit ein. Ohne die Hilfe eines Traumwandlers dringt Nero erneut in meine Träume ein.

Und diesmal ist es mehr als nicht jugendfrei.

KAPITEL DREIZEHN

IN DEN NÄCHSTEN zwei Tagen trainiere ich morgens mit Nero, und es ist eine genauso brutale Erfahrung wie beim ersten Mal. Wann immer ich versuche, ihn irgendwo anders als auf die Pratzen zu schlagen, erwischt er mich. Irgendwann macht er mir lauwarme Komplimente über meine sich verbessernde Form, aber ich schaffe es immer noch nicht, ihm einen Hunderttausend-Dollar-Schlag zu verpassen.

Das Training meiner Seherkräfte ist auch nur teilweise erfolgreich: Darian und Rasputin zu rufen führt zu nichts, aber ich kann viel schneller in den Leerraum gelangen. Tatsächlich erreiche ich bis Donnerstagabend den Leerraum genauso leicht wie als ich die Focusall genommen hatte, aber au naturel.

Am Freitagmorgen beschließe ich, zu betrügen. Ich nehme eine der verbleibenden Focusall, in der Hoffnung, dass ich während meiner Sparring-Session mit Nero den Leerraum erreichen kann und so die Chance habe, den großen Geldpreis zu gewinnen.

Nach einer halbe Stunde Training bin ich zuversichtlich, dass die Droge wirkt. Die verbesserte Konzentration lässt mich meine Bewegungen so gut ausführen, dass Nero mir sein erstes echt klingendes Kompliment macht.

»Danke«, sage ich, und treffe seine Handschuhe mit einem weiteren perfekten Schlag, dann noch einem und dann noch einem.

Nero lächelt.

Er lächelt tatsächlich.

Ich vertreibe die unangebrachten hitzigen Gefühle und tanze um Nero herum, bis ich die Wanduhr hinter ihm sehe. Dann versuche ich, den Leerraum zu erreichen.

Und scheitere.

»Ich werde dein Training in wenigen Minuten an einen Profi übergeben«, sagt Nero und lenkt mich davon ab, den Einstieg in den Leerraum erneut zu versuchen. »Ich fliege heute nach Europa und komme erst Mitte nächster Woche zurück.«

Ich höre auf, seine Pratzen zu schlagen, und ziehe eine Augenbraue in die Höhe. »Wenn du weg bist, wer sperrt mich dann in die Zelle?«

»Du wirst mein Büro benutzen.« Nero senkt die Pratzen. »Ich werde dafür sorgen, dass Venessa alle Vorbereitungen trifft.«

Ich kichere. Venessa wird wahrscheinlich ein

Aneurysma haben, wenn er ihr sagt, dass ein kleiner Analyst in seinem großen Büro hausen wird.

Dann geht mir ein Licht auf.

Er wird mein Training in ein *paar Minuten an jemanden übergeben.*

Meine Chancen, die Hunderttausend zu bekommen, werden bald nach Europa fliegen.

Andererseits sind seine Hände gerade unten, und ich schlage gerade nicht gegen seine blöden Handschuhe.

Ich starre ihn mit einem fragenden Gesichtsausdruck an, aber in Wirklichkeit will ich mit all meiner Kraft diesen Leerraum-Fokus erreichen.

Komm schon, Focusall.

Komm schon, unermüdliches Training.

Etwas in meinem Gehirn klickt an seinen Platz, als ich dieses schwer fassbare Gefühl erreiche, und ich es endlich schaffe.

Ich springe mitten im Kampftraining in den Leerraum.

———

ICH SCHWEBE im Leerraum und starre auf die mich umgebenden Formen.

Fast wie aus Gewohnheit versuche ich, Darian und Rasputin zu rufen, aber ich ärgere mich nicht, als es nicht klappt.

Deshalb bin ich ja auch nicht hier.

Ich bin hier, um die hunderttausend zu bekommen – nur ich habe ich keine Ahnung, wie.

Eigentlich ist das nicht wahr.

Ich habe einen Trick, um mir eine Vision zu verschaffen, in der ich mit Nero kämpfe. Aus welchem Grund auch immer bekomme ich sie jedes Mal, wenn ich versuche, Nero einen Börsentipp zu besorgen.

Das ist auf jeden Fall einen Versuch wert, aber was genau habe ich in diesen Fällen eigentlich getan?

Ich denke an minzige und grüne Formen, dann an einen glücklichen Nero oder einen gierigen Nero oder …

Eine Ansammlung von Formen erscheint vor mir. Jede ist eine Variation von etwas Orangefarbenem in Raumtemperatur und mit Fischgeschmack. Jede kann großzügig als Schneeflocke bezeichnet werden, und von fast allen geht eine beruhigende, melodiöse Musik aus.

Toll.

Diese ähneln sehr stark der Form, die mir neulich die Vision gab, Nero zu schlagen. Könnte das ein Beweis für etwas sein, was ich schon lange vermutet habe? Dass der Inhalt der Vision und seine Darstellung im Leerraum korrelieren?

Ich lasse mich nicht von der Metaphysik ablenken, strecke meinen ätherischen Schweif aus und berühre eine der Formen.

———

NERO und ich haben einen Starrwettbewerb.

Die Uhr hinter ihm zeigt 7.59 Uhr an.

Ich führe die Bewegung aus.

Die Pratzen sind unten. Meine Hoffnung ist, dass er dem Schlag ausweicht, weshalb ich ihn dort treffen will, wohin er ausweichen wird, denn so habe ich ihn letztens fast erwischt.

Er zahlt jedoch fast keine hunderttausend.

Neros dunkel aussehendes Gesicht ist nur einen Zentimeter von dem Punkt entfernt, wo mein zweiter Treffer durch die Luft huscht.

Genau wie beim letzten Mal macht Nero etwas in Schallgeschwindigkeit, und ich stürze auf die Matte …

———

ICH VERLASSE DIE VISION, bevor ich auf der Matte lande.

War das eine Vision von nächster Woche?

Nein.

Neros Handschuhe sind unten, und wir haben einen Starrwettbewerb, genau wie in der Vision, und die Zeit auf der Uhr ist dieselbe.

Ohne nachzudenken, schlage ich ihn, wie ich es in meiner Vision tat, aber beim zweiten Treffer stelle ich mich darauf ein, diesen kritischen Zentimeter zu berücksichtigen.

Meine behandschuhte Hand berührt Neros Gesicht kaum, aber er sieht so fassungslos aus, als hätte ich es geschafft, ihn bewusstlos zu schlagen.

»Ich habe es geschafft!«, schreie ich und werfe meine Fäuste in die Luft. »Das Geld gehört mir.«

Er lächelt wieder und stellt damit eine Art Rekord auf. »Ein Deal ist ein Deal«, sagt er. »Du verdienst sowieso einen Bonus für die letzten Aktienempfehlungen.«

»Ehrlich?«, platze ich fast laut heraus. Nimmt Nero mich auf den Arm? Auf keinen Fall können NUT oder BEAT, oder die anderen, die ich vorgeschlagen habe, ihm tatsächlich Geld eingebracht haben.

Ich habe diese Aktien als Witz vorgeschlagen.

Nero schaut hinter mich, und sein Lächeln verschwindet. Er stellt sich gerade hin und sagt: »Ich wusste, wenn ich ihr eine richtige Motivation geben würde, würde sie …«

Jemand klatscht langsam als Antwort.

Ich drehe mich um und betrachte den Neuankömmling.

Es ist eine Frau mit einem skelettartigen Gesicht.

Sie sieht mich mit einem Funkeln in ihren braunen Augen an. Ihre Aura sagt mir, dass sie zu den Cogniti gehört, und ihr spindeldürrer Körper findet sich wahrscheinlich in medizinischen Texten unter »Anorexie«. Twiggy zu ihrer dünnsten Zeit würde im Vergleich dazu mollig aussehen. Hat sie jemand verflucht, wie im Film *Thinner – Der Fluch?* Das grob gewebte Top, das sie trägt, ist so durchsichtig, dass ich ihre Brustwarzen sehen kann, und ihre Hosen erinnern mich an das, was Sumoringer tragen – aber wenn ein

Sumoringer jemals so dünn werden würde, würde er wahrscheinlich Harakiri begehen.

»Sasha, das ist Thalia«, sagt Nero. »Als es mit Bentley nicht klappte, bat ich sie, zu übernehmen – und hier ist sie.«

Richtig. Hat Nero versucht, den Gegenpol von Bentley zu finden?

Thalia geht ziemlich lebhaft auf die Matte, wenn man bedenkt, wie hungrig sie aussieht.

Sie deutet auf Nero, dann auf ihren Mund.

»Entschuldigung«, sagt Nero zu ihr und tritt von der Matte zurück. Er schaut mich an und sagt: »Thalia steht unter einem Schweigegelübde.«

»Wirklich?« Ich schaue die Frau an, und sie nickt mit immer noch funkelnden Augen.

»Du magst es nicht, wenn Leute mit mir reden, oder?« Ich schaue Nero an. »Zuerst der Limousinenfahrer, der nicht sprechen kann, jetzt eine Kampfkunsttrainerin, die sich weigert, es zu tun.«

»Kevin *kann* sprechen.« Nero verschränkt seine Arme vor seiner breiten Brust. »Ich habe ihm gesagt, dass er sich um dich herum wie ein Profi verhalten muss; ich schätze, nicht zu reden ist die Art und Weise, wie er es interpretiert hat.«

»Aber wer legt ein Schweigegelübde ab?« Ich schaue mir Thalia an, und dann trifft mich die Erkenntnis: »Du bist eine der Nonnen, nicht wahr? Diejenigen, die sich den Kampfstil ausgedacht haben, den ich zu lernen versuche?«

Thalia nickt.

»Also fastet ihr nicht nur, sondern redet auch nicht miteinander.« Ich schüttele den Kopf. »Erinnere mich daran, mich *nicht* dort einzuschreiben.«

Thalia lacht, dann schaut sie Nero an und gestikuliert mit den Händen, um auf ihre Augen, dann auf ihre Mandats-Aura, dann auf ihren Mund zu deuten.

»Ich glaube, sie will, dass ich dir sage, dass sie dich sowieso nicht akzeptieren würden«, sagt Nero, und Thalia hebt zur Bestätigung ihren Daumen. »Nur Cogniti ohne Kräfte dürfen sich dem Jinto-Orden anschließen.«

»Oh nein«, sage ich sarkastisch. »Ich Arme.«

Thalia verschränkt ihre spindeldürren Arme vor der Brust.

»Verärgere ruhig deinen brandneuen Sensei«, sagt Nero bissig. »Thalia entscheidet, wann du heute nach Hause kommst. Ich habe dein Arbeitspensum als zusätzliche Belohnung für den Schlag ausgesetzt.«

Die Nonne schaut Nero bedeutungsvoll an, und dann nimmt sie die Kampfposition ein, die ich zu lernen versucht habe.

Zu sehen, wie sie es tut, lässt mich an all meinen Fortschritten zweifeln. Wenn Thalia es macht, erinnert ihre Haltung an die weiblichen Insekten, die nach dem Koitus gern die unglücklichen Männer fressen.

Die Nonne fährt fort, ein paar Bewegungen mit einer Geschwindigkeit auszuführen, die mit der von Nero konkurriert – nur, dass er übernatürlich schnell ist und sie angeblich nicht.

»Ich denke, sie sagt, dass sie dich gehen lassen wird, sobald sie mit deinen heutigen Fortschritten zufrieden ist«, sagt Nero ernst.

Thalia nickt zustimmend.

»Es ist unmöglich, dass du diese Information von dem, was sie gerade getan hat, bekommen hast«, sage ich. »Sie hat das vorher für dich aufgeschrieben, nicht wahr?«

Thalia sieht beeindruckt aus, als sie ein Handy aus ihrer primitiv aussehenden Kleidung zieht und so tut, als würde sie tippen.

»Clever«, sage ich. »Aber widerspricht das nicht den Sinn des Schweigegelübdes?«

Thalia zuckt mit den Achseln, geht dann in die Ecke des Raumes, legt ihr Telefon ab und zieht ein Paar Handschuhe an.

Oh-oh.

Das sind keine Pratzen. Wird sie zurückschlagen?

Aber wie hart kann sie überhaupt schlagen? Sie sieht aus, als könnte ein starker Wind sie umwerfen.

»Ich muss ein Flugzeug erwischen«, sagt Nero zu uns. »Viel Spaß.«

Zu meiner Überraschung merke ich, dass ich nicht will, dass er geht.

Ich schätze, ich mag die Idee nicht, mit dieser seltsamen Nonne allein gelassen zu werden.

Das ist es.

Auf keinen Fall würde ich ausgerechnet Nero vermissen.

Thalia geht auf mich zu, und sie berührt beinahe zeremoniell meine Handschuhe mit ihren eigenen.

Dann nimmt sie die Ausgangsposition ein.

Ich tue das ebenfalls.

Sie schaut mich von oben bis unten an, schüttelt missbilligend den Kopf und schlägt dann in dem Stil in die Luft, den ich die ganze Woche über geübt habe.

Ich wiederhole die Geste.

Sie schüttelt den Kopf mit etwas weniger Missbilligung, hebt die Handschuhe vor ihr Gesicht und zeigt dann mit einem davon auf mein Gesicht und mit dem anderen auf ihr eigenes.

»Du willst wirklich kämpfen?«, frage ich.

Sie nickt und bedeutet mir, dass ich anfangen soll.

Ich versuche zögerlich, sie zu schlagen. Auf der einen Seite weiß ich, wie schnell sie ist, aber auf der anderen Seite habe ich Angst, dass sie, sollte ich sie treffen, wie ein Zweig zerbricht, dessen Statur sie hat.

Meine Sorge ist unnötig. Ihr Gesicht ist bei weitem nicht in der Nähe meiner Faust.

Sie zwinkert, dann schlägt *sie mir* ins Gesicht.

Weiße Flecken tanzen vor meinen Augen, bevor ich auf der Matte zusammenbreche.

KAPITEL VIERZEHN

ICH KOMME zur Besinnung und merke, dass ich nicht in meinem Bett bin. Ich liege auf der Matte, und ich bin niedergeschlagen worden.

Von einer dürren Nonne.

Ich liege so lange da, dass, wenn es sich um einen Boxkampf handeln würde, der Schiedsrichter schon bis zehn gezählt hätte.

Hat Nero gelogen, was die fehlenden Kräfte dieser Frau betrifft?

Wie konnte mich jemand mit so wenig Muskelmasse so einfach ausschalten – besonders mit gepolsterten Handschuhen? Noch mysteriöser ist, dass ich nicht das Gefühl habe, dass etwas in meinem Gesicht gebrochen ist.

Es tut nicht einmal mehr weh – bis auf die tiefe Wunde in meinem Stolz.

Ich kämpfe mich auf die Beine.

Sie mimt eine abwehrende Bewegung.

»Weder Nero noch Bentley haben mir beigebracht, wie man sich deckt«, sage ich.

Sie verdreht die Augen und zeigt mir in Zeitlupe, wie man abwehrt.

Ich imitiere sie, und sie führt ihren Schlag wieder aus – diesmal viel langsamer und weniger stark.

»Den Schlag abzufangen ist viel angenehmer als wenn er auf meinem Gesicht landet.« Ich lächele sie an.

Sie zwinkert, dann schlägt sie wieder zu.

Ich versuche, abzublocken, aber ihre Hand schlägt trotzdem gegen meine Stirn.

Ich falle wieder auf die Matte, und die weißen Flecken tanzen erneut vor meinen Augen, aber ich werde nicht ohnmächtig.

Mit zitternden Knien kämpfe ich mich auf die Beine.

Sie zeigt mir noch einmal, wie man abwehrt, schlägt mich aber dann, bevor ich überhaupt hoffen kann, meine Deckung hochzunehmen.

Ich stehe auf. Überraschenderweise scheint mein Gesicht wieder unverletzt zu sein, aber ich bekomme Kopfschmerzen.

Ich wische mir über meine Nase und schaue die Nonne mit verengten Augen an.

Wenn ich ein Abspielgerät mit Sprachsteuerung in der Nähe hätte, würde ich den Song »Eye of the Tiger« aufrufen, weil ich mich fühle, als sei ich in einem *Rocky-Film* gelandet – nur mit einer Kampfsportart, die von Nonnen erfunden wurde.

Thalia verstärkt dieses Gefühl, indem sie die ganze

Tortur, mich niederzuschlagen, mindestens noch zehnmal wiederholt. Jeder Schlag unterscheidet sich leicht von dem vorhergegangenen, so dass, selbst wenn ich es schaffe, meine Hände so zu halten, dass sie den letzten Schlag abgewehrt hätten, ich wieder getroffen werde.

Dazu ignoriert Thalia meine nichtrockyartigen Beschwerden über meine wachsenden Kopfschmerzen.

Bei meinem zwanzigsten Hinfallen erinnere ich mich durch den Dunst der mittlerweile ausgewachsenen Migräne an meine Kräfte und das Focusall, das durch meine Adern fließt.

Ich stehe auf und stelle mich ihr.

Als sie anfängt zu zwinkern, versuche ich, in den Leerraum zu gelangen.

Nein.

Ich schlage noch einmal auf der Matte auf und liege eine Sekunde lang da.

Das ist wirklich übel.

Nicht einmal Rocky wurde so oft niedergeschlagen.

Als ich aufstehe und noch einmal versuche, den Leerraum zu erreichen, wird mir noch einmal ins Gesicht geschlagen.

Vielleicht muss ich meine Atmung vorsorglich verlangsamen?

Obwohl es nach so vielen Schlägen schwer ist, verlangsame ich meine Atmung und stehe wieder auf, ohne meinen Blick von der schrecklichen Nonne zu lösen.

Sie fängt an zu zwinkern.

Ich erreiche den Leerraum in der Mitte ihres Zwinkerns und lasse mich dort einfach treiben, während ich die Abwesenheit von Kopfschmerzen genieße, was eine angenehme Nebenwirkung davon ist, an diesem Ort keinen Kopf zu haben.

Jetzt, da ich hier bin: Wie initiiere ich eine Vision, die mir hilft, diesen Kampf zu gewinnen?

Soll ich an den Trainingsraum oder an meine wendige Foltermeisterin denken?

Wie konnte Nero überhaupt eine Nonne aus den Bergen auf einer anderen Welt davon überzeugen, mich auszubilden? Mit ihren Schweige- und Fastengelübden wirken diese Nonnen nicht besonders käuflich. Wenn nicht mit Geld, wie hat er sie dann hierhergelockt?

Eine Reihe von Formen erscheint und unterbricht meine Überlegungen.

Diese Formen sehen anders aus und riechen anders als die, die die letzten Male mit Nero zu tun hatten, sind aber ähnlich genug, um entfernte Verwandte zu sein.

Als ich diejenigen, die mir am nächsten ist, mit meinem ätherischen Schweif berühre, bekomme ich genau das, was ich mir erhofft habe.

Die Nonne neigt ihren Körper um dreißig Grad, schlägt mich an, und ich beginne zu fallen.

Ich komme aus dem Leerraum heraus, bevor mein Rücken die Matte aus der Vision berührt.

Meine Hände wehren instinktiv den Treffer ab, den ich gerade gesehen habe.

Ihr Schlag landet auf meinen Handschuhen, und sie sieht mich anerkennend an.

Sie pantomimt mir, sie zu schlagen.

Angesichts dessen, was sie mir angetan hat, möchte ich jetzt wirklich einen Treffer landen, egal wie zerbrechlich sie wirkt.

Korrektur, ich *hoffe*, dass es wehtut, wenn ich sie treffe.

Das Problem ist, dass sie mich nicht einmal abwehrt, als ich versuche, sie zu schlagen. Sie weicht einfach so schnell aus wie Nero.

Nun, ich muss nur die gleiche Lösung verwenden.

Ich schlage sie erneut und versuche dabei, den Leerraum zu erreichen.

Leider entzieht sich der Leerraum meinem Zugriff, so dass meine Faust völlig danebenliegt.

Sie streckt ihre Zunge nach mir aus wie eine Fünfjährige.

Wenn mir jemand gesagt hätte, dass ich einer Nonne so verzweifelt in ihr blödes Gesicht schlagen will, hätte ich es nicht geglaubt.

Ich versuche noch einmal, den Leerraum zu erreichen, während ich einen weiteren Schlag ausübe.

Nochmal nada.

Ich atme tief durch. Verärgert zu sein ist nicht sehr förderlich, um in den Leerraum zu gelangen.

Beim Ausatmen konzentriere ich mich mit aller Kraft … und lande schließlich im Leerraum.

Ich wiederhole alle meine Gedanken von meinem

letzten Besuch hier und beschwöre fast identische Formen ohne großen Aufwand.

Die, die mir am nächsten ist, bringt die gewünschte Vision. Ich sehe, wo die Nonne sein wird, wenn ich versuche, sie zu schlagen.

Sobald die Vision endet, mache ich mit der Nonne das, was ich auch schon bei Nero getan habe, nur dass mein Handschuh genau in ihrem bis dahin selbstgefälligen Gesicht landet.

Sie sieht fassungslos aus.

Mist.

Habe ich es übertrieben?

Ich hoffe, sie braucht keinen Krankenwagen, und wenn sie einen braucht, hoffe ich, dass …

Sie grinst mich an.

Wenn mein Schlag sie auf irgendeine Weise verletzt hat, zeigt sie es nicht.

Sind die anderen Nonnen in ihrem Orden auch so verdammt hart?

Sie pantomimt mir, dass ich mich verteidigen soll.

Ich tue es und werde, wie vorher, immer wieder geschlagen, bis ich es endlich schaffe, meine Kräfte zu nutzen, um sie abzuwehren.

Dann muss ich sie wieder schlagen, was genauso abläuft.

Diese Blöcke von Abwehr und Schlägen gehen für die gefühlten zwanzig schlimmsten Stunden meines Lebens weiter.

Sie ignoriert es, als ich mich über Durst beschwere, und verspottet mich, als ich über Hunger klage.

»Ich muss auf die Toilette«, lüge ich, nachdem ich ihren Schlag noch einmal gekontert habe.

Sie pantomimt mir fünf Schläge ins Gesicht.

»Erst wenn ich dich fünfmal treffe, lässt du mich aufs Klo gehen?«, frage ich, ohne meinen Ärger zu verbergen.

Sie schüttelt den Kopf und zeigt auf die Tür.

»Wenn ich dich fünfmal schlage, lässt du mich für heute gehen?«, frage ich mit viel mehr Hoffnung in meiner Stimme.

Sie nickt.

»Okay.« Ich verlangsame meine Atmung und erreiche den Leerraum – was mir zu meinen ersten Treffer verhilft.

Die nächsten drei Treffer folgen nach demselben Prinzip, aber beim fünften geht etwas schief.

Ich kann den Leerraum nicht erreichen, egal wie sehr ich es versuche.

Oh nein.

Habe ich meine Kraft schon verbraucht?

Ich tue mein Bestes, um sie zu schlagen, ohne meine Kräfte zu benutzen.

Nach hundert Misserfolgen schaffe ich nur, dass ich mich vor Erschöpfung kaum noch auf den Beinen halten kann.

Meine Muskeln sind gefrorene Bleiklumpen, und die Luft um uns herum scheint sich in Melasse verwandelt zu haben.

Sind das der Hunger und der Durst, die mir

Streiche spielen, oder hat mich das Schwingen meiner Arme so müde gemacht?

Das Schlimmste von allem ist aber, dass, obwohl ich vorhin damit gelogen habe, aufs Klo zu müssen, meine Blase sich jetzt anfühlt, als könnte sie jede Sekunde explodieren.

Meine Qual muss sich auf meinem Gesicht widerspiegeln, denn mein Sensei rollt mit den Augen und hebt ihre Handschuhe höhnisch an.

Wenn sie sprechen könnte, würde sie bestimmt sagen: »Du bist ein hoffnungsloser Fall. Na schön. Schlag mich und verschwinde.«

Diesmal berühre ich sie sanft.

Sie rollt mit den Augen und tritt von der Matte. Sie zieht ihre Handschuhe aus und nimmt ihr Telefon.

Während sie zu mir hinübergeht, tanzen ihre dünnen Finger auf dem Display, so als würde sie gerade jemandem schreiben.

Grinsend zeigt sie mir den Bildschirm.

Am Montag musst du es besser machen.

»Ich werde mein Bestes geben«, antworte ich und murmele leise vor mich hin: »Ich werde auch darauf achten, ein extra großes Frühstück zu essen, wie ein Kamel zu trinken und wahrscheinlich auch Windeln für Erwachsene tragen.«

»Das ist die richtige Einstellung«, schreibt sie, und ihr Gesichtsausdruck ist unverändert. »Wir sehen uns nächste Woche.«

Ich stürme ohne die Handschuhe abzunehmen ins Badezimmer und lerne, wie schwer es ist, die Hose mit einem solchen Handicap auszuziehen. Fluchend ziehe ich sie aus, erledige mein Geschäft und falle dann über den Wasserspender her, wobei ich fast an der gesegneten kühlen Flüssigkeit ersticke.

Als ich zurückkomme, um die Handschuhe zurückzubringen, ist Thalia nicht mehr im Fitnessstudio.

Da ich nicht bereit bin, ein Risiko einzugehen, eile ich umgehend zur Limousine.

»Hi, Kevin«, sage ich zu meinem anscheinend doch nicht stummen Fahrer, als er die Tür öffnet. »Weißt du, es ist nicht sehr professionell, nicht einmal Hallo zu mir zu sagen.«

»Hi, Ma'am«, erwidert er ernst mit einem gleichbleibend leeren Gesichtsausdruck.

Ich glaube auch nicht, dass es sehr professionell ist, einem Kunden das Gefühl zu geben, alt zu sein, aber ich beschließe, dass wir diesen Punkt besprechen können, wenn ich weniger ausgehungert bin.

Ich springe hinein und falle mit einer Hand über die Bar mit dem Essen her, während ich mir mit der anderen ein mit Eis gefülltes Papiertuch ins Gesicht halte.

Als ich in meine Wohnung stolpere, kommt das Sushi mit rotem Thunfisch, das ich im Auto verschlungen habe, in meinem Bauch an, so dass ich ins Bett kriechen und einschlafen will.

Ich schaue nach Fluffster und der Katze, bevor ich Felix mit meinen letzten Funken Energie begrüße.

»Willst du, dass Golem dich trägt?«, bietet Felix mir an, als er meinen bedauernswerten Zustand sieht.

Der halbfertige Roboter in seinem Raum ähnelt jetzt einem alten Zylonen aus *Kampfstern Galactica*. Der metallische Panzer bedeckt seinen Rumpf, seine Arme und Beine, aber er hat noch keinen Kopf – was einer der vielen Gründe ist, warum ich Felix' großzügiges Angebot ablehne und auf eigenen Beinen ins Bett gehe.

Wenigstens hat dieses brutale Training etwas Gutes.

Mein Schlaf ist herrlich traumlos – und damit nerofrei.

KAPITEL FÜNFZEHN

ICH WACHE um elf Uhr morgens auf und stolpere ins Badezimmer.

Obwohl ich keine Schmerzen im Gesicht spüre, untersuche ich es auf Prellungen.

Ich finde keine.

Haben mich Thalias Handschuhe davor bewahrt, Blutergüsse zu bekommen?

Nein. Das hilft Boxern auch nicht.

Entweder haben die Nonnen einen besonders schonenden Kampfstil entwickelt – oder Thalia hat nur leicht zugeschlagen. Das ist allerdings eine beängstigende Idee. Ich würde es hassen, zu sehen, was sie tun kann, wenn die Samthandschuhe – bzw. Boxhandschuhe – ausgezogen werden, sowohl wörtlich als auch metaphorisch.

Ich bin gerade fertig mit meiner Morgenroutine, als jemand an der Tür klingelt.

Ich verknote den Gürtel meines Bademantels und

gehe, um sie aufzumachen, aber Felix ist schneller.

»Hallo, ihr Lieben«, sagt Rose lächelnd zu uns. »Ich bin aus dem Urlaub zurück und wollte Luzie abholen.«

Als ob sie auf diesen genauen Moment gewartet hat, schlendert die Katze mit hocherhobenem pelzigen Kopf in den Flur.

Fluffster folgt ihr mit hängenden Schultern.

»Muss sie wirklich gehen?«, fragt er in Gedanken.

»Ich befürchte, das muss sie«, sagt Rose freundlich. »Sie vermisst mich riesig.«

Ich schaue auf den ruhigen Gesichtsausdruck der Katze und zurück auf Roses superaufgeregten, aber ich halte den Mund.

Die nächste Stunde verbringen Rose, Felix, Fluffster und ich als Katzenhirten, als wir versuchen, das Tier in die Transportbox zu stecken. Wir schaffen es ohne Todesopfer, aber zu den Verletzungen gehören ein Schnitt an Roses Handgelenk und eine selbstverschuldete Beule an Felix' Stirn.

»Ich schulde euch beiden einen Brunch«, sagt Rose zu mir und Felix, nachdem das Monster gezähmt ist. »Und dir bringe ich die tollen Walnüsse, die ich auf der Reise bekommen habe«, sagt sie zu Fluffster.

»Abgemacht«, sagt Felix. »Du musst uns auch von deinem Urlaub erzählen.«

Armer, naiver Felix. Will er *wirklich* von Rose und Vlads *Sexkapaden* hören? Weil ich wette, dass sich darum ihr Urlaub drehte.

»Ziehen wir uns für die Fahrt zur Reha an, damit wir gleich nach dem Essen bei Rose dorthin fahren können«, sage ich zu Felix, als ich mich umdrehe und in mein Zimmer gehe.

»Ich brauche ein paar Minuten«, sagt Felix zu meinem Rücken.

»Alles klar«, sage ich über die Schulter und gehe in mein Zimmer.

Nachdem ich mich umgezogen habe, nutze ich die wenigen freien Minuten, während ich auf Felix warte, um über einen magischen Effekt nachzudenken, den ich für Ariel aufführen möchte, um sie aufzuheitern – vorausgesetzt, sie ist heute bei klarem Bewusstsein und in der Lage, solche Dinge zu genießen.

Um sie wirklich zu beeindrucken, muss es etwas Großes sein.

Etwas, was ich für die TV-Show aufgehoben hatte, die es jetzt nie geben wird.

Ich durchsuche meine Schubladen, bis eine fast hellseherische Intuition meine Augen auf ein Kissen zieht, das mit spitzen, glänzenden Nadeln bestückt ist.

Bingo.

Dieser Effekt ist meine Abwandlung eines Klassikers, den schon Zauberer wie Houdini aufgeführt haben. Er ist ekelhaft und schockierend – perfekt, um eine großartige Reaktion von Ariel zu bekommen.

Der einzige Grund, warum ich ihn für die hypothetische TV-Show aufgehoben habe, ist, dass das reguläre Publikum – besonders bei meinem Restaurant-Gig – ihn nicht so zu schätzen gewusst hätte wie Ariel.

Ich nehme alles heraus, was ich brauche, ersetze das Dietrich-Set in meiner Zunge durch etwas, was ich für diesen Effekt brauche, und bereite alles so vor, wie ich es entworfen habe.

Dann beschließe ich, dass eine schnelle Probe angebracht wäre, und gehe zum Spiegel.

Während der eigentlichen Aufführung lasse ich die Nadeln auf Echtheit prüfen und zählen, aber jetzt deute ich das Ausstrecken der Hand nur an.

Als Nächstes öffne ich meinen Mund weit, um zu zeigen, dass es dort nichts gibt – außer natürlich einem unschuldig aussehenden Zungenpiercing. In der Fernsehsendung wollte ich einen Zahnarzt bitten, dies zu tun, aber bei Ariel zeige ich einfach die Unterseite meiner Zunge, mein Zahnfleisch und meinem Gaumen.

Das ist der Punkt, an dem meine Freunde erkennen werden, dass etwas Ekliges passieren könnte und Ariel vor Aufregung und Felix vor Entsetzen quietschen werden.

Ich lächele vor Vorfreude auf diese Reaktionen und schiebe mir wie ein hungriger Masochist die erste Nadel in den Mund.

Dann eine weitere, dann noch eine und noch eine, bis das Kissen wie ein kahles Stachelschwein aussieht.

Und dann kommt der beste Teil: Ich tue so, als würde ich *alle schlucken*.

Wenn ich das vor Publikum tun würde, würde ich es mehr ausleben, mit Würgen und einem schmerzverzerrten Gesichtsausdruck. Wenn ich mich daran erinnere, auf dem Weg zur Reha-Einrichtung Wasser zu holen, werde ich die Nadeln damit herunterspülen, als wären es Pillen.

Wenn ich Glück habe, wird Felix an diesem Punkt ohnmächtig. Ariel wird einen zusätzlichen Kick bekommen, wenn sie das *sieht*.

Als Nächstes wickele ich einen Faden von einem Knäuel ab, schneide mir ein langes Stück ab, *schlucke* ihn und verziehe dabei wieder mein Gesicht, so als hätte ich Schmerzen.

An dieser Stelle des Effekts ist der klassische Weg, den Faden aus dem Mund zu ziehen und zu zeigen, dass sich alle Nadeln irgendwie in den Faden gehängt haben. Es hat für mich nie wirklich Sinn ergeben, vom Zuschauer zu erwarten, dass er so etwas glaubt, aber es sieht wirklich cool aus.

An dieser Stelle weichen auch einige neuere Versionen vom Klassiker ab. Zum Beispiel zog Criss Angel im Fernsehen den Faden aus seinem Bauch.

Ich beginne mit dem klassischen Ansatz und ziehe den Faden mit den bereits befestigten Nadeln aus meinem Mund.

Als er draußen ist und ich wieder sprechen kann, lasse ich meinen Mund noch einmal untersuchen und die Nadeln zählen, damit wir feststellen können, dass eine aus irgendeinem Grund fehlt.

Ich werde ein schockiertes Gesicht machen, so tun, als würde ich zum letzten Mal würgen, und sogar Blut aus meinem Mund fließen lassen – eine weitere Chance für Felix, ohnmächtig zu werden.

Irgendwann werde ich eine Nadel ausspucken und sie direkt in meinen Zeigefinger fliegen lassen, wo sie steckenbleibt.

Wirklich.

Das wird wehtun, aber die echte Verletzung des Fingers wird alles, was ihr vorausging, umso authentischer erscheinen lassen.

Wenn Felix an dieser Stelle nicht ohnmächtig wird, gilt er offiziell als von seinem empfindlichen Magen geheilt.

Ich übe, die letzte Nadel auszuspucken, aber fange sie mit dem Kissen anstatt in meinem Finger. Ich will keine Einstichwunden, wenn Ariel meine Hände untersucht.

Die Nadel fliegt richtig, einfach perfekt: Ich habe das Nadelspucken so viele Stunden lang geübt, um eine Goldmedaille darin zu gewinnen – vorausgesetzt, jemand würde einen so verrückten Sport in die Olympischen Spiele aufnehmen.

Ich packe alles ein, was ich brauche, um den Effekt gleich zu wiederholen, und schließe mich Felix und Rose zum Brunchen an.

Wie es häufig passiert, wenn ich einen neuen Effekt vorbereitet habe, bin ich beim Essen – und als Rose uns die jugendfreie Version ihrer Reise erzählt – nur teilweise anwesend. Die meisten meiner Gehirnzyklen sind damit beschäftigt, über die bevorstehende Performance und den Ausdruck auf Ariels Gesicht, wenn sie sie sieht, zu fantasieren.

Ich merke bald, dass ich ziemlich nervös bin wegen

der ganzen Sachen. Ich schätze, ich möchte Ariel, nach allem, was sie durchgemacht hat, *wirklich* glücklich machen, zumindest einige Sekunden lang.

Als wir endlich gehen, bin ich nicht überrascht, dass Kevin und die schicke Limousine unten auf uns warten.

An diesem Punkt wäre ich auch nicht ernsthaft schockiert, zu erfahren, dass Kevin hier schläft. Ich fange an zu denken, dass Nero ihn eingestellt hat, um sicherzugehen, dass ich in keine weiteren Schwierigkeiten gerate. Es ist seine Art, dafür zu sorgen, dass seine Gans weiterhin goldene Eier legt – auch wenn sie offensichtlich Witze mit den Aktientipps macht.

Die Fahrt zur Reha-Einrichtung verläuft ähnlich wie der Brunch: Ich denke an das bevorstehende Nadelschlucken, und alles wird nebensächlich, sogar der Anblick der majestätisch-futuristischen Straßen von Gomorrha.

»Warte hier. Ich hole Ariel«, sagt Felix, als wir die Lobby der Einrichtung betreten, die an die Kantine von *Star Wars* erinnert.

»Sicher«, sage ich, während der Anblick von Elfen, Zwergen, Orks und eine Reihe anderer exotischer Kreaturen mich schließlich aus meinen Grübeleien herausholt.

»Sasha«, sagt Ariels Stimme neben meinem Ohr.
Ich drehe mich um.
Ariel grinst mich an, und sie sieht gut aus – Supermodel-gut.

Oder besser auf den Punkt gebracht: die *gesunde* Art von gut.

»Hey, du«, sage ich, da ich unsicher bin, wie man mit einer Freundin in der Reha spricht.

»Du willst mich doch nicht etwa mit einem ›hey, du‹ abspeisen?«, meint Ariel, und ihr Grinsen wird immer breiter. »Komm her und umarme mich.«

Ich komme ihrem Wunsch gern nach, und als ich sie umarme, schmelzen einige tiefsitzende Ängste in meiner Brust weg.

»Du riechst so gut«, murmelt Ariel, und ihre Lippen streichen sinnlich an meinem Ohr entlang, während sie an ihm knabbert. »Ich habe dich vermisst.«

»Wie bitte?« Überrascht löse ich mich aus der Umarmung. »Was tue ich?«

Sie neigt ihren Kopf zur Seite.

Meine Gedanken drehen sich mit tausend Meilen pro Stunde. Steht sie immer noch unter Gedankenkontrolle, nur dass sie diesmal im Baba-Yaga-Stil von einem geilen Teenager gesteuert wird, der durch ihre Augen sehen und durch ihren Mund sprechen kann? Oder verwirrt der Vampirblutentzug ihre Libido und ihre sexuellen Vorlieben? Wird sie jetzt eine Sexsüchtige werden, so wie Kit?

Moment mal.

»Kit?«, frage ich streng und verenge meine Augen in Richtung *Ariel*.

Seufzend verwandelt sich die Frau vor mir in das schelmische Ratsmitglied.

»Ariel war in den letzten Tagen nicht sie selbst, also

hatte ich keine Chance, mit ihr zu interagieren und die richtigen Verhaltensmuster zu lernen«, sagt sie entschuldigend mit ihrer Animestimme.

»Denkst du, *das* ist das Problem?«

»Sasha«, sagt Felix atemlos von hinten, und ich drehe mich um, da mich der seltsame Ton in seiner Stimme alarmiert.

Er saugt einen Atemzug ein und rattert heraus: »Ariel ist nicht da.«

Eine Welle der Angst trifft mich.

»Erkläre es genauer«, sagt Kit gebieterisch und tritt auf Felix zu.

»Sie konnten sie heute Morgen nicht finden«, sagt er. »Sie haben die Sicherheitsaufzeichnungen ausgewertet, und die zeigen, wie Ariel ein paar Stunden vor unserer Ankunft diesen Ort verlässt.«

»Sie haben sie einfach gehen lassen?«, frage ich.

»Das hier ist kein Gefängnis«, sagt Kit. »Wenn wir nicht ausdrücklich zugestimmt haben, hier festgehalten zu werden, können wir gehen, wann immer wir wollen.«

»Sie hätten sie länger unter Kontrolle halten sollen.« Felix schaut sich mit zusammengekniffenen Augen um.

»Auch dafür gibt es ein Protokoll«, sagt Kit. »Sie müssen dir deinen Willen lassen, wenn sie denken, dass du damit umgehen kannst.«

»Aber das konnte sie offensichtlich noch nicht«, entgegne ich scharf.

Kit sieht unangenehm berührt aus – ein Ausdruck,

der in ihrem Gesicht fehl am Platz wirkt. »Meine unglückliche Identitätswahl von eben tut mir leid«, murmelt sie. »Ich wusste nicht, dass sie vermisst wird und ...«

Ich winke ihre Entschuldigung ab und versuche, die Auswirkungen dieser Entwicklung zu analysieren.

»Sie ist süchtig«, sage ich zu Felix. »Also ist es logisch, anzunehmen, dass sie nach ihrer Droge suchen wird.«

»Gaius«, sagt Felix, und seine Gesichtszüge verzerren sich vor Hass, etwas, was sehr untypisch für Felix ist. »Sie sucht wahrscheinlich nach diesem Arschloch.«

»Gaius?« Kits linke Augenbraue bewegt sich unmöglich weit nach oben auf ihrer Stirn – zweifellos ein Trick ihrer Gestaltwandlungsfähigkeiten.

»Er hat Ariel süchtig gemacht«, erkläre ich.

»Oder zumindest ist Ariel an diesen Ort gekommen, weil sie sein Blut getrunken hat«, sagt Felix.

Ich bin dabei, Felix anzuschreien, weil er Gaius verteidigt – falls er das so gemeint hat –, aber etwas an Kits Gesichtsausdruck lässt mich innehalten.

»Er war heute früh hier«, sagt sie, und ihre Augenbrauen sind so eng gefurcht, dass sie fast ein Kreuz bilden. »Ich dachte, er sei meinetwegen hier, aber jetzt bin ich mir da nicht mehr so sicher.« Ihre herzförmigen Lippen formen sich zu einem Schmollmund.

»Gaius war *hier?*«, fragen Felix und ich unisono.

»Vor ein paar Stunden«, sagt Kit. »Er sagte mir, dass er kürzlich aus Russland zurückgekehrt sei, und wir haben eine Weile geflirtet. Dann erinnerte ich ihn daran, dass ich vorhabe, mich heute selbst zu entlassen, und wir vereinbarten, uns in Brooklyn zu treffen.«

»Entschuldigung?« Felix schafft es, noch verwirrter auszusehen, als ich mich fühle.

»Ich hatte eine ganze Woche Zölibat«, sagt Kit defensiv. »Vampire sind unersättliche Liebhaber, also wenn einer, der so alt ist wie Gaius, mehr als nur einen Flirt anbietet …«

»Wir interessieren uns nicht für dein Sexualleben«, unterbreche ich sie und atme dann durch. »Wir wollen Ariel finden, und sie und Gaius haben eine gemeinsame Vergangenheit.«

»Glaubst du, Gaius hätte zu Ariel gehen können, nachdem er mit dir gesprochen hat?«, fragt Felix Kit.

»Problemlos«, sagt sie. »Er hätte sie entweder vor oder nach unserer Unterhaltung besuchen können.«

»Wie wäre es für Ariel gewesen, ihn zu sehen?«, frage ich mich stirnrunzelnd.

»Schwierig.« Felix legt eine Hand auf meine Schulter. »So, wie es für einen Alkoholiker wäre, einen Wodka-See zu sehen.«

»Eher wie laufendes, redendes reines Heroin«, sagt Kit, und ihr Gesicht ist übertrieben ernst. »Ihre Willenskraft wäre auf eine harte Probe gestellt worden.«

Ich atme einen beruhigenden Atemzug ein. »Wir müssen sie finden. Sie ist wahrscheinlich mit Gaius mitgegangen, also können wir damit beginnen, *ihn* zu finden.« Ich starre demonstrativ Kit an.

Sie starrt zurück, und ihr Gesichtsausdruck wird misstrauisch.

»Wo genau hast du dein Date mit ihm?«, fragt Felix. »Und um wie viel Uhr?«

»Ich *könnte* euch mitnehmen, wenn ich ihn später treffe.« Kit wickelt ihr gebleichtes Haar um ihren Finger. »Wir können alle eine Orgie haben, wenn ihr wollt.«

»Nein, danke, aber kannst du uns bitte trotzdem dorthin bringen?«, frage ich, obwohl ein sinkendes Gefühl, das nicht hellseherisch ist, mir sagt, dass ein »Bitte« nicht ausreichen wird.

Und natürlich antwortet sie: »Dafür möchte ich im Gegenzug einen Gefallen von euch.«

»Ich mache keine Geschäfte mit allgemeinen Gefälligkeiten«, sage ich fest, und Felix nickt zustimmend. »Ich lerne aus meinen Fehlern.«

»Wie traurig.« Kit lässt ihr Haar los. »Ich bin mir nicht sicher, wie ihr Gaius ohne mich finden wollt.« Sie verwandelt sich in eine alte Dame und fügt mit rauer Stimme hinzu: »Und wenn ihr glaubt, mir zu folgen, wenn ich diesen Ort verlasse, hoffe ich, dass ihr euch daran erinnert, dass ich wie jeder andere aussehen kann.«

Der Gedanke, ihr zu folgen, kam mir in den Sinn, aber sie hat recht. Sie kann in einer Menschenmenge besser verschwinden als ein ausgebildeter Spion.

»Du kannst immer noch einen Gefallen

bekommen«, sage ich. »Wir müssen uns nur im Voraus darauf einigen, was es ist.«

»Das ist nicht so lustig.« Die alte Dame Kit zieht einen Schmollmund.

»Wie wäre es mit einer Sehervision irgendwann einmal?«, schlage ich vor. »Ich kann zehn Minuten deiner Zukunft für dich voraussehen.«

Sie zieht eine silberne Augenbraue in die Höhe, und auf ihrer Stirn bilden sich tiefe Linien.

»Oder etwas, was mit einem Computer zu tun hat«, wirft Felix gnädigerweise ein, und sie rümpft angeekelt ihre Nase.

»Gut.« Kit kehrt zu ihrem jüngeren Selbst zurück. »Eine Vision wäre in Ordnung, plus eine weitere Kleinigkeit. Ich brauche einen Platz, wo ich ein paar Tage übernachten kann.«

»Wirklich?« Felix schaut sie ungläubig von oben bis unten an. »Du bist ein Ratsmitglied. Hast du nicht irgendwo eine Villa?«

»Das ist ein kompliziertes Thema.« Kit betrachtet die futuristischen Fliesen des Reha-Bodens. »Jemand – nennen wir ihn ›einen guten Freunde‹ – ist dort, was nicht gut für die Sucht wäre, die ich einzudämmen versuche.«

»Was ist mit der Tändelei mit Gaius – ist die nicht auch schlecht für deine Sucht?«, frage ich *nicht*. Ich frage sie auch nicht, wie sie es geschafft hat, jemanden mit einem stärkeren Sexualtrieb als sie zu finden – vorausgesetzt, das ist es, was »gute Freunde« zu guten Freunden macht. Obwohl er oder sie auch einfach ein

Sukkubus oder etwas in der Art sein könnte. Nach meiner Begegnung mit einem kann ich verstehen, wie jemand mit ihnen in der Nähe sexsüchtig werden kann.

Und da wir gerade von Cogniti sprechen, die einen in Sexsüchtige verwandeln könnten … Wie kommt es, dass ich immer noch nicht weiß, was Nero ist?

»Du kannst auf der Couch in unserem Wohnzimmer schlafen«, sagt Felix zu Kit. »Ich glaube, sie ist groß genug für dich.«

»Ihr werdet nicht einmal merken, dass ich da bin«, sagt Kit und schrumpft ihre Größe um dreißig Zentimeter, um uns zu zeigen, was sie tun würde, wenn sie nicht auf die Couch passen würde.

»Richtig«, sage ich, unfähig, das Gefühl abzuschütteln, dass wir bei dieser Verhandlung gerade übers Ohr gehauen worden sind. »Wann checkst du aus?«

»Wie wäre es mit jetzt?« Sie wächst wieder zu ihrer normalen Größe heran. »Ich sehne mich nach einer Steinofen-Pizza, und es gibt die beste direkt neben unserem Ziel.«

Ohne unsere Antwort abzuwarten, geht sie zur Tür.

»Ich schätze, sie muss nicht formell auschecken«, flüstere ich Felix zu, während wir ihr folgen.

Er zuckt nur mit den Schultern.

Als wir draußen sind, hat Kit bereits eine Mitfahrgelegenheit, die auf uns wartet, also steigen wir alle ein und fahren los.

Felix fragt Kit nach der Reha aus, und sie schwärmt von dem Ort wie ein Verkäufer beim Teleshopping.

Nach einer Minute blende ich sie aus, weil mir etwas einfällt.

Ich habe meinen eigenen Weg, Ariel zu folgen – meine Macht.

Ich verlangsame meine Atmung, um den notwendigen Fokus zu bekommen – und befinde mich umgehend im Leerraum.

———

ICH SCHWEBE zwischen den Formen und debattiere darüber, Darian erneut zu rufen, beschließe aber, dass Ariel Vorrang hat.

Wie bekomme ich also eine Vision von Ariel?

Ich denke an sie, aber nichts ändert sich.

Mist. Das schien vorher zu funktionieren.

Es sei denn, ich muss eindringlicher an sie denken als nur an ihren Namen.

Ich stelle mir ihre makellose Schönheit vor. Ich erinnere mich daran, wie nett sie immer zu mir und Felix war, und an ihren Beschützerinstinkt einer Mama-Bärin, wenn jemand versucht hat, uns zu schaden. Ich kann die kindliche Erregung auf ihrem Gesicht, wenn ich einen meiner magischen Effekte beendet habe, fast vor mir sehen. Ein Lächeln berührt meine nicht existenten Lippen, während ich an ihre Batman-Besessenheit denke. Im Kern ist Ariel entschlossen, spontan und abenteuerlustig, aber es gibt auch eine dunklere Seite an ihr, wie die Sucht …

Ein neuer Satz von Formen erscheint vor mir.

Bedeutet das, dass das, was ich gerade getan habe, funktioniert hat?

Ich zoome heran, um sicherzustellen, dass die Vision kurz ist, und berühre dann die nächstgelegene Form.

Während ich hineingezogen werde, bereite ich mich darauf vor, herauszufinden, in welche Schwierigkeiten Ariel sich diesmal gebracht hat.

KAPITEL SECHZEHN

ICH BIN KÖRPERLOS, was bedeutet, dass ich eine Vision habe, bei der ich nicht vor Ort bin.

Der Raum ist klein und schlicht – nur vier fensterlose Betonwände und eine weiße Tür.

Mit einem meditativ ruhigen Gesichtsausdruck und geschlossenen Augen sitzt Ariel auf einem Metallstuhl, ganz allein.

Und das ist alles.

Sie sitzt einfach nur da.

———

ICH KOMME ZURÜCK in die Realität unserer futuristischen Autofahrt, und Kit und Felix plaudern immer noch im Hintergrund.

Sie haben nicht bemerkt, dass ich mich in die Vision geschlichen habe – ein Beweis dafür, dass der

Blitz aus meinen Händen zu schnell ist, um bemerkt zu werden.

Was bedeutete diese Vision?

Warum hat Ariel so dagesessen?

Hat sie meditiert?

Wenn ja, warum sollte man das in einem so langweiligen Raum tun?

Meine Brust zieht sich zusammen. Ist es möglich, dass Baba Yaga sie wieder entführt hat? Wären Ariels Augen ganz schwarz gewesen, wenn sie sie in dieser Vision geöffnet hätte? Das wäre ein deutliches Zeichen dafür gewesen, dass sie von Baba Yaga kontrolliert wird.

Oder hat Ariel einfach nur meditiert?

Außerdem habe ich keine Ahnung, *wann* diese Vision stattfinden wird. Obwohl ich normalerweise die nahe Zukunft voraussehe, ist es möglich, dass ich gerade etwas vom nächsten Jahr oder später gesehen habe.

»Hey, Kit«, sage ich und unterbreche Felix mitten im Satz. »Gibt es Meditationsräume in der Reha?«

»Sicher«, sagt Kit. »Tonnenweise.«

»Wie sehen die aus?«, frage ich hoffnungsvoll.

Sie beschreibt etwas Spaähnliches, und ich runzele die Stirn.

Felix schaut mich verständnislos an. »Warum fragst du das?«

Seufzend erzähle ich den beiden von meiner Vision.

»Hab noch eine«, meint Kit. »Mal sehen, ob sie in der ihre Augen öffnet.«

»Oder spar deine Energie für einen Notfall«, sagt Felix. »Wenn du die ferne Zukunft gesehen hast, bedeutet das, dass Ariel okay ist und wir eine Menge Zeit haben, ihr zu helfen. Wenn es die nahe Zukunft ist, könnte es helfen, Gaius zu finden. Es kann kein Zufall sein, dass sie verschwunden ist, als er auftauchte.«

Verdammt nochmal. Beide haben gute Argumente.

»Ich werde eine weitere kurze Vision versuchen«, sage ich. »Auf diese Weise kann ich versuchen, ihre Augen zu sehen *und* habe noch Kraft für später.«

Ich setze meine Worte in die Tat um, begebe mich in den Leerraum und denke wieder über Ariel nach.

Die Formen, die auftauchen, sind fast identisch mit denen vom letzten Mal.

Toll. Eine Vision über eine bestimmte Person zu haben ist also ähnlich wie einen anderen Seher zu rufen – ich muss nur an ihre *Essenz* denken. Aber wie kann ich mich auf eine bestimmte Zeit und einen bestimmten Ort konzentrieren?

Das muss ich Darian fragen, wenn ich ihn wieder erreiche.

Im Moment berühre ich nur die nächstgelegene Form – und bekomme exakt dieselbe Vision von Ariel, wie sie dasitzt und die Augen die ganze Zeit geschlossen hat.

Sobald ich die Vision verlassen habe, teile ich meine Frustration mit Felix und Kit.

»Soweit wir wissen, hat Ariel einen geheimen Meditations-Retreat«, sagt Felix beruhigend.

»Stimmt«, sagt Kit. »Deine scheinbar identische Vision könnte bedeuten, dass sie sich einen Monat lang in Ruhe entspannt.«

»Vielleicht«, sage ich. »Ich wünschte nur, ich könnte ihre Augen sehen.«

Unser Taxi hält an, wir steigen aus und steuern auf das riesige Gebäude mit dem Drehkreuz auf dem Dach zu.

Während wir gehen, reden Kit und Felix mir aus, weitere Visionen zu versuchen, bis wir einige Antworten von Gaius bekommen.

Stattdessen verlangt Kit, meine ganze Geschichte von Anfang an zu hören, also erzähle ich sie ihr. Als wir das Tor zur Erde erreichen, bin ich an der Stelle, an der ich vor dem Rat stand.

»Du hast das Verfahren geleitet«, sage ich, als wir die labyrinthischen Korridore am Flughafen JFK betreten.

»Ja, und nur damit du es weißt, ich habe dafür gestimmt, Chester aus dem Rat zu schmeißen«, sagt sie nüchtern. »Und ich habe dagegen gestimmt, Baba Yaga den freien Sitz zu geben. Ich habe doch richtig verstanden, dass sie nicht gerade eine Freundin von dir ist?«

»Danke«, sage ich. »Das Letzte, was ich brauche, ist Baba Yaga im Rat sitzen zu haben.«

»Leider ist es nur eine Frage der Zeit, bis diese Frau bekommt, was sie will«, sagt Kit. »Sie ist hartnäckig und mächtig, also ist die einzige Hoffnung, dass sie nicht lange genug lebt, bis der nächste Sitz frei wird. Das passiert nämlich äußerst selten. Aber wenn es passiert, wäre sie die stärkste Kandidatin.«

»Das ist nicht gut«, murmele ich.

»Stimmt«, sagt Kit. »Du solltest es besser langsam angehen lassen, was Neros Mentorschaft betrifft. Solange du unter seiner Aufsicht stehst, brauchst du dir keine Sorgen zu machen.«

Toll.

Neros Sklave für immer.

Genau das, was ich brauche.

»Also, wer hat dann den Platz bekommen?«, fragt Felix schüchtern.

»Hekima«, sagt Kit. »Da er ein Illusionist ist und schon so viele Jahre die Einführung macht, verdiente er die Ehre.«

Interessant. Kein Wunder, dass meine Mitschüler Angst vor Dr. Hekima zu haben scheinen – und jetzt ziehe ich mit den Teenagern gleich, was den Respekt betrifft.

Der Mann ist ein Ratsmitglied.

»Also, was passierte dann?«, fragt Kit. »Nach dem Jubiläum?« Sie zwinkert – ich schätze, um mich daran zu erinnern, dass sie mir in Neros Gestalt einen Kuss abgerungen hat.

Ich erzähle ihr offen den Rest der Geschichte, während wir durch die Geheimgänge gehen, aber als wir in die Menschenmassen kommen, wechsele ich zu einer Version, die keine Cogniti-Details beinhaltet.

Wir gehen zur Limousine.

»Wohin fahren wir?«, frage ich Kit laut genug, damit Kevin es hören kann.

»One Hotel«, antwortet sie. »Direkt neben der Brooklyn Bridge.«

Kevin nickt und schiebt uns ins Auto, wo ich Kit bei Snacks und Getränken meine Geschichte erzähle.

Wir parken neben dem schicken Hotel und lassen Kevin warten, während wir die Granittreppe hinaufgehen.

Während Kit mit dem Concierge spricht, untersuche ich sorgfältig die industriell geprägte, mit Pflanzen geschmückte Lobby. Die einzigen Menschen in der Lobby sind ein paar Türstehertypen, die an einem Tisch sitzen, der aussieht, als käme er aus einer Scheune.

Könnte dieser Ort einen Raum wie den haben, den ich in meiner Vision gesehen habe?

Das rustikale, schicke Dekor um uns herum deutet darauf hin, dass es möglich ist.

»Gaius ist noch nicht da«, sagt Kit sehr irritiert. »Ich weiß, dass ich sehr früh hier bin, aber …«

»Wir können ja warten«, meint Felix und schaut von seinem Handy auf. »Laut ihrer Website gibt es einen Pool auf dem Dach, mit Blick auf Manhattan und die Brooklyn Bridge.«

»Ich würde lieber eine Pizza essen gehen.« Kit schaut sich um. »Also nachdem ich für kleine Königstiger war.«

»Die Toilette befindet sich unten«, sagt der Concierge. »Nehmen Sie einfach den Aufzug.«

Wir folgen seinen Anweisungen, und die Toilette im Erdgeschoss überrascht uns damit, dass sie für beide Geschlechter ist.

»Intelligent«, sagt Kit und geht hinein.

Felix schaut misstrauisch auf den Eingang. Übermütig packe ich ihn am Ellbogen und ziehe ihn hinein.

Seine Augen weiten sich, als ob er in die Umkleide eines Stripclubs blickt, aber für mich sieht dieses Unisex-WC fast wie eine normale Damentoilette aus. Es müssen die hohen, dicken Wände der einzelnen Kabinen sein, die diesen Ort *geschlechtsneutral* machen.

»Wir sehen uns in einer Sekunde«, sage ich und gehe in die Kabine, die der Tür am nächsten ist.

Felix meckert etwas Unverständliches, aber ich höre eine weitere Kabinentür zuschlagen, also nehme ich an, dass er sich doch traut.

Ich beende mein Geschäft und stehe auf – aber dann erwischt mich die Mutter aller Angstzustände mit heruntergelassener Hose.

Buchstäblich.

Ich ziehe meine Hose hoch und mache mich bereit, hinauszugehen, was die Angst noch weiter in die Höhe schnellen lässt.

Okay. Ich werde noch nicht gehen. Nicht bevor ich herausgefunden habe, was die Ursache dafür ist.

Wenn ich aus meinen bisherigen Abenteuern etwas gelernt habe, dann, solchen Gefühlen zu vertrauen und sie zu respektieren.

Dann geht mir ein Licht auf. Im Gegensatz zu den

anderen Malen, als ich mich in einer solchen Situation befunden habe, habe ich jetzt einen großen Vorteil.

Ich kann jetzt Visionen haben, genau hier in dieser gemütlichen Toilettenkabine.

Ich verlangsame meine Atmung, schließe die Augen und versuche genau das.

Der notwendige Fokus kommt in Rekordgeschwindigkeit, und ich befinde mich im Leerraum – umgeben von erschreckend klingenden Formen.

KAPITEL SIEBZEHN

BERÜHRE ich einfach eine von ihnen oder versuche ich, meine Vision auf den gegenwärtigen Moment im Raum zu richten?

Ich könnte an Felix' Essenz denken. Er ist mit uns in der Toilette, und wenn ich eine Vision seiner Zukunft sehe, werde ich auch eine Vision meiner unmittelbaren Zukunft sehen.

Natürlich könnte ich auch erfahren, was Felix macht, wenn er länger duscht – und emotional geschädigt werden.

Die gute Nachricht ist, dass ich jetzt Zeit zum Nachdenken habe, denn im Grunde genommen habe ich den Zeitfluss außerhalb des Leerraums gestoppt – was auch immer die Gefahr ist, sie wird erst ein Problem sein, wenn ich den Leerraum verlasse, und nicht vorher.

Ich entscheide mich für die aktivere Lösung und beschwöre die Essenz von Felix. Ich denke an seine sanfte und liebevolle Natur, seinen analytischen Verstand, die effiziente Art und Weise, wie er sich jedem Problem stellt, seine geschwätzige Seite …

Aber egal, wie sehr ich das tue, die Formen um mich herum bewegen sich nicht.

Entweder habe ich seine Essenz nicht richtig erfasst oder die Formen hier sind bereits die, die ich suche – was bedeuten würde, dass mein Unterbewusstsein bereits etwas Ähnliches getan hat wie das, was ich gerade bewusst versucht habe.

Wenn ich einen Körper hätte, würde er vor Erwartung zittern, während ich mit meinem ätherischen Schweif die nächstliegende Form berühre.

———

ICH VERLASSE DIE KABINE.

Die Typen aus der Lobby, die wie Türsteher aussehen, betreten die Toilette und bleiben neben der Kabine stehen, die ich gerade verlassen habe.

Etwas an dieser Situation fühlt sich extrem seltsam an – etwas, was über die Anwesenheit von Männern in derselben Toilette hinausgeht.

Wie ich sehen auch sie irgendwie verwirrt aus. Vielleicht fühlen sie sich nicht ganz wohl dabei, eine Frau auf der Toilette zu sehen?

Moment mal.

Wenn sie Türsteher in diesem Hotel sind, sollten sie an diese Toilettensituation gewöhnt sein.

Tatsächlich habe ich keine Beweise dafür, dass diese

Typen überhaupt Türsteher sind. Mit ihren prallen Muskeln und Verbrecherfoto-Gesichtern könnten sie genauso gut russische Gangster sein, die für Baba Yaga arbeiten.

Mist. Würde ich schwarze Augen sehen, wenn ich ihnen die Sonnenbrillen abreiße, oder muss Baba Yaga die meisten ihrer Gangster nicht kontrollieren?

Die vierte Kabine öffnet sich, und Kit kommt heraus.

Sie zu sehen scheint die Schläger aus ihrer momentanen Wartehaltung herauszuholen.

In der Zeit, in der ich denke »Ich bin tot«, greifen die beiden mit ihren fleischigen Händen in ihre Anzugtaschen und ziehen Waffen hervor, die größer sind als mein Kopf.

Bevor Kit oder ich blinzeln können, schießen sie.

KAPITEL ACHTZEHN

ICH WIRBELE aus der Vision heraus, und meine bereits erhöhte Herzfrequenz schießt noch weiter in die Höhe, während sich in meinem Kopf ein verzweifelter Plan bildet.

Ich entriegele meine Kabinentür und öffne sie einen winzigen Spalt.

Ein paar Sekunden später kommen die beiden Männer herein.

Sie bleiben neben meiner Kabine stehen – so wie sie es in meiner Vision getan haben.

Jeder Muskel in meinem Körper spannt sich erwartungsvoll an. Wenn ich einen Fehler mache, ist Kit erledigt.

Kits Kabine öffnet sich – genau wie ich es vorhergesehen habe.

Die Jungs greifen in ihre Taschen.

Ich atme einen tiefen Atemzug ein und trete dann mit so viel Kraft wie möglich gegen die Kabinentür.

Es ertönt ein Geräusch von Metall, das auf die Fliesen schlägt, und ich sehe die beiden stöhnenden Schlägertypen auf einmal neben dem Waschbecken stehen.

Kit verschwindet wieder in ihrer Kabine.

Ich kanalisiere meine gesamte Praxis mit Nero und Thalia und führe die Kampfbewegung aus, die ich gelernt habe.

Meine Knöchel prallen in den massiven Kiefer des mir am nächsten stehenden Kerls.

Etwas knackt hörbar.

Ich ignoriere den Schmerz in meiner Hand und schlage meinen Gegner noch einmal – und er krümmt sich.

Ein viereinhalb Meter großer Alligator huscht aus Kits Kabine und springt mit einer Geschwindigkeit, die man von einem so großen Monster gar nicht erwarten würde, auf den zweiten Kerl.

Ich bekämpfe den Drang, mir die Augen zu reiben, und ramme meinem zusammengekrümmten Gegner mein Knie ins Gesicht.

Der Kiefer des Alligators knirscht, als die riesigen Zähne wie achtzig geschärfte Dolche in den Oberkörper des anderen Mannes eindringen.

Der Typ, den ich gerade getreten habe, rollt zur Seite.

»Er greift nach der Waffe!«, rufe ich dem Alligator alias Kit zu.

Der Alligator lässt seinen toten Gegner los und widmet sich dem anderen Kerl.

Der Schlägertyp greift nach seiner Waffe und schießt, ohne zu zielen.

Das Geschützfeuer ist gedämpft. Kein Wunder, dass die Waffe so groß aussieht – sie muss einen Schalldämpfer haben.

Die Kugel trifft auf die Wand über der mittleren Kabine, und Scherben von Kacheln fliegen überall hin.

Der Typ richtet die Waffe auf den Alligator, aber die monströse Kreatur frisst sich in seine Schulter, bevor er die Chance bekommt, noch einmal zu feuern.

Sein Schmerzensschrei wird durch ein weiteres Schließen des massiven Kiefers beendet.

Felix' Kabine öffnet sich.

Mein Freund sieht weißer aus als die Toilette hinter mir.

Als seine grausame Arbeit erledigt ist, dreht sich der Alligator zu mir um, stellt sich auf die Hinterbeine und verwandelt sich übergangslos in Kit.

»Was …?« Felix schaut erst die beiden Toten mit wilden Augen an, dann mich und schließlich Kit. »Ein Krokodil?«

»Ein Alligator.« Kit schüttelt sich ruhig ein Stück Fussel von ihrem Ärmel. »Ein Krokodil würde unter diesen Umständen keinen Sinn ergeben.«

»Richtig.« Felix geht zum Waschbecken und spritzt sich kaltes Wasser ins Gesicht. »Das erklärt alles, danke.«

»Gern«, sagt Kit, der eindeutig Felix' Sarkasmus entgeht. »Meine Möglichkeiten waren auf Grund des Mandats eingeschränkt.«

»Ach?«, murmele ich, glücklich darüber, dass ich endlich meine Stimme wiedergefunden habe.

»Sie hatten keine Aura.« Kit schaut sich die Toten an. »Ich konnte nicht zulassen, dass sie sahen, wie ich mich verwandele, und deshalb bin ich in die Kabine zurückgegangen. Ich konnte mich auch nicht in einen Ork verwandeln oder etwas anderes, was nicht hierher gehört.«

»Aber ein Alligator ist völlig vernünftig?«, frage ich.

»Aber natürlich«, sagt Kit. »Jeder weiß, dass es riesige Alligatoren in der New Yorker Kanalisation gibt.« Sie schaut sich um. »Da es sich hier um eine Toilette handelt, ist die Verbindung zur Kanalisation meiner Meinung nach ziemlich plausibel.«

Ihre Logik muss das Mandat überzeugt haben, da sie nicht aus irgendwelchen Öffnungen blutet, also schüttele ich einfach den Kopf, gehe zu den Waschbecken und folge Felix' Beispiel, indem ich mein Gesicht mit kaltem Wasser bespritze.

Kit überprüft die Taschen der Toten und schüttelt den Kopf. »Sie haben keine Ausweise.«

»Überprüfe ihre Körper auf Tattoos«, sagt Felix, ohne die Toten anzusehen.

»Sie haben Sterne auf ihren Schultern«, sagt Kit zu Felix' Rücken.

»Wie ich vermutet habe«, sagt er, immer noch, ohne sich zu drehen. »Das deutet auf einen Aufenthalt in einem russischen Gefängnis hin.«

»Was bedeutet, dass das Baba Yagas Männer sind«, sage ich.

»Wir gehen besser«, sagt Felix und geht so zum Toilettenausgang, dass sein Blick sich nicht auf die verstümmelten Körper richtet.

Ich gehe hinüber, um die Waffe vom Boden aufzuheben und dann die andere aus dem Todesgriff eines der Schlägertypen zu nehmen. Aus der Nähe sehen diese Waffen nicht wie diejenigen aus, die ich auf dem Schießstand gesehen habe, und waren auch viel leiser, weshalb, ich mich frage, ob jemand diese aus einem anderen Land mit fortschrittlicherer Technologie geschmuggelt hat. Nach dem, was ich über Gewehre mit normalen Schalldämpfern gelesen habe, sollte der Schuss noch deutlich zu hören sein, während diese hier so gedämpft waren, dass niemand außerhalb dieses WCs etwas hören würde.

Andererseits, vielleicht hat sich die Schalldämpfer-Technologie auf der Erde in letzter Zeit verbessert? Könnte dies das Ergebnis eines geheimen Forschungsprojekts der Regierung sein?

Schulterzuckend verstaue ich eine Waffe vorn und die andere hinten in meiner Hose.

»Wir sollten Pada anrufen, um das zu bereinigen«, sage ich und schaue auf die Leichen.

»Ich kann alles tun, was er kann, aber besser.« Kit verwandelt sich in Pada und schenkt mir eines der mürrischen Lächeln des alten Mannes. »Wenn du so einen schwachen Magen hast wie dein Freund, schlage ich vor, dass du draußen wartest.«

Ich habe nicht so einen schwachen Magen, aber ich greife gern die Ausrede auf, um aus der Toilette zu eilen. Ich schließe die Tür hinter mir und halte mir die Ohren zu.

Felix macht das Gleiche, und wir bleiben so stehen, bis Kit aus der Toilette kommt.

»Alles in Ordnung«, sagt sie und rülpst laut. »Lasst uns die Pizza verschieben.«

Felix erblasst so sehr, dass er durchsichtig wird.

Ich kann nicht anders, als in die Toilette zu schauen.

Sie ist völlig sauber.

Hat sie sich in etwas verwandelt, was die Körper gegessen und das ganze Blut aufgeleckt hat? Wenn ja, bedeutet das, dass Pada die gleiche Methodik für seine Reinigungen verwendet? Wofür sind dann die Reinigungsmittel, die er immer mitbringt?

Als ich darüber nachdenke, fällt mir auf, dass ich das vielleicht gar nicht wissen will.

»Wir sollten zur Limousine gehen«, sage ich. »Es könnten noch mehr von diesen Kerlen kommen.«

»Ich habe keine Angst vor ein paar Menschen«, sagt Kit spöttisch.

»Du wurdest fast erschossen«, kontere ich. »Ich habe es in meiner Vision gesehen.«

Kit legt ihre Hände auf die Hüften. »Ich gehe nicht, bis ich von Gaius das bekommen habe, was ich brauche. Es sei denn, einer von euch will sich um mein Bedürfnis kümmern?«, fügt sie mit einem Grinsen hinzu.

Ich rolle mit den Augen und schaue Felix an.

»Wenn wir uns an den Pool setzen, wäre es zu

öffentlich, als dass uns jemand angreift«, sagt er, wenn auch unsicher. »Und wenn Ariel irgendwo in diesem Hotel ist ...«

»Richtig«, sage ich und fühle mich schuldig, dass ich Ariel in all dem Wahnsinn vergessen habe. »Wir warten auf Gaius.« Ich gebe Felix eine meiner neu gefundenen Waffen und frage: »Kannst du das Überwachungssystem dieses Hotels anzapfen, um sicherzustellen, dass sich niemand an uns anschleichen kann?«

Felix versteckt die Waffe, und etwas Farbe kehrt auf seine Wangen zurück, als er sein Handy herauszieht und beginnt, aufgeregt über den Bildschirm zu streichen.

Ich winke Kit zu, schnappe mir Felix' Schulter und schiebe ihn zu dem wartenden Aufzug.

»Ich habe ihn gerufen«, sagt Felix, als wir in die Aufzugskabine steigen. »Cool, oder?«

Die Aufzugstüren schließen sich, und wir fahren nach oben, ohne dass jemand irgendwelche Knöpfe drückt.

»Da ist eine Überwachungskamera am Pool«, sagt Felix, ohne von seinem Handy aufzusehen. »Ich habe auch eine Drohne übernommen, um die Bereiche abzudecken, die die Kamera nicht erreicht.«

»Gut gemacht«, sage ich, während Kit seufzt und etwas wie »Jungen und ihre Spielzeuge« murmelt.

Wir gehen auf die wunderschöne Poolterrasse, und die Aussicht auf die Stadt raubt mir den Atem.

Während ich mich von dem Anblick erhole,

schnappen wir uns Liegestühle, und nach einer kurzen Minute der Entspannung nehme ich mein Telefon heraus und rufe Nero an, weil ich mir denke, dass, wenn ich schon seinen ganzen Mist ertragen muss, ich genauso gut seinen Mentor-Schutz in Anspruch nehmen kann.

Er geht nach dem zwanzigsten Klingeln dran, und ich sehe ein goldenes Kreuz mit bunten Fresken hinter ihm, zusammen mit einem bekannt aussehenden Mann, der makellose weiße Gewänder, einen weißen Yarmulke-Hut und rote Lederschuhe trägt.

»Ich bin beschäftigt«, sagt Nero zu mir und nickt mit dem Kopf zu seinem Begleiter.

»Das ist sehr dringend«, schaffe ich ohne zu blinzeln zu sagen.

»Ich muss den Anruf annehmen, Eure Heiligkeit«, sagt Nero zu dem Mann und geht schnell weg, wobei er fast einen Haufen rotgekleideter Geistlicher umrennt.

Schließlich bleibt er in einer Ecke stehen. »Ich hoffe wirklich, dass dies ein echter Notfall, Sasha. Der P…«

»Baba Yaga hat gerade wieder versucht, mich zu töten«, platze ich heraus.

Das Schwarz von Neros Limbusringen breitet sich in seinen Augen aus, während er konzentriert in die Kamera starrt. »Bist du dir da sicher?«

Ich erzähle ihm so schnell wie möglich, was passiert ist, und beobachte, wie seine Gesichtszüge einen immer dunkleren Ausdruck annehmen.

»Kit sollte in der Lage sein, dich zu beschützen«,

sagt er, als ich fertig bin. »Ich werde mich an Baba Yaga wenden, um sicherzustellen, dass alles in Bezug auf unsere Vereinbarung klar ist.«

»Und denk daran, dass du und ich auch eine Vereinbarung haben, die davon abhängt, dass du mich vor Baba Yaga beschützt«, kann ich mir nicht verkneifen zu sagen.

»Lass das meine Sorge sein«, knurrt er und drückt sein Handy so fest, dass er die Kamera zerbricht – was sein Bild fast gruselig beängstigend macht.

»Danke«, sage ich und lege mit klopfendem Herzen auf.

»Ich glaube nicht, dass Baba Yaga dich noch einmal belästigen wird«, sagt Kit zu mir. »Sie muss senil geworden sein, um überhaupt zu wagen, sich mit Nero anzulegen.«

Ich zucke mit den Schultern und lehne mich dann in dem Liegestuhl zurück. Ich schließe die Augen und versuche, mich zu entspannen.

Bald darauf erwärmt mich die Sonne, und die sanfte Brise wiegt mich in ein Nickerchen.

———

»SASHA«, sagt Kit und rüttelt an meinen Schultern. »Wach auf. Gaius wird jetzt in seinem Zimmer sein.«

Die Erinnerung an Gaius – und damit auch an Ariel – vertreibt alle Überreste des Schlafes aus meinem Gehirn, und ich springe auf.

Wir machen uns auf den Weg zu den Aufzügen, und

Felix nutzt seine Magie, um uns in den achten Stock zu bringen.

Als wir an dem Raum ankommen, klopft Kit an.

Niemand antwortet.

Sie runzelt die Stirn und klopft nochmal an.

Dasselbe Ergebnis.

Mit einem noch tieferen Stirnrunzeln bringt Kit Felix dazu, die Tür zu öffnen.

Wir treten ein.

Der Raum ist leer.

Kit schaut auf ihre Uhr, dann auf uns. »Wo ist er?«

»Er hat sich vielleicht verspätet?«, schlage ich vor.

»Ich bin schon kokett zu spät«, sagt Kit. »Wie kann er es wagen?«

Felix und ich zucken unangenehm berührt mit den Schultern.

Kit holt ein Telefon aus ihrer Tasche und wischt wütend über den Bildschirm. Sie klopft mit ihrem kleinen Fuß auf den Boden, während sie auf einen Klingelton wartet, und runzelt wieder die Stirn.

»Mailbox?«, ruft sie. »Ernsthaft? Du bestellst mich hierher – *mich* – und gehst jetzt nicht einmal ran?« Sie umfasst ihr Telefon fester, atmet dann einen komisch tiefen Atemzug ein und beginnt, die kreativste Kombination von Beleidigungen auszuspucken, die ich jemals gehört habe. Sie beendet ihr Gespräch mit einer langen Tirade über die offensichtliche »Schrumpfung« von Gaius' Hoden und einer Abhandlung über eine schlechte Durchblutung seiner Männlichkeit. Anstatt sich zu verabschieden, schlägt sie vor, dass er das Blut eines Menschen trinken sollte, der Viagra einnimmt, um es sich danach selbst zu besorgen.

Felix räuspert sich. »Wow.«

»Ja«, murmele ich. »Selbst die Hölle hat nicht so viel Wut wie eine geile Frau, die verschmäht wird.«

Kit wirft uns beiden einen brodelnden Blick zu, schaut dann auf das Bett, wieder zu uns und dann zurück auf das Bett, und Übermut ersetzt die Wut in ihrem Gesicht.

»Wir müssen Ariel finden«, sage ich präventiv. Kit war offensichtlich dabei, uns wieder zu bitten, ihr *Bedürfnis* zu befriedigen.

»Ja«, antwortet Felix. »Könnte Gaius' Abwesenheit etwas mit Ariel zu tun haben?«

»Vielleicht wurde er auch entführt?« Ich schaue Kit an, und dann zeige ich auf das Bett. »Das würde erklären, warum er eine so unglaubliche Gelegenheit verpassen würde.«

»Das könnte es erklären«, grummelt sie. »Aber wer könnte einen so mächtigen Vampir wie Gaius entführen?«

»Ariel ist auch kein Weichei, aber das wäre das zweite Mal, dass sie entführt wurde«, sage ich.

»Hm«, sagt Kit. »Und was jetzt?«

»Wir gehen in unsere Wohnung«, sagt Felix. »Vielleicht hat sich Ariel einfach aus der Reha ausgecheckt und ist nach Hause gegangen.«

»Es lohnt sich, nachzuschauen«, sage ich. »Außerdem ist Zuhause ein guter Aufenthaltsort, falls Baba Yaga wieder versucht, mich umzubringen.«

»Vorausgesetzt, es *ist* Baba Yaga«, sagt Kit. »Ich habe dein Gespräch mit Nero mitgehört, und ich stimme ihm zu: Wenn sie einen Deal gemacht haben, würde sie ihn nicht brechen.«

Sie verlässt den Raum, und Felix und ich folgen ihr.

»Wer sollte es sonst sein?«, frage ich, als wir den Aufzug erreichen.

»Chester?« Felix ruft den Aufzug. »Vielleicht hat er es absichtlich so aussehen lassen, als wäre es die Arbeit eines anderen?«

»Chester würde sich nicht mit *mir* anlegen.« Kit betritt den gerade angekommenen Aufzug. »Außerdem glaube ich nicht, dass er noch Interesse an Sasha hat – nicht mehr, seit sie unter Neros Fittichen anstatt unter Darians gelandet ist.«

»Chester wusste vielleicht nicht, dass du da sein würdest, als seine Schläger mich angriffen.« Ich drücke den Knopf im Erdgeschoss. »Ich habe seine Tochter in einem Kampf geschlagen ... zweimal. Hätte mich das wieder auf sein Radar bringen können?«

»Das weiß ich nicht«, sagt Kit. »Obwohl ich es bezweifle, dass der kleine Welpe alles Papa petzen würde. Werwölfe sind ein stolzer Haufen.«

Felix nickt zustimmend, als wir den Aufzug verlassen. »Außerdem hast du sie in keinem dieser Kämpfe *wirklich* geschlagen.«

»Kommt darauf an, wie du ›wirklich‹ definierst«, antworte ich defensiv.

»Er meint, dass sie sich dir nicht unterworfen hat«,

sagt Kit, und ihre Augen strahlen aufgeregt. »Das hat sie nicht, oder?«

Gibt es etwas, was Kit nicht mit Sex verbindet? Die Art und Weise, wie sie das Wort »unterworfen« sagt, lässt es so klingen, als würde sie von BDSM sprechen – nichts, woran ich im Zusammenhang mit einem minderjährigen Mädchen wie Roxy denken möchte.

»Sie ist einmal weggelaufen und wurde das andere Mal von Rose gezüchtigt«, erkläre ich ihr. »Ich bin mir nicht sicher, ob das als Unterwerfung gilt.«

»Tut es nicht«, sagt Kit mit einem Hauch von Enttäuschung. »Die Unterwerfung von Werwölfen ist ziemlich aufwendig und formal.« Wehmütig fügt sie hinzu: »Du würdest es merken, wenn das passieren würde. Glaube mir.«

»Ooookay«, sage ich und tausche einen verstohlenen Blick mit dem knallroten Felix aus, bevor er in die Limousine steigt. »Kevin, bring uns nach Hause.«

———

»ARIEL?«, rufe ich, als wir unsere Wohnung betreten. »Bist du hier?«

»Sie ist nicht zu Hause«, sagt Fluffster in Gedanken, als er herauskommt, um uns zu begrüßen.

»Fluffster, das ist Ratsmitglied Kit«, sage ich. »Kit, das ist Fluffster.«

Kits aufgeregtes Quietschen ist so hoch, dass Fluffster sich Sorgen um die teuren Weingläser in der

Küche machen muss. »Du bist das Süßeste, was ich jemals gesehen habe.« Sie hebt ihn vom Boden hoch und reibt ekstatisch sein Fell an ihrer Wange. Ehrfürchtig flüstert sie: »Das Weicheste, was ich jemals berührt habe.«

»Er ist ein Domovoi«, sage ich spitz.

»Ich weiß.« Sie grinst fast buchstäblich von Ohr zu Ohr, als sie ihn sanft wieder auf den Boden setzt.

»Er ist im Haus extrem mächtig«, fügt Felix hinzu.

»Ich weiß.« Kit zieht widerwillig ihre Hände vom Chinchilla weg und schaut sich um. »Also, wo kann ich schlafen?«

»Hier.« Ich führe sie ins Wohnzimmer.

Kit schaut auf das Sofa und rümpft die Nase. Dann sehe ich quasi, wie ihr ein Licht aufgeht, und sie sagt: »Wenn Ariel nicht da ist, kann ich dann in ihrem Zimmer bleiben?«

»Nein«, sagen Felix und ich unisono.

»Ariel müsste entscheiden, ob du ihr Zimmer benutzen kannst«, sage ich. »Aber wenn du uns hilfst, sie zu finden, kannst du in meinem bleiben.« Als ich ein Leuchten in ihren Augen sehe, füge ich hinzu: »Während ich auf dem Sofa schlafe.«

Kit sieht nachdenklich aus. »Wenn du sicher bist, dass Gaius etwas damit zu tun hatte, könnte Vlad ...«

»Das ist eine tolle Idee«, sage ich und springe zur Haustür.

Ich eile hinüber zu Roses Wohnung, klingele an der Tür und drücke die Daumen.

»Sasha.« Rose öffnet die Tür und lächelt mich an. »Was für eine schöne Überraschung.«

»Ich suche eigentlich Vlad«, sage ich. »Ariel wird vermisst, und ich denke, sie könnte bei Gaius sein, also …«

»Vlad ist nicht hier.« Das Lächeln verschwindet aus Roses Gesicht. »Eine Menge Vollstrecker-Angelegenheiten haben sich angesammelt, als wir im Urlaub waren. Er wird erst morgen Abend wiederkommen.«

»Glaubst du, du könntest ihn für mich anrufen und wegen Gaius fragen?«

»Natürlich.« Rose winkt mich in die Wohnung. Sie geht zu ihrem Festnetzanschluss aus den 90er-Jahren und wählt eine Nummer.

Ich tue mein Bestes, um der Bewegung ihrer Finger zu folgen, um die Ziffern in meinem Kopf zu speichern – für alle Fälle.

Vlad geht nach dem zweiten Klingeln dran, und Rose fragt sofort, ob er weiß, wo Gaius ist.

Dann runzelt sie die Stirn, bedeckt das Mundstück und informiert mich, dass er es nicht weiß.

»Tut mir leid«, sagt sie. »Vlad meinte, er wird versuchen, ihn zu finden, aber er ist immer noch im Urlaub.«

Sie macht dann küssende Geräusche in das Telefon und legt auf, während ich versuche, nicht zu erröten.

»Er wird es mich wissen lassen, wenn er etwas hört«, sagt sie und setzt sich auf ihre Couch. »Jetzt erzähl mir bitte von Ariel.«

Ich komme ihrer Bitte nach, bevor ich in meine Wohnung zurückgehe und Kit und Felix erzähle, was passiert ist.

»Interessant, dass Vlad nicht abgehoben hat, als *ich* ihn vor einem Moment anrief«, sagt Kit schelmisch.

»Wir müssen etwas tun«, sage ich und fange an, im Wohnzimmer hin und her zu gehen.

»Und was?«, fragt Felix.

»Ich weiß es nicht.« Ich bleibe stehen und schaue erst ihn und dann Kit an.

»Wenn sie nicht entführt wurde, gibt es nicht viel, was wir tun können.« Felix reibt sich das Kinn. »Sie ist eine erwachsene Frau. Wenn sie Blut trinken will …«

»Nein.« Meine Hände ballen sich zu Fäusten. »Du hast gesehen, wie sie war, als wir sie gerettet haben.«

»Ich fürchte, er hat trotzdem recht«, sagt Kit. »Man muss sich heilen lassen wollen. Ich spreche aus eigener Erfahrung.«

»Wir werden sehen«, sage ich und stürme in mein Zimmer.

Als ich neben meinem Bett auf und ab gehe, wirbeln verrückte Ideen durch meinen Kopf. Wäre Nero bereit, Ariel für mich einzusperren? Es gibt bereits einen mit Lebensmitteln gefüllten Käfig im Fonds, der gleichzeitig mein Büro ist. Wir können sie dorthin bringen …

Was sage ich da?

Ich kann Ariel nicht einsperren.

Wenn sie nicht entführt wurde, muss ich Worte,

nicht Gewalt benutzen, um sie dazu zu bringen, clean zu werden.

Allerdings weiß ich, wie stur Ariel sein kann, also wäre es vielleicht einfacher, wenn sie entführt worden *wäre* …

Mein Telefon klingelt.

Es ist ein Videoanruf von Nero.

Toll.

Vielleicht hat *er* ein paar Antworten.

KAPITEL NEUNZEHN

NERO LÄUFT AUF EINEM LAUFBAND. Seine schweißbedeckte, breitschultrige Gestalt bewegt sich auf und ab, während er mit jedem Schritt olympiareife Sprünge macht. Die Vatikanstadt ist durch das große Fenster hinter ihm sichtbar.

»Baba Yaga hat mir gesagt, dass sie nicht versucht, dich zu töten«, sagt er, ohne Zeit mit Höflichkeiten zu verschwenden.

»Tut sie nicht?«, frage ich verblüfft über das Vertrauen in seiner Stimme.

»Nein. Ich habe sie direkt gefragt. Sie kann mich nicht anlügen«, sagt Nero, und seiner Stimme ist das schnelle Laufen nicht anzuhören. »Niemand kann das.«

»Aber jemand hat gerade versucht, mich zu töten.« Ich gehe zu meinem Tisch, knalle das Telefon in einen Ständer und setze mich auf einen Stuhl. »Das ist eine Tatsache.«

»Deshalb möchte ich, dass du dich ruhig verhältst, bis ich zurückkomme«, sagt Nero. »Bleib zu Hause unter dem Schutz deines Domovois und …«

»Du kannst mir nicht sagen, was ich an den Wochenenden machen soll.« Ich verenge meine Augen.

»Eigentlich kann ich das als dein Mentor, und genau das habe ich dir auch bereits gesagt«, sagt Nero. »Erinnerst du dich an die Einführung?«

»Auf jeden Fall«, sage ich. »Die ist morgen, und ich werde sie nicht verpassen.«

»Du kannst eine Stunde verpassen.« Er winkt abweisend mit der Hand.

»Nein, ich kann nicht. Außerdem ist die Einführung nicht der einzige Grund, warum ich nicht zu Hause bleiben kann. Ariel ist …«

»Wie wäre es, wenn wir einen Deal machen?« Neros Lauftempo nimmt zu. »Du bleibst zu Hause, und ich beweise dir, dass Ariel nicht entführt wurde.«

»Du weißt etwas darüber?« Ich beuge mich zum Bildschirm.

»Bedeutet das, dass wir einen Deal haben?«, fragt er und verheimlicht seinen selbstgefälligen Ausdruck nicht vor der Kamera.

»Wenn du mir beweisen kannst, dass Ariel nicht entführt wurde, bleibe ich zu Hause – mit Ausnahme der Einführung.«

»Schön«, sagt er. »Aber Kevin bringt dich hin und zurück.«

»Abgemacht.« Warum sollte ich Nein zu einer Fahrt in einer Limousine sagen?

»Schau in deinen Posteingang«, sagt Nero.

Um unseren Anruf nicht zu unterbrechen, öffne ich meinen Laptop.

Ich habe eine neue E-Mail von Nero mit einem Videoanhang.

Eine E-Mail, die vor fünf Minuten ankam.

»Du hast mich reingelegt?«, frage ich ungläubig ins Telefon. »Du hast mir etwas gemailt und dann nachträglich einen Deal mit mir gemacht?«

Nero zuckt mit den Achseln, und sein Gesichtsausdruck wird noch selbstgefälliger.

»Wenn ich nicht sauer wäre, wäre ich beeindruckt«, murmele ich, während ich das Video anmache.

Es sind Aufnahmen von Sicherheitskameras an einem überfüllten Ort. Ich erkenne ihn sofort als Earth Club, Neros Club auf Gomorrha. Die Kamera zoomt auf einen der VIP-Tische, und ich sehe, dass Gaius dort sitzt und eine zweifelhafte rote Flüssigkeit aus einem großen Kelch trinkt. Neben Gaius sitzt Ariel mit einem ruhigen Gesichtsausdruck.

»Es sieht so aus, als wären sie direkt aus der Reha dorthin gegangen«, sagt Nero sanft. »Und danach zusammen ausgegangen.«

»Aber warum sollte meine Vision zeigen, dass sie allein in einem leeren Raum sitzt?«, frage ich hartnäckig. »Das Einzige, was diese Aufnahme mir zeigt, ist der Täter.«

»Sie könnte einfach auf etwas warten«, sagt Nero. »Zu welchem Zweck würde Gaius sie entführen?«

»Ich weiß es nicht«, sage ich. »Aber ich werde ihn

fragen, wenn ich ihn finde – oh, und unser Deal ist geplatzt.«

»Nein, ist er nicht.« Die Limbusringe in Neros Augen übernehmen einen Teil vom weißen Bereich. »Bleib zu Hause, und ich werde mit Gaius reden, um zu sehen, ob er sich ein anderes Spielzeug suchen kann.« Jetzt ist das Weiß in seinen Augen fast verschwunden, und selbst das Blaugrau der Iris schrumpft. »Es wird Konsequenzen haben, wenn du dein Wort brichst.«

»Gut«, sage ich und bekämpfe den Drang, zusammenzuzucken oder auch wegzuschauen. »Wenn du mich so nett fragst, wie kann ich dann ablehnen?«

»Cleverer Zug«, sagt er in einem ruhigeren Ton und beendet das Gespräch.

Toll. Ich bin wieder in meiner Wohnung gefangen. Je mehr sich die Dinge in meinem Leben verändern, desto mehr bleiben sie gleich.

Aber vielleicht hat sich dieser Deal ja doch gelohnt. Wenn Ariel nicht entführt wurde, dann ist das einzige Problem, dass Gaius ihr sein Blut gibt – wenn Nero ihn also überreden kann, Ariel nicht mehr mit seinem Blut zu versorgen, könnte sie gezwungen sein, längerfristig Hilfe zu suchen … das, oder sie sucht sich einen anderen Vampir.

Auf jeden Fall hat Nero mir nicht verboten, die Außenwelt mit meinen Kräften zu erkunden, also werde ich das tun. Tatsächlich ist dies eine gute Gelegenheit, das Betreten des Leerraums zu üben, währen ich wütend bin.

Ich stehe auf und versuche, mich zu konzentrieren.

Ich versage. Die rasenden Gedanken in meinem Kopf machen es mir fast unmöglich, mich zu konzentrieren.

Ich atme einen beruhigenden Atemzug ein, und einfach so rutscht der Fokus in Position, und ich schwebe im Leerraum, umgeben von unheimlichen quaderförmigen Formen.

Anstatt an Ariels Essenz zu denken, beschließe ich, zu sehen, ob die Formen, denen ich zuerst begegne, mir von etwas – vielleicht meinem Unterbewusstsein – aus einem bestimmten Grund vor die Nase gesetzt werden. Bevor ich weitermache, zoome ich jedoch ein paarmal auf die nächstgelegene Form heran, um sicherzustellen, dass die Vision ziemlich kurz ist.

Ich will nicht zu viel Kraft mit dieser Theorie verschwenden.

Das unheimliche Gefühl verschlimmert sich, als ich nach dem vor mir schwebenden Quader greife, aber ich unterdrücke mein Zögern und ergreife ihn – was die Vision aktiviert.

EIN AUFWENDIG VERZIERTER Sarg aus poliertem Rotholz steht vor mir.

Mein Blick ist durch Tränen verschwommen, und meine Brust zieht sich vor Trauer zusammen, während ich über die bittere Endgültigkeit dieses Moments nachdenke.

In diesem Sarg befindet sich die Leiche von …

———

ICH BIN WIEDER ZURÜCK in meinem Zimmer.

Meine Knie fühlen sich weich an, also lasse ich mich vorsichtshalber auf mein Bett fallen und versuche, den Sinn von dem, was ich gerade gesehen habe, zu verstehen. Das dauert nicht lange, weil es wenig Raum für Fehlinterpretationen gibt.

Ich habe gerade eine Vision von einer Beerdigung gesehen, und die Trauer, die ich dabei empfand, kann nur eines bedeuten.

Jemand, der mir sehr am Herzen liegt, wird sterben.

KAPITEL ZWANZIG

MEINE GEDANKEN WIRBELN wie ein Tornado.

Wer war in diesem Sarg? Mein Ich in der Vision war im Begriff, den Namen zu denken, als die Vision aufhörte.

Wer auch immer es ist, wie wird er oder sie sterben? Und wann?

Noch wichtiger ist: Was kann ich tun, um das zu verhindern?

Die Vision war zu kurz, um auch nur eine der Antworten zu bekommen. Ich weiß nur, dass der Verstorbene jemand war, um den ich weinen würde, was alle ausschließt, die ich gern tot sehen würde, wie Baba Yaga.

Könnten es mein Vater oder meine Mutter sein?

Sie sind zu jung und zu gesund, um plötzlich zu sterben, aber was ist, wenn diese Vision aus einer weiter entfernten Zukunft stammt?

Nein. Ich habe noch nie eine bekommen, die so weit

entfernt war. Warum sollte ich das also jetzt tun? Ein kurzfristiger unnatürlicher Tod, der etwas mit mir und den ganzen Feinden zu tun hat, die ich mir seit der Entdeckung meiner Natur gemacht habe, ist wahrscheinlicher. Wenn ja, ist der einfachste Weg, um meine Eltern zu schützen, sie von mir fernzuhalten und ihre Pläne für die nahe Zukunft zu ändern.

Entschlossen schnappe ich mir mein Telefon und beginne einen Videoanruf mit meiner Mutter.

»Bonjour«, sagt Mama lächelnd, sobald sie drangeht. »Wie geht es dir?«

Ich schaue sie mir genau an. Sie scheint gesund zu sein. Ihr Schmuck ist so makellos wie immer, und sie trägt eine teure neue Brille – was bedeutet, dass sie ihr gewohntes extravagantes Selbst ist.

»Mir geht es gut«, lüge ich. »Ich wollte nur sehen, wie es dir geht.«

»Ich fühle mich großartig.« Mama bewegt das Telefon näher an ihr Gesicht. »Endlich entspanne ich mich. Zu schade, dass ich bald zurückkehren muss.«

»Ich habe diesbezüglich gute Nachrichten«, sage ich und komme zur Phase *Veränderung der Zukunftspläne*. »Ich habe meinen Job wieder, also wenn ich dir dabei helfen soll, in Frankreich zu bleiben, kann ich das tun.«

Mama springt buchstäblich vor Aufregung auf und ab, also benutze ich meinen Laptop, um ihr etwas Geld zu überweisen und mich dann so schnell wie möglich aus dem Gespräch zu befreien.

Dann rufe ich Papa an.

»Hey, Kleine«, sagt er, und sein Bostoner Akzent ist stärker als sonst. »Ist es dringend?«

Obwohl er nicht so gesund aussieht wie Mama, fällt nichts besonders Besorgniserregendes auf, also lächele ich. »Überhaupt nicht dringend«, sage ich. »Ich wollte nur Hallo sagen.«

»Das Geschäft ist dieses Wochenende verrückt, aber ich bin froh, dass du dich gemeldet hast.« Papas Augen strahlen reine Freude aus, und ich habe Schuldgefühle, weil ich mich erst unter so schrecklichen Umständen bei ihm melde. »Kann ich dich in ein paar Tagen zurückrufen?«

»Na klar«, antworte ich. »Aber du musst es ruhig angehen lassen. Stress ist nicht gut für dich.«

»Da hast du recht.« Er fährt mit der Hand durch sein graues Haar. »Deshalb habe ich einen Bahamas-Urlaub geplant.«

»Du willst keinen Urlaub auf den Bahamas machen«, sage ich und begebe mich in den Lügenmodus auf Magierebene. »Hast du in den Nachrichten nichts von dem Virus gehört?«

»Ich war zu beschäftigt«, sagt Dad. »Aber ich habe noch nichts gebucht, also …«

»Ich denke, du solltest stattdessen auf die Kaimaninseln reisen«, sage ich und suche hektisch im Internet nach einem guten Grund, warum. »Dort sind keine komischen Krankheiten ausgebrochen und«, ich finde einen nützlichen Leckerbissen im Internet – »die Wahl zur Miss Universe findet nächste Woche dort statt. Ich wette, es werden viele Touristen da unten sein – eine gute Möglichkeit für dich, ein paar Leute kennenzulernen.«

Habe ich Dad gerade mit spärlich bekleideten Frauen in Versuchung geführt?

»Das klingt nach einer wunderbaren Idee«, sagt er. »Aber ich muss wirklich los.«

»Kein Problem«, sage ich. »Vergiss nicht, mir ein paar Bilder von den Kaimaninseln zu schicken. Dann ist es so, als sei ich selbst dort.«

»Das werde ich, versprochen«, sagt mein Vater. »Bis bald.«

Ich lege auf und verlasse mein Zimmer, um Felix, Fluffster und Kit von meiner Vision zu erzählen.

»Glaubst du, ich war es?«, fragt Kit und lässt ihre Haut sofort blass und pergamentartig aussehen wie eine einbalsamierte Leiche.

»Meine Intuition sagt mir nein«, sage ich taktvoll, denn was ich nicht hinzufüge, ist: »Ich kenne dich nicht einmal gut genug, um bei deiner Beerdigung zu weinen.«

»Was ist mit mir?«, Felix wird fast so blass wie Kit.

»Du könntest es sein.« Ich lege beruhigend eine Hand auf seine Schulter. »Deshalb möchte ich, dass du, wo immer du hingehst, die Waffe trägst, die ich dir gegeben habe. Und wenn du kannst, arbeite in den nächsten Wochen von zu Hause aus.«

Er nickt. »Ich mag deine Idee, die übliche Routine zu ändern. Ich werde das sooft ich kann tun.«

»Clever«, sage ich. »Ich dagegen werde versuchen,

mehr Visionen zu bekommen, um den Grund für diese Beerdigung zu klären.«

»Könnte es deine Beerdigung gewesen sein?«, Fluffster stopft nervös seinen Schwanz unter seinem Hintern. »Jemand ist doch wieder hinter dir her. Ist es möglich, dass du eine Warnung gesehen hast, was passiert, wenn sie erfolgreich sind?«

»Wenn ich tot gewesen wäre, hätte ich in der Vision keinen Körper gehabt.« Ich festige meinen Griff an Felix' Schulter. »Da ich Tränenkanäle hatte, weiß ich, dass ich am Leben war.«

Felix' Schulter spannt sich unter meiner Hand an. »Könnte es Ariel gewesen sein?«

»Ich bezweifle es«, sagt Kit und verwandelt sich in Ariel. »Sie ist von euch allen am schwersten zu töten. Außerdem, wenn sie tatsächlich mit Gaius rumhängt«, sie lässt sich wie Gaius aussehen. »ist sie noch schwerer zu erwischen.«

»Aber könnte es ihre Sucht sein, die sie umbringt?« Ich lasse Felix los, um mir den Nasenrücken zu reiben.

»Nein.« Kit verwandelt sich wieder in sich selbst zurück. »Die Blutabhängigkeit stört vor allem die Funktionsfähigkeit in der Nicht-Vampirgesellschaft. Wenn überhaupt, werden die Süchtigen schneller gesund und werden nicht so oft krank.«

»Okay«, sage ich. »Ich werde versuchen, mehr Visionen zu haben. Stört mich nicht, es sei denn, es hat etwas mit dieser neuesten Entwicklung zu tun.«

Alle nicken, und ich gehe.

In meinem Zimmer stelle ich fest, dass es nicht

gerade förderlich ist, ein Damoklesschwert in Bestattungsgröße über meinem Kopf zu haben.

Es braucht gefühlte Stunden meditatives Atmen, um meinen Kopf klar genug zu bekommen. Schließlich schaffe ich es in den Leerraum.

Leider sehen die Formen, die mich umgeben, nicht wie die Quader der Bestattungsvision aus. Sie sind eher Zapfen und spielen nicht einmal beängstigende Musik. Ich wette, in diesen Visionen gehe ich zu meinem Buchhalter oder mache etwas noch Alltäglicheres.

Ich stelle sicher, dass die Vision super kurz ist, und berühre einen der Kegel.

―――――

»HEUTE SETZEN wir das Thema der Otherlands fort«, sagt Dr. Hekima. »Beginnen wir mit …«

―――――

ICH BIN WIEDER auf meinem Stuhl zurück.

Das war eindeutig eine Vision der morgigen Einführung – und sie war nicht so nutzlos, wie ich befürchtet hatte. Wenn jemand, der mir wichtig ist, vor dem Unterricht gestorben wäre, wäre ich nicht dorthin gegangen. Das bedeutet entweder, dass die Zukunft mit dem Begräbnis keine Bedrohung mehr ist, oder dass der bevorstehende Tod erst nach der morgigen Lektion eintritt.

Ich gehe noch einmal in den Leerraum.

Auch diesmal sind die Ausgangsformen nicht die gleichen. Diesmal ignoriere ich sie und suche nach Bestattungsvisionen.

Ich lande in der Zeit, als Großmutter Ballard starb. Ich war acht Jahre alt, und meine Eltern nahmen mich mit zur Beerdigung. Es ist nicht überraschend, dass diese Erfahrung eine Mischung aus verwirrend und angsteinflößend war. Mama war am Boden zerstört, und sogar mein Vater weinte. Das Beerdigungsinstitut roch nach verfaultem Kohl. Seltsame Leute, die ich noch nie zuvor getroffen hatte – und seitdem nie wiedergesehen habe –, wechselten sich damit ab, mir in die Wangen zu kneifen oder sie anzusabbern …

Neue Formen tauchen vor mir auf.

Obwohl es nicht die quaderförmigen Formen sind, die ich gesucht habe, ist etwas an diesen irgendwie ähnlich, obwohl mein ätherischer Schweif nicht auf das Wie kommt. Ich verlängere die Dauer der Vision, falls ich etwas Nützliches gefunden habe, und dann berühre ich die Form.

———

ICH HABE KEINEN KÖRPER.

Um mich herum gibt es ein Bestattungsunternehmen, eine Ansammlung trauriger Menschen und eine prominent aufgestellte Leiche. Die Verstorbene ist eine alte Frau, die mir völlig fremd ist. Das Gleiche gilt für alle Trauernden. Während ich die

Beerdigung gefühlte Stunden beobachte, erkenne ich keine einzige Person.

———

ALS DIE VISION ENDET, fange ich frustriert an, in meinem Schlafzimmer herumzulaufen.

Ich habe es geschafft, irgendeine Beerdigung zu sehen, anstatt die Beerdigung, die ich wollte. Meine Kräfte sind eindeutig nicht ganz auf der Höhe.

Also gut.

Ohne viel Aufhebens gehe ich wieder in den Leerraum.

Diesmal sehe ich ein Begräbnis eines alten Mannes, aber ansonsten ist die Vision genauso nutzlos – nicht eine einzige beteiligte Person kommt mir bekannt vor.

Ich wiederhole das Ganze noch einige Male mit ähnlichen Ergebnissen.

Klingt so, als ob das bloße Denken an die Essenz einer Beerdigung keine praktikable Strategie ist. Ich habe gehört, dass alle zehn bis sechzig Sekunden mindestens eine Person stirbt, was zu viele Beerdigungen sind, um sie alle zu überprüfen.

Also komme ich mit einer anderen Strategie zurück in den Leerraum: Ich werde mir die Zukunft der Menschen anschauen, die mir wichtig sind, und beginne mit meinen Eltern.

Ich denke an Mama. In meiner daraus folgenden Vision geht sie in den Louvre und ist dabei so glücklich und zufrieden wie andere auf Fluctin. Dank Mutters zufälligem Blick aufs Telefon weiß ich sogar, dass das in einer Woche passiert.

Als Nächstes bekomme ich eine Vision von Papa, wie er an der Seven Mile Beach auf Grand Cayman schnorchelt, obwohl ich keine Chance habe, herauszufinden, *wann* … Da er mir aber erzählt hat, wie beschäftigt er im Moment ist, nehme ich an, dass es eine Weile dauert, bis er in den Urlaub fährt, also muss es ihm auch gut gehen.

Als Nächstes denke ich an Ariel und bereite mich auf die Vision vor, die ich am meisten fürchte.

Zu meiner großen Erleichterung ist sie diesmal nicht in dem leeren Raum. Stattdessen geht sie mit Gaius an ihrer Seite durch die mit Touristen gefüllten Straßen von Midtown.

Die gute Nachricht ist also, dass Ariel in dieser Zukunft nicht entführt zu sein scheint und am Leben ist. Die schlechte Nachricht ist, dass ich nicht weiß, *wann* sie dort entlanggehen wird, wo ich sie gerade gesehen habe. Ich hatte keine Möglichkeit, das herauszufinden.

Ich unterdrücke ein Gähnen und versuche erneut, mich zu konzentrieren, um mir als Nächstes Felix' Zukunft anzuschauen.

Aber ich komme nicht zurück in den Leerraum. Auch nicht nach mehreren Versuchen.

Ich muss mich mit zu vielen Visionen verausgabt haben.

Mir bleibt nichts anderes übrig als morgen

weiterzumachen – und in der Zwischenzeit Felix und den Rest der Möglichkeiten im Auge zu behalten.

Ich sehe auf mein Handy und verstehe plötzlich, warum ich so müde bin.

Es ist schon drei Uhr morgens.

Erschöpft schleppe ich mich durch meine abendliche Routine, krabbele dann unter die Decke und schlafe ein.

KAPITEL EINUNDZWANZIG

»SASHA!«, schreit Felix von irgendwoher. »Gehst du heute zur Einführung oder nicht?«

Ich schrecke hoch und schnappe mir mein Handy.

Wow.

Wie hätte ich fast etwas so Wichtiges wie die Einführung verpassen können?

Ich stolperte aus dem Bett, ziehe mich an und öffne die Tür.

»Endlich«, sagt Felix mürrisch. »Ich nehme an, es ist okay, wenn Maya bei dir in Neros Limousine mitfährt?«

»Natürlich.« Meine Stimme ist noch heiser vom Schlafen. »Ich mache mich frisch, und wir können los.«

Nachdem ich meine Zähne geputzt und andere Dinge im Badezimmer erledigt habe, lasse ich mich von Felix aus dem Gebäude hetzen.

Maya wartet bereits in der Limousine.

»Alter«, flüstere ich Felix zu, »ist sie allein hierhergekommen?«

»Ja«, antwortet Felix. »Ich bezweifle, dass Roxy ...« Er bleibt stehen und ist plötzlich ganz blass.

Wie ich erkennt er gerade, dass es Mayas Beerdigung sein könnte, die ich vorhergesehen habe. Obwohl wir uns gerade erst getroffen haben, mag ich Maya genug, um ein oder zwei Tränen zu vergießen, wenn sie sterben würde – besonders, wenn ihr Tod tragisch war oder aber ich Felix bei ihrer Beerdigung weinen sehen würde.

Was er tun würde, da bin ich mir sicher.

Ich schüttele den unangenehmen Gedanken ab, begrüße Maya und sage Kevin, dass wir spät dran sind. Dann falle ich über die Snackbar her, während Felix Maya eine gekürzte Version der jüngsten Ereignisse erzählt.

Kevin bringt uns so schnell nach Queens, dass es meine Verdauung stört. Aber seine Geschwindigkeit zahlt sich aus. Maya und ich nehmen unsere Plätze in der Klasse ein, genau als Dr. Hekima hereinkommt.

»Heute setzen wir das Thema der Otherlands fort«, sagt er in genau dem gleichen Ton wie in meiner Vision. »Beginnen wir mit einem kurzen Rückblick auf die letzte Woche.«

Dann nimmt er das durch, was ich bereits weiß, dass es andere Universen gibt, die in der Sprache der Cogniti als die Otherlands bezeichnet werden. Diese Welten oder Universen haben jeweils unterschiedliche Sterne und Galaxien, und selbst der Zeitfluss auf ihnen kann variieren. Soweit man weiß, gibt es eine unendliche Anzahl von ihnen, aber die Tore führen nur zu einem kleinen Teil.

»Ich habe bei unserem letzten Treffen auf die Gefahren der Otherlands hingewiesen«, sagt Dr. Hekima, als er mit der Zusammenfassung fertig ist. »Heute möchte ich diesen Punkt vertiefen.«

Er hebt seine Arme, und pulsierende rote Energie strömt aus seinen Fingern in die Köpfe aller Schüler, was bedeutet, dass er im Begriff ist, seine Kräfte bei uns einzusetzen, um Illusionen für uns zu erzeugen.

Der Raum verschwindet und wird von einer radioaktiven Wüste ersetzt.

Sobald meine Augen die Landschaft aufnehmen, beginnen wir alle, nach nicht vorhandener Luft zu schnappen. Illusion oder nicht, es fühlt sich an, als ob meine Lungen gleich platzen würden.

Dr. Hekima schnippt noch einmal mit den Fingern und lässt die Welt um uns herum in einen üppigen Wald übergehen.

»Es gibt Otherlands, wo allein die Umwelt euch töten wird«, sagt er, als jeder seine Atmung wiedererlangt hat. »Aber selbst scheinbar freundliche Welten wie diese können Kreaturen haben, die so gefährlich sind, dass kein Cogniti es wagt, hier zu leben oder überhaupt hierher zu reisen.«

Eine niedliche hirschähnliche Kreatur läuft aus dem Wald.

Dieses Bambi ist gefährlich? Macht er Witze?

Dann sehe ich, wovor Bambi wegläuft, und meine

Augen drohen vor Entsetzen herauszuspringen und wegzulaufen.

Wenn die xenomorphen Kreaturen aus *Alien* eines dieser geisterartigen Dementorenwesen von *Harry Potter* schwängern würden, könnte das Ergebnis so aussehen – vor allem, wenn jemand dann diesen ohnehin schon schrecklichen Nachwuchs gentechnisch verändert hätte, um eine Fülle von Tentakeln und Zähnen hinzuzufügen.

»Das ist ein Drekavac«, flüstert Dr. Hekima, aber was er als Nächstes sagt, hören wir alle nicht, denn in diesem Moment holt der Drekavac Bambi ein und berührt es mit einer seiner mit Eiterbläschen überzogenen Gliedmaßen.

Die arme Kreatur erzeugt einen apokalyptisch lauten, herzzerreißenden Schrei, der sie so klingen lässt, als würde sie ihre Seele verlieren – eine Illusion, die eine Sekunde später verstärkt wird, als Bambi wie ein Sack sehr tote Kartoffeln auf dem Boden zusammenbricht.

Das Monster beugt sich über sein Opfer, aber Gott sei Dank schnippt Dr. Hekima erneut mit den Fingern, und wir befinden uns wieder im Klassenzimmer.

»Von einem Drekavac getötet zu werden ist das schlimmste Schicksal, das jemand erleiden kann«, sagt er in das schockierte Klassenzimmer. »Seine bloße Berührung verursacht so lähmende Schmerzen, dass schwächere Opfer daran sterben.«

Er schaut bedeutungsvoll jeden an.

Wir sind alle stumm vor Entsetzen.

Was auch immer in den Teenagern vorgehen mag, *ich* werde die Otherlands sicherlich sehr, sehr vorsichtig erkunden.

»Die Umwelt, die Flora und die Fauna sind nur einige der vielen Möglichkeiten, wie man in den Otherlands umkommen kann«, sagt Dr. Hekima. »Einige Tore sind nur Einbahnstraßen – also weiß niemand, was dort passiert –, und andere Tore führen in Welten, die wir, die Cogniti, in Todesfallen verwandelt haben.«

Er schnippt mit den Fingern, und wir befinden uns in einer verlassenen Landschaft, die offenbar direkt aus den *Mad-Max*-Filmen stammt – bis hin zu ein paar gruselig aussehenden Landstreichern, die einen Kerl jagen.

»Das ist der Rest der Welt, in der Tartarus zuletzt regiert hat«, erklärt Dr. Hekima, als die beiden Männer ihre Beute fangen.

Der Name Tartarus klingt vertraut. Ich denke, wir haben ihn im griechischen Mythologieunterricht behandelt. Wenn ich mich recht erinnere, benennt er sowohl eine Person als auch einen Ort. Die Person war der Sohn des Chaos, und der Ort war die Unterwelt, wo die Seelen im Jenseits gequält wurden.

»Die Menschen auf dieser Welt wissen über die Cogniti Bescheid und geben uns zu Recht die Schuld für die Verwüstung«, fährt Dr. Hekima fort und zeigt auf die endlosen Dünen. »Sie warten an den Toren, um einen von unserer Art zu erwischen, und wenn sie es schaffen, tun sie ihm schreckliche Dinge an.«

Als ob die beiden Männer seine Worte untermauern wollen, beginnen sie, ihren Fang lebendig zu essen.

Bevor die Szene noch ekliger wird, schnippt Dr. Hekima mit den Fingern und bringt uns zurück ins Klassenzimmer.

Jeder ist leichenblass, sogar Roxy, und ich frage mich, ob Felix an dieser Stelle seiner Einführung ohnmächtig geworden ist.

»In einigen Fällen führen die Tore in Welten, die ein besonders Mächtiger von uns übernahm, um Macht zu erlangen.« Dr. Hekima schnippt mit den Fingern, und wir befinden uns in einem schmutzigen Verlies, das an die Inquisition erinnert.

»Zum Beispiel hat Lilith – eine dieser mächtigen Cogniti, die einst hier auf der Erde lebte – jetzt eine Gefängniswelt, in der sie die menschliche Bevölkerung zwingt, sie als ihren einzigen Gott anzubeten.« Er schnippt noch einmal mit den Fingern, und wir landen wieder in der Klasse. »Sie ist eine launische und eifersüchtige Gottheit«, fährt er fort, »und wird alle Cogniti einsperren oder töten, die es wagen, auf ihre Welt zu kommen.«

Wie Tartarus ist auch Lilith ein Name, den ich schon einmal gehört habe – in der vorherigen Einführung, als wir über die super-seltenen Cogniti mit mehreren Kräften sprachen. Außerdem ist sie, wie Tartarus, Teil der Mythologie auf der Erde …

»Das, was ich damit sagen will, ist wirklich einfach«, sagt Dr. Hekima und holt mich aus meinen

Gedanken. »Seid sehr vorsichtig auf Reisen in die Otherlands und betretet keine Tore, es sei denn, ihr seid euch absolut sicher, wohin sie führen.« Um seine Worte zu unterstreichen, zeigt er uns in schneller Folge einen Rückblick auf alle Szenen von heute. »Selbst wenn ihr denkt, dass das Tor sicher ist, rate ich euch dringend, es euch zweimal zu überlegen, bevor ihr es betretet, und definitiv zu warten, bis ihr mit der gesamten Einführung fertig seid, bevor ihr es überhaupt versucht. Und, es versteht sich von selbst, dass ihr euren Mentor jedes Mal mitnehmen solltet.«

Hoppla.

Ich habe das bereits einige Male gewagt, ohne den Kurs beendet zu haben und ohne Nero mitzuschleppen.

Andererseits wette ich, dass es heute darum geht, die Jugendlichen abzuschrecken, nicht mich. Da ich älter und weiser bin, werde ich mich hoffentlich *nicht* von einem Drekavac fressen lassen, nur um Nervenkitzel zu erleben – oder in eine Welt ohne Sauerstoff gehen.

»Wir haben fast keine Zeit mehr.« Dr. Hekima schaut auf seine Uhr. »Hat irgendjemand Fragen?«

Meine jugendlichen Klassenkameraden sehen immer noch überwältigt aus, aber ich hebe meine Hand und springe fast vor Aufregung von meinem Sitz.

»Ja, Sasha.« Dr. Hekima schenkt mir ein warmes Lächeln.

Ich höre Roxy so etwas wie »Streber« flüstern, aber ich ignoriere sie, während ich herausplatze: »Wer hat die Tore gemacht? Wer hat die Otherlands entdeckt? Wann? Wie? Könnte …«

»Ich hatte das Gefühl, dass das zur Sprache gebracht werden könnte.« Dr. Hekima schnippt mit den Fingern, und wir sind von einem Drehkreuz voller Tore umgeben, das genauso aussieht wie das im JFK. »Die Torbauer sind die Antwort auf die meisten deiner Fragen, aber bevor ich über sie spreche, sollte ich etwas zur Teleportation sagen – eine seltene Macht unter den Cogniti, die einen Riss in der Wirklichkeit erzeugt, der es ihnen erlaubt, sofort von Ort A nach Ort B zu gehen.«

Alle nicken. Sie müssen schon einmal von Teleportern gehört haben. Ich dagegen bin schockiert, wie ruhig ich die Nachrichten über echte Teleportationsmacht – oder Drekavacs und Tartarus – akzeptiere.

Wird es so weitergehen? Oder würde ich zweimal hinschauen, wenn es sich zum Beispiel um Säurebrechen handeln würde – eine Macht dieses Zeitgeist-Mutanten aus *Deadpool 2*? Zumindest hoffe ich, dass ich die Grenze bei etwas so Seltsamem wie Kasa-Obake ziehen würde – dem laufenden und sprechenden Schirm aus der japanischen Mythologie, der auch zufällig ein Zyklop ist und eine Sandale trägt …

»Obwohl Teleportation normalerweise innerhalb der Grenzen eines einzelnen Otherlands stattfindet«, erklärt Dr. Hekima, »können die mächtigeren Teleporter das auf die nächste Ebene bringen.« Er zeigt auf das nächstgelegene Tor. »Sie können sich selbst von Welt zu Welt bringen.«

Er schnippt wieder mit den Fingern, und wir landen in einem anderen Hub. Ich erkenne es als die Spitze des Wolkenkratzers in Gomorrha.

»Es heißt, dass die mächtigsten Teleporter in der Lage sind, jemand anderen mitzunehmen, wenn sie reisen.« Er blickt wieder auf seine Uhr. »Meine eigene Vermutung ist, dass die seltensten und mächtigsten von ihnen solche Tore bauen könnten.« Er schaut sich um. »Die Wahrheit ist, dass seit Jahrhunderten niemand mehr einen Torbauer getroffen hat. Einige denken, sie haben eine paradiesische Welt gefunden und sich dort niedergelassen, ohne dem Rest von uns ein Tor zu geben.«

Er wechselt wieder die Szene, und wir befinden uns plötzlich mitten auf dem Times Square – nur ist etwas an ihm ungewöhnlich.

»Ich möchte euch damit für heute entlassen«, sagt Dr. Hekima. »Wenn die Anzahl der Otherlands wirklich unendlich ist, muss es Welten ohne Tore und ohne uns, die Cogniti, geben.« Er spreizt seine Hände, und ich verstehe endlich, was an diesem Times Square ein wenig anders ist.

Es sollte gelegentlich Cogniti-Auren an einem so überfüllten Ort geben, aber sie fehlen in dieser Version von New York völlig.

Als er die Anerkennung auf meinem Gesicht sieht, lächelt er und sagt: »Ich glaube, die Torbauer haben einige menschliche Welten als Zufluchtsorte ohne unsere Art gelassen.« Er vertreibt seine Illusion, und der Geruch von abgestandenem Kaffee, der im schmutzigen Einführungsraum vorherrscht, trifft meine Nasenlöcher. »Einige andere Welten könnten die im Exil lebenden Cogniti beherbergen, denen sich der Rest unserer Art nicht ohne die Hilfe eines Torbauers anschließen kann. Leider gibt es keine Möglichkeit, meine Theorien zu beweisen, und außerdem habe ich jetzt wirklich keine Zeit mehr.« Er steht auf und geht zur Tür, ohne auf weitere Fragen zu warten.

Ich hebe trotzdem die Hand, aber nehme sie wieder herunter, als Dr. Hekima die Klasse verlässt.

Sobald er weg ist, fällt die Starre meiner Klassenkameraden ab, und sie beginnen, lautstark ihre Sachen zusammenzusammeln.

Maya und ich sind zuerst fertig und gehen zur Tür, genau als Roxy mir einen schmutzigen Blick zuwirft.

Angesichts meiner Visionen über Beerdigungen schnappe ich mir Mayas Ellbogen und ziehe sie schnell zur Limousine, in der Felix auf uns wartet.

Das B-Rudel folgt uns, aber wir springen in unser Auto, bevor es uns einholen kann.

Als wir wegfahren, schaue ich durch das getönte Glas nach unseren Verfolgern und sehe, wie Roxy so auf die Limousine starrt, wie ein hungriger Wolf auf ein köstliches Lamm starren würde.

Ich beschließe, meine Aufmerksamkeit von einem Tyrannen auf einen anderen zu lenken, ziehe mein

Telefon heraus, rufe Nero an und erzähle ihm von der Bestattungsvision.

»Das hättest du mir gestern sagen sollen«, knurrt er, als ich fertig bin. »Ich bin gerade auf dem Weg zurück nach New York. Verlasse deine Wohnung nicht, bis ich zurück bin.«

»Ja, Sir«, sage ich und salutiere vor dem Telefon. »Ich bleibe zu Hause wie ein guter …«

Ich starre empört auf das Telefon. Er hat aufgelegt, bevor ich meine sarkastische Antwort beenden konnte.

»Ich sage immer noch, dass deine die gefährlichste Kraft von allen sein kann«, höre ich Maya zu Felix sagen, und als ich sie ansehe, ist ihr Ausdruck völlig ernst.

»Denkst du das wirklich?«, fragt Felix, und es hilft ihm nicht, dass er dabei errötet.

»Nehmen wir die Vereinigten Staaten als Beispiel.« Sie holt sich eine Cola aus der Bar. »Computer sind jetzt überall in diesem Land, was bedeutet, dass ein mächtiger Cyberangriff alles vom Handel bis zum sauberem Trinkwasser und darüber hinaus lahmlegen kann.« Sie nimmt einen Schluck von ihrer Cola. »Also ja, ich bin mir sicher, dass, wenn du es wollen würdest, du der schlimmste Superschurke der Welt sein könntest.«

Felix kratzt sich am Kopf. »Es gibt da diese kleine Sache, dass der Rat mich danach oder währenddessen töten würde. Und«, er wirft mir einen schuldbewussten Blick zu, »offensichtlich würde ich so etwas aus moralischen Gründen nicht tun.«

»Alles, was ich sage, ist, dass du dir selbst nicht genug zutraust«, sagt Maya weise. »Du bist mächtig.«

Er bläht sich auf, und ich unterdrücke ein Lächeln. Ich hätte nie gedacht, dass jemand durch »Du kannst die Apokalypse verursachen« einen Selbstwertschub bekommen könnte, aber bei Felix scheint es tatsächlich funktioniert zu haben.

»Cyberangriffe sind nur eine Möglichkeit«, sagt er. »Wenn ich eine ganze Armee von Golems aufstelle, könnte ich mit ihnen die Welt erobern.« Wie um seine Worte zu unterstreichen, tanzt seine Monobraue den Robotertanz auf seiner Stirn.

»Apropos Projekt.« Maya schiebt sich ihre Brille höher auf die Nase. »Kann ich es endlich sehen?«

Felix errötet, und es dauert einen Moment, bis ich weiß, warum: Maya hat sich gerade in sein Schlafzimmer eingeladen. Und angesichts des schelmischen Blicks auf ihrem kleinen Gesicht wette ich, dass sie es mit Absicht getan hat.

»Ich glaube, es ist fertig.« Felix sieht mich um Hilfe bittend an, aber ich täusche vor, das nicht zu bemerken. »Ich habe ihn nicht so gründlich getestet, wie ich wollte, aber …«

»Das ist so aufregend.« Maya strahlt ihn an. »Ich kann es kaum erwarten, ihn zu sehen.«

»Ich hoffe wirklich, dass es sich bei dem fraglichen ›ihn‹ immer noch um den Roboter handelt«, murmele ich leise vor mich hin, aber Felix muss mich gehört haben, weil sich sein Rotton vertieft.

Maya wechselt das Thema, aber ich höre nur mit

einem halben Ohr zu. Es ist an der Zeit für mich, meine Forschung über die Trauerfeier fortzusetzen, da ich keine Beweise dafür habe, dass ich sie vereitelt habe.

Ich schließe die Augen, gehe in den Leerraum und versuche, noch einmal die Beerdigung zu sehen.

Genau wie gestern Abend ist alles, was ich schaffe, ein Blick in eine zufällige Familientragödie anstelle meines Ziels.

Noch ein paar vergebliche Versuche später hält Kevin neben unserem Gebäude an, und Felix, Maya und ich gehen nach oben.

»Willst du Golem mit uns ansehen?«, fragt Felix, als wir eintreten.

»Kann ich das ein anderes Mal machen?« Ich ziehe meine Schuhe aus und werfe einen kurzen Blick auf Mayas Gesicht. Sie sieht erleichtert aus, dass ich abgelehnt habe. »Ich werde mich umziehen und ein wenig entspannen«, fahre ich fort. »Maya, wirst du diesmal zum Abendessen bei uns bleiben? Ich schulde dir noch eine Pseudo-Demonstration deiner eigenen Kräfte.«

»Meine Eltern warten wieder zu Hause auf mich«, sagt sie mit einem Schmollmund. »Aber vielleicht an einem anderen Tag?« Sie schaut Felix fragend an.

»Willst du nächstes Wochenende mit uns brunchen?«, fragt Felix.

»Sehr gern«, antwortet Maya erfreut.

»Großartig«, meint Felix. »Und jetzt hier entlang.« Er geht zu seinem Zimmer.

Maya ignoriert mein Augenzwinkern und eilt ihm nach, und kurz nachdem sie in sein Schlafzimmer gegangen sind, höre ich einen aufgeregten Aufschrei.

»Ich hoffe, sie ist von seinem Roboter beeindruckt und nicht von etwas anderem«, murmele ich vor mich hin.

Ich schüttele den Kopf, gehe in die Küche, um etwas Wasser zu holen und bleibe abrupt stehen.

Was unter dem Küchentisch passiert, ergibt überhaupt keinen Sinn. Anstelle des einen Chinchillas, an das ich gewöhnt bin, sehe ich zwei – und das ist nicht der seltsamste Teil.

Das, was die beiden Chinchillas tun, ist es. Einer – das Männchen, nehme ich an – hat den anderen bestiegen und seine kleinen Vorderpfoten in der Nähe ihrer Ohren abgelegt. Das Sex zu nennen wäre eine Untertreibung; er zittert, als hätte er einen Anfall. Dabei geben sie auch ein lautes Zwitschern von sich.

Irgendwie ist die ganze Sache eher süß als verstörend – und das ist an sich schon verstörend, nicht wahr?

»Fluffster«, sage ich, als ich wieder sprechen kann. »Was machst du da? Mit *wem* machst du es da?«

Sie machen noch ein paar Sekunden lang weiter, bevor sie sich trennen. Das Chinchilla, das unten lag, läuft unter dem Tisch hervor und verwandelt sich sofort in Kit.

Eine komplett nackte Kit.

»Ich gehe duschen«, sagt sie. Sie blickt auf Fluffster herab und fügt hinzu: »Danke.«

Sie geht, aber ich stehe immer noch da, unsicher, was ich sagen oder tun soll.

»Kann ich ein paar Haferflocken haben?«, fragt Fluffster in meinem Kopf.

Ich beeile mich, sie ihm zu holen, da ich dankbar dafür bin, etwas zu tun zu haben.

Als er anfängt zu kauen, platze ich heraus: »Willst du, dass ich dir ein Chinchillaweibchen hole?«

»Was?« Er schaut nach oben. »Nein. Natürlich nicht. Ein Tier kann keine Zustimmung geben.« Er packt mit seinen winzigen Pfoten ein weiteres Stück Haferflocken. »Du könntest mich genauso gut fragen, ob ich es mit der Katze machen will.« Er sieht für einen Moment nachdenklich aus und fügt dann hinzu: »Du solltest Kit wahrscheinlich von der Katze fernhalten.«

»Gute Idee«, antworte ich und kann mich kaum davon abhalten, hinzuzufügen, dass ich hoffe, dass er sich heute keinen übernatürlichen Herpes eingefangen hat.

Er beendet die Haferflocken und schaut nach oben. »Kann ich jetzt mein Staubbad benutzen?«

»Sicher«, sage ich, und wir gehen in mein Zimmer.

Ich fülle frischen Sand in das Bad, und Fluffster geht sofort hinein. Danach wechsele ich den Sand sofort, auch wenn er normalerweise für mehrere Sitzungen gedacht ist – wegen möglicher Geschlechtskrankheiten.

»Lass mich nach ihr sehen«, sagt Fluffster und huscht aus dem Raum.

»Natürlich«, sage ich. Erst nachdem er gegangen ist, füge ich hinzu: »Wer hätte gedacht, dass die Domovoi so rücksichtsvolle Liebhaber sind.«

Fluffster antwortet nicht in meinem Kopf, also setze ich mich auf das Bett – und genau in diesem Moment überkommt mich eine Welle unerklärlicher, quälender Gefühle.

Wenn das *Star Wars* wäre, würde ich es »eine große Störung der Macht« nennen, aber so, wie die Dinge liegen, kann es nur eine Sache sein.

Das hat mit der Bestattungsvision zu tun.

Jemand, den ich liebe, ist in Lebensgefahr.

KAPITEL ZWEIUNDZWANZIG

JEDE ZELLE in meinem Körper schreit danach, dass ich auf die Beine springen und etwas tun soll, aber das wäre sinnlos. Ich habe keine Ahnung, wo die Gefahr lauert und wer das Ziel ist.

Ich atme tief ein, dann noch einmal, und dann hoffe ich, dass sich meine Übungsstunden in Neros Zelle auszahlen.

Der Leerraum entzieht sich mir, also versuche ich es erneut und setze all meine Willenskraft ein, um den erforderlichen Fokus zu erreichen.

Ich versage einmal. Zweimal.

Ich atme noch einmal tief durch, und dann noch einmal.

Schließlich klickt etwas an Ort und Stelle, und ich wirbele in den Leerraum.

UM mich herum liegen antarktisch kalte, kastanienbraune, dreieckige Prismen mit Kupfergeschmack, die eine ganze Oper voller Angst und Trauer abspielen.

Ist das die Vision, von der mein Unterbewusstsein will, dass ich sie sehe?

Ich muss davon ausgehen, dass die Antwort Ja ist. Aber was, wenn sie das nicht ist? Wie lange soll ich die Vision laufen lassen?

Felix' Theorie ist, dass die Anfangsformen die optimale Länge haben könnten – aber wie sehr will ich mich *darauf* verlassen? Es besteht eine gute Chance, dass ich wie gestern viele Visionen anschauen muss, und ich will den Fehler von gestern nicht wiederholen und meine Kraft verbrauchen, bevor ich Antworten bekomme.

Ich zoome nur einmal auf die nächstgelegene Form heran. Hoffentlich ist das ein guter Kompromiss.

Als ich mein Ziel berühre, spüre ich einen dieser Widerstände, wie zu Beginn meiner Besuche des Leerraums, als ich Probleme damit hatte, beängstigende Visionen zu sehen.

Was auch immer das ist, es muss eine weitere Schreckensebene sein.

Ich beiße meine metaphysischen Zähne zusammen, konzentriere mich auf die Form und zwinge meinen Schweif immer wieder, die Verbindung herzustellen.

Beim zehnten Versuch saugt mich die Vision heftig ein.

ICH HABE KEINEN KÖRPER, und auf Grund meiner Perspektive muss ich direkt vor Felix' Zimmer schweben, als er und Maya herauskommen.

»Es tut mir leid, dass ich schon los muss.« Maya winkt mit ihrem Telefon neben meinem inexistenten Gesicht. »Meine Mutter hat mir gerade gesagt, dass Opa vorbeikommt, also muss ich früher da sein.«

Neben einer Nachricht von Mayas Mutter zeigt das Telefon als Hintergrundbild ein Selfie, Wange an Wange mit Felix. Die Zeit auf dem Bildschirm ist 17.34 Uhr.

»Das ist kein Problem«, sagt Felix. Wehmütig fügt er hinzu: »Ich habe noch nie einen meiner Großväter persönlich getroffen.«

Sie gehen zur Vordertür, und ich schwebe ihnen hinterher, wie ein Geist.

Felix öffnet die Tür und hält sie für Maya mit seiner übertrieben höflichen Art auf.

Maya schiebt sich mit ihrem kleinen Zeigefinger die Brille höher auf die Nase und schlendert dann hinaus.

Felix folgt ihr benebelt – so als sei er hypnotisiert durch das Schwingen ihrer schmalen Hüften.

Sie bleiben neben dem Aufzug stehen und greifen gemeinsam nach dem Knopf. Ihre Finger berühren sich, und sie kichern beide wie Mädchen im Teenageralter.

Der Aufzug öffnet sich.

Wenn ich jetzt Augen hätte, würde ich blinzeln. Mehrmals.

Ein bekannter, schlanker, dunkelhaariger, jung aussehender Mann befindet sich im Aufzug. Seine marmorgrünen Augen huschen von Felix zu Maya, dann zurück zu Felix.

»Du«, sagt Felix. Er muss den Mann wie ich als Koschei, Baba Yagas rechte Hand, wiedererkannt haben.

»Ich«, sagt Koschei mit seiner Kryptawächter-Stimme.

Felix tritt schützend vor Maya und schiebt sie vom Aufzug weg.

Mit einer kaum wahrnehmbaren Bewegung greift Koschei in seinen Blazer, zieht ein filigranes Messer heraus und springt nach vorn.

Bevor Felix oder Maya reagieren können, schneidet Koschei Felix bereits die Kehle durch.

»Tut mir leid, Junge«, sagt Koschei, als mein Mitbewohner in seine ständig wachsende Blutlache fällt. »Ich kann keine Zeugen zurücklassen.«

Maya öffnet ihren Mund zum Schreien, aber Koschei sticht in ihre Brust, während seine dünne Handfläche ihren Mund bedeckt …

———

ICH BIN WIEDER auf meinem Bett, und mein ganzer Körper zittert, als hätte ich einen Kanister Espresso getrunken.

Ich taumele auf die Füße und nehme mir mein Handy.

Es ist schon 17.34 Uhr.

Die schreckliche Vision, die ich gerade gesehen habe, liegt nur wenige Sekunden vor uns.

Mit der Waffe, die ich vorhin beschlagnahmt habe, renne ich so schnell aus dem Raum, dass meine Socken auf dem Parkettboden rutschen.

Felix' Rücken verschwindet, als er die Vordertür hinter sich schließt.

Ich kanalisiere all meine letzten Trainingseinheiten ins Laufen und sprinte ihm hinterher.

Wenn Kit die Badezimmertür im falschen Moment öffnet, sind Maya und Felix erledigt.

Oder wenn ich stolpere.

Oder wenn ich zu langsam bin.

Als ich an der Tür bin, sie öffne und hinausjage, lasse ich die Waffe fast fallen.

Felix und Maya sind auf halbem Weg zum Aufzug.

»Halt!« Ich richte meine Waffe auf die Aufzugstür. »Hierher, sofort!«

Sie denken entweder, dass ich sie mit der Waffe bedrohe, oder sie mögen meinen Ton nicht, weil sie weiß werden. Aber das Entscheidende ist, dass sie zurückeilen.

Maya ist zuerst in Reichweite, also packe ich sie an ihrem Hoodie und schiebe sie in die Wohnung, bevor ich die gleiche grobe Behandlung mit Felix wiederhole.

Ich keuche und lege die Kette vor die Tür, lasse sie aber einen Spalt offen, damit ich hören kann, was draußen geschieht. Sollte sich meine Vision bewahrheiten, werde ich einen Moment Zeit haben, um abzuschließen – nicht, dass ein Schloss Koschei aufhalten würde.

»Fluffster!«, schreie ich. »Ich glaube, Koschei will mir etwas antun. Mach dich bereit, ihm in den Arsch zu treten.«

Ich bin mir nicht sicher, ob Fluffster schon an der Tür war oder ob er so schnell erscheint, dass ich seine Bewegungen nicht bemerke, aber plötzlich steht er neben mir, und sein süßes Nagetiergesicht sieht entschlossen und sehr unchinchillaartig aus.

Felix und Maya starren mich immer noch mit großen Augen an, während sie wieder zu sich kommen.

Der Aufzug klingelt.

Ich höre weiche Schritte und kann mir fast bildlich vorstellen, wie Koschei aus dem Aufzug steigt.

Zu diesem Zeitpunkt merke ich, dass meine Theorie, dass er mich töten will, Lücken hat.

Er arbeitet für Baba Yaga, und sie sagte Nero, dass sie nicht hinter mir her ist.

Und man kann Nero nicht anlügen.

Oder kann man doch?

Ist Nero so dumm, Baba Yagas Diener nicht in den Nicht-Sasha-töten-Deal einzubeziehen?

Nein.

Wenn jemand einen luftdichten Deal machen kann, dann Nero.

Aber dann bleibt nur noch eine andere Möglichkeit,

eine, die zu erschreckend ist, um sie überhaupt in Betracht zu ziehen.

Was, wenn Nero derjenige ist, der mich anlügt …?

Hat Baba Yaga irgendeinen anderen Deal mit ihm gemacht? Hat sie ihn bezahlt, damit er mir sagt, ich solle mir keine Sorgen machen?

Nein.

So sehr er mich auch manchmal nervt, das ist einfach nichts, was ich mir bei ihm vorstellen kann.

Dass Baba Yaga einen heimlichen Weg findet, Nero anzulügen, erscheint viel plausibler.

Dann merke ich, dass etwas Seltsames passiert.

Koscheis Schritte klingen falsch.

Anstatt näher zu kommen, entfernen sie sich.

Als ich das Klopfen an der anderen Tür höre, überkommt mich die Erkenntnis über die wirkliche Gefahr wie ein Schlag ins Gehirn – und dabei werde ich von der Mutter aller Seherängste getroffen.

KAPITEL DREIUNDZWANZIG

ICH REISSE AN DER KETTE, als ich Roses Stimme sagen höre: »Koschei? Was machst du hier?«

»Baba Yaga hat mich geschickt«, sagt er, während ich die Tür aufreiße. »Sie wollte, dass ich dir sage, dass das nichts Persönliches ist, sondern rein geschäftlich.«

Ich hebe meine Waffe, während ich laufe.

Koschei umklammert die Vorderseite von Roses Kleid mit einer Faust, während er das aufwendige Messer, das ich in meiner Vision sah, mit seiner anderen Faust umklammert und bereit ist, zuzustechen.

Ich schieße und bete, dass ich nicht Rose treffe.

Ein roter Fleck breitet sich auf Koscheis Schulter aus, aber das Messer saust nach unten.

Rose schreit.

Ich schieße erneut – und obwohl die Kugel ihn in den Oberkörper trifft, schaut er nicht einmal in meine

Richtung. Das Messer saust erneut durch die Luft, und Rose entweicht ein weiterer schrecklicher Schrei.

Ich ziele auf seinen Kopf und drücke ab.

Die Kugel streift seinen Schädel.

Er taumelt leicht, aber das Messer steigt wieder in die Luft, wie in einer Szene aus *Psycho*.

Ich bin nun ganz nah bei ihm und drücke die Waffe an seine Schläfe. Mein Magen zieht sich zusammen, als ich abdrücke.

Sein Kopf explodiert, und er und Rose fallen zu Boden.

Keuchend schieße ich ihm in die Brust, immer wieder, bis die Waffe leer ist.

Seine Cogniti-Aura erlischt, aber ich weiß, dass es nur vorübergehend ist.

Sie nennen ihn aus gutem Grund Koschei den Unsterblichen.

Ich bekämpfe einen Anfall von Übelkeit, hebe das Messer vom Boden auf und wende mich Rose zu.

Sie liegt vor der Türschwelle ihrer Wohnung und blutet stark.

Ich fange an, mich über sie zu beugen, aber ein Blitz violetter Energie umgibt Koscheis Körper.

Seine Cogniti-Aura kehrt zurück, und alle Kugeln springen aus ihm heraus und fallen klirrend auf den Boden.

Ich gehe langsam einen Schritt zurück und ergreife das Messer vor mir.

Koscheis Körper erhebt sich im Nosferatu-Stil.

Ich weiß, dass ich in der Kampfhaltung dastehe, was ich wohl Neros Training zu verdanken habe.

Koscheis grüne Augen fixieren mich, dann bewegen sie sich zu Roses Bauch.

Ich umfasse den Griff fester und wünschte, entweder Nero oder Thalia hätten mir den Umgang mit einem Messer beigebracht.

Koschei schaut zu mir zurück. »Sie wird es nicht schaffen«, sagt er ruhig zu mir. »Meine Arbeit hier ist getan.«

Er dreht sich um und geht zurück zum Aufzug.

Ich starre ihn an und kämpfe um Luft, während er den Knopf drückt.

»Du wirst mich nicht töten?«, frage ich wie betäubt, als sich die Türen öffnen und er einsteigt.

Er neigt seinen Kopf zur Seite. »Wolltest du, dass ich es tue?«

Bevor ich antworten kann, schieben sich die Aufzugstüren zu, wie die Vorhänge in einem makaberen Theater.

Immer noch wie betäubt, schaue ich auf meine Wohnungstür.

Felix' Kopf schaut hinaus, also schreie ich: »Ruf einen Krankenwagen. Schnell!«, und knie mich neben die Blutlache, die sich um Rose ausbreitet.

Ihre Atmung ist ein schmerzhaftes Gurgeln, und ihre Cogniti-Aura ist schwach.

»Der Stein, den Nero dir zum Jubiläum gegeben hat«, haucht sie. »Bring ihn mir.«

Kann sie ihn benutzen, um sich selbst zu heilen?

Hoffnung gibt meinen Beinen neue Kraft, während ich in meine Wohnung laufe und Felix, Maya und Fluffster fast im Eingang umwerfe.

»Bleibt drin!«, befehle ich ihnen, während ich in mein Zimmer rase.

Ich weiß ja schließlich nicht, ob Koschei trotzdem noch etwas von ihnen will.

Ich ziehe meine Schublade auf, nehme die Halskette heraus und jage zurück, wobei ich diesmal fast Kit umwerfe, die gerade, in ein Handtuch eingewickelt, aus dem Badezimmer kommt.

Als ich aus der Wohnung stürme, höre ich, wie Felix am Telefon der Notrufzentrale unsere Adresse gibt.

Als ich bei Rose ankomme, knie ich mich neben sie und lege den Stein auf ihre blutige Handfläche. »Hier ist der Stein, den du wolltest.«

In der kurzen Zeit, in der ich weg war, hat sich die dunkelrote Pfütze auf dem Boden ausgedehnt, und Roses blasse Haut hat einen durchsichtigen Farbton angenommen.

In meinem Hals bildet sich ein Klumpen, während die glucksenden Geräusche ihrer schweren Atmung zunehmen und ihre Augen sich anstrengen müssen, um sich auf mich zu richten.

Eine quälende Sekunde später leuchtet Erkenntnis in ihren Augen auf. »Ich glaube, ich weiß, worum es hier ging«, kratzt sie heraus, und blutiger Speichel begleitet ihre Worte. »Wenn ich recht habe, sollte das helfen.« Ihre Finger umgreifen krampfhaft den Stein.

»Wovon redest du da?«, frage ich verzweifelt und

schüttele dann den Kopf. »Vergiss es. Nicht reden. Bewahre deine Kraft auf, damit du schnell wieder gesund wirst.«

»Nein.« Ihr Blick wird eindringlich. »Du musst dich um Vlad kümmern.«

»Du wirst dich selbst um ihn kümmern«, sage ich durch den wachsenden Kloß in meinem Hals. »Hör auf, solchen Unsinn zu reden.«

Ein glucksendes Husten erschüttert ihren Körper, und Blut tropft aus einem Mundwinkel. »Du musst es mir versprechen«, flüstert sie, und ihre Augen starrten mich mit der gleichen seltsamen Intensität an.

Ich drücke ihre freie Hand. »Natürlich. Ich verspreche es.«

Sie schaut auf den Stein in ihrer Handfläche, als ob sie versuchen würde, ihn zu hypnotisieren. Einen Atemzug später strömt eine Flut von hellrosafarbener Energie aus ihrem ganzen Körper in den Stein.

Der Stein leuchtet, und ihre Cogniti-Aura verschwindet.

Nein.

Das darf nicht passieren.

Ich drücke meine Finger an ihren Hals.

Kein Herzschlag.

Mit zitternden Händen nehme ich mein Handy heraus und drücke die Glasscheibe an ihre Lippen.

Keine Anzeichen von Atem.

Wie ferngesteuert streiche ich mit eiskalten Fingern über den Bildschirm des Telefons und rufe Nero an.

Das Telefon klingelt einige Male, bevor seine Mailbox anspringt.

»Rose ist tot«, sage ich, und meine Stimme hört sich in meinen Ohren fremd an. »Ich brauche dich.«

Ich lege auf und starre wie betäubt auf das Telefon, bevor ich mich an etwas Wichtiges erinnere.

Vlad.

Er muss es erfahren.

Mein Gehirn fühlt sich wie ein Sieb an, aber ich erinnere mich irgendwie an die Zahlen, die Rose in ihr Telefon getippt hat.

Ich wähle sie.

Vlads Telefon klingelt einmal. Zweimal. Beim dritten Klingelton verbindet sich das Gespräch.

»Hallo?«, fragt er und klingt besorgt.

Ich schlucke den Klumpen in meinem Hals hinunter. »Vlad, hier ist Sasha. Es ist wegen Rose …«

»Wo bist du?« Seine Stimme ist angsteinflößend.

»In ihrer Wohnung. Ich glaube, sie …«

Die Telefonleitung ist bereits tot.

Tot.

Das Wort drückt auf meine Brust wie ein Eisberg, und etwas tief in mir zerbricht. Flecken blitzen vor meinen Augen auf, während ich für eine unbestimmte Zeit dasitze.

»Rose«, ruft Felix ganz in meiner Nähe. »Was ist passiert?«

Ich springe auf und drehe mich so schnell um, dass mir schwindelig wird und ich mich beinahe übergebe.

Felix, Maya und Kit stehen mit entsetzten Gesichtern hinter mir.

Plötzlich überkommt mich rasende Wut. »Ich habe euch gesagt, dass ihr drinbleiben sollt. Wollt ihr, dass Koschei euch auch umbringt?«

Felix sieht aus, als hätte ich ihn geschlagen, als er sich zurückzieht.

»Koschei war das?« Kits normalerweise schelmischer Ausdruck ist ernst. »Der Rat wird sofort die Vollstrecker schicken müssen – wenn auch wahrscheinlich nicht Vlad.«

»Vlad ist bereits auf dem Weg«, höre ich mich sagen, als ob meine Stimme aus der Ferne käme.

»Bringt Sasha rein«, sagt Kit herrisch zu Felix und Maya. »Ich werde den nächstbesten Vollstrecker holen, damit er sich um alle Menschen kümmert, die zum Tatort kommen. Wir wollen, dass dieser Ort leer ist, wenn Vlad erscheint.«

Ich räuspere meine sandpapierartige Kehle. »Ich sollte hier sein, wenn er ankommt. Ich habe versprochen, mich um ihn zu kümmern.«

Maya und Felix ignorieren meine Worte und packen mich an den Schultern.

Ein Teil von mir will kämpfen, aber ich lasse mich von ihnen in mein Zimmer ziehen, da mein Nachgeben einen Bonus-Effekt hat: Die beiden gehen zurück in die Wohnung, wo ich sie haben will.

Die Zeit bewegt sich in kleinen Sprüngen, so als wäre ich stoned. In einem Moment stehe ich an der Tür, im nächsten neben meinem Bett.

Da meine Beine zittern, finde ich es am einfachsten, mich darauffallen zu lassen.

»Was ist passiert?«, fragt Fluffster in meinem Kopf.

»Koschei hat Rose getötet«, flüstert Felix. »Sasha sah es geschehen. Ich mache mir Sorgen um sie.«

Fluffster springt auf das Bett und kuschelt sich neben mich. Entweder Felix oder Maya bedeckt mich mit einer Decke und streichelt beruhigend meinen Rücken.

Nichts davon funktioniert.

Ich liege einfach da, und meine Gedanken kreisen wie ein Propeller.

Das kann nicht wahr sein.

Rose kann nicht tot sein.

Vielleicht hat jemand in der Cogniti-Community eine Macht, die so ähnlich ist wie das, was Koschei mit sich selbst macht – die Macht, Rose zurückzubringen?

Nein.

Kit oder jemand anderes hätte es erwähnt.

Mein Kinn zittert, und ich spüre, wie sich hinter meinen Augen ein Druck aufbaut, aber die Tränen kommen nicht – so als ob meine Tränenkanäle verstopft wären. Als ich klein war, egal wie schrecklich ich mich fühlte, ging es mir nach einem guten Weinkrampf immer besser – so wie ein ordentliches Erbrechen manchmal sogar eine wirklich schlimme Übelkeit lindern kann.

Ich wette, die Tränen kommen nicht, weil ich tief in mir glaube, dass ich es nicht verdiene, mich besser zu fühlen. Schließlich ging es bei der Vision mit der

Beerdigung *darum* – und ich habe es nicht rechtzeitig herausgefunden. Ich konnte Rose nicht retten. Sie stand nicht einmal auf der Liste der Leute, um die ich mir Sorgen machte – und das hätte sie sollen.

Sobald ich den Weg der Schuldgefühle eingeschlagen habe, kommen immer mehr selbstgeißelnde Gedanken. Hätte ich meine letzte Vision länger andauern lassen, hätte ich Koschei in Richtung Roses Wohnung gehen sehen, nachdem er Felix und Maya getötet hat – und es hätte eine Chance gegeben, etwas zu tun. Vielleicht. Auch der eigentliche Grund, warum er sie getötet hat, könnte ich sein, da ich anfange zu denken, dass Baba Yagas Plan ist, mich zu quälen, indem sie die Menschen tötet, die mir wichtig sind.

Das Rückenstreicheln hört auf, und Maya und Felix schleichen auf Zehenspitzen aus dem Raum.

Denken sie, dass ich eingeschlafen bin?

Mehr als alles andere wünschte ich, ich *würde* schlafen, und das alles wäre nur ein Alptraum.

Andererseits, woher weiß ich, dass es das nicht ist?

Und überhaupt, woher weiß ich, dass ich nicht gerade keine Vision habe? Ich habe in meinen Visionen schon gesehen, wie Menschen sterben, die mir wichtig sind.

Das Problem mit dieser Theorie ist, dass ich mich nicht erinnere, den Leerraum betreten zu haben, bevor all das passiert ist. Aber würde ich das tun? Wenn ich nicht die bewusste Kontrolle über meine Visionen gewonnen hätte, würde ich denken, dass ich in einer dieser ungerufenen Wachvisionen bin oder sogar in einem Traum wie denen, mit denen ich begonnen habe. Aber ich habe jetzt eine bewusste Kontrolle, also kann es nichts davon sein.

Moment mal. Kann man innerhalb einer Vision in den Leerraum gehen? Niemand hat mir etwas darüber gesagt, aber ich denke, das sollte unmöglich sein. Sonst würde man unendliche Visionen in Visionen in Visionen in Visionen bekommen, was irgendwie verrückt wäre.

In Ordnung.

Ich muss den Leerraum erreichen.

Etwas zu tun zu haben, ohne meine Embryostellung zu verlassen und mich von Fluffsters Fell zu lösen, ist gut, also versuche ich es.

Und scheitere.

Immer und immer wieder.

Blockiere ich mich selbst, weil ich *will*, dass das hier eine Vision ist?

Ich verdränge diesen und andere Gedanken, ziehe einen Atemzug durch den Klumpen in meinem Hals ein und lasse ihn langsam wieder heraus. Dann versuche ich es immer wieder.

Der Leerraum-Fokus scheint in Reichweite zu sein, als ich das schreckliche Geräusch höre.

Jemand brüllt vor Schmerz, und dann höre ich ein Bersten und Krachen, als würde jemand das Haus einreißen wollen.

Fluffster löst sich aus meinem angespannten Griff. »Ich werde nachsehen, was dort los ist.«

Die Geräusche dauern an, aber ich kann mich nicht bewegen.

Schließlich hört das Geschrei auf, und Fluffster kommt zurück in den Raum.

»Das war Vlad«, erklärt er mir mental. »Er hat die Nachricht nicht gut aufgenommen.«

»Vlad?« Ich schaue zum Domovoi.

»Er ist durchgedreht und dann davongestürmt.« Fluffster geht im Raum hin und her. »Kit ist besorgt. Sie meint, er solle das seine Vollstrecker regeln lassen und sich wegen der persönlichen Beziehung zum Opfer zurückhalten. Sie denkt, dass Vlad ohne ein ordentliches Verfahren Rache nehmen wird, was für ihn beim Rat schlimme Folgen haben kann.«

Es würde mich nach meinen eigenen Erfahrungen mit dem Rat nicht wundern, wenn er einen so dummen Standpunkt einnehmen würde. Wie kann man Vlad dafür zur Verantwortung ziehen, dass er Rache nimmt? Wenn ich meine Muskeln bewegen könnte, wäre ich wahrscheinlich selbst da draußen und würde mein Bestes geben, um zu testen, wie unsterblich Koschei wirklich ist.

Mein Versprechen an Rose taucht in dem turbulenten Sumpf meiner Gedanken an die Oberfläche.

Ich soll mich um Vlad kümmern, aber bisher habe ich völlig versagt. Ich war nicht für ihn da, als er die Leiche seiner Liebsten sah, und jetzt lasse ich ihn beim Rat zur Persona non grata werden.

Aber was *kann* ich tun?

Der Leerraum ist wieder einmal die Antwort.

Wenn ich ihn erreichen kann, kann ich mir beweisen, dass dies keine Vision ist, und gleichzeitig einen Blick auf Vlads Zukunft werfen.

Also wiederhole ich meine Atemübungen von eben für eine Weile, bis schließlich der notwendige mentale Fokus erreicht ist.

———

ICH SCHWEBE für einige Zeit gedankenlos im Leerraum und bemerke auch die mich umgebenden Formen nicht.

Da ich keinen Körper habe, genieße ich die Abwesenheit der Übelkeit, des erdrückenden Gewichts auf meiner Brust und des schmerzhaften Knotens in meinem Hals.

Aber ich bin nicht hier, um mir Schmerzen zu ersparen.

Ich wollte sicher sein, dass ich keine Vision hatte, und jetzt bin ich es. Diese Hoffnung, so gering sie auch war, war meine Version der Verleugnung.

Das, oder es *ist* möglich, eine Vision in einer Vision zu haben und so weiter.

Nein.

Da redet wieder die Verleugnung.

Rose ist weg, und ob meine Realität eine Vision ist oder nicht – das einzig Logische, was ich tun kann, ist, mein Leben weiterzuführen.

Irgendwie.

Meine Gedanken wenden sich Vlad zu, da das Mindeste, was ich für Rose tun kann, ist, zu versuchen, mein Versprechen zu halten.

Ich denke an die imposante Stirn seines extrem symmetrischen, aus Elfenbein gehauenen Gesichts.

Nichts ändert sich.

Ich schätze, ich muss tiefer graben. Vlad war meistens gewalttätig und unbeständig, aber angesichts der Tatsache, wie beschützend er bei Rose war, ist die Wut, die er jetzt fühlen muss …

Die Formen um mich herum verändern sich.

Ohne viel Aufhebens verkürze ich die Sehdauer und greife nach der Form in der Mitte des Schwarms.

―――――

DER GRUSELIGE RAUM SIEHT AUS WIE EIN Schlachthof.

»*Gdye on?*«, faucht Vlad die Überreste des Typen auf dem Metalltisch an, der wie ein Mafiosi aussieht.

Der Typ quietscht etwas Unzusammenhängendes auf Russisch.

Vlad reißt wahllos ein tätowiertes Stück Fleisch aus dem Körper des Mannes, wirft es in einen großen, fast vollen Eimer und schreit etwas in superschnellem Russisch …

―――――

ICH BIN WIEDER auf dem Bett, und mein Hals ist so eng, als sei er mit einem Kletterseil zugeschnürt.

Wenn ich Vlad helfen soll, muss ich wissen, wo er sein wird, und meine grausame Vision gab keinen Anhaltspunkt zu seinem Standort.

Das bedeutet, dass ich das noch einmal versuchen muss.

Ich unterdrücke ein schmerzhaftes Stöhnen und setze meine leerraumfreundliche Atemarbeit fort.

Einatmen. Ausatmen.

Einatmen.

Ausatmen.

Etwas in meinem Kopf verschiebt sich, und ich befinde mich wieder im Leerraum. Während ich zwischen den unbekannten Formen schwebe, denke ich über meine Optionen nach.

Ich kann eine weitere Vision von Vlad bekommen und wahrscheinlich sehen, wie er mehr von Baba Yagas Leuten foltert, um zu Koschei zu kommen.

Aus vielen Gründen bin ich kein Fan dieser Idee.

Was, wenn ich stattdessen Koschei suche?

Könnte ich Glück haben und Vlad dabei erwischen, wie er Rache nimmt? Angesichts seiner letzten Begegnung mit Koschei könnte es sein, dass er gerade in diesem Moment in der Zukunft jemanden braucht, der sich um ihn kümmert

Obwohl sich alles in mir gegen diese Idee auflehnt, versuche ich, an die Essenz von Koschei zu denken.

Ich beginne mit seinen körperlichen Eigenschaften, und bald habe ich seine prägnante Stimme und sein dünnes, gutes Aussehen fest vor meinem geistigen Auge.

Nein.

Nicht genug.

Ich tue mein Bestes, um als Nächstes Koscheis abscheuliche Persönlichkeit zu erraten.

Ich muss gut in dieser geschmacklosen Übung sein, denn die Formen um mich herum verändern sich wieder.

Ich taste die Länge der Vision nicht an, strecke mich mit meinem Schweif aus und wirbele mich widerwillig in die Vision hinein.

————

KOSCHEI STEHT an der Ecke West 57th Street und 12th Avenue und starrt auf sein Smartphone.

Es ist 18.57 Uhr, und die Adresse auf seinem GPS stimmt mit der Nummer überein, die in das moderne, kunstvolle Gebäude oben eingeätzt ist.

Koschei geht zur Tür, und ich schwebe ihm nach.

Der Aufzug hält im vierzehnten Stock.

Er macht sich auf den Weg zur Wohnung 14N und klopft.

»Wer ist es?«, fragt eine bekannte Frauenstimme hinter der Tür.

»Das ist Keanu, dein Superintendent«, sagt Koschei, und seine raue Stimme ist kaum verstellt.

»Bitte komm in ein paar Stunden wieder«, sagt die Frau. »Ich bin nicht angezogen.«

Koschei runzelt die Stirn, tritt dann von der Tür zurück, holt Schwung und gibt ihr einen kräftigen Tritt.

Die Tür knarrt, bleibt aber an Ort und Stelle.

Er tritt wieder dagegen.

Die Tür fliegt auf, und Koschei tritt ein.

Eine sehr angezogene Lucretia steht neben einem thronartigen Stuhl in der Mitte eines Wohnzimmers, das fast identisch mit ihrem Büro in Neros Fonds eingerichtet ist.

»Baba Yaga hat mich geschickt.« Koschei zieht ein Messer heraus. »Sie wollte, dass ich dir sage, dass das nichts Persönliches ist, sondern rein geschäftlich.«

»Mach das nicht für jemand anderen.« Lucretia stellt den riesigen Stuhl zwischen sie. »Ich spüre, dass du das nicht tun willst.«

»Das ist auch für mich nichts Persönliches.« Er macht einen Schritt nach vorn und hebt das Messer. »Als du zur Banja kamst, habe ich dich immer bewundert ... aus der Ferne.«

»Dann tu das nicht«, sagt sie, und ihre normalerweise kontrollierte Stimme klingt von Sekunde zu Sekunde verzweifelter. »Ich weiß, dass sie ihre Gedankenkontrollkraft nicht gegen *dich* einsetzt, also hast du die Wahl.«

»Das tue ich«, sagt Koschei, fast entschuldigend. »Aber ich bin nur ein paar Morde davon entfernt, meine Verpflichtungen ihr gegenüber loszuwerden. So sehr ich mir auch wünsche, dass jemand anderes deinen Platz einnehmen könnte, du bist ein Teil ihres Plans.«

Anstelle einer Antwort zieht Lucretia etwas aus dem aufwendigen Design des Throns.

Metall schimmert in der Luft.

Koschei blinzelt und starrt das Rapier in Lucretias Händen mit einer Mischung aus Ehrfurcht und Bedauern an.

Sie tritt den großen Stuhl in seine Richtung und nimmt die En-Garde-Position ein.

Er weicht dem Stuhl aus und kommt ihr näher.

Lucretias Rapier sticht mit der Geschwindigkeit eines Skorpionstachels zu.

Obwohl Koschei mit ihrer Klinge wie ein Kebab aufgespießt wird, bewegt er sich weiter vorwärts, bis der Degen aus seinem Rücken ragt.

Lucretia versucht, ihre Waffe herauszuziehen …

KAPITEL VIERUNDZWANZIG

DIE VISION IST VORBEI, und ich bin wieder in der Embryohaltung.

Während ich verarbeite, was ich gerade vorhergesehen habe, ertränkt ein Anstieg von Stresshormonen meine noch aufkeimende Trauer und vermindert den ständigen Druck auf meine Tränenkanäle.

Lucretia ist in Gefahr.

Meine Atmung beschleunigt sich, und ich spüre, wie sich mein mitfühlendes Nervensystem auf die Kampf- oder Fluchtreaktion vorbereitet.

Gut.

Das sollte mir helfen, im Nullkommanichts zu Lucretias Wohnung zu gelangen und mit ihr Koschei zu bekämpfen.

Ich springe auf.

Der Raum dreht sich für ein paar Sekunden, aber dann klärt das Adrenalin meine Sicht und stählt meine

Muskeln.

Ich schnappe mir das Telefon.

Es ist 18.21 Uhr.

Koschei war um 18.57 Uhr vor Lucretias Haus, was mir nicht viel Zeit lässt. Wenn es Verkehr gibt – und es gibt immer Verkehr in Manhattan –, kann es länger als eine halbe Stunde dauern, bis man von hier aus nach Midtown kommt.

Ich benutze eine App, um zu überprüfen, ob die öffentlichen Verkehrsmittel schneller wären, aber sie sagt mir, dass die kürzeste Fahrt mit Umsteigen vierzig Minuten dauern würde.

Ich schnappte mir meine Waffe und eile aus dem Raum, aber dann erinnere ich mich daran, dass ich das Ding in Koschei entladen habe.

Ariel mag irgendwo in ihrem Zimmer Kugeln versteckt haben, aber ich habe keine Zeit, nach ihnen zu suchen.

Hoffentlich hat Kevin, Neros Bodyguard und Fahrer, ein paar Ersatzgeschosse in der Limousine.

»Wie geht es dir?«, fragt Fluffster mich, als ich im Flur an ihm vorbeirase. »Gehst du auf die Toilette?«

»Koschei ist dabei, Lucretia zu töten«, sage ich über meine Schulter. »Sie ist meine Psychologin. Ich muss sie retten.«

»Was? Nein, geh nicht.« Fluffsters winzige Füße kämpfen darum, mit meinem verrückten Tempo Schritt zu halten. »Koschei wird dann zwei Menschen anstelle von einem töten.«

»Er hat mich nicht getötet, als er die Chance dazu

hatte.« Ich drehe mich um, um ihn anzusehen, während ich meine Schuhe an der Tür anziehe. »Ich denke, Baba Yaga tut jetzt so, als würde sie ihre Vereinbarung mit Nero einhalten, wenn es um mich geht. Das – oder sie will, dass ich den Verlust einiger für mich wichtiger Menschen erleide, bevor sie mich endlich von meinem Elend erlöst.«

»Aber ich kann dich da draußen nicht beschützen.« Fluffsters mentale Botschaft klingt elend.

»Es tut mir leid, ich habe keine Zeit, das auszudiskutieren.« Ich schließe die Tür auf. »Behalte einfach Felix und Maya in Obhut, bis …«

»Sie sind schon weg«, unterbricht er mich. »Ihr Menschen seid verrückt.«

»Du hast sie gehen lassen?«

»Maya musste nach Hause«, antwortet er, als etwas Pelziges durch mein peripheres Sehen huscht. »Kit hat sich bereiterklärt, sie zu begleiten – und sie befahl einigen Vollstreckern, mit ihnen zu gehen. Felix ist auch bei ihnen.«

»Und niemand hat sich herabgelassen, das alles mit mir zu besprechen?« Ich schaue hinter das Schuhregal und stelle fest, dass der Pelzball, der gerade durch den Raum gestreift ist, Luzifer ist.

Fluffster folgt meinem Blick. »Roses Katze wird bei uns bleiben. Wir haben versucht, dir das alles zu sagen, aber du sahst apathisch aus.«

»Gut.« Als ich die Katze anstarre, merke ich, dass sie trauriger aussieht als damals, als sie einen Schlüssel verschluckt hatte und fast gestorben wäre. »Ich habe wirklich keine Zeit dafür. Wenn es eine Möglichkeit gibt, die Katze zu trösten, dann tu es bitte.«

»Ich habe es versucht.« Fluffster lässt seinen Kopf hängen. »Sie scheint zu wissen, was passiert ist.«

»Ich werde sie für das bezahlen lassen, was sie getan haben«, verspreche ich der Katze und ziehe die Haustür auf.

Der Flur sieht aus, als hätte ein Tornado eine Bisonherde durch ihn hindurchgejagt.

»Vlad war sehr verärgert«, erklärt Fluffster, bevor ich überhaupt fragen kann. »Er war ziemlich untröstlich.«

Ich laufe zu den eingebeulten Aufzugstüren und drücke den Knopf.

Die Türen quietschen auf, und es sieht so aus, als hätte Nero noch mehr Gebäudereparaturen zu erledigen.

Ich sehe sie, sobald sich die Aufzugstüren öffnen.

»Das darf doch nicht wahr sein«, murmele ich.

Ich balle meine Hände zu Fäusten, trete hinaus und stelle mich Roxy und ihren beiden Dienern.

KAPITEL FÜNFUNDZWANZIG

DIE LIMOUSINE, die mein Ziel ist, ist nur einen Sprint entfernt, aber die drei echten Bitches haben sich geschickt zwischen mir und der Eingangstür platziert. Das wölfische Grinsen auf ihren mit Dior bemalten Gesichtern sieht finster aus.

»Ich habe dir gesagt, dass sie irgendwann rauskommen wird«, sagt Ashley-Maddie mit der Stimme eines sechzigjährigen Rauchers.

»Es war meine Idee, der Limousine zu folgen«, sagt die andere – diejenige, die Roxy geholfen hatte, mich neulich durch den Battery Park zu verfolgen, als ich Rose und Vlad brauchte, um mich vor meinem Verderben zu retten. »Warum willst du immer die Anerkennung für alles, was ich tue?«

»Kevin!«, schreie ich so laut ich kann.

Kevin, der vor dem Auto stand und an seinem Telefon herumfummelte, schaut in unsere Richtung.

»Maddie«, befiehlt Roxy derjenigen, die wie ein Raucher klingt. »Bewache die Tür.«

Maddie sprintet zur Tür, während Kevin sich gleichzeitig auf den Weg ins Gebäude macht.

Maddie kommt vor ihm an der Tür an und greift mit beiden Händen nach ihr.

Kevin, der ein großer Kerl ist, schaut Maddie bedenkenlos an, während er die Tür zu sich zieht.

Die Tür bewegt sich nicht.

Er gibt sich etwas mehr Mühe.

Immer noch kein Glück.

Ist Maddie superstark oder ist das die Physik der Tür?

Letzteres muss der Fall sein – das Mandat würde Maddie daran hindern, übernatürliche Kraft vor jemandem wie Kevin, der keine Aura hat, zu zeigen.

»Ich wusste nicht, dass dein Fahrer gleichzeitig als Bodyguard fungiert«, sagt Roxy und ignoriert den Kampf. »Aber es sieht so aus, als ob er dich sowieso nicht retten kann.«

»Sie hat Angst.« Ashley atmet übertrieben ein. »Ich kann es riechen.«

»Ich habe keine Angst vor dir«, sage ich. »Was auch immer das ist, ich habe keine Zeit dafür. Können wir das später machen?«

»Du wirst jetzt nirgendwohin gehen.« Roxy legt ihre exquisit gepflegten Hände auf ihre Hüften.

»Denk darüber nach.« Ich nicke in Richtung Kevin. »Du könntest einen größeren Vorteil haben, wenn er nicht dabei ist.«

»Wir müssen nicht unsere Gestalt wechseln, um mit dir fertigzuwerden«, sagt Ashley mit leiser Stimme »Es gibt drei von uns gegen dich.«

Eigentlich sind es nur zwei von ihnen, es sei denn, Maddie gibt die Tür frei und lässt Kevin herein, aber zwei gegen einen sind immer noch keine gute Chance, zumal ich mehr Angst davor habe, mich zu verspäten, als in einen Kampf zu geraten.

»Das reicht«, sage ich mit zusammengebissenen Zähnen und greife nach meiner Waffe.

Sie ist leer, aber ich kann mir immer noch den Weg nach draußen bluffen.

Roxy springt auf mich zu und schlägt mir die Waffe aus der Hand, bevor ich sie auf sie richten kann.

Die Waffe klappert auf den Boden.

»Nimm sie!«, schreit Roxy Ashley an. Mir zischt sie zu: »Du wirst für das bezahlen, was diese senile Hexe mir angetan hat.«

Meine Nasenlöcher beben, während ich auf Roxys grinsendes Gesicht starre. »Was hast du gerade gesagt?« Ich stelle meine Beine weiter auseinander, da ich instinktiv die Haltung einnehme, die ich so oft geübt habe.

»Deine alte, zurückgebliebene Freundin hat mir eine Woche lang meine Kräfte genommen«, knurrt Roxy und streckt dabei ihr perfektes Kinn hoch. »Jetzt wirst du …«

»Du meinst Rose?«

»Wen denn sonst?«, schnaubt sie. »Wie viele andere altersschwache Menschen …«

Ich sehe rot und ich führe den Schlag aus, den Nero und Thalia mich immer wieder üben ließen.

Meine Faust prallt auf Roxys Kinn.

Sie scheint durch die Luft zu fliegen, bevor sie auf den Granitboden kracht.

Ich trete ihr in die Rippen.

Sie keucht und kämpft darum, aufzustehen, während ihre Lakaien mich mit fassungsloser Faszination anstarren.

»Sag nie wieder etwas über Rose, Schlampe.« Ich trete sie noch einmal. »Wage es nicht.« Ich trete ein weiteres Mal.

»Aufhören!«, schreit Ashley durch das Klopfen in meinen Ohren.

Ich schaue kurz zu ihr.

Sie hat meine Waffe auf meinen Kopf gerichtet.

Ich zeige ihr die Zähne und trete Roxy diesmal gegen den Kopf.

Ashleys Waffe klickt nutzlos.

Roxy bedeckt ihren Kopf gerade noch rechtzeitig, um meinen Tritt mit ihren Unterarmen abzufangen.

Mein Stiefel kratzt an ihrem Arm entlang, und zu meiner Befriedigung tritt Blut aus.

»Keine Bewegung!«, befiehlt Kevin.

Ich schaue zurück.

Kevin ist jetzt in der Lobby und hält zwei Waffen – eine zielt auf Maddie, eine auf Ashley.

Maddie und Ashley haben ihre Hände erhoben, und meine beziehungsweise Ashleys Waffe liegt auf dem Boden.

Durch den Dunst der Wut merke ich, dass Kevin darauf zurückgegriffen haben muss, als er meine Waffe ins Spiel kommen sah.

Ich wünschte, er hätte es früher getan. Ich muss dringend woandershin.

Zu meinem Entsetzen senkt Kevin seine Waffen nicht.

Wenn überhaupt, sieht er so aus, als würde er gleich schießen.

Roxy bemerkt diese neue Gefahr und rollt mit einem schmerzhaften Grunzen auf den Rücken.

Aus Sorge, dass sie im Begriff ist, etwas Komisches zu versuchen, hebe ich meinen Stiefel an und bereite mich darauf vor, ihr meine Ferse ins Gesicht zu rammen.

»Nicht«, sagt sie mit einer aufgeplatzten Lippe. »Ich unterwerfe mich.« Ihre Aura des Mandats wird kurz schwächer, bevor sie ihre normale Intensität zurückbekommt.

Maddie und Ashley sehen sie mit Augen in der Größe einer Gourmet-Pizza an.

Ich fühle mich seltsam, so als ob mir jemand etwas Koffein direkt in mein Gehirn geträufelt hätte.

Das Gefühl vergeht jedoch schnell. Vielleicht ist es nur mein Schock darüber, den Schaden zu sehen, den ich Roxy zugefügt habe?

»Ich unterwerfe mich auch«, sagt Ashley feierlich, bevor sie sich auf den Boden fallen lässt und sich wie Roxy ausstreckt. Diesmal ist es ihre Aura, die flackert, und ich spüre wieder den gleichen Rausch seltsamer Energie.

Das muss eine Art Werwolfritual sein.

Hatte Kit nicht sogar im Zusammenhang mit Roxy über »Unterwerfung« gesprochen?

»Ich unterwerfe mich auch.« Maddie begibt sich zu Boden, und ihre Aura flackert ebenfalls. Ich erhalte einen weiteren Energieschub, oder was auch immer das ist.

Ich schüttele den Kopf und beschließe, diese ganze Werwolf-Verrücktheit später herauszufinden. »Wir müssen nach Midtown«, sage ich Kevin. »Ich muss so schnell wie möglich da sein.«

»Du gehst zuerst«, sagt er und hält seine Waffen auf die Teenager auf dem Boden gerichtet.

Ich hebe meine Waffe auf, sprinte zur Limousine und setze mich vorn hin, damit ich die Straße besser im Blick behalten kann.

Kevin kommt ein paar Augenblicke später, startet das Auto und schaut mich erwartungsvoll an.

»West 57th Street und 12th Avenue. Das moderne, kunstvolle Gebäude dort. 14N. Beeil dich.«

Die Reifen des Autos quietschen, als wir uns in Bewegung setzen.

»Hast du passende Kugeln für diese Pistole?« Ich schwenke meine Waffe. Ich will ihn angesichts unserer Geschwindigkeit nicht ablenken, aber ich muss bewaffnet sein.

»Handschuhfach«, sagt er, ohne mich anzusehen. »Box mit goldenem Schriftzug.«

Ich finde die Kugeln und lade meine Waffe nach.

Als ich nach oben schaue, erschaudere ich wegen der Dichte des Verkehrs auf dem West Side Highway.

Ich nehme mein Handy heraus und rufe Nero an.

Ich erreiche wieder nur seine Mailbox, also platze ich mit allem heraus, was heute passiert ist – ich lasse nur die übernatürlichen Teile weg, damit das Mandat mich nicht dafür bestraft, dass Kevin zuhört.

Als Nächstes versuche ich, Vlads Handy zu erreichen. Er nimmt nicht ab, also hinterlasse ich ihm ebenfalls eine Nachricht, mich anzurufen – dann schicke ich ihm die gleiche Nachricht.

Keine Antwort.

Vielleicht will er sein Handy nicht blutig machen, oder ist generell zu sehr damit beschäftigt, Baba Yagas Schläger zu foltern.

Auf der linken Spur öffnet sich eine Lücke, und Kevin nimmt sie, wobei er fast ein gelbes Taxi rammt. Dadurch gewinnen wir zwar einige Meter, aber ich mache mir immer mehr Sorgen, dass wir es nicht rechtzeitig schaffen.

Der Verkehr wird ein wenig schneller als ein Kriechen, und Kevin setzt seine Kamikaze-Manöver fort, während ich auf meinem Sitz auf und ab hüpfe. Lucretia ist dabei, um ihr Leben zu kämpfen, und es gibt nichts, was ich dagegen tun kann.

Blöder Verkehr.

Dumme Roxy.

Wenn ich an die jugendliche Werwölfin denke, fühle ich einen leichten Hauch von Reue. Ich habe so hart getreten, dass mein Fuß jetzt schmerzt. Wenn Werwölfe nicht schneller als normal heilen, was möglich ist, muss sie Schmerzen haben.

Nicht, dass sie mein Mitleid verdient hätte. Das, was sie über Rose gesagt hat …

Ich beende diesen Gedanken, weil ich nicht zerbrechen will. Ich muss mich jetzt auf Lucretia konzentrieren.

Mein Verstand weigert sich, der Logik zu gehorchen. *Rose ist tot. Rose ist tot.* Das heimtückische Flüstern bringt einen erdrückenden Druck auf meine Brust und meine Tränenkanäle mit sich, aber die Tränen weigern sich, herauszukommen, egal wie sehr ich mich nach der Linderung eines guten Weinanfalls sehne.

Wir halten quietschend an der Ecke 57th und 12th an, und Kevin löst seinen Sicherheitsgurt.

»Wohin gehst du?«, frage ich ihn.

»Ich komme mit dir, um mit dem gefährlichen russischen Schläger fertigzuwerden«, sagt er und wiederholt damit die beschönigende Beschreibung, die ich für Koschei benutzt habe, als ich Nero die Nachricht auf der Mailbox hinterließ.

»Nein, tu das nicht. Es wird sehr gefährlich werden.« Ich schnalle mich auch ab und öffne die Tür.

»Das ist mein Job.« Kevin steigt aus dem Auto aus. »Was auch immer in 14N passiert, es ist nichts im Vergleich zu dem, was der Chef mit mir machen wird, wenn ich zulasse, dass du verletzt wirst.«

Es bleibt keine Zeit zum Streiten, und ich kann die

Einzigartigkeit dieser Gefahr nicht beschreiben, ohne dass das Mandat mich aus allen Körperöffnungen bluten lässt. Also lasse ich ihn mitkommen.

»Guter Mann.« Ich nicke Kevin zu, als wir beim Wachmann ankommen. »Er und ich sind wegen einer Eheberatung hier. Der Name unserer Therapeutin ist Lucretia Rossi. 14N.«

»Ehemann?« Kevin wirft mir einen fragenden Blick zu, als sich die Aufzugstüren schließen.

Ich zucke mit den Schultern. »Ich bin normalerweise viel besser im Lügen.«

Er nickt und zieht seine Waffe.

Ich tue dasselbe.

Der Aufzug hält an, und Kevin übernimmt die Führung.

Ich renne ihm hinterher.

Die Tür von 14N ist eingeschlagen.

Kevin imitiert die Polizisten aus dem Fernsehen, indem er vorsichtig mit erhobener Waffe hineingeht. Ich tue mein Bestes, um seine Handlungen nachzuahmen und ihm zu folgen.

Es gibt überall Anzeichen von einem Kampf, aber Koschei fehlt.

»Ich überprüfe die Umgebung«, flüstert mir Kevin ins Ohr. »Du schaust nach, ob du ihr helfen kannst.«

Er nickt in Richtung Sofa, versperrt mir den Blick und eilt in ein anderes Zimmer.

Mein Mut schwindet, als ich um die Couch herumgehe und schon weiß, was ich sehen werde.

Lucretia liegt ausgestreckt auf dem Boden, die

Messerstiche sind identisch mit denen von Rose, und ihre Mandats-Aura fehlt.

Als ob ich meinen Körper von irgendeinem Bunker aus fernbedienen würde, trete ich wie benommen über das blutige Rapier und knie neben ihr nieder, um zu überprüfen, was bereits offensichtlich ist.

Kein Puls.

Keine Atmung.

Keine Mandats-Aura.

Wie betäubt, klappe ich über Lucretia zusammen und umarme ihren toten Körper.

KAPITEL SECHSUNDZWANZIG

ICH WEISS NICHT, wie lange ich so auf Lucretias Körper liegen bleibe.

Meine Gedanken sind wie Eichhörnchen auf Red Bull, und der Druck auf meinen Augen ist unerträglich.

Dann kriecht eine rationale Frage durch den Dunst und die Verwirrung: Wie kann Lucretia tot sein? Sie ist ein Pre-Vampir – die Art von Cogniti, die sich in Vampire verwandeln, wenn sie sterben. Aber dann erinnere ich mich an etwas, was Ariel einmal erwähnt hatte: Wenn ein Pre-Vampir nicht stark genug ist, wird er sich nicht verwandeln.

Nicht, wenn sie nicht präventiv das Blut eines Vampirs getrunken haben.

Es könnte leicht sein, dass Lucretia nicht so viel Blut getrunken hat – als Therapeutin weiß sie, wie süchtig das alles machen kann. Außerdem erwähnte Ariel auch, dass eine solche Wahl eine lästige Nebenwirkung hat: Der Spendervampir wird zum

Vater des neuen Vampirs und kann ihn ein Jahrzehnt lang kontrollieren.

Koschei und Baba Yaga müssen von der Schwachstelle Lucretias gewusst haben. Warum sollten sie sich sonst die Mühe machen, ein Verbrechen zu begehen, das Lucretia nur in einen potenziell mächtigeren Feind verwandeln würde?

Aber Moment.

Bei unserer letzten Sitzung erwähnte Lucretia, dass sie nach einer Verletzung Blut von Gaius trank. Sie sagte, dass sie nicht süchtig danach wurde, sondern dass es wie ein Schuss Morphium war, den sie brauchte.

Also hat sie sich vielleicht verwandelt, aber Koschei hat sie zweimal getötet, einmal als normaler Cogniti, dann als Vampir?

Wie *tötet* man einen Vampir?

Plötzlich greifen eiskalte Hände nach meinen Schultern.

Dann fühle ich einen starken Schmerz, als Lucretias Reißzähne in meinen Hals eindringen.

KAPITEL SIEBENUNDZWANZIG

»LUCRETIA.« ICH TUE MEIN BESTES, um ihren eisernen Griff zu brechen. »Ich bin's, Sasha.«

Sie lässt nicht los, sondern saugt weiter an der Wunde an meinem Hals.

Ich greife nach meiner Waffe, aber sie schlägt sie mir aus der Hand und schleudert sie durch den Raum.

»Hör auf damit«, zisch ich und trete meine frisch belebte Freundin. »Du willst mich nicht essen.«

»Lass sie gehen«, sagt Kevin von irgendwoher. »Oder ich *werde* schießen.«

»Du wirst niemanden erschießen«, sagt eine bekannte hypnotische Stimme.

»Ich werde niemanden erschießen«, wiederholt Kevin und klingt bezirzt.

»Wirf die Waffe weg«, sagt die Stimme.

Kevin wirft seine Waffe in die gleiche Richtung, in die meine verschwunden ist.

»Lucretia, Liebes, lass Sasha sofort los.« Die

Stimme tropft vor honigsüßer Bosheit, und trotz meines Schocks und meiner Panik weiß ich, wer das ist.

Lucretia lässt meine Schultern los, und ich kämpfe mich auf die Beine.

»Wo ist Ariel?«, will ich wissen, als ich mich umdrehe, um meinen Verdacht zu überprüfen, während meine Hand widerwillig den Biss an meinem Hals beruhigt.

Ja.

Das hübsche Gesicht des Newcomers gehört Gaius – der existenzielle Fluch Ariels.

»Wo ist sie?«, wiederhole ich, und ich trete auf ihn zu.

»Ich habe dich beim ersten Mal gehört.« Gaius' Augen werden von spiegelblank zu normal.

Kevin steht still.

Lucretia erhebt sich auf ihre Ellbogen und schaut sich im Raum um, wobei ihre Augen wilder sind als die betrunkener College-Studenten in den Spring Breaks. Sie konzentriert sich auf mich, betrachtet die Wunde an meinem Hals und erblasst – eine schwierige Aufgabe, da der Tod sie bereits blasser gemacht hat als ihr üblicher gebleichter Porzellanpuppen-Teint.

Apropos Unsterblichkeit, sie hat noch keine Aura, aber Gaius und andere Vampire schon.

Vielleicht muss sie erneut zugelassen werden?

Ich verschiebe diese Frage gerade auf ein anderes Mal, als sie zu mir sagt: »Ich kann spüren, wie verängstigt du bist. Es tut mir so leid.«

»Du bist immer noch ein Empath, nachdem du dich verwandelt hast?«, platze ich heraus, bevor ich merke, dass es eine Reihe von wichtigeren Fragen gibt, die ich stellen sollte, und die meisten von ihnen sind eine Variation derer, die ich Gaius bereits gestellt habe.

»In der Tat«, sagt Gaius mit einem fast väterlichen Stolz. »Sie wird für mich von unschätzbarem Wert sein.« Er schaut auf meinen Hals und fügt hinzu: »Ihr habt beide Glück, dass ich nicht später gekommen bin – frisch Geschaffene haben Schwierigkeiten, sich selbst zu kontrollieren.«

»Ich hätte Sasha nicht verletzt«, sagt Lucretia und setzt sich hin.

»Falsch«, sagt Gaius spielerisch. »Du hättest sie leicht töten können – was weder Nero noch der Rat zu schätzen gewusst hätten. Solche Dinge passieren oft bei Neulingen.«

»Auf keinen Fall«, sagt Lucretia, entfernt sich aber von mir – als ob sie die Distanz bräuchte, um der Versuchung zu widerstehen.

»Du musst trinken«, sagt Gaius zu ihr und nickt in Richtung Kevin, der wegen des Bezirzens keine Reaktion auf diesen entsetzlichen Vorschlag zeigt.

»Moment.« Ich mache einen weiteren Schritt nach vorn.

»Kann ich nicht einfach einen Beutel Blut bekommen?« Lucretia springt mit der Mühelosigkeit eines Olympiateilnehmers in den Stand. »Trinken von einem Menschen ist ...«

»Ich entschuldige mich für das Missverständnis«,

sagt Gaius mit honigsüßer Stimme, die reine Bosheit versprüht. »Als dein *Erzeuger* befehle ich dir, von diesem Menschen zu trinken.«

Lucretia sieht aus, als hätte er gerade einen Lastwagen in ihr Gehirn gerammt. Mit einer zombieartigen Entschlossenheit geht sie auf Kevin zu.

»Warte.« Ich trete vor sie. »Tu das nicht.«

»Genau so«, meint Gaius schmeichelnd und ignoriert mich. »Du wirst es mit jedem Befehl, den ich dir gebe, schwerer haben, gegen mich zu kämpfen.«

Lucretia schiebt mich mit arielischer Kraft beiseite, und als ich mich auf der Couch abfange, trifft mich eine Erkenntnis.

Natürlich. Lucretia ist jetzt Gaius' virtueller Sklave und wird es für ein ganzes Jahrzehnt sein.

»Gaius, bitte.« Ich eile vorwärts, als Lucretia Kevin beißt.

»Wäre es dir lieber, wenn du es wärst?« Gaius tritt mir in den Weg, und sein großer Körper bildet eine undurchdringliche Barriere.

Hinter ihm trinkt Lucretia. Ihre Kehle bewegt sich anfangs widerwillig, aber nachdem sie ein paar Schlucke genommen hat, beginnt sie, immer mehr zu saugen.

»Lucretia!«, schreie ich und versuche vergeblich, um Gaius herumzugehen. »Kevin ist kein Happy Meal. Du wirst ihn umbringen.«

Mit großem Widerwillen zieht sich Lucretia von Kevins Hals weg.

Der Fahrer sieht blass aus, aber ansonsten normal –

vorausgesetzt, man ignoriert die Leere in seinen bezirzten Augen.

»Ich habe nicht gesagt, dass du aufhören darfst«, sagt Gaius über seine Schulter zu Lucretia. »Trink von ihm und hör erst auf, wenn ich es sage.«

Obwohl es offensichtlich ist, dass Lucretia versucht, sich dem Befehl zu widersetzen, gehorcht sie diesmal, fast ohne zu zögern.

Während sie trinkt, wird sie immer schneller, so als würde sie mit jedem Schluck durstiger werden.

Kevins Blässe beginnt mit der der beiden Vampire im Raum zu konkurrieren – was kein gutes Zeichen sein kann.

»Hör auf damit!« Ich schlage Gaius aufs Kinn und versuche, ihn wegzuschieben, aber er zieht nur eine perfekte Augenbraue in die Höhe.

»Ist Gewalt wirklich die Antwort?«

Wenn ich könnte, würde ich Gaius sofort die Kehle aufreißen. So wie die Dinge liegen, muss ich es mit Täuschung versuchen.

Ich gebe vor, mich nach rechts zu begeben, um an ihm vorbeizukommen, springe dann aber plötzlich nach links.

Er lacht offensichtlich amüsiert hinter mir, als ich Lucretia packe und mich mit allen Kräften bemühe, ihren Kopf von Kevins Hals wegzuziehen.

Ich könnte genauso gut versuchen, einen Zementblock in zwei Hälften zu brechen.

Kevins Körper sinkt in ihre Arme.

»Nein.« Ich ziehe härter. »Lucretia, hör auf damit!«

Seltsam schlürfende Geräusche entkommen aus ihrem Mund, während sie weiter saugt wie ein gefräßiger Blutegel.

»In diesem Körper ist kein Blut mehr vorhanden.« Gaius geht zu dem blutigen Rapier auf dem Boden, nimmt es auf und betrachtet es bewundernd. »Gehen wir.«

Lucretia lässt Kevin auf dem Boden fallen und eilt Gaius hinterher – der den Raum so schnell verlassen hat, dass er Vampirkräfte benutzt haben muss.

Ich rase durch den Raum, hole meine Waffe und laufe ins Treppenhaus, während ich mich frage, ob ich sie beide oder nur Gaius erschießen soll.

Der Gang ist bereits leer.

Vielleicht ist das besser so. Ich habe nicht genug Energie, um sie zu verfolgen.

Ich schließe die Eingangstür und kehre zu Kevin zurück.

Ich falle neben seinem unbeweglichen Körper auf die Knie und überprüfe seine Vitalfunktionen.

Nichts.

Er ist tot.

Genau wie Rose.

Ich möchte Obszönitäten schreien, aber der Schrei bleibt mir im Hals stecken.

Das war meine Schuld. Noch einmal.

Eine zweite Person ist heute meinetwegen gestorben.

Es wird zwei Beerdigungen geben.

Der Druck hinter meinen Augen fühlt sich jetzt wie kochende Säure an.

Ich schaue von der Leiche weg und lege meine Handflächen auf meine Augen.

Tot.

Hatte er eine Familie? Kinder?

Ist heute Abend aus einer armen Frau eine Witwe geworden?

Die Überreste des Adrenalins, das mich angetrieben hat, verdunsten und lassen mich völlig ausgelaugt zurück.

Rose und Kevin.

Ariel wird vermisst.

Lucretia als Vampir, der an Gaius gebunden ist.

Ich kann kaum atmen und unmöglich denken.

Es gibt nur diesen schrecklichen brennenden Druck und die erdrückende Leere.

Ich weiß nicht, wie lange ich neben Kevins Körper knien bleibe, bevor ich schwache Schritte vor der Tür höre.

Ich finde es schwierig, mich auch nur umzudrehen.

Die Türscharniere quietschen.

Ich sollte aufstehen oder zumindest fragen, wer es ist, aber meine Beine und Lippen weigern sich, sich zu bewegen.

Und dann ist es sowieso zu spät.

Der Neuankömmling stürmt zu schnell auf mich zu, als dass meine Augen ihm folgen könnten.

KAPITEL ACHTUNDZWANZIG

ER BLEIBT VOR MIR STEHEN, und ich erkenne die markanten Wangenknochen auf seinem Gesicht – ein Gesicht, das zu einer wütenden Maske verzogen ist.

Es ist Nero.

Er hat mich gefunden. Er muss von seiner Mailbox erfahren haben, wo ich sein würde. Aber er ist zu spät. Wenn nur …

»Bist du verletzt?«, fragt er. »Was ist passiert?«

Da ich keine Worte herausbringen kann, schüttele ich den Kopf.

Nero scheint mit meiner lakonischen Antwort nicht zufrieden zu sein. Er hockt sich neben mich und tastet mich ab, so als würde er nach Schaden suchen.

Sein Blick richtet sich auf die Bisswunde an meinem Hals.

»Wer war das?« Er klingt wie ein T-Rex, der sein Revier verteidigt.

Meine Nebennieren erwachen wieder zum Leben

und geben mir die Kraft, herauszukrächzen: »Lucretia. Sie war tot. Dann war sie es nicht mehr. Gaius hat sie dazu gezwungen.« Ich nicke zu Kevins Körper und fühle einen Schwindelanfall.

»Ich bringe dich nach Hause«, sagt Nero wie aus der Ferne.

Wenn ich sprechen könnte, würde ich ihn davor warnen, in meiner Nähe zu sein.

Ich würde ihm sagen, dass jeder in meiner Nähe in Gefahr ist.

Dass jeder, der mir wichtig ist, ein Ziel ist – und dass ich nicht will, dass er stirbt.

Dass ich es nicht überleben würde, wenn er der Nächste wäre.

Starke Hände heben mich in die Luft, drücken mich gegen eine breite Brust, und ein sauberer, holziger, maskuliner Duft umhüllt mich wie eine flauschige Decke.

Er trägt mich aus dem Gebäude heraus, und während er geht, lässt die Hitze seines Körpers einen winzigen Teil meines Schmerzes entweichen.

Es hilft aber nicht viel. Wo das herkommt, gibt es ein Meer von Schmerzen.

Entfernt höre ich, wie er Befehle in sein Telefon bellt. Er möchte, dass jemand eine angemessene Beerdigung für Kevin arrangiert und dafür sorgt, dass Kevins Familie finanziell abgesichert ist.

Er setzt mich dann auf den Vordersitz der Limousine, und ich verliere ihn aus den Augen, als er die Tür schließt.

Ohne seine Nähe wächst die schreckliche Leere in mir auf die Größe des Jupiters heran, und der Druck hinter meinen Augen wird unerträglich.

Könnte ich dadurch erblinden?

Könnten meine Augen aus ihren Höhlen springen, wie …

Nero öffnet die Fahrertür, steigt ein und fährt los.

»Kannst du mir genauer sagen, was passiert ist?«, fragt er, als wir an einer roten Ampel halten. »Es könnte wichtig sein.«

Ich sitze da und starre geradeaus, während ich mich umarme.

Ich habe das Gefühl, dass ich auseinanderfallen könnte, wenn ich anfange zu sprechen.

Schließlich finde ich die Kraft, die Ereignisse wie im Delirium leise vor mich hin zu murmeln.

Das muss *etwas* Sinn ergeben, denn Neros Gesicht ist ein Kaleidoskop beängstigender Reaktionen.

»Vielleicht war die Vision also von Roses Beerdigung«, sage ich abschließend unsicher. »Oder vielleicht von Felix' oder Mayas, wenn ich sie nicht gerettet hätte. Oder vielleicht Kevins. Oder vielleicht stirbt als Nächstes jemand anderes. Vielleicht …«

Ich verstumme, als wir anhalten.

Zuerst habe ich die Umgebung nicht erkannt, aber jetzt schon.

Das ist Neros schickes Haus.

Er hat mich zu *seinem* Zuhause gebracht, nicht zu meinem.

Bevor ich diese Entwicklung verarbeiten kann, bin

ich wieder in Neros Armen und fühle die beruhigende Wirkung seiner Berührung.

Es ist besonders schön, als wir in den Aufzug steigen und Nero meinen Rücken streichelt, als wäre ich eine Katze.

Ich sollte jedoch nicht an Katzen denken, besonders nicht an Katzen, die so unglücklich aussehen wie ich.

Zu spät.

Ich rolle mich in seinen Armen zu einem engeren Ball zusammen und atme abgehackt, als der Anblick der armen Katze, die zu verstehen schien, was mit ihrer Besitzerin passiert war, in meinem Kopf umherschwirrt.

Wir verlassen den Aufzug, und Nero trägt mich in sein Penthouse.

Sobald wir drin sind, bringt er mich mit in die Küche, stellt mich hin und reinigt die Wunde an meinem Hals. Als Nächstes packt er ein kleines Pflaster aus und klebt es vorsichtig darüber.

Er legt das Verbandszeug weg, nimmt mein Gesicht in seine großen Handflächen und starrt mir in die Augen.

Ich kann nicht anders, als zurückzuschauen.

Seine Limbusringe sind heute rekordverdächtig dick, was das Blaugrau seiner Iris noch viel faszinierender macht.

Es ist eine reine Illusion, aber ich habe das Gefühl, dass sein Blick die Schleusen, die meine Tränenwege blockieren, physisch angreift.

Ich schwanke nach vorn, als ob ich mich von ihm angezogen fühle.

Er senkt seine Hände auf meine Schultern und zieht mich in eine Umarmung, wobei er meine Wange gegen seine muskulöse Brust drückt, während er seine Arme um mich legt.

Ich klammere mich an seinen Seiten fest und zittere am ganzen Körper, als ein Klumpen in meinem Hals meine Atmung unterbricht und der Druck hinter meinen Augen unerträglich wird.

»Schscht«, murmelt er. »Es wird alles gut werden. Alles wird gut werden.«

Und als ob ich darauf gewartet hätte, dass er das sagt, entweicht mir ein Schluchzer aus dem zugeschnürten Hals, und die Schleusen springen auf.

KAPITEL NEUNUNDZWANZIG

ZUERST WEINE ICH UNKONTROLLIERT.

Nero streicht sanft über meinen Rücken und schaukelt mich mit jedem Klagen, Schluchzen und Schniefen – wodurch ich mich den Bruchteil eines Prozentes besser fühle.

Als ich keine Stimme mehr habe, werden die Schluchzer zu einem heiseren Keuchen, und ich drücke Neros Hemd mit meiner letzten verbleibenden Kraft.

Er massiert meine Schultern und flüstert mir beruhigend ins Ohr.

Ich weiß nicht, wie lange wir so dastehen, aber als ich mich schließlich zurückziehe, ist da eine große feuchte Stelle auf seiner Brust.

Nero geht zu dem Stuhl, der mir am nächsten steht, zieht ihn vom Tisch weg und bedeutet mir mit der ganzen Anmut eines Maître d'hôtel in einem schicken Restaurant, dass ich mich hinsetzen soll.

Ich lasse mich auf den Stuhl fallen und wische mir mit dem Ärmel über das Gesicht.

Wie in einer meiner Illusionen erscheint ein Glas Wasser in Neros Hand. Er stellt es vor mich, und ich schütte es hinunter.

Es sieht so aus, als ob meinen Chef vollzuweinen und anzusabbern ziemlich dehydrierend war.

Nero geht zur riesigen Küchenzeile und füllt etwas aus dem hochmodernen Teekessel ab, der dort steht.

»Trink das.« Er stellt einen dampfenden Becher vor mich hin. »Das ist Zitronenmelisse und Kamille.«

Ich nehme den Becher dankbar in meine eisigen Hände, puste auf das Getränk und nehme vorsichtig einen Schluck.

»Das ist lecker«, sage ich heiser. »Danke.«

Nero nickt, geht zu seinem riesigen Gastronomie-Kühlschrank und holt ein paar perfekt aussehende Avocados, eine Tüte Beeren und verschiedene Blattsalate heraus.

Mein Telefon klingelt.

Ich nehme es heraus und bemerke, wie Nero die Stirn runzelt.

Es ist Felix.

Ich gehe dran, um ihn anzuschreien, weil er das Haus verlassen hat.

Als ich fertig bin, schreit er mich an, weil ich eine weitere Rettungsmission allein unternommen habe.

Aber wir schließen schnell Frieden: Er ist jetzt zu Hause und damit in Sicherheit, und ich erkläre, warum ich so schnell handeln musste.

»Ich denke, du solltest bei Nero bleiben, bis wir herausgefunden haben, was los ist«, sagt Felix. »Ich kann mir keinen sichereren Ort für dich vorstellen.«

Und bevor ich meine Gedanken zu diesem Thema äußern kann, legt er auf.

Ich trinke meinen Tee und denke über meine Situation nach.

Ich bin bei Nero zu Hause.

Das ist eine verwirrende Situation, ganz vorsichtig gesagt.

So als wolle er mich weiter verwirren, stellt Nero eine Schüssel frisch zubereiteten Salat vor mich hin und geht zurück zum Kühlschrank.

»Ich bin nicht hungrig«, sage ich, aber betrachte die wunderschön aussehende Kreation.

»Iss einfach, so viel du kannst«, schlägt Nero vor und öffnet den Kühlschrank erneut.

Ich spieße etwas Salat mit meiner Gabel auf und schiebe ihn behutsam in meinen Mund.

Wow.

Entweder bin ich hungriger, als ich dachte, oder das ist der beste Salat, den ich je gegessen habe.

Ich schlinge meine Schüssel hinunter, während ich etwas auf dem Herd brutzeln höre.

»Kartoffeln mit Pilzen«, erklärt Nero, als er sieht, dass ich verstohlen in seine Richtung blicke.

»Riecht köstlich«, murmele ich und schlucke den Rest meines Salats hinunter.

Nero bringt die ganze Pfanne zum Tisch, stellt zwei Teller hin und gibt eine riesige Portion auf meinen.

Trotz des Salats knurrt mein Magen bei diesem Anblick wütend.

Wie unladylike.

Und er hat es gehört.

Wie sollte ich sonst das Lächeln erklären, das in Neros Augenwinkeln zu sehen ist?

Ich nehme ein paar Stücke Kartoffeln und Pilze auf meine Gabel und schiebe sie in meinen Mund.

Ein genussvolles Stöhnen entweicht mir versehentlich.

Das Lächeln in seinen Augen ist verschwunden, aber seine Limbusringe verdicken sich. Zu seiner Verteidigung sagt oder tut Nero nichts, was darauf hinweist, dass er mich gehört hat.

»Du isst weiter, ich bin gleich wieder da«, sagt er, und bevor ich widersprechen kann, geht er aus der Küche.

Als er zurückkommt, habe ich die Hälfte meines Tellers aufgegessen.

Er nimmt sich selbst etwas von dem Essen und fällt mit der Begeisterung eines hungrigen Straßenhundes darüber her.

»Etwas Musik?« Er zeigt auf den Smart Speaker in der Nähe.

Da mein Mund voll ist, nicke ich nur.

»Alexa«, sagt Nero mit tiefer Stimme, »spiel ‚Gangnam Style‘.«

Ich bin so überrascht von seiner Wahl, dass ich mich fast an einem Pilz verschlucke.

Die Beats des meistgesehenen YouTube-Videos

beginnen zu laut, also bittet Nero den Lautsprecher, die Lautstärke zu verringern.

Ich schlucke herunter und sage: »Ich dachte, du würdest Johnny Cash oder Leonard Cohen oder etwas in der Art auswählen. Nicht …«

»Denn weil ich eine tiefe Stimme habe, muss ich Sänger mit tiefen Stimmen mögen?« Das Lächeln ist wieder in Neros Augenwinkel zurückgekehrt.

»Nun, nein, aber ich dachte nicht gerade, dass du K-Pop mögen würdest.« Ich spieße mit meiner Gabel mehr Kartoffeln auf. »Es sei denn, du magst nur diesen einen Song?«

»K-Pop vereint nahtlos einige meiner Lieblingsgenres«, sagt Nero und ruft einen anderen, weniger bekannten Song auf. »Die Texte sind …«

»Warte mal, du sprichst Koreanisch?« Ich weiß, dass ich von nichts überrascht sein sollte, wenn es um Nero geht, aber die Worte des aktuellen Songs sind so unverständlich, dass …

»Ich arbeite eng mit Lee Kun-Hee zusammen«, sagt Nero. Dann, vielleicht weil er falsch versteht, warum ich große Augen bekomme, fügt er hinzu: »Er ist der Vorsitzende der Samsung Group.«

»Das weiß ich«, sage ich. »Ich bin nur schockiert, dass du Koreanisch gelernt hast, um mit einem Kunden zu sprechen, egal wie reich er ist.«

»Ich spreche alle Sprachen derjenigen, mit denen ich zu tun habe.« Er schiebt sich die Reste seiner Kartoffeln in den Mund. »Wenn jemand über einen Dolmetscher mit mir spricht, kann er lügen.«

»Hmm. Das wusste ich nicht.«

Nero anzulügen ist ein sensibles Thema. Es erinnert mich an seine Behauptung, dass Baba Yaga nicht versucht, mich zu töten. Angeblich hat sie seinen Lügendetektionsalarm nicht ausgelöst, als sie diese Behauptung aufgestellt hat, obwohl ihre Schläger kamen, um mich auf der Hoteltoilette zu töten.

Andererseits ließ Koschei mich sehr demonstrativ in Ruhe, nachdem er …

Nein. Besser nicht darüber nachdenken, sonst fange ich wieder an zu weinen.

Obwohl es jetzt keinen Geschmack mehr hat, esse ich das restliche Essen auf meinem Teller auf.

Als ich aufschaue, sehe ich, dass Nero mich mit etwas in seinem Blick anstarrt, was nur Mitgefühl sein kann.

Das ist das erste Mal. Ist der Papst dabei, Buddhist zu werden?

»Es wird eines Tages besser werden.« Nero legt beruhigend seine Handfläche auf mein Handgelenk.

Ich schüttele den Kopf, weil ich denke, dass ich nicht sprechen kann.

»Ich verspreche dir, dass es das wird«, murmelt er. »Man lernt mit der Zeit, damit zu leben.«

Ich blinzele die aufsteigenden Tränen weg und starre ihn an.

Die Art und Weise, wie er es gesagt hat, lässt den Eindruck entstehen als würde er aus eigener Erfahrung sprechen.

Lucretia erwähnte etwas über Neros Angst,

jemanden zu verlieren, der ihm wichtig ist. Er muss es in der Vergangenheit erlebt haben.

Aber wer?

Und wann?

Ich bin nicht selbstmörderisch genug, ihn danach zu fragen, also lege ich einfach meine andere Handfläche auf seine.

Wir sitzen für ein paar lange Sekunden so da, bevor er sich zurückzieht und fragt, ob ich einen Nachtisch möchte.

»Nein, danke«, antworte ich, unsicher, was ich mit meinen Händen machen soll, jetzt, wo sie seine nicht mehr berühren. »Ich bin voll.«

»In diesem Fall: Komm mit.« Er steht auf. »Ich habe vorhin etwas für dich vorbereitet. Es sollte jetzt fertig sein.«

Ich stehe auf, und er führt mich durch eine Vielzahl von Räumen, bis wir ein riesiges Badezimmer betreten, das wie ein Ausstellungsraum für extravagante Spaausstattung aussieht. Überall brennen Kerzen, und in der Mitte steht eine riesige Wanne, in die Wasser wie ein Wasserfall in einen Canyon fließt.

Nero betrachtet den Wasserspiegel und überprüft mit der Hand die Temperatur. »Perfekt.« Er wendet sich mir zu. »Das ist für dich.«

Mein Herzschlag beschleunigt sich.

Er drückt einen Knopf, und das Wasser sprudelt, als die Whirlpool-Düsen zum Leben erwachen.

Erwartet Nero, dass ich mich vor ihm ausziehe und

in einen Whirlpool steige? Ist es das, worum es bei dem romantischen Kerzenlicht geht?

Ein Teil von mir will aus irgendeinem Grund genau das tun. Aber ein anderer Teil weiß, dass ich vielleicht im Moment nicht im besten Geisteszustand bin, um irgendwelche Entscheidungen zu treffen – besonders dann nicht, wenn diese Entscheidungen das Ausziehen vor meinem Chef, Vollzeit-Mentor und Teilzeit-Peiniger beinhalten.

Da ich unsicher bin, was ich tun soll, gehe ich zum Wasser und lasse meine Finger hindurchgleiten.

Die Temperatur *ist* perfekt, und nichts hat seit langem so einladend ausgesehen.

»Da drüben sind frische Handtücher.« Nero zeigt auf ein riesiges Regal. »Viel Spaß.«

Und dann löst er mein Dilemma, indem er aus dem Raum geht und mich allein zurücklässt, verwirrt von der Enttäuschung, die ich über sein Verschwinden empfinde.

Also gut.

Ich ziehe mich aus und steige in die Wanne.

Die Düsen treffen mich aus allen Richtungen und erzeugen einen entspannenden, massierenden Effekt.

Ich seufze genüsslich.

Das warme Wasser ist himmlisch.

Tatsächlich fühle ich mich so gut, dass ich mich langsam schuldig fühle. Wie kann ich nach allem, was passiert ist, so entspannt sein?

Der starke Druck auf meiner Brust kehrt zurück,

aber schon bald verbündet sich das Essenskoma mit dem sprudelnden Wasser und beruhigt mich wieder.

Nach ein paar Minuten bin ich so entspannt, dass ich mich benebelt fühle.

Wer braucht Tafil, wenn es Kohlenhydrate und Whirlpools gibt?

Meine Augenlider werden schwer, und ich gebe der starken Versuchung nach, die Augen zu schließen.

ICH WACHE auf den weichsten Laken auf, die ich jemals berührt habe.

Bin ich in einem Fünf-Sterne-Hotel abgestiegen?

Nein.

Jetzt erinnere ich mich.

Ich bin in Neros Penthouse.

Das Letzte, woran ich mich erinnere, ist, dass ich meine Augen im Whirlpool geschlossen habe.

Bin ich darin eingeschlafen? Und wenn ja, wie bin ich dann hier gelandet?

Ich reibe meine verschlafenen Augen und sehe mich um.

Das muss Neros Hauptschlafzimmer sein. Oder zumindest hoffe ich das, da es die Größe meiner ganzen Wohnung hat.

Nero selbst ist nirgendwo in Sichtweite.

Bin ich erleichtert oder enttäuscht? Das ist schwer

zu sagen, weil morgens als Erstes nachzudenken nicht zu meinen Stärken gehört.

Ich schaue unter der Luxus-Bettwäsche nach.

Ja.

Wie ich vermutet habe, bin ich so nackt wie eine Stripperin in einer Nudistenkolonie.

Widerwillig stehe ich auf.

Meine Kleidung von gestern liegt auf dem Nachttisch neben meinem Handy, ebenso wie ein unbekanntes Spitzenhöschen, eine brandneue Yogahose und ein sportlich aussehendes T-Shirt.

Hmm. Was ist schlimmer: die Idee, dass Nero morgens als Erstes bei La Perla vorbeigeht, um das Höschen zu holen, oder dass er es vielleicht griffbereit hatte, nur für den Fall, dass ich zum Übernachten vorbeikomme?

Oder für eine andere Frau, wenn ich länger darüber nachdenke.

Ich lasse den Gedanken fallen, weil ich ihn überhaupt nicht mag.

Da ich mich zu sauber fühle, um meine Kleidung von gestern anzuziehen, entscheide ich mich für die neuen Sachen.

Natürlich passt alles perfekt und fühlt sich so gut an wie diese Bettwäsche.

Muss doch für mich sein.

Als ich nach meinem Handy greife, merke ich, dass die Kleidung von gestern auch frisch gewaschen riecht.

Was zum Teufel …? Hat Nero unsichtbare Diener

oder hoffe ich nur, dass er das tut, weil es uns dann irgendwie zu *Die Schöne und das Biest* machen würde?

Laut meinem Telefon ist es 9.30 Uhr. An einem Montag.

Wow.

Nero hat mich nicht geweckt, damit ich zur Arbeit gehe. Hoffentlich bedeutet das, dass ich offiziell den Tag frei habe. Zur Sicherheit suche ich E-Mails oder Nachrichten von der Arbeit.

Nichts. Komplette Funkstille.

Schön.

Und da es Montag und nach Sonnenaufgang ist, muss Nero im Büro sein. Seine Arbeitsmoral ist an der Wall Street legendär.

Und das bedeutet, dass ich vielleicht ein wenig herumschnüffeln kann.

Ich gehe in das riesige Hauptbadezimmer und finde eine noch versiegelte Zahnbürste, die eine exakte Nachbildung der meinigen ist. Die Zahnpasta ist auch meine Lieblingsmarke, genauso wie jeder andere Kosmetikartikel hier.

Ich schätze, bei seinem lebenslangen Stalker zu übernachten hat Vorteile.

Ich kümmere mich um alle meine Geschäfte, schlendere dann aus dem Hauptschlafzimmer heraus, und in dem Moment erreichen leckere Gerüche meine Nase.

Ich folge meiner Nase, die mich auf direktem Weg in die Küche führt.

Nero trägt ein sehr vorteilhaftes Trainingsoutfit

und kocht etwas auf seinem futuristisch anmutenden Herd.

Er ist nicht auf der Arbeit?

Ist heute ein Feiertag, den ich vergessen habe?

Ich werfe einen Blick auf mein Handy.

Nein. Kein Feiertag.

»Guten Morgen«, sagt er, ohne sich umzudrehen. »Wie hast du geschlafen?«

Soll ich ansprechen, dass ich nackt aufgewacht bin? Ich kann mir regelrecht vorstellen, wie er antwortet: »Wärst du lieber im Whirlpool ertrunken?«

»Was kochst du?«, frage ich stattdessen, und der Zusatz »so gutaussehend« ist auf meinen Lippen, kommt aber glücklicherweise nicht heraus.

Er dreht sich um und stellt mit einem kunstvollen Schwung einen Teller vor mich hin.

Es ist Eggs Benedict, eines meiner Lieblingsessen, und ich wette, das weiß er.

Die Beilage ist gegrillter Spargel – ein weiterer meiner Favoriten – mit Tomaten und Kartoffelpüree in Form einer Mini-Sandburg.

Schick.

Er stellt eine identische Mahlzeit auf seinen Platz, gießt uns dann etwas Tee ein und spritzt etwas Orangensaft in Champagnergläser. Als Nächstes öffnet er mit einer sanften Bewegung eine Flasche Cristal und verwandelt unsere Säfte in Mimosas.

Brunch à la *Sex and the City*.

Mit meinem Chef.

Völlig normal.

Ja klaaar.

»Du bist nicht auf der Arbeit.« Ich zerkleinere die Eier und gebe mein Bestes, um mein Sabbern auf ein Minimum zu beschränken. »Ist die Hölle zugefroren?«

Nero lächelt wieder mit den Augen. »Selbst *ich* kann mir in seltenen Fällen einen freien Tag nehmen.«

Ich probiere die Eier. Sie sind göttlich. Nero ist ein viel besserer Koch als Felix … und wahrscheinlich die meisten Köche in Tribeca.

»Natürlich. Du *kannst* dir einen Tag freinehmen.« Ich nehme einen Schluck meines Mimosas. »Aber das tust du nie.« Ich trinke etwas Tee nach meinem prickelnden Getränk – es ist die gleiche beruhigende Kombination aus Kamille und Melisse wie gestern Abend. »Wann hast du das letzte Mal einfach einen Tag freigemacht?«

»Im Sommer 1825«, antwortet Nero völlig ernst.

»Du machst Witze, oder?« Ich spieße mit meiner Gabel einen Spargel auf.

»Es war kurz vor der Eröffnung der ersten öffentlichen Eisenbahn der Welt«, sagt er, immer noch todernst. »Ich wusste, dass ich noch eine arbeitsreiche Zeit vor mir hatte, also nahm ich mir einen Tag frei.«

»Nun«, sage ich, »es gibt Workaholics, und dann gibt es noch diejenigen, die nur alle 192 Jahre einen Urlaubstag nehmen. Um deinetwillen *hoffe* ich, dass du gerade Witze machst.« Ich proste ihm mit meinem Drink zu.

»Und wenn ich das nicht tue?« Er blickt mich eindringlich an und stößt sein Glas gegen meines.

»Dann hoffe ich, dass du deinen freien Tag genießt.« Nervös lecke ich mir die Reste der Sauce Hollandaise von den Lippen.

»Ich fange gerade damit an.« Er starrt mit einem Hunger auf meinen Mund, der nicht auf das Frühstück bezogen zu sein scheint.

Meine Wangen sind gerötet. Ich bin eindeutig ein Leichtgewicht, wenn es um Alkohol geht, egal wie verdünnt. Da ich plötzlich das dringende Bedürfnis habe, mich zu reinigen, wische ich mir die Lippen mit meiner Serviette ab.

Er starrt immer noch auf meinen Mund, also beschließe ich, das Thema zu wechseln. »Kostet es den Fonds nicht eine Milliarde Dollar, wenn du weg bist?«

»Etwa neunundvierzig Millionen«, sagt er, wieder mit einem ernsten Gesicht. »Aber die letzte Woche war hervorragend, dank deiner Arbeit.«

Ist er gerade sarkastisch? Das ist das zweite Mal, dass er andeutet, dass meine zufälligen Aktienauswahlen ihm Geld eingebracht haben – aber das kann nicht sein.

»Lass mich raten«, er hebt seinen Kopf, um mir in die Augen zu schauen, »trotz geschickter Antworten hast du deine Visionen nicht wirklich genutzt, um mir die Börsentipps der letzten Woche zu geben, oder?«

Glücklicherweise ist mein Mund derzeit mit Speck, Ei und englischem Muffin gefüllt, also murmele ich etwas Unverständliches. Ich hätte es besser wissen sollen, als all diese lustigen Aktiennamen zu benutzen. Er musste es ja herausfinden.

»Das dachte ich mir«, sagt er. »Aber denkst du, dass deine Entscheidungen *tatsächlich* zufällig waren?«

Ich schlucke das Essen in meinem Mund hinunter. »Sie waren nicht zufällig.«

»Eine weitere irreführende wahre Aussage.« Er sieht beeindruckt aus. »Lass es mich umformulieren. Glaubst du, du hast diese Aktien nur gewählt, weil sie leicht amüsante Abkürzungen hatten?«

»Leicht amüsant?« Ich nehme einen Schluck meines Mimosas, um Mut zu tanken. »Es ist nicht meine Schuld, wenn einige Leute keinen Sinn für Humor haben.«

»Wie dem auch sei, jede Entscheidung, die du getroffen hast, war genau richtig.« Er prostet mir ohne einen Hauch von Spott mit seinem Drink zu.

»Im Ernst?« Ich stoße ohne nachzudenken mit ihm an.

»Soll ich dir unsere Gewinn-und-Verlust-Rechnung schicken?«

»Nein, schon gut.« Ich nehme noch einen Schluck von meinem Drink, obwohl ich es wahrscheinlich nicht sollte. »Ich glaube dir.«

»Gut.« Er lehnt sich zu mir herüber. »Ich lüge dich nie an.«

Anstatt ihn mit dieser Lüge herauszufordern, überkommt mich plötzlich der Drang, ihn zu küssen.

Wie in einer Vision kann ich mir vorstellen, wie sich der Kuss entfalten würde, vom Druck seiner festen, aber weichen Lippen bis hin zum …

Moment, was?

Was ist mit mir los?

Durch den Alkohol bin ich eindeutig stark angeschlagen.

Anstatt diesem wahnsinnigen Drang zu folgen, schiebe ich meinen Mimosa weg und sage: »In diesem Fall gibt es hier noch zwei weitere Tipps gratis: Southwest Airlines und die National Beverage Company.«

Er hebt sein prickelndes Getränk und schenkt mir ein breites Grinsen. »Deine Entscheidungen sind LUV und FIZZ?«

»Ich hatte auch erwogen, dir die Muttergesellschaft von KFC und Pizza Hut zu geben.« Ich lächele ihn an. »Ihr Ticker ist YUM, und dein Essen auch.«

»Danke.« Nero nimmt sein Handy heraus und schreibt etwas.

Ich starre ihn ungläubig an. »Bist du dabei, jemandem eine E-Mail zu schreiben, damit er in LUV, FIZZ und YUM investiert?«

»Nur die ersten beiden.« Er schaut von seiner Nachricht auf. »Du sagtest, du hattest YUM nur *erwogen*. Willst du damit sagen, dass du es gerade zu einer Empfehlung upgegradet hast?«

»Warum nicht?«, antworte ich. »Investiere auch in YUM, wenn du schon einmal dabei bist. Ich habe genauso viel Vertrauen in *diese* wie in alle anderen.«

»Danke«, sagt er ernsthaft. »Nur eine Sekunde.«

Ich stecke mir den Rest des Essens in den Mund, während er tippt.

Wie konnte er mit meiner zufälligen Auswahl Geld

verdienen? Bin ich *so* gut in der Börsenprognose? Wenn ja, würde ich viel lieber genauso gut darin sein, mich und meine Lieben in Sicherheit zu bringen – scheiß auf die Börse.

Die leckeren Bissen verwandeln sich in meinem Mund in Sand, als ich das Bild der auf dem Boden liegenden Rose vor mir sehe.

Der Schmerz in meiner Brust kehrt mit aller Macht zurück, der Raum um mich herum beginnt, sich zu drehen, und die Wände schließen sich um mich.

»Sasha.« Eine starke Hand legt sich auf meine Handfläche und massiert sie sanft. »Denk nicht daran. Bleib hier bei mir.«

Ich blinzele und schrecke durch seine warme Berührung aus den dunklen Erinnerungen. Oder vielleicht durch den Anstieg der Hormone, die diese Berührung erzeugt.

Ich schaue zu ihm auf.

Sein Blick ist hypnotisch und zieht mich zu sich, so als ob seine Kräfte die Gesetze der Schwerkraft brechen könnten.

Er lehnt sich zu mir. Die übernatürliche Schwerkraft muss multidirektional sein.

Ich spüre seinen warmen Atem.

Schmetterlinge richten einen Sweatshop in meinem Bauch ein, als ich mich daran erinnere, was das letzte Mal geschah, als sich unsere Gesichter *so* nah waren.

Die Zeit vergeht, und eine gefährliche Frage wirbelt mir durch den Kopf.

Warum kann ich ihn *nicht* noch einmal küssen?

Er hat mich getröstet, für mich gekocht, hat sich zum ersten Mal seit Jahrhunderten einen freien Tag genommen, um für mich da zu sein.

Aber nein.

Ich bin das schon einmal durchgegangen.

Er ist mein Chef und Mentor.

Andererseits interessiere ich mich nicht wirklich für meinen Job, und die Mentorschaft ist eine vorübergehende Situation. Und es ist ja auch nicht so, als würde er mir viel beibringen. Vielleicht kann es, wenn ich ihn küsse, zu interessanteren Lektionen zum Thema …

Ich stoppe diesen Gedanken umgehend. Diese ungewöhnliche Nettigkeit könnte ja auch ein Trick sein, ein Weg, um sicherzustellen, dass sich seine kleine Privat-Seherin benimmt. Sobald ich nicht mehr nützlich für Nero bin, könnte er leicht einen anderen Seher finden und mich verlassen.

Genau wie meine biologischen Eltern und Rose.

Widerwillig zieht sich Nero zurück. Und obwohl ich gerade selbst dabei war, mich zurückzuziehen, tut es mir weh, dass er sich dazu entschieden hat, mich nicht zu küssen.

Ich reiße meine Hand von seiner beruhigenden Berührung weg.

So etwas wie Schmerz blitzt in seinen Augen auf, und er springt hoch. Er nimmt seinen schmutzigen Teller und geht zur Spülmaschine.

»Lass mich dir beim Aufräumen helfen.« Ich stehe

auf und nehme meinen eigenen Teller mit verräterisch zitternden Fingern.

»Ich mache das schon«, sagt er, geht mir aber aus dem Weg, als ich den Teller neben den seinen stelle.

Innerhalb weniger Augenblicke ist der Tisch makellos, und ich blicke ihn unbehaglich an, weil ich mir nicht sicher bin, was ich als Nächstes tun soll.

»Ich gehe ins Fitnessstudio«, sagt Nero ohne einen Hauch von Gefühl in seiner Stimme.

»Viel Spaß«, sage ich und hoffe, dass ich genauso emotionslos klinge.

»Ich denke, du solltest mitkommen«, sagt er in einem Ton, der für meinen Geschmack zu herrisch ist.

»Ich bin nicht in der Stimmung.« Ich schaue auf mein perfektes Trainingsoutfit und verfluche mich selbst, weil ich es ausgewählt habe – und weil er clever genug war, es neben meinem Bett zu lassen.

»Du kannst die Endorphine gut gebrauchen, die die körperliche Bewegung liefert«, sagt Nero in einem vernünftigeren Tonfall. »Du solltest …«

»Behauptest du, dass dies wieder deine Mentorenzeit ist?« Ich hebe mein Kinn an.

»Nein.« Er hält meinem Blick stand. »Du kannst mitkommen oder auch nicht. Es ist deine Entscheidung.«

»Gut. Ich komme mit.« Meine eigenen Worte überraschen mich selbst. »Da du so nett gefragt hast und ich annehme, dass ich nach diesem riesigen Frühstück ein Training gebrauchen könnte.«

»Sehr schön«, sagt er und dreht sich um. »Hier entlang.«

Er geht so schnell, dass es bereits ein Training für mich ist, mit ihm Schritt zu halten.

Wir biegen einige Male ab und befinden uns dann in seinem privaten Fitnessstudio – einem Raum von der Größe eines Basketballfeldes, der mit erstklassiger Ausrüstung ausgestattet ist.

»Hier, aufwärmen.« Er deutet auf einen Ellipsentrainer, und ich gehe zu diesem.

Er tritt auf das Laufband neben mir, stellt es an, zieht sein Shirt aus und wirft es auf die Maschine neben sich.

Meine Herz-Kreislauf-Überwachung macht einen plötzlichen Hechtsprung, da sich meine Herzfrequenz überproportional zu meinen Bewegungen beschleunigt.

Mein Chef ist ein beeindruckendes Exemplar von Männlichkeit, und das Laufen unterstreicht diese Tatsache.

Ein paar Minuten später teilt er mir mit, dass wir ausreichend aufgewärmt sind.

Sehr richtig in meinem Fall.

Tatsächlich bin ich vielleicht mitten in einer Hitzewallung.

Wir gehen in den Bereich mit den freien Gewichten, und er zeigt mir einige Übungen, während ich mich dem Drang widersetze, die Linien der Muskeln auf seinem Oberkörper mit meiner Zunge nachzufahren.

Zu meiner Erleichterung tritt er dann zurück, und ich kann mich auf das eigentliche Gewichtheben konzentrieren.

Bald bin ich froh, dass er mich ins Fitnessstudio geschleppt hat. Trainieren ist die perfekte Aktivität, wenn man wütend oder anderweitig aufgewühlt ist. Jedes Mal, wenn ich ein Gewicht hebe, stelle ich mir vor, jemanden oder etwas zu schlagen – und das hilft mir, extra schwer zu heben.

»Gute Arbeit«, sagt Nero, als ich die Hanteln mit einem Schnaufen fallen lasse. »Jetzt machen wir Bankdrücken.«

Ich stimme zu, aber bald wird mir klar, dass ich einen großen Fehler gemacht habe. Ihm dabei zuzusehen, wie sich seine Muskeln anspannen, während sich Schweißperlen auf seiner glatten, braunen Haut bilden, nagt an meiner Selbstbeherrschung wie ein Fluss, der den Fuß eines Kalksteinberges erodiert.

»Ich bin müde«, sage ich, als ich nicht mehr kann. »Ich gehe jetzt duschen.«

Er blickt mich aufmerksam an, und ich bin angespannt, da ich mir Sorgen darüber mache, dass er mir anbieten könnte, meinen Rücken zu waschen – und dass ich es akzeptieren würde.

»Findest du den Weg dorthin?«, fragt er zu meiner Erleichterung.

»Ja, kein Problem.«

Ich flüchte aus dem Fitnessstudio, eile ins

Hauptbadezimmer und nehme eine kalte Dusche – etwas, was bei Nero zu einem Ritual wird.

Sie hilft ein wenig, aber als ich aus der Dusche komme, sieht mein Gesicht immer noch ein wenig zu errötet aus.

Also gut. Ich trockne mich schnell ab und ziehe meine frisch gewaschene Kleidung von gestern an.

Offensichtlich ist es an der Zeit, nach Hause zu gehen.

Ich navigiere zum Eingang des Penthouses und sehe, dass Nero dort steht, immer noch ohne Hemd.

Ich versuche, mich nicht an meiner Zunge zu verschlucken, als ich die Schweißtropfen auf seiner gemeißelten Brust bemerke.

»Also … das hat Spaß gemacht. Danke für alles.« Ich mache einen Schritt nach vorn, aber er geht mir nicht aus dem Weg. Ich versuche es noch einmal, diesmal unverblümter. »Ich denke, ich gehe jetzt besser nach Hause.«

»Nein.« Nero verschränkt seine Arme vor seiner Brust wie ein Türsteher. »Das tust du nicht.«

»DOCH, DAS WERDE ICH«, sage ich und erkenne dann, wie kindisch das klingen muss. In einem erwachseneren Tonfall füge ich hinzu: »Du kannst mich nicht gefangen halten.«

Zumindest hoffe ich, dass er es nicht kann, aber wer weiß, wozu er als Mentor berechtigt ist. Oder was für ein rücksichtsloses Arschloch er sein darf, was das betrifft.

»Du bist keine Gefangene«, sagt er fast widerwillig. »Ich will nur sichergehen, dass du in Sicherheit bist.« Er kommt näher. »Sobald ich herausgefunden habe, was los ist, lasse ich dich gehen.«

»Nun, das ist ganz einfach.« Ich gehe einen Schritt zurück. »Deine Partnerin, Baba Yaga, versucht, mich zu töten.«

»Das ist unmöglich«, entgegnet er fest. »Sie hat gesagt, dass sie das nicht tut, und sie kann mich nicht anlügen. Das haben wir schon besprochen.«

»Dann lässt sie mich wünschen, dass ich tot wäre«, sage ich, und mein früherer Verdacht, dass Nero mit Baba Yaga unter einer Decke steckt, kommt wieder hoch.

»Ich glaube nicht, dass das eine Erklärung für die von ihr unternommenen Schritte ist«, sagt er. »Lucretia arbeitet für mich – und obwohl sie nicht unter die Vereinbarung fiel, bezweifle ich, dass Baba Yaga sich mit mir anlegen will. Vlad zu verärgern ist auch dumm. Sie würde das nicht tun, nur um es dir heimzuzahlen.«

»Aha. Also sagst du, wenn sie mich verletzen will, würde sie ein angenehmeres Ziel wählen, so wie Ariel, die übrigens immer noch vermisst wird?«

»Oder Felix«, sagt er. »Oder deine Familie.«

Ich schmecke Galle.

»Keine Sorge. Ich behalte deine Adoptiveltern im Auge«, sagt Nero und macht einen weiteren Schritt auf mich zu. »Und ich habe Felix gesagt, dass er zu Hause bleiben soll, wo dein Domovoi und Ratsmitglied Kit ausreichenden Schutz bieten sollten.«

Meine Übelkeit lässt nach, aber ich trete trotzdem weiter zurück, hinaus aus seiner Reichweite.

Seine Augen verengen sich, aber er bewegt sich nicht. »Ich glaube nicht, dass es das ist, was Baba Yaga letztendlich will – deshalb habe ich jemanden auf diesen Fall angesetzt, der versucht, dem auf den Grund zu gehen.«

Ich blinzele. »Wirklich?«

»Ja. Sie nennen sie Freda Krueger«, sagt Nero in

dem Ton, den Leute normalerweise benutzen, wenn sie die Namen von Berühmtheiten aussprechen.

Ich ziehe meine Augenbrauen in die Höhe. »Ich kenne einen sehr berühmten Freddy mit diesem Nachnamen, aus *A Nightmare on Elm Street*. Allerdings habe ich noch nie von einer weiblichen Version gehört. Bitte sag mir nicht, dass Hollywood noch ein weiteres Remake macht mit …«

»Ihr richtiger Name ist Bailey Spade«, sagt Nero und sieht mich erwartungsvoll an. Als ich keine Reaktion zeige, fügt er hinzu: »Sie ging mit Felix zur Schule.«

»Es klingelt immer noch nicht.« Ich trete von einem Fuß auf den anderen. »Er hat sie nie erwähnt.«

»Nun, der Name ist nicht wichtig«, sagt Nero. »Sie hat zugestimmt, diese Angelegenheit für mich zu untersuchen, und sie besitzt einige einzigartige Fähigkeiten, die sie zu einer idealen Person machen, um der Sache auf den Grund zu gehen.«

»Du hast eine Cogniti-Detektivin angeheuert?« Ich massiere mir die Schläfen.

»So kann man es sehen«, sagt er. »Das Wichtigste ist, dass ihr Bericht in ein paar Stunden fällig ist, und ich denke, dass du darauf warten solltest.«

»Klingt nicht so, als hätte ich eine Wahl.« Ich verschränke die Arme vor der Brust und ahme seine Haltung nach. »Was soll ich tun, wenn ich bleibe?«

»Ich hatte gehofft, dass du mir etwas zeigen könntest.« Er greift in die Tasche seiner Trainingshose.

Eine Hand in der Tasche? Das ist ein todsicherer

Weg, um die Aufmerksamkeit eines Mädchens zu erregen. Ich kann nicht anders, als ihm fasziniert in seinen Schritt zu starren.

Ist mein Chef dabei, mich zu verführen? Was würde ich tun, wenn er es täte?

Seine Hand kommt wieder aus der Tasche heraus und hält ein Kartenspiel. Er streckt es mir auf der Handfläche entgegen. »Ich möchte deine Kartenmagie aus nächster Nähe sehen.«

Ich muss blinzeln.

Er ist gut. Wenn sie Medaillen für Meister-Manipulatoren vergeben würden, würde Nero Gold bekommen.

Er muss gewusst haben, dass ich über diese Aussicht fast so begeistert sein würde wie als ich über einen weiteren Kuss nachgedacht habe.

»Ich schätze, ich kann dir ein oder zwei Dinge zeigen«, sage ich und benutze all meine schauspielerischen Fähigkeiten, um weniger begierig zu wirken. »Ich bräuchte einen Tisch, wenn …«

»Folge mir«, sagt Nero und führt mich in einen Flügel des Hauses, den ich noch nie gesehen habe. Unterwegs hält er an einem Schrank an und zieht sich ein T-Shirt an.

Meine Eierstöcke trauern, aber der Rest von mir ist dankbar.

Ich war besorgt über meine Fähigkeit, mich auf die Karten zu konzentrieren.

Wir landen in einem für dieses Penthouse kleinen, etwa sieben mal achteinhalb Meter großen Raum.

Ich starre mit neidischer Faszination auf das Dekor.

»Ich veranstalte hier drin Pokerspiele mit hohen Einsätzen«, erklärt Nero, als er sieht, dass ich mit offenem Mund herumstarre. »Ich dachte, es könnte ein guter Rahmen dafür sein.«

Definitiv. Der Ort sieht aus wie ein Miniatur-Casino.

Wenn jemand das beste Set für meine Karteneffekte entwerfen wollen hätte, dann wäre es das.

»Kann ich diesen Tisch benutzen?« Ich gehe zu dem grünen Pokertisch und berühre die perfekte Oberfläche mit meiner Handfläche.

»Natürlich.« Nero nimmt sich den Stuhl gegenüber von mir. »Das war der Plan.«

»Großartig.« Ich setze mich gerader hin und spüre die Welle von Selbstvertrauen, die meine Vorführungen immer begleitet. »Mische diese Karten.«

Nero überrascht mich noch einmal, indem er den Karten einen professionellen Riffle Shuffle gibt. Danach nimmt er einige Male so gekonnt ab, dass die besten Monte-Carlo-Croupiers stolz darauf sein könnten, und während ich dabei zusehe, wie seine starken, geschmeidigen Hände all diese filigranen Bewegungen ausführen, brauche ich eine weitere kalte Dusche.

»Gib es mir«, sage ich mit heiserer Stimme.

Nero bewegt das Kartenspiel zu mir, und ich könnte schwören, dass er ein leichtes Grinsen auf den Lippen hat.

Ich breite die Karten offen aus, damit Nero sie

sehen kann. »Bist du zufrieden damit, wie du sie gemischt hast?«

»Sicher«, sagt er, ohne von meinen Händen wegzuschauen.

»Gut.« Ich sammele sie ein. »Nenne mir jetzt deine bevorzugte Hand und eine Anzahl von Spielern.«

»Royal Flush«, sagt Nero und starrt immer noch auf meine Hände. »Und vier Spieler.«

Was er tut, nennt man »Hände verbrennen« – und es ist eine echte Gefahr, was meine Vorführung betrifft.

Damit ich den Effekt ausführen kann, muss er weggucken – aber wie? Bei einem Heimspiel hätte ich einen Plan für eine Ablenkung, aber hier muss ich auf etwas anderes zurückgreifen.

Fragen lenken hervorragend ab, also platze ich heraus: »Ich wollte dich das schon seit Ewigkeiten fragen. Was für eine Art von Cogniti bist du?«

Wie ich gehofft habe, schaut Nero auf und erlaubt mir, heimliche Handbewegungen zu machen.

Obwohl ich nicht erwarte, dass er antwortet, lenkt mich die bloße Möglichkeit, dass er es mir sagen könnte, leicht ab. Es ist gut, dass ich so viele Stunden damit verbracht habe, mit den Karten zu üben, sonst würde ich das jetzt vermasseln.

»Es ist nicht so, dass ich nicht will, dass *du* es weißt.« Nero neigt seinen Kopf. »Es ist einfach besser, wenn es *niemand* weiß.«

»Ich kann ein Geheimnis bewahren.« Ich finde es ironisch, dass ich diesen Satz sage, während ich etwas Geheimes vor Neros Augen mache.

»Ich glaube, dass du das kannst«, sagt er. »Aber es gibt Wesen wie Bailey, die immer noch Informationen von dir bekommen können, ohne dass du dem zustimmen musst.«

»Die gibt es?« Ich lasse fast die Karten fallen. »Deine Detektivin klingt beängstigend.«

»Sie ist nicht meine«, sagt er und starrt mich aufmerksam an.

»Was auch immer.« Ich nehme die Karten in meine Hand. »Lass uns einfach mit der Vorführung weitermachen.«

Mit übertriebener Fairness teile ich vier Pokerblätter aus und frage: »Welcher Spieler?«

»Welcher Spieler?«, fragt Nero und setzt verspätet das Anstarren meiner Hände fort.

»Welcher Spieler hat den Royal Flush?« Ich kann nicht anders, als mir ein fröhliches Grinsen zu erlauben.

»Der da.« Er zeigt auf Spieler Nummer drei.

»Bitte sieh nach«, sage ich und fühle den üblichen Dopaminrausch, wie immer, wenn ein Effekt geklappt hat.

Nero dreht die Karten um und deckt den Royal Flush in Herz auf.

Er starrt auf die Karten, dann auf mich, dann wieder auf die Karten. »Erinnere mich daran, nie Karten mit dir zu spielen«, sagt er schließlich und schlägt den Royal Flush auf den Tisch.

Ich habe das schon eine Million Mal gehört, aber wenn *Nero* es sagt, erfüllt es mich mit einer unbeschreiblichen Wärme.

Dann zeige ich ihm einige meiner Lieblingsklassiker mit Karten, und Nero saugt alles mit echter Begeisterung auf.

Um die Vorführung zu beenden, erfinde ich spontan einen Effekt. Ich beginne damit, dass Nero eine zufällige Karte auswählt und sie ins Kartenspiel steckt. Dann sage ich ihm, dass wir in Kürze auf die Karte zurückkommen werden.

Als Nächstes führe ich den Trick mit dem Nadelverschlucken vor, wie ich ihn zu Hause geübt habe – und Nero steht in den richtigen Momenten mit offenem Mund da, obwohl die Art und Weise, wie er dabei auf meinen Mund starrt, extrem verstörend ist.

Für das große Finale lasse ich die Karten auf dem Kartentisch springen, während ich die letzte Nadel ausspucke – und sie eine einzelne Karte in der Luft aufspießt.

Neros *verlorene* Karte.

Er steht auf und klatscht. »Das war sehr beeindruckend.« Er schaut mich bewundernd an. »Du bist unglaublich.«

Ich erröte vom Scheitel bis zu den Zehen und möchte vor Freude tanzen.

Wenn er das nur vortäuscht, ist er gut.

Unheimlich gut.

Zuerst versuchte er, sich durch meinen Magen in mein Herz zu kochen. Jetzt schmeichelt er mir auf genau die Art und Weise, mit der er definitiv bei mir landen wird.

Aber ich kann mich nicht darauf einlassen.

Ich muss etwas tun, um den bösen Zauber zu brechen.

Es gibt nur eine Sache, die ich mir vorstellen kann – und die schlägt zufällig ein paar Fliegen mit einer Klappe.

»Erzähl mir von meinem Vater«, platze ich heraus.

Die Aufregung verflüchtigt sich sofort aus Neros Gesicht, und er sinkt schwer zurück in den Stuhl, wobei sein Gesicht ernst wird.

»Bitte?«, sage ich. »Irgendetwas, was du kannst.«

»Du bist ihm sehr ähnlich«, knurrt er leise. »Er konnte auch nie aufgeben.«

Ich unterdrücke ein überraschtes Keuchen und sitze einfach ruhig da, weil ich Angst habe, Nero aus diesem für ihn unnatürlichen Anflug von Mitteilungsbedürfnis herauszuschrecken.

»Wie du stellt er im Nu seine eigenen Regeln auf. Und du hast auch deine Fantasie und deinen Einfallsreichtum von ihm.« Er deutet auf das Chaos der Karten auf dem Tisch. »Du hast auch dieses fast pathologische Gefühl der Loyalität von ihm bekommen.« Er hört auf zu reden und sitzt einfach wie in Gedanken versunken da.

Mir ist klar, dass ich keinen Atemzug mehr getan habe, seit er angefangen hat zu sprechen, also tue ich es jetzt.

Ich bin mir nicht sicher, ob er es merkt, aber Nero hat gerade über Rasputin in der Gegenwart gesprochen. Das beantwortet etwas, was ich unbedingt wissen wollte.

Mein biologischer Vater *lebt*.

Ich beschließe, mein Glück wirklich herauszufordern, und frage sanft: »Wie kann ich ihn finden?«

Der distanzierte Ausdruck auf Neros Gesicht wechselt zu der vertrauten versteinerten Maske, die er oft im Fonds trägt.

»Das kann ich dir nicht sagen«, sagt er. »Ich habe schon zu viel gesagt.«

Ihn zu drängen war eindeutig ein Fehler. Meine Hände ballen sich zu Fäusten, und ich springe auf. Ein Teil von mir weiß, dass er sich nur an den Vertrag mit meinem Vater hält, aber ein anderer, sehr großer Teil will mit der Faust auf sein stures Kinn schlagen.

»Ich möchte eine Weile allein sein«, sage ich in einem so freundlichen Ton, wie ich unter den gegebenen Umständen kann.

»Ich bringe dich ins Wohnzimmer.« Er steht auf und übernimmt die Führung, und ich sehe, dass sein Rücken verspannt ist, während er geht.

Ich folge ihm in einen weiteren opulenten Raum, der unser Ziel sein muss. Die Südwand ist von einem Fernseher bedeckt, der groß genug ist, um am Times Square zu hängen.

»Ich bin in meinem Büro«, sagt Nero und verschwindet.

Habe ich ihn mit dieser Bitte um Privatsphäre verärgert?

Gut.

Ich bin sicher, er könnte mir mehr über meine Eltern erzählen, wenn er es wirklich wollte.

Er will einfach nicht.

Ich ertappe mich dabei, wie ich im Raum hin und her gehe und merke, dass ich mich beruhigen muss.

Da ich dringend eine Ablenkung brauche, gehe ich zu einer Regalwand mit einer riesigen Blu-Ray-Sammlung.

Wie eigenartig. Hat Nero etwas gegen Streaming?

Ich schaue mir ein paar Filme nach dem Zufallsprinzip an. *The Wolf of Wall Street*, *The Big Short*, *Die Glücksritter*, *Risiko – Der schnellste Weg zum Reichtum*, *Der große Crash – Margin Call*, *Wall Street* – es gibt ein eindeutiges Muster für Neros Auswahl, und das ist fast traurig.

Selbst in seiner seltenen Freizeit schaut er sich Filme mit Bezug zu seiner Arbeit an.

Ich fühle mich etwas ruhiger, lasse meinen Hintern auf einen sehr bequemen Sessel fallen und schließe die Augen.

In diesem Moment bemerke ich es.

Es ist Stunden her, seit ich aufgewacht bin, und ich habe nicht meine Kräfte benutzt, um nach Vlad zu sehen.

Ich bin nicht sehr gut darin, mich für Rose um ihn zu kümmern.

Ich wette, Nero würde sich richtig etwas darauf einbilden, wenn er wüsste, wie hervorragend er mich abgelenkt hat.

Nun, mein Motto war schon immer »Besser spät als nie«.

Ohne die Augen zu öffnen, schlüpfe ich in den notwendigen Fokuszustand und erreiche in Rekordzeit den Leerraum.

———

ICH IGNORIERE MEINE UMGEBUNG, konzentriere mich auf Vlad, und meine Umgebung ändert sich.

Die Formen um mich herum lassen Angst und Trauer ertönen, die so stark sind wie die, welche die schicksalhafte Vision begleiteten, in der Felix und Maya getötet wurden.

Diese werden mir etwas ebenso Schreckliches zeigen.

Widerwillig fahre ich fort, die mir am nächsten liegende Form zu berühren, ohne die Länge zu ändern – ich versuche, aus meinen Fehlern zu lernen.

Der Widerstand ist erneut da und bestätigt meinen düsteren Verdacht.

Ich beiße mir auf meine nicht existente Zunge und zwinge meinen Schweif, die Form zu berühren.

Es funktioniert anfangs nicht, aber beim zwanzigsten Versuch öffnet sich der metaphorische Schlund der Vision, und ich falle hinein.

KAPITEL ZWEIUNDDREISSIG

ICH BIN KÖRPERLOS, umgeben von Wasser.

Da ist ein Pier. Auf dem Schild in der Ferne steht »St. George Staten Island Ferry Terminal«.

Es gibt nur eine Handvoll Leute, die auf dem Pier stehen, und alle haben ihren Rücken zu mir gedreht, mit Ausnahme von Vlad.

Der Ausdruck auf Vlads Gesicht erinnert mich an die wilden Samurai-Masken, die zweifellos dazu bestimmt sind, Gegner zu demoralisieren.

Diese Fremden sollten Angst haben.

Vlad geht vorwärts, und mein Standpunkt verändert sich, als ich nach oben auf seine Schulter schwebe.

Die anderen Leute auf dem Pier entpuppen sich als Koschei, Ariel, Lucretia und Gaius, plus drei schwarzgekleidete Vollstrecker, die ich von meinem katastrophalen Fernsehauftritt wiedererkenne.

Vlads Kopf neigt sich von Seite zu Seite. Er scheint

seine Gegner zu betrachten. Sein Blick verweilt weder bei Ariel, die ihn mit einem glasigen Gesichtsausdruck anstarrt, noch bei Lucretia, die aussieht, als wäre sie lieber woanders. Sein Fokus scheint auf Koschei zu liegen – zweifellos fällt ihm das Messer in der Hand des Mannes auf.

Das Messer, mit dem Rose getötet wurde.

Koschei tritt einen Schritt zurück, so als ob er von der Kraft von Vlads Blick dazu getrieben wird.

Schließlich richtet Vlad seine Aufmerksamkeit auf Gaius – der Lucretias Rapier hervorzieht.

»Du und dein verdammter Ehrgeiz«, knurrt Vlad, und sein Gesicht verwandelt sich in eine wilde Grimasse.

»Ich habe nur das Spielfeld ausgeglichen«, sagt Gaius kühl. »Ohne die Energieschübe deiner Haushexe bist du kein Gegner für mich, geschweige denn für uns alle.«

Wenn Gaius Vlad überwältigen wollte, war es ein taktischer Fehler, Rose zu erwähnen.

Wie eine Computeranimation verschwimmt Vlad durch die Schnelligkeit seiner Bewegungen.

Die drei Vollstrecker springen vorwärts und stellen sich zwischen Vlad und Gaius.

Vlads Faust tritt mit einem ekelhaften Knirschen die Brust des ersten ein.

Er zieht die Wirbelsäule des Mannes heraus und wirft sie auf den Pier.

Diesen Vollstrecker gibt es nicht mehr.

Ich schätze, das ist ein Weg, um einen Vampir zu töten.

Die beiden anderen Angreifer zögern – was Vlad zu seinem Vorteil nutzt, indem er ihre Köpfe packt und sie zusammenschlägt.

Sie explodieren wie Wassermelonen unter einer hydraulischen Presse.

Das ist ein zweiter Weg, um einen Vampir zu töten.

»Greift ihn an!«, schreit Gaius Lucretia und Ariel zu.

Die beiden Frauen nähern sich Vlad von links und rechts, während Koschei von vorn auf ihn zukommt.

Gaius bewegt sich um Lucretia herum – wahrscheinlich mit der Absicht, Vlad mit dem Rapier in den Rücken zu stechen.

Ariel kommt zuerst bei Vlad an, und für einen Moment zögert er – was ihr erlaubt, seinen linken Arm mit ihrer Superkraft zu ergreifen.

Vlad schlägt Ariel in die Brust – diesmal ohne zu zögern –, woraufhin sie in einem weiten Bogen ins Wasser fliegt, während Lucretia ihre Zähne in Vlads Hals versenkt und ein großes Stück herausreißt.

Vlad ignoriert die Schmerzen, ergreift Lucretia an den Schultern, reißt sie von seinem Hals weg und wirft sie auf der anderen Seite des Piers ins Wasser – eine Ablenkung, die Vlad teuer zu stehen kommt, weil sie es Koschei erlaubt, sein Messer in Vlads Brust zu vergraben.

Vlad zögert – was Gaius die Möglichkeit gibt, ihn mit dem Rapier in den Rücken zu stechen.

Vlad greift nach Koscheis Handgelenk und reißt die Hand ab, in der sich das Messer befindet. Dann wirft er sowohl die Hand als auch das Messer über seine Schulter fort und sticht Gaius ins Auge.

Gaius schreit vor Schmerz, behält aber die Fassung. Er reißt das Rapier heraus und sticht ihn erneut in Vlad.

Und noch einmal.

Vlad sinkt auf die Knie.

Koschei schaut fast mitleidig auf ihn herab.

Gaius sticht das Rapier mit einer schneidenden Bewegung in die Wunde, die Lucretia an Vlads Hals hinterlassen hat.

Das filigrane Rapier ist der Aufgabe nicht gewachsen, also reißt sich Gaius das Messer aus dem Auge und beendet damit seine grausame Aufgabe, Vlads Kopf abzuschneiden.

Koschei zuckt zusammen, als der Kopf wegrollt und Vlads kopfloser Körper auf den Boden fällt, während seine Cogniti-Aura verschwindet.

»Das wäre erledigt«, sagt Koschei zu Gaius. »Jetzt …«

KAPITEL DREIUNDDREISSIG

ICH BIN WIEDER in Neros Sessel, und Adrenalin pulsiert so schnell durch meine Venen, dass ich kaum nachdenken kann

Ich nehme mein Handy aus meiner Tasche und wähle Vlads Nummer, bekomme aber nur seine Mailbox anstatt eines Klingeltons, und höre, wie die automatisierte Sprachausgabe seines Dienstanbieters sagt: »Die Mailbox ist voll und kann zu diesem Zeitpunkt keine Nachrichten annehmen. Bitte versuchen Sie es später noch einmal.«

Er muss seine Mailbox eine ganze Weile nicht abgehört haben.

Ich denke darüber nach, ihm eine SMS zu schreiben, nicht nach Staten Island zu gehen, aber halte dann inne. Was, wenn meine Nachricht ihm erst die Idee gibt, dorthin zu gehen?

Stattdessen tippe ich: *Lass dich nicht mit Koschei ein. Ruf mich sofort an. Es geht um Leben und Tod.*

Ich warte ein paar Sekunden auf eine Antwort.

Keine kommt.

Entweder hat er sein Handy weggeworfen oder er achtet nicht darauf.

Oder ist er vielleicht so von Trauer überwältigt, dass ihm die Gefahr egal ist? Leider würde dies nur allzu gut zu den Tatsachen passen. Er sah seine überwältigend schlechten Chancen auf dem Dock und griff trotzdem an.

Nun, ich werde nicht zulassen, dass er das tut.

Nur, dass mir grundlegende Details fehlen – wie zum Beispiel, wann der Angriff stattfindet.

Die Vision spielte sich tagsüber ab, und jetzt ist tagsüber. Aber an welchem Tag? Habe ich Minuten oder Stunden?

Meine Intuition sagt mir, dass ich nicht viel Zeit habe, und ich fange an, meiner Intuition zu vertrauen.

Ich springe auf und laufe los, um Nero zu finden. Er sagte, er würde in seinem Büro sein. Wo ist das? Ist es das Zimmer, in dem ich seinen Safe geknackt habe – auch bekannt als das Zimmer, in dem wir uns geküsst haben?

Fast hyperventilierend versuche ich, nicht über die teuren Möbel zu stolpern. Wenn ich falle, wird es die Dinge um ein paar kritische Momente verzögern.

Gedanken summen in meinem Kopf wie wütende Bienen.

Das kann mir nicht noch einmal passieren.

Wenn ich es nicht verhindere, wird Vlad sterben. Und obwohl Ariels Schicksal in der Vision nicht endgültig war, könnte sie genauso ertrinken wie Lucretia.

Apropos Ariel – warum folgt sie Gaius' Befehlen?

Und warum arbeitet Gaius mit Koschei zusammen?

Dass Vlad Gaius' Ehrgeiz erwähnte, könnte ein Hinweis sein. Könnte es sein, dass er Vlads Job will? Er hat so geklungen, als ob Rose mit ihrer kraftverstärkenden Macht dem im Weg stand.

Ich platze in Neros Büro wie eine menschliche Rakete.

Er skypt mit jemandem und scheint mich nicht zu bemerken.

Ich komme rutschend vor ihm zum Stehen. »Ich brauche deine Hilfe.«

»Ich rufe dich zurück«, sagt er zum Bildschirm und schaut zu mir auf.

Ich rassele die Situation, so zusammenhängend ich nur kann, herunter.

Während ich spreche, vertieft sich Neros Stirnrunzeln. Als ich aber am Ende bin, wird sein Gesicht unleserlich.

»Wir können über New Jersey nach Staten Island fahren«, sage ich in einem Atemzug. »Aber vielleicht könnte es etwas schneller durch Brooklyn gehen, je nach Verkehrslage. Über das Wasser ist auch …«

»Wer sagt, dass wir irgendwo hingehen?« Nero erhebt sich mit bedrohlicher Anmut von seinem Stuhl.

»Hast du nicht ein Wort von dem gehört, was ich gerade gesagt habe?« Ich gehe mit zu Fäusten geballten

Händen auf ihn zu. »Vlad wird sterben. Ariel könnte …«

»Ariel ist eine Soldatin mit Superkräften«, winkt Nero ab. »Sie weiß, wie man schwimmt.«

»Aber Lucretia …«

»Hat sich in einen Vampir verwandelt, also wird sie jetzt sehr schwer zu töten sein.« Er verschränkt seine Arme vor seiner Brust. »Auch sie wird nicht ertrinken.«

»Aber Vlad …«

»Ist fahrlässig«, sagt Nero. »Einen Verdächtigen im Mord an seiner Geliebten ohne ordentliches Verfahren angreifen? Andere Vollstrecker angreifen – einschließlich des Mannes, der die Untersuchung leitet? Das wird für den Rat nicht gut aussehen.«

»Scheiß auf den Rat.« Ich starre ihn an. »Willst du damit sagen, dass du mir nicht helfen wirst?«

»Ich will damit sagen, dass du vielleicht Vlads Wunsch respektieren solltest, aus Rache Selbstmord zu begehen«, sagt Nero. »Ich sage auch, dass er posthum bekommen kann, was er will. Wenn Gaius und Koschei ihn töten, werden sie eine Grenze überschreiten. Mit dir als Zeugin, sind sie …«

»Das kann nicht dein Ernst sein.«

»Glaubst du nicht, dass das Vlads eigentlicher Plan sein könnte?« Seine Limbusringe bedecken den größten Teil seiner Augen. »Er kann den unsterblichen Koschei nicht allein töten, aber mit den Mitteln des Rates …« Er zuckt mit den Schultern.

Meine Hände ballen sich an meinen Seiten zu

Fäusten. »Ich habe Rose versprochen, dass ich mich um ihn kümmere.«

»*Dich um ihn kümmerst*«, wiederholt Nero, und ich kann fast die Anführungszeichen hören, die um diese Aussage liegen – was ihr eine schmutzige Note gibt.

Ist er eifersüchtig auf Vlad? Wenn ja, wie schlecht denkt er von mir? Rose ist noch nicht einmal unter der Erde. Vlad überhaupt unter einem romantischen Gesichtspunkt zu betrachten …

Ich atme tief durch und sage ruhig: »Abgesehen von Vlads Schicksal würde ich auch nie ein Risiko eingehen, wenn es um Ariels Leben geht. Sie benimmt sich nicht wie sie selbst, also gibt es keine Garantie, dass sie schwimmen wird, wenn Vlad sie ins Wasser wirft.«

Nero sieht für eine Sekunde nachdenklich aus. »Es klingt, als hätte Gaius sie bezirzt«, sagt er. »Sie *sollte* aber trotzdem instinktiv handeln.«

»Du klingst nicht sehr sicher.«

Nero schnaubt etwas Unverständliches und geht zu seinem Safe. Er versperrt mir die Sicht und gibt das Passwort ein, und die Metalltür öffnet sich.

Er nimmt ein Stück Papier heraus und starrt es ein paar Herzschläge lang an. »Ich bin vertraglich dazu verpflichtet, nicht in Brighton Beach aufzutauchen«, sagt er, ohne von dem Papier aufzusehen. »Das wurde als Baba Yagas Gebiet festgelegt.«

»Der Pier ist in Staten Island, also ist dieser Punkt kein Problem«, sage ich und gönne mir einen Hoffnungsschimmer.

»Baba Yagas Leute sind tabu.« Nero studiert noch immer das, was ich für den Vertrag halte.

»Wie ist das definiert?« Ich strenge mich an, das Papier selbst zu sehen, aber er entfernt es schnell aus meinem Blickfeld.

»Einige ihrer Leute, wie Koschei, sind namentlich aufgeführt«, sagt er. »Der Rest ist definiert als jeder, der sie bewacht ...«

»Gaius arbeitet nicht offiziell für sie«, sage ich triumphierend. »Das Gleiche gilt für die Vollstrecker und Lucretia. Bei Ariel kann man sagen, dass sie ihr Feind ist. Wenn wir sicherstellen könnten, dass sie sich nicht alle gegen Vlad verbünden, könnten er und ich uns um Koschei kümmern – was bedeutet, dass du den einzigen offiziellen Diener von Baba Yaga nicht anfassen musst.«

»Vielleicht würde ich damit der wörtlichen Interpretation des Vertrages folgen, aber nicht dem Geist des Vertrages.« Sein Griff um das Papier festigt sich, als er zu mir aufblickt.

»Russische Schläger haben versucht, mich zu töten«, erinnere ich ihn.

»Wir haben bereits herausgefunden, dass Baba Yaga nicht versucht, dich zu töten. Sie kann mich nicht anlügen.«

»Schön. Aber der Hauptzweck des Vertrages war, dass Baba Yaga mich nicht verletzt, oder?«

Nero nickt.

»Dann war sie die Erste, die seinen *Geist* gebrochen hat«, sage ich. »Als sie Rose tötete, tat sie mir weh.

Vielleicht war es kein körperlicher Angriff, aber ich hätte mir lieber eine Million blaue Flecken geholt.«

Allein davon, diese Worte zu sagen, tränen meine Augen – und ich lasse es zu, denn das hilft meiner Sache. Ich merke auch, dass ich gerade die Unter-der-Gürtellinie-Taktik verdoppelt habe, indem ich Nero an den Tag erinnert habe, als mir ein von ihm angeheuerter Ork einen dicken Bluterguss verpasst hat. Wenn man bedenkt, wie brutal Nero daraufhin die gesamte Ork-Crew abgeschlachtet hat, könnte es dort noch einige Schuldgefühle geben.

Und es sieht so aus, als ob etwas, was ich gesagt habe, zu ihm durchgedrungen ist – zumindest hoffe ich, dass das der Grund für die aufgewühlten Gefühle auf Neros Gesicht ist. Bei ihm weiß man aber nie. Vieles hängt von etwas ab, was Nero vielleicht nicht besitzt.

Einem Gewissen.

»Verdammt«, knurrt er und wirft das Papier wütend zurück in seinen Safe. »Ich werde dir helfen.« Er holt eine Waffe aus dem Safe. »Aber nur damit du es weißt: Wenn Gaius oder die anderen sagen, dass sie für Baba Yaga arbeiten, sind mir die Hände gebunden.«

»Ich verstehe. So oder so, ich hätte immer noch die Chance, Vlad zu warnen, indem ich ihm von meiner Vision erzähle. Außerdem, wenn sie sagen, dass sie für Baba Yaga arbeiten, sind sie an deinen Vertrag gebunden und können mir somit nichts tun. Das könnte mir einen Vorteil verschaffen.«

»Der Vertrag umfasst Selbstverteidigung.« Er gibt

mir die Waffe, und ich bemerke, dass es meine ist – oder besser gesagt die, die ich neulich dem Schläger gestohlen habe. »Wenn du Baba Yaga oder ihre Leute angreifst«, fährt Nero fort, »haben sie das Recht, sich zu wehren, auch wenn sie dir dabei etwas antun – deshalb wirst du das *nicht* machen.«

Ich möchte ihn fragen, wofür die Waffe in diesem Fall gedacht ist, aber beschließe, das lieber nicht anzusprechen.

»Komm.« Er packt mein Handgelenk und schleppt mich im Laufschritt aus dem Büro.

Wir sprinten durch das Penthouse, bis wir bei etwas ankommen, was ich noch nie hier gesehen habe – einer Glastreppe, die zum Dach führt.

Bevor ich ihn dazu befragen kann, blicken wir schon auf die Stadt, die sich unter uns erstreckt.

Aber es ist nicht die Aussicht, die mir den Atem raubt.

Es ist unser Transportmittel, das dort steht.

Ein glänzender Hubschrauber.

Ich muss es Nero lassen. Wenn er anbietet, zu helfen, dann tut er das mit Stil.

NERO LEGT mir ein Headset über die Ohren und startet die beeindruckende Maschine. Ich beobachte mit offenem Mund, wie das Gebäude unter uns immer kleiner wird.

Dieser Ausblick ist der feuchte Traum eines jeden Touristen.

»Drück den Knopf am Ohr, wenn du reden willst«, sagt Nero in meinem Headset.

Ich drücke die Taste. »Ich wusste nicht, dass du Hubschrauber fliegen kannst.«

Er schnaubt nur etwas, während wir uns dem Empire State Building zuwenden.

»Wow«, sage ich, ohne den Knopf zu drücken. »Wenn das keine Rettungsmission wäre, würde ich das wahrscheinlich wirklich genießen.«

Andererseits, wenn dies keine Rettungsmission wäre, würde ich Nero verdächtigen, zu versuchen, mich im Stil von Christian Grey zu verführen.

»Ich muss mein Gespräch von vorhin weiterführen«, sagt Nero. »Bitte lass dein Headset auf stumm. Sie ist sehr verschlossen, was ihre Fähigkeiten betrifft.«

Sie?

Ich habe keine Gelegenheit, nachzufragen, weil Nero etwas an das Headset-System anschließen muss, und dann höre ich einen Rufton.

Jemand nimmt sofort ab, und eine angenehme Frauenstimme sagt: »Wenn das nicht Mr. Bowser ist.« Sie kichert. »Es sieht dir nicht ähnlich, dass du gerade dann auflegst, wenn die Dinge interessant werden.«

Bowser?

Meint sie diese Figur aus einem Videospiel, die der Erzfeind von Mario ist? Ich könnte das irgendwie nachvollziehen. Obwohl Nero nicht wie der Schildkröten-Dinosaurier-Hybrid aus dem Spiel aussieht, ist Bowsers Stimme auch sehr tief.

Ich mag diese Person und ihren Sinn für Humor jetzt schon.

»Frau Spade«, sagt Nero, »bitte weiter mit dem Update.«

Ah. Das ist die mysteriöse Bailey Spade alias Freda Krueger.

Ich ignoriere den zum Sterben schönen Blick auf die Skyline der Stadt, lehne mich auf meinem Platz nach vorn und bereite mich darauf vor, aufmerksam zuzuhören – etwas, was von dem Brüllen der Rotoren erschwert wird.

»Du hattest recht«, sagt Bailey und klingt jetzt

ernster. »Baba Yaga *träumt* von einem Sitz im Rat. Sie scheint sich sicher zu sein, dass einer frei werden wird und dass sie ihn bekommt. Leider habe ich nicht mehr Details als diese. Die Frau schläft selten. Wahrscheinlich wegen ihres Melatoninmangels. Je älter wir werden, desto weniger produzieren wir.«

Melatoninproduktion? Selten schlafen? Was hat das mit irgendetwas zu tun?

»Was ist mit Koschei?« Nero dreht den Hubschrauber in Richtung meines benachbarten Stadtviertels. »Wir waren uns einig, dass du …«

»Er ist ein paar Gefälligkeiten davon entfernt, sich von Baba Yaga zu befreien – was *sein* größter Traum ist«, antwortet sie. »Danach plant er, in die Otherlands zu fliehen. Ich bin mir immer noch nicht sicher, ob er Zugang zu einem privaten Tor hat oder nicht. Ich bin mir ziemlich sicher, dass er nicht so gekauft oder zur Vernunft gebracht werden kann, wie du es dir erhofft hast.«

Ich bedauere zutiefst, dass ich zugestimmt habe, so zu tun, als sei ich nicht am Telefon. Ich habe so viele Fragen, dass ich das Gefühl habe, dass ich gleich platze.

»Irgendwelche zufälligen Entdeckungen?«, fragt Nero, als wir uns dem Hafen nähern.

»Ja. Eine riesige.« Bailey klingt unglaublich aufgeregt. »Baba Yaga hat einen Verbündeten. Du wirst nie erraten, wer es ist.«

»Gaius?«, knurrt Nero.

»Woher wusstest du das?« Bailey klingt wie eine

Fünfjährige, die zu Weihnachten ein Paar Socken auspackt.

»Ich habe meine Quellen«, sagt Nero. »Erzähl mir jedes Detail.«

»Er hat ihr seine Loyalität bewiesen, als er nach Russland gereist ist, um einen ihrer Feinde zu töten, den sie schon lange tot sehen wollte«, sagt Bailey. »Er will auch einen Ratssitz bekommen und Vlads Rolle als Anführer der Vollstrecker übernehmen.«

Ich löse meinen Blick von der Freiheitsstatue und zwinge mein überwältigtes Gehirn, das zu verarbeiten, was ich gerade gehört habe.

Meine Vermutung war richtig. Es war Gaius, der Baba Yaga bat, Rose zu töten. Wie ich während Ariels Rettung sah, hatte Rose die Möglichkeit, Vlad mächtiger zu machen, und war somit ein Hindernis für Gaius – der Vlad stürzen wollte.

Dann fällt mir etwas ein.

Kurz bevor Gaius nach Russland gereist ist, rief Ariel mich von seinem Telefon aus an – und dann hatte Baba Yaga auf mysteriöse Weise meine Nummer.

»Was ist mit Ariel?«, fragt Nero. »Wie passt sie da rein?«

»Moment, woher weißt du, dass ich sie kenne?«, Bailey klingt verwirrt.

»Sie und Gaius kennen sich«, sagt Nero. »Ich wusste nicht, dass du sie auch kennst.«

»Oh. Aber das tue ich.« Bailey klingt erleichtert über seine einfache Erklärung. Sie muss von seiner Tendenz wissen, Menschen auszuspionieren. »Ich kenne Ariel von meiner Arbeit in der Reha, was bedeutet, dass das Reden über sie meine Schweigepflicht verletzen würde.«

Sie kennt Ariel aus der Reha?

Moment mal.

Felix *hat* sie erwähnt.

Er hat gesagt, er hätte eine Freundin in der Reha-Einrichtung, die in die Träume der Menschen eintreten und sie auf diese Weise heilen könne.

Sie muss diese Freundin sein.

Aber es hört sich an, als ob sie mehr tun könne, als mit ihren Kräften zu heilen.

Sie kann sie benutzen, um Informationen aus den Träumen der Menschen zu erhalten – etwas, über was ich in Darians Erinnerungen gestolpert bin.

Und jetzt ergibt dieser Kommentar über die Schlafgewohnheiten von Baba Yaga Sinn. Sie ist in die Träume der Hexe eingedrungen.

Was für ein widerwärtiger Ort *das* gewesen sein muss.

»Was kannst du mir sagen, ohne die Schweigepflicht zu brechen?«, fragt Nero. »Ariels Sicherheit steht auf dem Spiel. Gaius wird sie benutzen, um Vlad anzugreifen – und du kannst dir vorstellen, wie gefährlich das für sie sein wird.«

»Sie macht gute Fortschritte«, sagt Bailey. »Sie will jetzt ihre Sucht loswerden. Sie war kurz davor ...«

»Mit einem Vampir rumzuhängen scheint deine Theorie nicht zu unterstützen.« Nero fummelt am Armaturenbrett, als wir uns Staten Island nähern.

»Er hat sie wahrscheinlich für ihre Mithilfe bezirzt«, sagt Bailey. »Nach einer Woche Reha ist der Patient am anfälligsten dafür.«

»Also glaubst du nicht, dass sie wieder an seinem Blut hängt?«, fragt Nero, und ich möchte ihn dafür küssen.

Das ist die Frage, die mich am meisten beunruhigt hat.

»Ich bezweifle es«, sagt Bailey. »Ihr in dieser Phase des Entzugs Blut zu geben würde sie weniger anfällig für das Bezirzen machen.«

»Ich muss weg«, sagt Nero, als wir uns einem großen Baseballstadion nähern. »Du hast gute Arbeit geleistet.«

»Danke. Nun zu meiner Entschädigung …«

»Die werden wir in Kürze besprechen.« Nero beginnt unseren Abstieg. »Ich muss jetzt wirklich weg.«

»Bis später«, sagt sie.

Nero legt auf und landet den Hubschrauber.

»Home of the Staten Island Yankees«, sagt er, als wir unsere Kopfhörer abnehmen. »Wir sind nur einen Katzensprung entfernt.«

»Lass uns einen Sprint daraus machen«, entgegne ich, als wir aussteigen, und ohne eine Antwort abzuwarten, fange ich an zu laufen.

Nero holt mühelos auf und rennt dann voraus – wahrscheinlich, um seine Landung der Stadionsicherheit zu erklären. Das – oder um diesen

Ort zu kaufen, vorausgesetzt, er besitzt ihn nicht schon.

Aber er hatte recht.

Es dauert nicht lange, bis wir auf den Pier stürmen, der genauso aussieht wie der in meiner Vision – bis hin zu Vlad und dem Rest der Gang.

Allerdings sind wir zu spät.

KAPITEL FÜNFUNDDREISSIG

GENAUSO WIE IN meiner Vision verschwimmt Vlad, weil er sich so schnell bewegt.

Die drei Vollstrecker stellen sich wieder zwischen Vlad und Gaius.

»Vlad, nein!«, schreie ich.

Es funktioniert nicht.

Dem Skript der Vision folgend, dringt Vlads Hand in die Brust eines Vollstreckers ein und zieht die Wirbelsäule heraus.

Verdammt nochmal.

Nach dem, was Nero gesagt hat, wollte ich verhindern, dass Vlad diese Grenze überschreitet. Das Töten anderer Cogniti, insbesondere eines Vollstreckers, wird ihn beim Rat in Schwierigkeiten bringen.

Zumindest, wenn es herauskommt.

Apropos Nero … er rast noch schneller als Vlad den Pier hinunter.

Getreu ihrem tödlichen Skript zögern die beiden anderen Vampire vor Vlad.

Da ich nicht hoffen kann, Neros Geschwindigkeit zu erreichen, nehme ich stattdessen meine Waffe heraus.

Vlad packt wieder ihre Köpfe.

Sie explodieren.

Ich ziele vorsichtig auf Koscheis Kopf, bete, dass ich nicht versehentlich Ariel treffe, und drücke ab.

Koscheis Stirn zerbricht in blutige Stücke, und er fällt vornüber tot auf den Pier.

In der Vision befahl Gaius Lucretia und Ariel, anzugreifen, aber das scheint er jetzt nicht zu tun.

Jeder, auch der jetzt wiederauferstandene Koschei, schaut auf die Quelle des Schusses, und das ist der Moment, in dem sie sehen, dass Nero nur einen Sprung von ihnen entfernt ist.

»Tauchen«, befiehlt Gaius Lucretia und Ariel – und springt selbst ins Wasser.

»Nero, schnapp dir Ariel!«, rufe ich.

Nero macht einen Satz auf sie zu, aber Ariel springt ins Wasser, bevor er die Chance hat, sie zu ergreifen.

Gleichzeitig sprintet Koschei zum Rand des Piers.

Vlad rast hinter ihm her, aber Koschei schafft es, ins Wasser zu springen – und Vlad ihm hinterher.

Nero beobachtet die Wasseroberfläche aufmerksam, aber kein einziger Kopf taucht wieder auf.

Dann sehe ich Ariel das andere Ende des Pier hinaufklettern.

»Wir müssen sie fangen«, sage ich Nero und laufe zurück.

Nero überholt mich, aber als ich endlich die Straße erreiche, sehe ich, dass er sich frustriert umschaut.

»Wo ist sie?«, frage ich.

»Sie war weg, als ich ankam«, sagt er grimmig. »Sie muss es geschafft haben, von einem vorbeifahrenden Auto mitgenommen zu werden.«

»Sie war klatschnass«, sage ich. »Welcher Mann bei klarem Verstand würde …«

Ich höre auf, als ich merke, dass das, was ich sage, falsch ist.

Selbst in nasser Kleidung ist Ariel so wunderschön, dass nur wenige Männer es ablehnen würden, ihr zu helfen.

Eigentlich wäre die nasse Kleidung sogar eine Hilfe.

Ich bedecke meine Augen mit meinen Handflächen und fluche leise vor mich hin.

Nero legt beruhigend eine Hand auf meine Schulter. »Vlad lebt«, murmelt er. »Und Ariel auch. Du weißt, wie viel schlimmer das hätte ausgehen können.«

»Du hast natürlich recht.« Ich lasse die Arme sinken und widersetze mich dem Drang, zu fragen, warum ich mich wie eine Versagerin fühle, wenn ich es doch so gut gemacht habe. »Und was jetzt?«

»Ich habe dir schon ein Taxi bestellt«, sagt Nero. »Ich werde zurückbleiben und mein Bestes tun, um Vlads Ausraster zu vertuschen.«

Ein Auto hält neben uns am Bordstein.

Nero deutet der Fahrerin an, dass sie ihr Fenster

aufmachen soll, gibt ihr einen Hundert-Dollar-Schein, und ohne ihn loszulassen fragt er: »Wollen Sie Sasha schaden?« Er zeigt auf mich.

»Was?« Die Frau sieht aus, als würde sie darüber nachdenken, wegzufahren, aber der Anblick des Geldes muss zu verlockend sein.

»Ich weiß, ich klinge wie ein überfürsorglicher Freund, aber bitte beantworten Sie mir meine Frage.« Nero schenkt ihr ein schockierend charmantes Lächeln. »Haben Sie irgendwelche schlechten Absichten gegenüber dieser Frau?«

»Ich kenne sie doch gar nicht«, sagt die Fahrerin und schnappt sich die hundert Dollar. »Und nein, ich will ihr nichts tun.«

»Danke.« Nero öffnet mir ganz gentlemanlike die Tür. Er beugt sich so weit nach vorn, dass er fast meine Wange küsst, und flüstert: »Gute Fahrt.«

Als ich ins Auto steige, brennt meine Haut, wo seine Lippen sie berührt haben.

Die Fahrerin fährt los und betrachtet mich dann im Rückspiegel.

»Ich weiß.« Ich erwidere ihren Blick. »Überfürsorglich ist eine Untertreibung.«

»Ich verstehe aber, warum Sie das hinnehmen.« Sie zwinkert mir zu. »Ich treffe viele Menschen, aber selten solche Männer.«

Ich seufze, und wir fahren eine Weile in Stille.

»Wohin bringen Sie mich?«, frage ich, als wir auf den Highway fahren.

Sie neigt ihre Navigations-App zu mir und klickt

auf den Bildschirm.

Wie ich vermutet habe, ist Neros Penthouse das Ziel.

Das geht gar nicht! Ich möchte mit Felix von Angesicht zu Angesicht sprechen, in meinem eigenen Bett schlafen und mit Fluffster kuscheln.

»Können Sie bitte das Ziel ändern?«, frage ich sie. »Ich möchte, dass Sie mich in die Innenstadt bringen – was für Sie eine kürzere Fahrt für das gleiche Geld bedeutet.«

»Kein Problem«, sagt sie. »Wie ist Ihre Adresse, meine Liebe?«

Ich sage sie ihr.

Wir fahren auf die Verrazano-Narrows Bridge und landen im Stau.

Na ja, wenigstens ist die Aussicht spektakulär.

Als ich auf das Wasser in der Ferne starre, kann ich mich genug beruhigen, um zu erkennen, dass ich Nero über meine Entscheidung, nach Hause zu gehen, informieren sollte. Ich nehme mein Handy heraus und schreibe ihm eine Nachricht mit der Planänderung.

Nero antwortet fast sofort: *Du wärst in meinem Appartement sicherer.*

Danke, schreibe ich zurück. *Aber als wir über die Sicherheit von Felix sprachen, hast du selbst gesagt, dass meine Wohnung gut beschützt ist.*

In Ordnung, schreibt Nero zurück. *Ich sehe dich morgen zur üblichen Zeit auf der Arbeit. Eine Limousine wird auf dich warten.*

Ich schreibe nichts Schnippisches zurück, auch wenn meine Finger jucken.

Will er damit andeuten, dass ich hätte schwänzen können, wenn ich bei ihm geblieben wäre?

Nee. Es ist unmöglich, dass er sich einen zweiten Tag freinehmen würde, um mir Gesellschaft zu leisten. *Dafür* bedarf es einer Katastrophe auf Auslöschungsebene.

Andererseits hatte er vielleicht heute Abend ein Abendessen bei Kerzenlicht für uns geplant.

Ja, sicher.

Und dabei halten wir Händchen und essen die Leber eines rosafarbenen, unsichtbaren Einhorns. Vielleicht mit ein paar Favabohnen und einem schönen Chianti.

Das Auto vor uns fährt einen Zentimeter nach vorn.

Das wird eine lange Fahrt, aber es gibt etwas, was ich tun kann, um mir die Zeit zu vertreiben.

Ich kann eine Vision haben, um sicherzustellen, dass es Vlad und Ariel gut geht.

Entschlossen sammele ich meine mentale Kraft und erreiche schnell den Leerraum.

———

ICH SCHWEBE zwischen den Formen und frage mich, wie ich am besten vorgehen soll.

Mit wem soll ich anfangen? Vlad oder Ariel?

Die Dame zuerst, schätze ich.

Ich konzentriere mich auf Ariels Essenz, bis ein neuer Satz von Formen auftaucht.

Sie spielen eine beruhigende Musik, also habe ich ein gutes Gefühl dabei – vorausgesetzt, die Vision, die ich wähle, wird sich um Ariel drehen.

Ich berühre die Form.

———

ARIEL SITZT mit glasigen Augen in einem Auto.

Der Ausblick vor ihrem Fenster sieht aus wie New Jersey, es könnte aber auch Staten Island sein.

Sie fährt.

Und fährt.

Und fährt.

———

ICH KOMME ZURÜCK in mein eigenes, im Verkehr feststeckendes Auto.

Die Vision, die ich gerade gesehen habe, beweist, dass Ariel vorerst in Ordnung ist. Wenn ihre Fahrt lange genug ist … wird Gaius' Bezirzen dann vielleicht seine Wirkung verlieren und sie nach Hause kommen?

Das wäre fantastisch, aber ich werde keine voreiligen Freudensprünge machen.

Auf jeden Fall ist jetzt Vlad an der Reihe.

Ich gehe zurück in den Leerraum und denke an Vlad.

Eine Horde von Formen taucht auf, als es mir gelingt.

Ich betrachte sie überrascht.

Das sind viele Formen – viel mehr als sonst.

Interessanter ist, dass einige der weit auseinanderliegenden Formen sich in Farbe, Temperatur und Form sehr stark voneinander unterscheiden.

Ich frage mich, ob das Einzige, was sie gemeinsam haben, Vlad ist, aber ansonsten von verschiedenen Orten, Zeiten und Ereignissen sind.

Die Musik, die sie spielen, ist jedoch gleichermaßen unheimlich – was bedeutet, dass ich sie alle sehen muss, um sicherzustellen, dass Vlad nicht in Gefahr ist.

Aber wie?

Wenn ich eine berühre, sehe ich eine Vision, und das war's.

Es gibt keine Garantie dafür, dass ich diesen ganzen Haufen Visionen auch bei meiner nächsten Reise in den Leerraum vorfinden werde.

Was ich brauche, ist, sie irgendwie alle zu sehen, nicht nur eine.

Aber ich habe keine Möglichkeit, das zu tun.

Wenn ich Lungen hätte, würde ich seufzen, aber da ich keine habe, versuche ich zum x-ten Mal, Darian zu rufen.

Er weiß vielleicht, wie man das macht, woran ich gerade gedacht habe – und wenn ich Glück habe, hat er Ratschläge zu diesem ganzen Baba-Yaga-Debakel.

Oh, und wenn er mir antwortet, muss ich ihn

fragen, wie man bei diesen Gesprächen *auflegt*, ohne den Leerraum zu verlassen. Ich will nicht all diese Visionen verlieren.

Leider will Darian immer noch nicht auf meine Rufe reagieren.

Oder er kann nicht.

Ich schwebe, in Gedanken versunken, umgeben von den vielfältigen Vlad-bezogenen Formen.

Dann fällt mir etwas ein.

Darian ist nicht der einzige Seher, den ich kenne.

Ich habe auch einen anderen getroffen – Jaroslav, den Bannik.

Sobald mir diese Erkenntnis kommt, möchte ich mich mit meinem ätherischen Schweif schlagen, weil ich nicht früher daran gedacht habe.

Es gibt eigentlich zwei Möglichkeiten, mit dem Bannik zu sprechen, an die ich gedacht haben sollte: den Leerraum und die reale Welt.

Schließlich ist Baba Yaga auch an Neros Vertrag gebunden und darf mir keinen Schaden zufügen. Bedeutet das nicht, dass ich ungehindert in die Banja gehen und mit wem ich will reden kann?

Theoretisch ja, aber ich würde diesen Verträgen nicht mit meinem Leben vertrauen.

Also dann Leerraum.

Ich beginne mit seinem beeindruckend heißem Auf-einer-einsamen-Insel-gestrandet-Aussehen und tue dann mein Bestes, um zu seiner Essenz zu gelangen, indem ich mich an das erinnere, was er getan hat. Er hat mich aus Baba Yagas Klauen entkommen lassen, obwohl er ihrer Gnade ausgeliefert sein würde. Er half mir mit seinem komplizierten Plan. Ich kann mir fast seine tiefen, traurigen Augen vorstellen. Seine …

Ich muss mich in diesem Beschwörungszeug verbessert haben, weil eine sich bewegende Form neben mir erscheint – an der Seite der Vlad-bezogenen Formen.

Es ist eindeutig die gleiche Spezies wie die von Darian neulich, aber diese Version des Menschen unterscheidet sich genauso sehr von Darian wie zwei beliebige Menschen voneinander.

Na ja, wird schon schiefgehen.

Ich strecke mich nach dem aus, von dem ich hoffe, dass es Jaroslaw ist.

Er pulsiert vor Aufregung, und ich habe den Eindruck, dass er gleichzeitig nach mir greift.

Die Verbindung ist hergestellt.

Aus Mangel an einem besseren Begriff fallen wir ineinander.

KAPITEL SECHSUNDDREISSIG

EINE BLASSE FRAU liegt mit dem Gesicht nach unten auf einem Handtuch vor mir, und der umgebende Dampf kondensiert auf ihrem nackten Fleisch zu großen Tropfen.

Ich bin ihr viel zu nahe, also versuche ich, wegzugehen – aber bemerke, dass ich das nicht kann.

Natürlich.

Ich bin in Jaroslavs Erinnerung. Das passt. Mit meinem Glück und unter den gegebenen Umständen wird gleich etwas nicht Jugendfreies geschehen.

Das bin besser nicht ich, auf die er in einer Zukunftsvision starrt.

»So schön«, sagt Jaroslavs Stimme in meinem Kopf, als er die Frau mit den Birkenästen, die er in seiner Hand hält, schlägt.

Der Gedanke war auf Russisch, aber weil ich in Jaroslavs Gedächtnis bin, verstehe ich den Gedanken genauso, als wenn er in meinem eigenen Kopf entstanden wäre.

»Das ist die seltsamste Sitzung, die ich jemals mit einem Patienten hatte«, sagt die Frau mit vertrauter Stimme.

»Heißt das, du willst, dass ich aufhöre?«, frage ich mit Jaroslaws melodiösem russischen Akzent.

»Erpresst du deine Therapeutin?« Die Frau schaut über ihre Schulter und bestätigt meinen Verdacht.

Es *ist* Lucretia.

IN DER MITTE der absoluten Schwärze der Leere leuchtet ein Synapsen-Hologramm auf, das ich als Jaroslaw erkenne.

Genau wie Darian ist der Bannik durchsichtig und an diese unheimliche Form gebunden, die seine Darstellung im Leerraum ist.

Wie zuvor bin ich auch wieder ein Hologramm – verbunden mit dem Wesen, das ich bin, welches wiederum mit ihm auf der Leerraum-Ebene verwoben ist – oder wie auch immer das funktioniert.

»Ich habe mich gefragt, ob du genug Macht hast, um das zu tun.« Jaroslaw schaut mich bewundernd von oben bis unten an. »Ich hätte nicht an dir zweifeln sollen.«

»Danke.« Ich schwebe einen Zentimeter tiefer. »Ich bin hier, weil ich dringend eine Seherausbildung brauche. Kannst du mir helfen?«

»Natürlich«, sagt er. »Aber wir sollten lieber schnell sein – Gespräche wie diese kosten eine Menge Energie.«

Klingt, als hätte Darian in diesem Punkt nicht gelogen. Das ist das erste Mal. Mal sehen, ob er bei etwas anderem gelogen hat. »Kurze Frage: Hast du irgendwelche Erinnerungen von mir gesehen, als wir uns verbunden haben?«

»Ich hatte nicht das Vergnügen«, antwortet Jaroslaw enttäuscht. »Was ist mit dir? Hast du irgendwelche Erinnerungen von mir gesehen?«

»Nur ein Blick darauf, wie du in der Banja bist«, sage ich. »Einen ganz kurzen Blick.«

Er sieht erleichtert aus, also ist es für mich völlig in Ordnung, dass ich ihn durch meine Unterschlagung quasi angelogen habe.

Und Überraschung! Darian *hat* gelogen, als er behauptete, dass es sich um Halluzinationen handelte. Die Leerraum-Gespräche der *Seher* erlauben es jedem Seher, die Erinnerungen des anderen zu sehen.

Gut zu wissen.

»Also, was wolltest du lernen?«, fragt Jaroslav schnell. »Die Zeit ist gerade nicht unser Freund.«

Richtig. Der Deadline wegen des Machtverlusts.

Ich erkläre ihm schnell, was ich mit der Horde von Vlad-bezogenen Visionen zu tun versuche.

»Das ist einfach«, sagt er. »Du initiierst sie einfach alle auf die gleiche Weise wie sonst eine.«

»Ich berühre sie irgendwie alle auf einmal?« Ich

schwebe ein wenig vor Aufregung nach oben. »Ich dachte, ich könnte nur eine berühren.«

»Wenn du bereit bist, so viel Kraft zu verbrauchen, und wenn du genug davon hast, kannst du sehr viele Visionen auf einmal berühren.«

Ich schwebe noch höher. Ich kann es kaum erwarten, wieder in den Leerraum zu gehen und das auszuprobieren.

»Gibt es auch eine Möglichkeit, eine Zukunftsvision von jemandem zu einer bestimmten Zeit und einen bestimmten Ort zu bekommen?«, frage ich und denke, dass ich diese Gelegenheit voll ausnutzen sollte.

»Es gibt vielleicht einen Weg, das zu tun, aber ich selbst habe ihn noch nicht gefunden. Stattdessen tue ich, was du sagst, aus dem Bauch heraus.« Er greift nach seinem holographischen Bart, aber seine Hand geht durch ihn hindurch.

Moment.

Etwas ist seltsam an dieser Hand.

Ich betrachte sie genauer und erkenne, was dieses Etwas ist.

Jaroslavs Zeigefinger fehlt.

Seltsam.

Der Finger war da, als ich ihn das letzte Mal sah.

Als er bemerkt, wo ich hinschaue, runzelt er die Stirn. »Handlungen haben Konsequenzen.« Er fliegt nach vorn, damit ich mir den Schaden genauer ansehen kann.

In Nahaufnahme sieht er wirklich schlimm aus.

Wie als wenn etwas oder jemand seinen Finger abgebissen hat.

Vor kurzem.

»Hat Baba Yaga das getan?« Ich falle fast einen halben Meter und schwebe dann wieder hoch, um mit ihm auf Augenhöhe zu sein.

»Nach deiner Flucht aus der Banja bat sie Koschei, meine Strafe zu wählen.« Jaroslavs Hände ballen sich zu Fäusten. »Der Bastard hat sich Zeit gelassen.« Er schwebt wie ein Herbstblatt nach unten, und ich folge ihm unbewusst.

»Ich hätte nicht gedacht, dass ich Koschei noch mehr hassen könnte, als ich es bereits tue«, sage ich. »Klingt, als hätte ich mich geirrt.«

»Du hasst ihn?«, Jaroslaw schaut mir in die Augen.

Mein holographischer Kiefer strafft sich. »Ihn und Baba Yaga. Sie …«

»Hör zu, wir haben fast keine Zeit mehr, aber ich muss dir etwas über Koschei erzählen.« Der Bannik bewegt sich auf und ab. »Er machte einen Fehler, als er mich – einen Seher – zu einem so motivierten Feind machte. Jedes Stück meines Fingers, das er nahm, trieb mich an, mehr von meiner Kraft zu nutzen. Ich habe mir unzählige Zukünfte angesehen, um Koscheis dauerhaften Tod zu suchen, und schließlich habe ich ihn gefunden.«

»Das hast du?« Ich schwebe hoch. »Er *kann* getötet werden?«

»Ich weiß nicht, ob es auch bei *dir* klappen würde«, sagt er. »In meiner Vision war ich derjenige, der es getan hat. Ich fand eine Zukunft, in der ich frei war, weißt du, und ...«

»Ich dachte, wir hätten wenig Zeit. Sag mir einfach die wichtigsten Teile.«

»Du hast recht«, sagt er. »Ich sah mich selbst in das Otherland namens Buyan reisen. Ich übernachtete im Golden Hare Inn. Zum Abendessen bestellte ich Enteneier, und da gab es eine Na...«

KAPITEL SIEBENUNDDREISSIG

ICH BIN WIEDER IM AUTO.

Mist.

Ich hatte nie die Gelegenheit, ihn zu fragen, wie ich unser Gespräch beenden könnte, ohne den Leerraum zu verlassen.

Jetzt muss ich nur noch hoffen, dass ich diesen großen Haufen von Vlad-bezogenen Visionen wiederfinden kann.

Noch wichtiger ist, dass er mir nicht gesagt hat, wie ich Koschei dauerhaft töten soll.

War Jaroslaw dabei, zu sagen, dass es eine Natal-Pflaume gab, eine Obstpflanze mit leuchtend roten Früchten, die am Gasthaus wächst?

Oder gab es eine Nashi auf seinem Teller neben den Enteneiern?

Ich hatte so viele Dinge, die ich ihn fragen wollte. Außerdem hatte ich nicht einmal die Gelegenheit, ihm zu sagen, was mit Lucretia – die eindeutig seine heimliche Freundin ist –passiert ist.

Es wird wahrscheinlich nicht funktionieren, aber ich muss versuchen, wieder Kontakt zu Jaroslav aufzunehmen.

Ich beruhige meine Nerven und betrete erneut den Leerraum.

Als die Formen mich umgeben, überkommt mich Erleichterung. Ich hätte diejenige sein können, die ihre Macht verloren und somit das Gespräch kurzgeschlossen hat, aber es muss Jaroslav gewesen sein.

Ich versuche trotzdem, ihn zu rufen.

Es funktioniert nicht.

Na schön. Ich schätze, ich komme auf das zurück, was das Ganze ausgelöst hat: die Visionen von Vlad.

Ich denke auf die gleiche Weise wie vorher an Roses Liebhaber.

Ein großer Haufen von Formen erscheint um mich herum.

Wie die Ansammlung von vorhin sind diese Formen nicht homogen, aber – und dabei verlasse ich mich nur auf meine Erinnerung – ich glaube nicht, dass es *dieselbe* Gruppe wie vorher ist. Es ist fast so, als hätte ich jetzt eine brandneue Reihe von Visionen über Vlad – alle so düster wie die vorherigen, aber von anderen Ereignissen.

Zeit, die Worte des Banniks auf die Probe zu stellen und einen Haufen Visionen auf einmal zu aktivieren.

Er sagte, es sei leicht, und ich solle einfach das tun,

was ich normalerweise tun würde, aber normalerweise strecke ich mich einfach mit dem, was ich einen ätherischen Schweif nenne, aus – etwas, was ich mir irgendwie als eine einzige Sache vorgestellt habe.

War ich der Wahrheit näher, als ich den Schweif noch als nebulöses Anhängsel betrachtete? Sollte ich mir nun doch mein Leerraum-Selbst als eines der Monster von Lovecraft vorstellen?

Ich schaue mir eine Handvoll Vlad-Visionen an und wähle diejenigen aus, die sich besonders stark voneinander unterscheiden.

Nachdem ich meine Auswahl getroffen habe, versuche ich, sie alle zu berühren, aber nichts passiert.

Okidoki.

Gehen wir anders an die ganze Sache heran.

Ich stelle mir vor, ich sei ein Oktopus – viele Gliedmaßen, keine Wirbelsäule und mit einem Bewusstsein, dass sich in meinem ganzen Körper verteilt.

Das, oder einfach Ausdauer, ist der Trick.

Eine Reihe von Schweifen respektive Anhängseln streckt sich gleichzeitig zu den Formen aus, die ich anvisiert habe.

Als eins ziehen mich die Formen hinein, und ich befürchte, dass ich auseinandergerissen werden könnte.

Aber nein. Einen Moment lang fühle ich mich einfach, als wäre ich an mehreren Orten gleichzeitig – und dann wirbelt mein Bewusstsein weg.

———

VLAD NÄHERT sich einem anderen Vollstrecker und hebt seine Hand zu dem Gesicht des Mannes.

»Es tut mir leid«, ruft der Vampir. »Gaius …«

Vlad reißt ihm den Unterkiefer ab und verwandelt den Rest der Erklärung in ein makaberes Kauderwelsch.

Dann reißt er systematisch weitere Teile des Vampirs ab, und als er fertig ist, sieht der Raum aus wie der hintere Teil einer Metzgerei an einem arbeitsreichen Wochenende.

Vlad macht sich nicht die Mühe, das Blut von seiner Kleidung zu entfernen, als er zur Tür geht.

———

VLAD IST in einem dunklen Keller, umgeben von zerstückelten Körpern.

Er befestigt einen langen Schlauch an einem riesigen Wassertank, findet einen blutigen Abfluss im Zementboden, legt den Schlauch dort ab und geht dann zurück, um ein großes Ventil zu öffnen.

Das Wasser fließt in den Abfluss, und spült das Blut und die geronnenen Brocken weg.

———

ICH SCHWEBE neben einem riesigen Raum, der

aussieht wie eine Waffenkammer der SWAT oder Navy SEALs.

Vlad geht zur Theke, lässt seine Augen zu Spiegeln werden und starrt den Angestellten an.

»Produzieren eure Rauchgranaten Feuer?«, fragt Vlad.

»Nein«, antwortet der Typ in einem hypnotisierten Ton.

»Bring eine Rauchgranate, eine Schrotflinte, ei…«

———

DER BLUTÜBERSTRÖMTE VLAD steht vor fünf bewaffneten russischen Schlägern. Seine Augen scheinen das Licht in dem bereits schlecht beleuchteten Keller zu absorbieren.

Einer der Gangster zeigt mit seinem Wurstfinger auf Vlad und sagt etwas mit zitternder Stimme auf Russisch.

Vlad antwortet auch auf Russisch – aber alles, was ich verstehen kann, ist der Name Baba Yaga und das Versprechen auf einen schmerzhaften Tod, was allein sein Tonfall deutlich macht.

Die Schläger ziehen ihre Waffen.

Vlads Bewegungen verschwimmen …

———

VLAD STEHT in einem krankenhausähnlichen Raum, der demjenigen ähnelt, in dem Baba Yaga die Schürzen aufbewahrt – die Gangster, die sie wie Marionetten mit ihrer Magie der Gedankenkontrolle benutzt.

Die Schürzen liegen auch hier im Koma, mit Infusionen und allem Drum und Dran. Vlad geht auf einen großen Kerl zu und versenkt seine verlängerten Reißzähne im Hals des Mannes.

Nachdem sein Durst gelöscht ist, reißt er seinem Snack den Kopf ab und beugt sich über dem nächsten komatösen Körper ...

———

VLAD PARKT den riesigen Tanklastwagen in einer dunklen Gasse, befestigt dann einen langen Schlauch an der Rückseite und trägt das andere Ende in einen vertraut aussehenden Keller.

Dann schließt er den Schlauch an einen leeren Tank an.

Der Geruch von Benzin trifft meine nicht vorhandenen Nasenlöcher, als Vlad den Tank mit der Flüssigkeit füllt ...

———

VLAD STOLZIERT durch die Hallen der blutverschmierten Banja.

Er tötet erbarmungslos jeden Wächter. Jeden Kunden. Jeden Mitarbeiter ...

———

VLAD STEHT mit einem Zippo-Feuerzeug vor einem benzingetränkten Mann.

»Ja, ich versorge das verfluchte Restaurant mit Rindfleisch«, schreit der Mann hysterisch. »Ich tue das mit Verlust.« Er bemüht sich, sich von den Seilen zu befreien, die ihn fesseln. »Das ist nicht die Art von Menschen, zu denen man Nein sagt.«

»Dieses Restaurant wird keine Geschäfte mehr machen.« Vlad schnippt das Feuerzeug an.

———

VLAD TÖTET MENSCHEN mit bloßen Händen.

———

VLAD TÖTET MENSCHEN mit verschiedenen Waffen.

———

VLAD REISST ...

KAPITEL ACHTUNDDREISSIG

ALS ICH MICH wieder in der realen Welt in meinem Taxi befinde, könnte ich schwören, dass ich gerade Tausende von Stunden voller Gewalt erlebt habe.

Verdammt.

Vlad hat eindeutig zu viele Rachefilme und übermäßige Mengen an Folterpornografie gesehen. Einige der Dinge in diesen Visionen hätten leicht von *John Wick*, *The Punisher*, *Hostel*, *Kill Bill* und *Saw* stammen können, um nur einige zu nennen.

Und was war das mit dem ganzen Benzin? Außerdem, warum hat er …

»Geht es Ihnen gut?«, fragt mich die Fahrerin. »Sie sind plötzlich ganz weiß geworden.«

»Ich bin eingenickt und hatte einen Alptraum«, sage ich mit heiserer Stimme. »Mir geht es gut.«

Der Verkehr vor uns verflüchtigt sich, so dass die Fahrerin schneller wird und mich in Ruhe lässt.

Ich schließe meine Augen und verlangsame die Atmung, um wieder in den Leerraum zu kommen.

Traue ich mich, mehr Visionen von Vlad zu sehen? Nein.

Nicht, solange ich nicht bereit bin, in das Auto dieser netten Dame zu kotzen.

Aber Ariel könnte meine erneute Aufmerksamkeit gebrauchen. Hoffentlich ist *sie* nicht auf einer verrückten Mordtour.

Ich versuche, den Leerraum zu erreichen – aber es funktioniert nicht. Nach ein paar weiteren Versuchen gebe ich auf.

Vlads Mordmarathon muss meine Seherkraft aufgebraucht haben. Ich schätze, ich muss mit den Multivisionen vorsichtig sein.

Erschöpft nicke ich ein.

Als ich meine Augen wieder öffne, fahren wir bereits auf mein Haus zu. Die Fahrerin parkt zwischen einem roten Lamborghini und einer Limousine, die eine exakte Nachbildung jener von Kevin ist.

Ein pandaähnlicher Mann öffnet mir mit einem breiten Grinsen die Tür.

»Hi, Bentley«, sage ich zu meinem ehemaligen Trainer. »Was machst du hier?«

Sein Grinsen wird breiter. »Nero hat mich und Thalia angeheuert, um auf dich aufzupassen.«

Nero stellt nicht nur einen, sondern *zwei* Kampfsportexperten ein, um mich zu schützen? Wenn das seine Art ist, mir zu zeigen, wie anstrengend ich bin, habe ich die Botschaft laut und deutlich gehört.

»Hatte Nero dich nicht gefeuert?« Ich danke der Fahrerin und steige aus dem Auto.

»Er sagte, und ich zitiere: ›Du hast Glück, dass ich kurzfristig Muskeln brauche‹.« Bentleys Imitation von Neros Stimme klingt eher wie ein Bär.

Ich schaue mich um. »Wo ist Thalia?«

»Im Auto«, sagt er. »Wenn du mich fragst, ist sie zu ernst, sogar für eine Nonne.«

Ich gehe zur Limousine, lächele und winke der abgemagerten Frau im Inneren zu.

Thalia winkt zurück, aber ohne zu lächeln. Ich bin mir nicht sicher, ob das ihr übliches Verhalten ist oder ob sie besonders mürrisch wegen der Demütigung ist, mich herumfahren zu müssen.

Nero schafft es sogar, eine Nonne zu überreden, zum Chauffeur zu werden.

»Ich gehe nach Hause«, sage ich Bentley. »Ich werde euch heute nicht brauchen.«

»Wir werden hier sein, bis Nero persönlich anruft, um uns von unserer Pflicht zu befreien«, sagt Bentley. »Du bist hier nicht der Boss. Tut mir leid.«

»Wie ihr wollt«, sage ich. »Bis später.«

Bevor er die Chance hat, noch weiter mit mir zu reden, laufe ich in die Lobby.

Weder Bentley noch Thalia folgen mir.

Ich steige in den Aufzug und fahre nach oben.

Auf meiner Etage sind Bauarbeiter, die den Schaden reparieren, den Vlad angerichtet hat.

Angesichts dessen, was ich gerade in diesen

Visionen gesehen habe, wird Vlad in naher Zukunft eine Menge Aufräumarbeiten verursachen.

Ich öffne die Wohnungstür.

Flauschige Pfoten tapsen über den Boden, und dann starren mich mürrische Nageraugen an.

»Nero bestand darauf, dass ich in seinem Haus übernachte«, sage ich vorsorglich. »Ich hatte keine Wahl.«

»Ach, komm schon«, sagt Felix und kommt mit einem Sandwich in der Hand aus der Küche. »Du hast einen freien Willen.«

Ich schaue hungrig auf das Sandwich.

Felix grinst und gibt es mir.

»Der freie Wille ist der Grund, warum man bei Nero *bleibt*«, sagt Kit und nähert sich aus dem Wohnzimmer in einem rosa Seidennachthemd. »Das würdest du auch, wenn du die Chance bekommen würdest.«

»Ich bin mir ziemlich sicher, dass *ich* das nicht tun würde«, murmelt Felix und geht zurück in die Küche.

»Ich war krank vor Sorge«, sagt Fluffster in meinem Kopf, als ich in das Sandwich beiße.

»Ich muss mich setzen«, sage ich zwischen zwei Bissen und gehe ins Wohnzimmer.

Luzifer ist auf dem Liebessitz eingerollt, also setze ich mich neben sie.

Sie schaut nicht auf.

Ich betrachte sie besorgt.

Es mag Wunschdenken sein, aber sie sieht heute ein wenig besser aus als das letzte Mal.

»Sie hat heute gefressen«, sagt Felix, als er mit einem neuen Sandwich hereinkommt. »Ich denke, sie wird sich erholen.«

Kit setzt sich auf das Sofa. »Lass sie sich einfach eingewöhnen, und sie wird den Ort regieren.«

»Du erzählst uns besser alles«, sagt Felix, als ich mir noch mehr von dem Sandwich in den Mund stecke. »Und ich meine alles.«

Ich schlucke und bringe sie auf den neuesten Stand, angefangen bei der Vision von Lucretia in Schwierigkeiten und dem Kampf mit meinen Werwolf-Klassenkameradinnen.

»Du hast dir Hauswerwölfe verschafft?« Kit verwandelt sich erst in Roxy, dann Maddie, dann Ashley. »Du hast keine Ahnung, wie neidisch ich gerade bin.«

Ich ersticke fast an meinem nächsten Biss. »Was meinst du mit *Hauswerwölfe*?«

»Sie sind jung, also bezweifle ich, dass sie wirklich verstehen, was es bedeutet, sich dir zu unterwerfen«, sagt Kit. »Ein erwachsener Werwolf würde wahrscheinlich eher sterben, als sich jemandem zu unterwerfen, der nicht aus seinem Rudel kommt.«

Ich schaue Felix an. »Kannst *du* es mir erklären, ohne dass es nach Vergewaltigung klingt?«

Er errötet. »Das ist eine Werwolfsache. Weil sie sich unterworfen haben, werden sie dich für immer als dominant betrachten. Also sagen wir einfach, dass sie dir nie wieder Ärger machen werden.«

Kit grinst. »Und du kannst sie dazu bringen, alles Mögliche zu machen …«

»Weiter mit meiner Geschichte«, sage ich und erzähle ihnen von Lucretias Verwandlung, Gaius' Beteiligung und Neros Auftritt am Tatort.

Dann beschönige ich meine private Zeit mit Nero und ignoriere Kits Beschwerden, als ich mit der Vision von Vlad und dem Gespräch im Hubschrauber weitermache.

»Bailey Spade ist Freda Krueger?« Felix' Augen unter seiner Monobraue sind so groß wie Untertassen. »Ich kann nicht glauben, dass sie es nie erwähnt hat.«

»Ich mag sie.« Kit bekommt einen verträumten Gesichtsausdruck. »So kratzbürstig. So sexy. S…«

»Bailey und Sasha teilen ihren eigenwilligen Sinn für Humor.« Felix grinst, als er sich von dem Schock erholt hat. »Aber Bailey ist eher …«

»Kann ich meine Geschichte beenden?«, frage ich streng.

Felix beißt in sein Sandwich, und Kit verdreht die Augen. Ich fahre fort, den Rest zu erklären, und beende meine Geschichte mit dem Gespräch mit dem Bannik.

»Ich war in Buyan.« Kit verwandelt sich aus irgendeinem Grund in eine große, schwarze Katze, dann wieder in ihre gewohnte menschliche Form. »Es ist ein malerischer Ort.«

Felix schluckt sein Essen hinunter. »Meine Familie väterlicherseits stammt ursprünglich aus Buyan.«

»Heißt das, du weißt, wie man dorthin kommt?«, frage ich ihn aufgeregt.

»Nein. Ich war noch nie dort. Ich vermeide Otherlands ohne Technologie, wenn ich es verhindern kann.«

Ich schaue zu Kit. »Was ist mit dir? Kannst du mir sagen, wie ich dorthin komme?«

Sie nickt und geht dann zum Couchtisch, um sich einen Notizblock und eine Packung Buntstifte zu holen. Ich bewahre sie dort auf, damit ich jederzeit bereit bin, einen Klassiker des Mentalismus vorzuführen, der als Zeichenduplikation bezeichnet wird.

»Vom JFK-Hub aus nimmst du das südliche lilafarbene Tor.« Kit zeichnet einen violetten Kreis am linken Rand des Notizblocks. Von dort aus ein westliches grünes.« Sie zeichnet einen grünen Kreis, so dass er den violetten in seiner südlichen Ecke schneidet. »Als Nächstes ein rotes Tor.« Sie zeichnet einen roten Kreis, der den violetten in der westlichen Ecke schneidet, und erklärt dann den Rest des Weges, indem sie immer mehr Kreise zeichnet.

Als sie fertig ist, sieht die resultierende Karte vage vertraut aus.

Felix runzelt die Stirn, während er den Notizblock betrachtet. »Ist das eine neue Art, die Otherlands zu kartieren? Es sieht aus wie etwas aus meinem Informatikunterricht und überhaupt nicht wie das, was Hekima uns gelehrt hat.«

»Nein. Seine Methode ist neuer und präziser«, erklärt Kit. »Aber das«, sie deutet auf die Zeichnung,

»ist, wie es die Torbauer angeblich damals getan haben.«

»Das ist brillant.« Ich reiße das Papier vom Notizblock, lege das, was von meinem Sandwich übrig ist, weg und gehe zur Tür.

»Wohin gehst du?« Felix tritt vor mich, wobei er die Hände auf den Hüften abstützt – was ihn wie ein wütendes Erdmännchen aussehen lässt.

»Ist das nicht offensichtlich?« Ich klopfe auf meine Tasche. »Nach Buyan. Vlad braucht einen Weg, dieses unsterbliche Arschloch zu töten, und ich plane, ihm dabei zu helfen, bevor er sich umbringt.«

»Sprichst du Russisch?«, fragt Kit. »Weil sie auf Buyan einen Dialekt davon sprechen.«

»Nein«, antworte ich. »Ich kann nur ein wenig Spanisch, und das war's auch schon.«

»Ich kann mit dir kommen.« Fluffster steht auf seinen Hinterbeinen. »Ich spreche Russisch, schon vergessen?«

»Außerhalb dieser Wohnung hast du deine Kräfte nicht«, widerspricht Felix. »Du würdest eher eine Belastung sein. Wenn überhaupt, sollte Sasha Nero mitnehmen. Sein Russisch ist fließend und …«

»Nero hat einen Vertrag mit Baba Yaga, der ihm verbietet, ihre Leute zu töten, und Koschei ist namentlich darin aufgeführt«, sage ich. »Er wird sich nicht daran beteiligen.«

»Dann werde ich mitkommen.« Felix legt den Rest seines Sandwichs neben meines und steht auf.

»Bist du sicher?« Ich schaue ihn von oben bis unten an.

»Ich glaube schon«, sagt er und tritt von einem Fuß auf den anderen.

»Ist dein Roboter bereit?«, frage ich. »Vielleicht kannst du ihn an deiner Stelle schicken?«

»Golem *ist* bereit«, antwortet Felix stolz. »Aber ich muss mich mit ihm verbinden, damit er funktioniert, und das kann ich nicht über die Tore hinweg tun.«

»Oh.« Ich reibe meinen Nasenrücken. »Das macht Sinn.«

»Werde ich nicht eingeladen?«, schmollt Kit. »Ich spreche ausreichend Russisch, solltest du wissen.« Sie sagt etwas, was für mich wie perfektes Russisch klingt, und Felix und Fluffster rollen mit den Augen – was bedeutet, dass sie sie verstanden haben.

»Ich habe angenommen, dass du nicht gehen willst«, erkläre ich Kit.

»Warum?«

»Du hast eine Karte gezeichnet, wie man dorthin kommt«, sage ich. »Ich hätte das an deiner Stelle nur getan, wenn ich nicht mitkommen könnte.«

»Du hast gefragt, wie man dorthin kommt, und ich habe es dir gezeigt.« Kits Schmollmund erreicht fast komische Ausmaße. »Ich wollte nicht, dass du denkst, dass ich dich erpresse, mich mitzunehmen, indem ich mein Wissen für mich behalte. Ich wollte, dass du mich mitnehmen *willst*. Aber wenn du das nicht tust, ist das auch okay.«

»Ich glaube, Kit braucht wirklich eine Freundin«, sagt Fluffster in meinem Kopf. »Sei nett zu ihr.«

Ich nicke dem Domovoi zu, und mit einem ernsten Gesicht und so viel Formalität, wie ich aufbringen kann, frage ich: »Kit, würdest du mir bitte die Ehre erweisen, mitzukommen?«

Der Schmollmund verschwindet, und sie tut so, als würde sie über meine Worte nachdenken.

»Bitte, bitte?«, füge ich süß hinzu. »Das wäre so toll.«

»Wie kann ich da Nein sagen?« Kits Gesicht sieht plötzlich runder und rotwangiger aus. Ihr Outfit verwandelt sich in einen Sarafan – ein helles russisches Pulloverkleid, das bis zum Boden reicht. Ein Kopftuch später sieht Kit aus wie die Matroschka-Puppe, die Felix mir vor ein paar Jahren geschenkt hat. Alles, was ihr fehlt, ist ein Satz kleinerer Kits, die sie in sich selbst stecken kann – und ich meine das nicht anzüglich. »Kommst du auch mit?« Sie klimpert mit ihren extralangen Wimpern Richtung Felix.

»Natürlich«, sagt er.

»Das musst du wirklich nicht«, sage ich zur gleichen Zeit.

»Ich komme mit.« Felix hebt sein Kinn und marschiert aus dem Wohnzimmer.

»Er ist so heiß, wenn er sich selbstbewusst benimmt«, flüstert mir Kit ins Ohr. Lauter fügt sie hinzu: »Es ist einfach zu schade, dass das nicht sehr oft vorkommt.«

Ich würdige den Kommentar von Kit nicht mit einer Antwort und folge Felix.

»Mach das Licht aus«, sagt Fluffster in meinem Kopf.

Ich rolle heimlich mit den Augen, tue aber, was der Domovoi will, und schalte dann auch das Licht im Flur und in der Küche aus.

»Viel Glück«, sagt Fluffster, als wir gehen.

»Sie haben doch mich dabei«, sagt Kit zu ihm. »Ich bin besser als Glück.«

Felix und ich tauschen Blicke aus und zucken mit den Achseln.

»Die hätte ich fast vergessen.« Felix sieht mich schuldbewusst an. »Ich habe sie für dich aufbewahrt.«

Er nimmt meine Jubiläumskette aus seiner Tasche.

Die Halskette, an der Rose ihre Kräfte benutzte, kurz bevor sie …

Nein.

Ich werde jetzt nicht darüber nachdenken.

Ehrfürchtig legt mir Felix den Schmuck um, wie der Präsident, der eine Tapferkeitsmedaille vergibt.

Meine Atmung beschleunigt sich, ich wende mich von meinen Freunden ab – und werde mit einer weiteren Erinnerung an frühere Ereignisse konfrontiert: Die Bauleute reparieren noch immer den Flur.

Kit und Felix folgen meinem Blick, und auch ihre Gesichter verdüstern sich.

Kit erholt sich zuerst, und als sie aus dem Gebäude marschiert, gibt es ein Federn in ihrem Schritt.

»Kit?« Bentley rennt begeistert auf sie zu und umarmt sie stürmisch.

»Sasha hat mir erzählt, dass du ihr Leibwächter bist«, sagt Kit.

»Ist das dein Lamborghini?«, fragt Bentley und zeigt auf das rote Auto, das mir vorhin aufgefallen ist.

»Das ist er.« Kit zieht einen Satz ausgefallener Schlüssel hervor und lässt sie vor Bentleys Nase baumeln. »Willst du uns zum JFK fahren?«

»Kommt Sasha mit?«, fragt er, und sein Gesicht wird überraschend ernst. Es lässt ihn wie einen Panda aussehen, der sich um die Fortpflanzungsfähigkeit seiner Art sorgt.

»Natürlich komme ich mit«, sage ich.

»Dann müssen wir die Limousine nehmen«, sagt er und schaut sehnsüchtig auf die Schlüssel. »Neros Befehl.«

»Wie könnte ich Nero einen Wunsch abschlagen?«, sage ich spöttisch. »Limousine also.«

»Danke.« Bentley schaut zurück zu Kit. »Übrigens, dort kannst du nicht parken. Dein Schatz wird abgeschleppt werden.«

»Ich habe ihr das Gleiche gesagt, als wir angekommen sind«, meint Felix. »Sie hat mir nicht geglaubt.«

»Möchtest du ihn umparken?« Kit baumelt wieder mit den Schlüsseln.

»Oh, ja«, antwortet Bentley aufgeregt. »Aber bitte fahrt nicht ohne mich.«

»Kein Problem«, sagt Kit.

»Bitte, mach schnell«, füge ich hinzu.

Bentley schnappt sich Kits Schlüssel und geht schnell zum Lamborghini.

Der Rest von uns geht gemächlich auf die Limousine zu.

Als das Gebrüll des 750-PS-Motors des Lamborghinis mich erreicht, erreicht mich auch eine starke Angstwelle.

»Warte!«, schreie ich und drehe mich zu Kits Auto um.

Der Lamborghini explodiert.

MEINE NETZHAUT REGISTRIERT ZUERST den Feuerblitz, dann zerstört ein ohrenbetäubender Knall mein Trommelfell.

Die Druckwelle schleudert mich rückwärts, direkt in Kit hinein. Das Ratsmitglied ergreift mich und erspart uns beiden einen Sturz.

Felix hat jedoch nicht so viel Glück. Sein Rücken knallt auf den Bürgersteig.

Thalia läuft aus der Limousine und greift nach einem Feuerlöscher.

Ich befreie mich aus Kits Griff und eile zu Felix hinüber.

»Mir geht es gut«, keucht er. »Geh und hilf der Nonne.«

Ich laufe um den Scheiterhaufen herum, um nach Kit und Thalia zu sehen.

Kits Arme sehen schuppig aus, als sie die brennenden Überreste der Fahrertür wegreißt. Sie greift hinein und zieht einen brennenden Körper heraus.

Sie legt ihn einen halben Meter vom Auto entfernt auf den Asphalt, und Thalia spritzt verzweifelt einen Strom von Schaum auf ihn.

Das Feuer geht aus, aber Thalia spritzt weiter.

Kit legt eine Hand auf die Schulter der Nonne. »Er ist tot. Es gibt keine Aura mehr.«

Sie hat recht. Dem verkohlten Fleisch fehlt mehr als nur seine Aura. Es ist kaum zu erkennen, dass das einmal eine Person war – und wird wahrscheinlich für den Rest meiner Tage meine Alpträume verfolgen.

Das Gleiche gilt für den Grillgeruch.

»Warum?« Thalia lässt den nun leeren Feuerlöscher fallen, und ihre näselnde Stimme ist heiser und ihr dünnes Gesicht vor Trauer verzerrt. »Warum sollte jemand so etwas tun?«

Weiß sie, dass sie gerade ihr Schweigegelübde gebrochen hat?

Ich wende mich ihr zu. »Um an mich ranzukommen«, antworte ich grimmig. »Baba Yaga kümmert sich nicht um Kollateralschäden.«

»Baba Yaga?« Thalias Hände ballen sich zu Fäusten. »Wer auch immer das ist, ich werde sie dafür bezahlen lassen.«

»Stell dich hinten an«, sage ich. »Es gibt eine lange Warteschlange.«

»Wir sind gerade auf einer Mission, die uns helfen könnte, diese Schlampe auszuschalten«, sagt Kit, und ihre Stimme ist leise und tödlich. »Du kannst dich uns gern anschließen.«

In der Ferne heulen Sirenen auf.

Jemand muss bereits den Rettungsdienst gerufen haben.

»Wir müssen los«, sagt Felix. »Wir wollen hier nicht festsitzen und versuchen, der menschlichen Polizei zu erklären, was passiert ist.«

Kit nimmt ihr Handy heraus, schreibt etwas und steckt es danach wieder weg. »Gehen wir. Ein paar Vollstrecker werden sich um die Polizisten kümmern.«

Niemand bewegt sich, also treibt Kit uns wie betäubte Schafe in die Limousine.

Thalia erholt sich zuerst und springt hinter das Steuer.

Kit und ich helfen Felix in die Limousine, dann steigen wir selbst ein.

Mit kreischenden Reifen lässt Thalia das Auto einen Satz nach vorn machen.

Ich suche den Verbandskasten und befehle Felix, mir zu zeigen, wo er verletzt ist.

»Es sind nur ein paar Kratzer.« Er macht seinen Rücken frei. »Mir geht es gut.«

Ich ignoriere seine Tapferkeit und reinige die Kratzer.

Das gibt mir etwas, auf das ich mich konzentrieren kann – etwas anderes als die schrecklichen Bilder in meinem Kopf.

Felix erschaudert, als der Alkohol die Schnitte berührt, aber er wird nicht ohnmächtig oder schreit.

Als ich darüber nachdenke, fällt mir auf, dass er nicht einmal ohnmächtig geworden ist, als er den verbrannten Körper sah. Die Nähe zu mir scheint meinen normalerweise zimperlichen Mitbewohner zu desensibilisieren.

»Nimm die.« Ich gebe Felix zwei Paracetamol.

»Danke, Mama«, sagt er, nimmt sie aber und spült sie mit dem schickem Mineralwasser aus der Bar der Limousine herunter.

Wir schnallen uns an und verstummen. Als der Adrenalinschub nachlässt, verarbeitet jeder das Geschehene.

Ich konzentriere mich auf die meditative Atmung, umfasse meine Knie mit meinen Händen und schaukele hin und her.

Meine Gedanken drehen sich wie eine Zentrifuge in einem Labor.

Wenn Nero die Limousine nicht so schnell für mich geschickt hätte, wären wir mit Kits Auto zum JFK gefahren.

Es wären unsere verkohlten Körper auf dem Asphalt gewesen, anstatt Bentleys.

Die Erleichterung, die ich darüber empfinde, dass ich am Leben bin, ist vergiftet mit Schuld und mehr als nur ein wenig Angst.

Jemand hat versucht, mich zu töten.

Noch einmal.

Mich, Felix und Kit, um genau zu sein.

Die Explosion schießt mir wieder in den Kopf, und unter dem Schock entzündet sich weißglühende Wut.

Wenn Baba Yaga das getan hat, wird sie dafür bezahlen – und für alles andere.

Wenn Vlad sie nicht bekommt, werde ich sie mir holen.

Sie und Koschei.

Tatsächlich denke ich, dass ich *seinen* Tod noch mehr genießen könnte.

Ich überlege, ob die Explosion ein Anschlag von jemand anderem sein könnte.

Chester zum Beispiel. Vielleicht hat er von meiner Beziehung zu seiner Tochter Roxy erfahren und beschlossen, mich doch wieder zu verfolgen.

Ich kaue auf einem Nietnagel und rufe Nero an. Seine Mailbox antwortet, und ich hinterlasse ihm eine Nachricht, dass er mich so schnell wie möglich zurückrufen soll.

Wir fahren den Rest des Weges zum JFK schweigend und tun so, als würden wir die Schluchzer, die vom Fahrersitz der Limousine kommen, nicht hören.

Thalia ist definitiv nicht so herzlos, wie sie sich während meiner Ausbildung gegeben hat.

Das – oder sie und Bentley standen sich besonders nahe.

Das Auto hält am Drop-Off-Bereich an, und die Trennwand zum Fahrer gleitet nach unten.

Thalia zeigt uns den Bildschirm ihres Telefons, auf dem steht:

Ich nehme an, ihr seid auf dem Weg in die Otherlands.

»Ja«, sagt Kit, ohne wegen der seltsamen Art der

Kommunikation auch nur mit der Wimper zu zucken. »Buyan ist unser Ziel.«

Ich bin auf die Erde ins Exil gegangen, schreibt Thalia. *Ich würde mein Gelübde brechen, wenn ich sie verlassen würde.*

Sie scheint nicht bemerkt zu haben, dass sie nach der Explosion laut gesprochen und ihr Schweigegelübde bereits gebrochen hat, und ich werde sie nicht daran erinnern.

»Du kannst sowieso kein Auto hier abstellen«, sagt Felix. »Nicht, wenn du vorhast, es zu behalten.«

»Wir schaffen das schon. Keine Sorge«, sage ich so beruhigend wie möglich zu Thalia. »Du würdest uns am meisten helfen, wenn du in der Nähe bleibst und uns nach unserer Rückkehr zurückfährst. Irgendwas sagt mir, dass diese Limousine kugelsicher ist.« Ich klopfe gegen die getönte Scheibe.

Nero hat uns gesagt, dass sie das ist, schreibt Thalia, dann schaut sie weg, während in ihren Augen Tränen aufsteigen.

Ich schätze, ihr ist aufgefallen, dass das »uns« Bentley nicht mehr beinhaltet.

»Bis nachher«, sagt Kit zur Nonne.

Thalia greift nach meinem Telefon, gibt eine Nummer ein und wählt.

Als ihr eigenes Telefon klingelt, legt sie auf und verwandelt den verpassten Anruf in einen Kontakt in meinem Telefonbuch.

Sie gibt mir das Telefon zurück und winkt uns zum Abschied.

Wir gehen zügig in den Flughafen und zu den Geheimgängen.

»Ich würde gern sehen, ob ich mich an den Weg erinnere«, sage ich, sobald wir anfangen, die Korridore zu durchqueren, die zum Drehkreuz führen.

»Versuch es«, ermutigt mich Felix.

Ich gehe vor, und niemand muss mich korrigieren.

»Gut gemacht«, sagt Kit, als wir den riesigen Raum betreten. »Willst du den Rest des Weges meiner Karte folgen?«

Ich nehme das Diagramm heraus, das sie gezeichnet hat, und gehe zu einem lilafarbenen Tor in der Südecke des Raumes.

»Genau das ist es«, bestätigt Kit und tritt durch das Tor.

»Nach dir«, sagt Felix, also folge ich Kit.

Das Drehkreuz auf der anderen Seite ist eine Höhle.

Zumindest nehme ich an, dass es eine Höhle ist. Der Ort riecht so erdig wie ein Weinkeller, und der »Himmel« ist von irgendwelchen leuchtenden Lebewesen bedeckt.

»Woher weiß ich, wo hier Westen ist?« Ich ziehe mein Handy heraus, aber es spielt verrückt.

»Es ist kein echter Westen«, erklärt Kit. »Bei diesen Karten wird davon ausgegangen, dass sie nach Norden gerichtet sind, wenn man ein Tor verlässt. Das ist einer der vielen Fehler dieser Methodik und der Grund, warum Hekima sein eigenes System entwickelt hat.«

Ich gehe zum grünen Tor in der *westlichen* Ecke, und Kit applaudiert mir, bevor sie hineinspringt.

Felix und ich folgen.

Das Drehkreuz, in dem wir landen, ist eine Wüste.

Zumindest denke ich, dass es eine ist.

Ich habe mir immer vorgestellt, dass in jeder Wüste ein Leben existiert, egal wie trocken sie ist, aber diese hier scheint vollständig verödet zu sein, ohne dass auch nur ein ausgetrockneter Kaktus in Sicht ist.

Ein rotes Tor ist das nächste.

Das Kreuz auf der anderen Seite ist voller Cogniti, die dort zwischen den Toren einen Basar aufgebaut haben.

Der Geruch von unbekannten Gewürzen reizt meine Nasenlöcher, als ich mich durch die seltsame Menge zu dem nächsten Tor schiebe, durch das wir müssen.

Das nächste Kreuz sieht so ähnlich aus wie das am JFK.

Das danach ist in einem Baum, wie im *Film* Avatar.

Während wir eine Welt nach der anderen durchqueren, erinnere ich mich an den Vortrag der Einführung von neulich, als Dr. Hekima seine Kräfte nutzte, um der Klasse einen Vorgeschmack auf die Otherlands zu geben.

Das letzte Tor führt uns zu einem Drehkreuz mitten auf einer Waldwiese.

Obwohl ... das einen Wald zu nennen ist etwa genauso, als würde man den Mount Everest einen Hügel nennen. Die Bäume erinnern an Birken, sind aber groß genug, um die Wolken zu berühren.

»Hier entlang.« Kit geht durch schulterhohes Gras

zum Rand der Wiese, wo eine himmelhohe Eiche von einer gigantischen goldenen Kette bedeckt ist, wie der Hals eines riesigen Rappers.

Als wir uns der Eiche nähern, sehe ich eine kleine Gestalt.

Der schwarze Kater – nehme ich an – in der Größe eines Panthers sieht aus wie ein sehr großer sibirischer Hauskater.

Oh, und er trägt einen Zwicker auf seiner flachen, flauschigen Nase.

Ich atme laut aus.

Der Kater hört auf, um dem Baum herumzulaufen, und schaut uns mit unheimlicher Intelligenz an.

»Gibt es hier Halluzinogene in der Luft?«, frage ich Felix leise.

»Das bezweifle ich«, flüstert er zurück. »Ich habe Gutenachtgeschichten darüber gehört. Das hat jedes russische Kind. Jetzt frage ich mich, ob Puschkin – der berühmte russische Dichter – wirklich einer der Cogniti war, wie mein Großvater immer behauptet hat.«

Kit geht zum Baum und sagt dem Kater etwas auf Russisch, zumindest hört es sich für mich so an.

»Sie hat den Kater gerade gefragt, ob er den Weg zum Golden Hare Inn kennt«, übersetzt Felix.

Der Kater schiebt die Brille mit einer flauschigen Pfote höher auf seine Nase und zeigt dann mit derselben Pfote auf eine holprige Straße links von uns.

Dann, um dem Ganzen die Krone aufzusetzen,

fängt er an, in einem tiefen Bariton, wahrscheinlich auch auf Russisch, zu sprechen.

Ich reibe mir die Schläfen.

Ein wirklicher, echter sprechender Kater.

Wir sind definitiv nicht mehr in Kansas.

»Ich kann seinen Dialekt kaum verstehen«, flüstert Felix. »Aber ich glaube, er sagte, dass es da langgeht – und wir uns vor etwas in Acht nehmen sollen.«

»Dasselbe habe ich auch verstanden«, bestätigt Kit. »Er hat auch angeboten, dir einen zu blasen.«

»Ich glaube nicht, dass er das gesagt hat.« Felix tritt einen Schritt zurück. »Ich glaube, er hat gesagt ›Du bist sehr aufgeblasen‹.«

»Ich möchte meine halluzinogene Idee wieder aufleben lassen«, sage ich. »Ich akzeptiere Vampire, Zombies und ein telepathisch kommunizierendes Chinchilla, das sich in ein Monster verwandeln kann, aber ich ziehe die Grenze bei einem riesigen sprechenden Kater. Mit Brille.«

Felix kichert, während Kit etwas zu dem Kater sagt und sich dann zu uns umdreht. »Es ist weit weg. Ich bringe euch besser dorthin.«

Felix und ich tauschen verwirrte Blicke aus, und als wir zurückblicken, ist Kit verschwunden.

Stattdessen steht dort eine wunderschöne Rappstute.

»Kit?« Ich betrachte das Pferd mit seinem wunderschönen Sattel und seinen mit Juwelen besetzten Zügeln.

Das Pferd nickt mit dem Kopf.

»Du willst, dass wir dich … reiten?«, fragt Felix und errötet.

Kit beziehungsweise das Pferd zwinkert ihm mit einem grünen Auge zu.

»Hilf mir mal«, sage ich zu Felix.

In verblüffter Stille hilft er mir, auf Kits Rücken zu steigen, und reicht mir dann die Zügel.

Ich strecke eine Hand zu Felix aus, und er schwingt sich hinter mich.

»Hände an meine Taille und nirgendwohin sonst«, sage ich ihm, ohne mich umzudrehen, und ich kann fast fühlen, wie sich seine Errötung verstärkt, während seine Hände meine Mitte ergreifen.

»Auch keine Ponyplay-Witze«, füge ich hinzu. »Was auch immer in Buyan passiert, bleibt in Buyan.«

Felix' Lachen klingt grenzwertig hysterisch.

Kit schnaubt und springt dann in einen peitschenden Galopp.

Der holprige Ritt ist aber nicht mein größtes Problem. Da ich vorn sitze, versohlen mich Birkenzweige, als wäre ich ein Hardcore-Banja-Liebhaber.

Wir erreichen eine Dreiwegegabelung auf der Straße. Dort steht prominent ein großer Stein, auf dem etwas in einer hübschen Schrift eingraviert ist, von der ich annehme, dass es Russisch ist – ich sehe zum Beispiel dieses umgekehrte R.

Felix schaut auf die Schrift. »Dieser Dialekt ist noch schwieriger in schriftlicher Form zu verstehen, aber ich denke, es sagt: Wenn man nach links geht, verliert man sein Pferd, aber rettet sich selbst. Wenn man nach rechts geht, verliert man sich, aber rettet sein Pferd. Wenn man geradeaus geht, verliert man sich und sein Pferd.«

Kit biegt nach links ab.

Da *sie* das Pferd ist, schätze ich, dass es ihre Entscheidung ist.

Dann bemerke ich, dass wir nicht mehr auf einem Pferd reiten.

Kit wachsen Hörner, und sie wächst unter uns.

»Sie hat sich in ein Rentier verwandelt«, flüstert Felix, falls ich das noch nicht bemerkt haben sollte.

»Keine Witze darüber, dass Kit horny ist«, flüstere ich zurück.

Felix muss lachen, aber beruhigt sich irgendwann wieder.

Ich wette, sein Hintern ist genauso taub wie meiner.

Als wir den Wald verlassen, verstehen wir endlich, wovon die Katze gesprochen hat.

Vor uns befindet sich ein riesiger Kopf.

KAPITEL VIERZIG

ES IST der Kopf eines Mannes.

Zumindest hoffe ich das. Er hat einen langen Bart, eine starke Nase und ein markantes Kinn.

Ein spitzer Helm von der Größe einer Zisterne schmückt den Kopf, und von diesem Aussichtspunkt aus ist es unklar, ob nur der Kopf aus dem Boden sprießt oder ob ein riesiger Mann in einem riesigen Graben steckt.

»War die goldene Kette um den Baum einmal um den Hals dieses Typen?«, frage ich leise.

Niemand antwortet.

Als wir näher kommen, wird deutlich, dass der Kopf sich bewegt.

Und das hat einen Grund.

Ein Dutzend Typen in Kettenhemden auf dem Rücken von Pferden greifen ihn mit Bögen, Pfeilen und Schwertern an.

»Bogatyri«, flüstert Felix mir ins Ohr. »Sie sind wie

diese wirklich mächtigen Ritter aus Großvaters Geschichten.«

Der Kopf bläst auf den nächsten Bogatyr.

Ein Wind in Orkanstärke lässt den Krieger zu Boden stürzen, und sein Hals ist in einem unmöglichen Winkel gebogen.

Wenige Augenblicke später erwacht er in einer sehr vertrauten Weise wieder zum Leben.

»Deine Bogatyri müssen die gleiche Art von Cogniti sein wie Koschei«, sage ich Felix über meine Schulter.

»Interessant«, murmelt Felix zurück. »Hoffentlich gibt es hier genug von ihnen, damit jemand einen Weg gefunden hat, sie für immer zu töten.«

Ich schwebe mit der Hand neben meiner Waffe, falls die Bogatyri beschließen, zur Abwechslung einmal jemanden ihrer eigenen Größe zu schikanieren.

Der riesige Kopf wird wieder angegriffen.

Das arme Ding scheint keine Möglichkeit zu haben, seine Feinde dauerhaft zu töten – was der Grund sein könnte, warum er das Pferd des zweiten Angreifers zusammen mit dem Bein des Mannes isst.

Was würde passieren, wenn der Riese ein unsterbliches Kriegergespann schluckt? Würde der Typ im Bauch des Riesen immer wieder auferstehen?

Angenommen, der Kopf hat einen Magen, heißt das.

Einer der Bogatyri fällt mir auf. Er hält ein längliches Objekt, das aussieht wie eine kleine, mit Feuer gefüllte Schneekugel.

»Ich glaube, das ist ein Feuervogel-Ei«, flüstert Felix fasziniert. »Ich schätze, es macht Sinn, dass sie aus *dieser* Welt geschmuggelt werden.«

Ich ziehe meine Augenbrauen in die Höhe. »Feuervogel?«

»Das ist eine russische Version des Phönix«, sagt Felix. »Großvater sagte, dass ihre Eier die ultimative Waffe gegen Vampire und ihre bösartigen Cousins – die Upirs – sind. Ich habe gehört, dass, wenn die Vollstrecker dich im Besitz eines Feuervogel-Eies erwischen, dir während deiner *Verhaftung* ein tödlicher Unfall passieren wird. Es wird gemunkelt, dass der Rat einen Haufen dieser und anderer cooler Waffen unter seinem Schloss versteckt.«

Mit einem Kampfschrei wirft der Krieger das Feuervogel-Ei auf den riesigen Kopf.

Die untertassengroßen Augen des Kopfes weiten sich, dann bläst er verzweifelt gegen das Ei.

Seine Abwehr funktioniert. Das Feuervogel-Ei fliegt zurück zum Werfer, trifft seinen Schild und explodiert zu einer riesigen Kugel aus alles verzehrendem Feuer.

Fleisch und Kettenhemd schmelzen, als der Bogatyr und sein Pferd vor Qualen schreien.

Da mir übel wird, drehe ich mich zu Felix um. »Könnten diese Feuervogel-Eier die Waffe sein, die wir brauchen, um Koschei zu besiegen? Der Bannik erwähnte ein Entenei, aber vielleicht …«

Felix zeigt mit einem blassen, zitternden Finger zurück auf den nicht mehr schreienden Bogatyr.

Ich drehe mich gerade noch rechtzeitig um, um zu sehen, wie die Asche des verbrannten Kerls wiederaufersteht, als ob nichts passiert wäre.

Das war's mit dieser Idee.

Je näher wir dem Kampf kommen, desto mehr Sorgen um Kollateralschäden mache ich mir.

Kit muss das auch erkennen, denn sie kommt von der Straße ab und macht einen großen Bogen um das Ganze.

Obwohl der Kreisverkehr den ohnehin schon holprigen Ritt unerträglich macht, beklagen sich weder Felix noch ich.

Als der arme Kopf hinter uns ist, führt uns die Straße in ein bukolisches Bauerndorf.

Wir gehen an leeren Straßen vorbei.

»Die Menschen arbeiten entweder auf den Feldern oder verstecken sich in diesen Holzhütten«, flüstert Felix.

»Oder der riesige Kopf hat sie alle gegessen«, antworte ich. »Oder …«

Ich höre auf zu reden, weil ich eine große, hölzerne, hüttenartige Struktur in der Mitte des Dorfes sehe.

Als wir näher kommen, sehe ich einen Hasen, der mit goldener Farbe über die Tür gezeichnet ist.

»Ich wette, das ist das Golden Hare Inn«, sagt Felix.

Kit bleibt stehen und kniet sich hin.

Wir steigen ab, und sie verwandelt sich wieder in ihre in einen Sarafan gekleidete Version.

Sie schwingt ihre Hüften und schlendert selbstbewusst in die Gaststätte.

Felix und ich folgen ihr vorsichtig, und ich fühle mich, als würde ich einen Saloon im Wilden Westen betreten, als ein Haufen seltsamer Wesen uns von den Tischen aus anstarrt.

»Ich glaube, das ist eine Kikimora«, flüstert Felix, als er sieht, wie ich auf ein geisterartiges Monster starre, das eine schäbige Version von Kits Kleid trägt. »Und das ist wahrscheinlich ein Leschij«, fügt er hinzu, als ich mir die beängstigendste Kreatur an diesem Ort ansehe – ein nacktes Etwas, was aussieht, als bekäme DC's Swamp Thing ein Kind mit Marvels Groot, das in Tschernobyl aufgezogen wird.

Kit nimmt an einem leeren Tisch in der Mitte des Gasthauses Platz, und wir setzen uns zu ihr.

Eine menschlich aussehende Kellnerin kommt zu uns und reicht allen Holztafeln, auf die etwas in russischer Schrift eingebrannt ist.

Kit und Felix lesen sie.

»Es gibt kein Entenei auf dieser Speisekarte«, sagt Felix, ohne aufzuschauen. »Was jetzt?«

Kit sagt sehr laut etwas auf Russisch.

Alle Geräusche verstummen, und die Kellnerin verblasst.

Der Leschij steht auf und kommt zu unserem Tisch.

Mit einer Holzfaust von der Größe von Felix' Kopf schlägt er auf den Tisch und zertrümmert ihn in kleine Stücke. Dann grinst er, wobei er moosbedeckte Zähne enthüllt, und schaut uns mit Hunger in seinen sumpfigen Augen an.

KAPITEL EINUNDVIERZIG

ICH ZIEHE meine Waffe heraus und ziele mit ihr auf den Kopf der Kreatur. »Keine Bewegung, sonst schieße ich.«

Das Ding spricht eindeutig kein Englisch, oder wenn es das tut, versteht es vielleicht nicht, was eine Waffe tun kann.

Es greift mit einer gigantischen Hand nach Kits Hals.

Ich drücke den Abzug.

Die Waffe macht ein ungewöhnliches Geräusch, aber weiter passiert nichts.

Trotz der Hand an ihrem Hals steht Kit auf, aber sie ist nicht mehr sie selbst. Sie sieht jetzt aus wie unser Angreifer, mit einem wichtigen und verstörenden Unterschied.

Sie ist das Weibchen dieser Art.

Zumindest nehme ich das auf Grund der großen Brüste an.

Die Reaktion des Leschijs untermauert meine Theorie. Er will sich sofort mit Kit paaren.

Man kann *diesen* wachsenden Baumstamm nicht falsch verstehen.

Der geschlechtsspezifische Unterschied scheint schlecht für den Leschij zu sein, denn Kit ist um einiges größer als unser sehr männlicher Angreifer.

Anstatt zu flirten, packt auch sie ihn an der Kehle und wirft ihn dann fast spielerisch gegen die Wand des Gasthauses.

Die Wand zersplittert, und der geile Leschij fliegt noch ein paar Meter weiter, bevor er in einem Haufen im Hühnerstall landet.

Kit sagt mit der dröhnenden Stimme eines Leschijs etwas auf Russisch.

»Will sich noch jemand mit mir anlegen?«, übersetzt Felix, aber das hätte ich mir denken können.

Kits Drohung lässt alle verstummen.

Die Kellnerin verbeugt sich fast bis auf den Boden und läuft weg.

Ich sehe meine Waffe verwirrt an.

»Es gibt einen Grund, warum einige Otherlands im Mittelalter festsitzen«, flüstert Felix. »Manchmal funktioniert Schießpulver an diesen Orten nicht richtig, und manchmal läuft etwas anderes nicht richtig, wie zum Beispiel Strom.«

»Das müssen diese Unterschiede in den Gesetzen der Physik sein, die Dr. Hekima bei der Einführung erwähnt hat«, flüstere ich zurück.

Felix nickt, und wir sitzen für ein paar Minuten in einer äußerst unangenehmen Stille.

Schließlich kommt die Kellnerin zurück und trägt ein kleines Ei im Fabergé-Stil in den Händen. Ich habe keine Ahnung, wie echte Enteneier aussehen sollten, aber ich wette, das ist die Interpretation eines Künstlers.

Kit kehrt in ihre gewohnte Form zurück und nimmt das Ei. Dann sagt sie zu allen etwas auf Russisch und geht auf die offene Mauer zu.

Felix und ich sprinten ihr hinterher, als ob der Kikimora im Begriff wäre, auf uns loszugehen – was wahrscheinlich auch der Fall ist.

»Ich bin froh, dass ich Kit gebeten habe, mitzukommen«, flüstere ich Felix zu. »Wenn wir allein wären, würden wir jetzt im Bauch des Leschijs verdaut werden.«

»Ich bezweifle, dass du weiter gekommen wärst als bis zur Katze«, meint Kit, steckt dann das Ei ein und verwandelt sich erneut in ein Pferd.

Felix und ich steigen wieder auf, und wir galoppieren zurück.

Nur wenige Minuten, nachdem wir die noch immer andauernde Schlacht mit dem riesigen Kopf hinter uns haben, beginnt ein ganzes Bataillon von Bogatyri, uns zu verfolgen.

»Wo kommen die her?«, murmelt Felix in mein Ohr und klammert sich verzweifelt an meinen Seiten fest, als Kit von der Straße abkommt und an Geschwindigkeit zulegt.

»Vielleicht sind sie die Verstärkung für die kopftötende Crew«, sage ich und versuche, mir nicht auf die Zunge zu beißen, während wir über einen Felsen springen. »Vielleicht haben sie beschlossen, dass wir unterhaltsamer sind.«

Felix klammert sich fester an mich. »Vielleicht. Es könnte auch eine Gruppe sein, die sich auf Leute spezialisiert hat, die gekommen sind, um die einzige Waffe zu stehlen, die diese Kerle umbringen kann.« Er klingt, als würde er gleich ohnmächtig werden.

Kit springt mit voller Geschwindigkeit über einen Graben, und ihre Hufe schlagen wie eine Trommel auf den Boden.

Die Bogatyri holen immer noch auf.

Ein Pfeil huscht an meinem Ohr vorbei.

»Kit, das ist nicht gut«, rufe ich über die Kampfschreie und die hämmernden Hufschläge hinweg. »Ich hoffe, du hast einen Plan.«

Ein Feuervogel-Ei explodiert zwei Meter von uns entfernt, und die Hitzewelle versengt fast meine Augenbrauen.

Wenn wir es nur in den riesigen Wald in der Ferne schaffen könnten, hätten wir eine Chance.

Kit muss zu dem gleichen Schluss gekommen sein, weil sie so schnell läuft, dass es sich anfühlt, als würde sie fliegen.

Und dann sehe ich unzählige Bogatyri vor uns aus dem Wald kommen und unseren Fluchtweg blockieren.

Mit schwindender Hoffnung blicke ich auf unsere

Verfolger zurück – und wünschte, ich hätte es nicht getan.

Dutzende von Feuervogel-Eiern und genug Pfeile, um den Himmel auszulöschen, fliegen in unsere Richtung.

Das war's.

Wir sind dabei, uns in gut durchgebratene Shish-Kebabs zu verwandeln.

KAPITEL ZWEIUNDVIERZIG

IN DIESEM MOMENT MERKE ICH, dass es sich nicht nur *anfühlt*, als würde Kit fliegen.

Sie fliegt tatsächlich – eine Tatsache, die von dem hektischen Schlagen ihrer riesigen Flügel unterstrichen wird.

»Ist sie einer dieser großen Adler aus *Herr der Ringe*?«, murmele ich, während ich zuschaue, wie wir über die Projektile fliegen.

»Nein«, flüstert Felix mit einer entsetzten Stimme. »Ich glaube, sie ist der Rock.«

Ich schaue mir Kits Spannweite an.

Ja.

Sie könnte leicht der Rock sein – ein riesiger Raubvogel aus der nahöstlichen Mythologie. Wie beim Feuervogel müssen die Legenden über den Rock auf etwas aus den Otherlands basieren.

Diese Vor-Mandats-Cogniti müssen es geliebt haben, anzugeben. Vor allem mit seltsamen Vögeln.

»Ich wusste nicht, dass Dwayne Johnson einer der Cogniti ist«, sage ich und hoffe, dass ein schlechter Witz Felix und mich beruhigen kann. »Ich wusste auch nicht, dass *The Rock* fliegen kann.«

Felix umfasst meine Taille noch fester, ohne auch nur ein wenig zu lachen.

Ich gönne mir einen Hauch von Erleichterung, als wir in den Wald fliegen.

Wundersamerweise weichen wir allen Bäumen aus, die uns im Weg stehen.

Als wir schließlich das Drehkreuz auf der Wiese erreichen und landen, schaut uns die Riesenkatze mit offenem Mund an.

Der Rock ist eindeutig nicht in Buyan beheimatet.

Wir steigen ab, und Kit verwandelt sich wieder in sich selbst.

Ich massiere meinen schmerzenden Hintern und schwöre mir einen feierlichen Eid, unter keinen Umständen jemals wieder auf ein Pferd, ein Rentier, einen Vogel oder Kit zu steigen.

»Hier.« Sie gibt mir das Fabergé-Ei. »Du hast es dir verdient.«

Als ich wütende Schreie der sich nähernden Bogatyri in der Ferne höre, entscheide ich mich, dass es am besten ist, den noch hyperventilierenden Felix durch das Tor zu ziehen und ihn sich auf der anderen Seite erholen zu lassen.

Sobald er wieder in der Lage ist, normal zu atmen, legen wir unseren Rückweg über die Drehkreuze in einem zügigen Tempo zurück.

Als wir schließlich in JFK ankommen, richte ich meine Aufmerksamkeit auf das Ei.

Der Riegel zum Öffnen ist für mein auf solche Dinge trainiertes Auge leicht zu erkennen.

Im Inneren des Eies befindet sich eine kunstvolle Nadel aus silbernem Metall.

»Eine Nadel«, sagt Felix und wischt sich den Schweiß von der Stirn. »Das macht mehr Sinn als eine Natal-Pflaume oder eine Nashi.«

»Ich dachte, er würde etwas über das Essen oder das Gasthaus sagen«, sage ich defensiv. »Nadeln haben nichts mit diesen Dingen zu tun.«

»Was machen wir damit?«, fragt Kit und betrachtet die Nadel eindringlich, während sie mir das geöffnete Ei abnimmt, um sie wieder hineinzustecken.

Felix zieht sein Handy heraus und klopft einige Male auf den Bildschirm.

»Laut Yandex.ru und unter der Annahme, dass unser Koschei in irgendeiner Weise mit dem aus russischen Legenden verwandt ist, sollten wir die Nadel zerbrechen.« Er winkt mit seinem Handy. »Obwohl ich mir nicht sicher bin, wie sehr wir einer solchen Quelle vertrauen können.«

Ich nehme die Nadel und versuche, sie in zwei Hälften zu brechen.

Sie verbiegt sich nicht einmal.

»Lass es mich versuchen«, sagt Felix und nimmt mir die Nadel ab.

Er kann sie auch nicht zerbrechen.

»Darf ich es versuchen?«, fragt Kit, und als ich ihr

die Nadel gebe, hat sie sich in einen riesigen Ork verwandelt.

Der Ork versucht, die Nadel zu brechen.

Kein Glück.

Sie steckt die Nadel in den Mund und lässt es knirschen.

Nichts – was beeindruckend ist, wenn man bedenkt, dass ein Ork einmal meine Pistole zerbissen hat.

Kit verwandelt sich wieder in sich selbst und gibt mir die Nadel zurück. »Bitte Nero, sie zu zerbrechen«, sagt sie. »Seine Stärke ist legendär.«

»Gute Idee«, sage ich und gebe vor, die Nadel auf die gleiche Weise zu schlucken wie bei meinem Nadelschluck-Effekt.

Kit sieht fassungslos aus, also öffne ich meinen Mund, damit sie ihn leer sehen kann.

»Du hast die Nadel in einem speziell entwickelten hohlen Zungenpiercing versteckt«, sagt Felix, ohne in meinen Mund zu schauen. »Wann hast du es gegen die üblichen Dietriche eingetauscht, die du sonst dort trägst?«

Kit entdeckt meinen Zungenschmuck und sieht enttäuscht aus.

Ich widerstehe sowohl dem Wunsch, Felix zu erwürgen, weil er zwei meiner wertvollsten Geheimnisse enthüllt hat, als auch dem Drang, ihn anzuflehen, mir zu sagen, wie er überhaupt wissen konnte, was niemand jemals herausfinden sollte.

Meine wahrscheinlichste Vermutung: Felix hat sich

irgendwie in den Computer meines Mannes in Vegas gehackt. Wir hatten vereinbart, dass er keine Kopien der Entwürfe behalten würde, aber das gierige Wiesel muss es trotzdem getan haben.

Felix sieht selbstgefällig aus und geht zum Ausgang des Drehkreuzes.

Ich nehme mein Handy heraus und lasse Thalia wissen, dass wir gleich herauskommen.

Auf meinem Handy habe ich über ein Dutzend SMS und Sprachnachrichten von Nero, deren Zeitstempel keinen Sinn ergeben, bis ich auf die Uhr schaue und mir etwas klar wird.

Der Lauf der Zeit in den Otherlands hat mir einen grausamen Streich gespielt.

Es ist schon später Montagmorgen.

Ich sollte auf der Arbeit sein.

KAPITEL DREIUNDVIERZIG

EINE ANTWORT VON THALIA KOMMT, als ich anfange, die Nachrichten von Nero zu lesen, von denen die meisten »Ruf mich sofort an« lauten.

Nero wollte dich vor einer halben Stunde im Büro haben, steht in Thalias Nachricht.

Genau darum geht es in den letzten Nachrichten und Sprachnachrichten von Nero.

Ich lasse alle zur Limousine joggen, weil Thalia und ich uns einig sind, dass die Situation ein möglichst schnelles Erreichen meines Arbeitsplatzes erfordert.

»Möchte irgendjemand Sashimi?«, fragt Kit, nachdem sie laut die Essenvorräte der Limousine durchstöbert hat.

»Ich esse keinen rohen Fisch aus einem Auto, das die ganze Nacht Kreise um JFK gefahren hat.« Felix rümpft die Nase. »Nicht jeder kann seinen Magen in den eines Aasfressers verwandeln.«

Kit lacht und verschlingt dann tapfer die Sashimi.

Ich mache mir und Felix einen Bagel aus Erdnussbutter und Gelee, und als wir mit dem Frühstück fertig sind, hält die Limousine neben meinem Arbeitsgebäude.

Zum Entsetzen der vorbeigehenden Mitarbeiter öffnet mir Nero höchstpersönlich die Tür – ein milliardenschwerer Parkservice.

»Nochmals mein Beileid«, sagt Nero mit echten Gefühlen im Gesicht zu Thalia. »Sobald du Kit und Felix abgesetzt hast, nimm dir bitte so viel Zeit zum Trauern, wie du brauchst. Ich werde in der Zwischenzeit persönlich auf Sasha aufpassen.«

Thalia nickt ernst.

Ich steige aus, und Nero schließt die Tür der Limousine.

»Buyan?« Er wendet sich mir zu, und sein Gesichtsausdruck ist ziemlich wütend. »Wirklich?«

Ich zucke mit den Schultern. »Wir hatten Kit bei uns, und es ist ja nicht so, als hättest du mit deinem kostbaren Vertrag helfen können.«

Sein Kiefer spannt sich stark an; dann scheint er sich in den Griff zu bekommen. »Erzähl mir alles«, befiehlt er und führt mich in das Gebäude. »Ich muss genau wissen, was passiert ist, damit ich herausfinden kann, wer das Auto gesprengt hat – und warum.«

Als wir zum Aufzug gehen, beschreibe ich alles, was ab dem Pier passiert ist, und dann erzähle ich ihm auf sein Drängen hin ausführlich von unserer Reise durch die Otherlands.

Ich bin so vertieft darin, unsere bizarre Reise durch

Buyan zu erzählen, dass ich nicht bemerke, wohin Nero mich führt, bis er mich in mein neues Safe-Gefängniszellen-Büro treiben will.

»Hierhin?« Ich starre ihn an. »Nach allem, was passiert ist, wirst du mich wieder einsperren?«

»Ich hätte dich nie rauslassen sollen«, sagt er finster. »Du hast Glück, dass du es lebend aus Buyan rausgeschafft hast.«

»Bist du von da?«, frage ich wegen einer spontanen Eingebung. »Weißt du deshalb, wie sicher oder unsicher der Ort ist?«

Ohne zu antworten, beginnt Nero, die Tür zuzuschlagen.

»Warte.« Ich greife nach seinem Arm. »Kann ich dir einfach meine Aktienempfehlungen geben und nach Hause gehen, ohne gefangen gehalten zu werden?«

Er sieht meine Hand mit solcher Intensität an, dass ich sie zurückziehe. »Nein.« Er schließt die Metalltür ab und mich ein.

»Nun, meine Empfehlung wird der Asia Tigers Fund sein«, sage ich, falls er sein Ohr auf der anderen Seite der Metalltür hat. »Ihr Börsenkürzel ist GRR.«

Nero kommt nicht zurück – nicht, dass ich das von ihm erwartet hätte.

Obwohl ich mich darüber ärgere, dass ich dabei bin, genau das zu tun, was Nero will, setze ich mich trotzdem hin, um eine Vision zu haben.

Es ist eine Weile her, dass ich nach Vlad geschaut habe, also sollte ich das tun.

Ich erschaudere bei der Erinnerung an das letzte

Mal, während ich versuche, den Leerraum zu erreichen.

Ich versage.

Meine Energie muss vom letzten Marathon noch aufgebraucht sein.

Ich mache es mir auf dem Kissen bequem, meditiere, gehe in den Whirlpool, esse eine weitere Gourmet-Mahlzeit und mache ein Nickerchen.

Als ich danach noch einmal teste, in den Leerraum zu gelangen, stelle ich fest, dass meine Energie immer noch aufgeladen wird.

Während ich in der dummen Zelle hin und her gehe, empfinde ich tiefes Mitgefühl für die Verbrecher, die in Einzelhaft gehalten werden. Das kommt von allem, was ich bis jetzt erlebt habe, einer Folter am nächsten.

Nach gefühlten zwei Tagen ist mein Versuch, den Leerraum zu erreichen, endlich erfolgreich.

Einmal drin, konzentriere ich mich auf Vlad.

Das Ergebnis ist eine Wolke ähnlicher Formen – was bedeutet, dass ich eine traditionellere Vision von einem einzigen Ereignis, das Vlad betrifft, ansehen werde.

Ein sehr gruselig klingendes Ereignis, mit Musik, die an meinen nicht existierenden Nervenenden kratzt.

Also gut.

Ich muss wissen, was er vorhat.

Metaphysisch betrachtet, berühre ich die Form, die mir am nächsten ist, und falle in die Vision.

KAPITEL VIERUNDVIERZIG

VLAD GEHT HINAUF zu dem mit Hühnerbeinen geschmückten Eingang des Restaurants Izbushka.

Mit einem schwarzen Ledermantel, hohen Stiefeln und dunkler Sonnenbrille trotz der untergehenden Sonne sieht der Vampir aus, als sei er bereit für ein *Matrix*-Cosplay.

Zwei kräftige Türsteher blockieren Vlads Weg.

»Das Restaurant ist geschlossen«, sagt einer mit dröhnender Stimme.

»Unsere Lieferanten haben heute nicht geliefert«, sagt der andere. »Die Tänzer sind nicht gekommen, die …«

Der erste Türsteher wirft dem Gesprächigen einen so bösen Blick zu, dass der Mann den Mund hält und seine Wut kanalisiert, um Vlad einen schmutzigen Blick zuzuwerfen.

Vlad hebt seine Sonnenbrille an und zeigt seine

Spiegelaugen. Bevor die Türsteher etwas sagen oder tun können, befiehlt er ihnen, zu schlafen.

Sie machen sofort ein Nickerchen, und er tritt über die Körper und huscht hinein.

Die Marmorböden sehen heute besonders poliert aus, und jemand hat einige funkelnde Kerzenleuchter angebracht.

Der Türsteher hat nicht gelogen. Hier gibt es keine Gäste. Es gibt nur einige Männer und Frauen vom Reinigungspersonal und ein paar Mafiatypen, die herumlaufen und gelangweilt aussehen.

Dennoch muss jemand Lust auf Spaß haben: Die Discokugel über der Bühne dreht sich, die Lasershow ist eingeschaltet, und russische Musik ertönt aus den riesigen Lautsprechern.

Der Song klingt wie die russische Version des Hits von t.A.T.u., den Felix mir vor ein paar Jahren vorgespielt hat –*All The Things She Said.*

Ein paar Köpfe drehen sich in Vlads Richtung, als er eine Schrotflinte und eine Uzi unter seinem Mantel hervorholt.

Seine Uzi spritzt Kugeln auf die nächstgelegenen Schläger.

Sie fallen und bluten auf die glänzenden Böden.

Schreie ertönen, und die Angestellten schießen auf den Ausgang zu, während die Mafiatypen nach ihren Waffen greifen.

Vlad schickt einen weiteren Kugelregen zu den Gangstern.

Die meisten von ihnen fallen um, aber ein paar

schaffen es, auf Vlad zu schießen – und eine Kugel landet in seiner Schulter.

Vlad schießt weiter, bis seiner Uzi die Kugeln ausgehen – und er sie auf den nächsten Schläger wirft.

Wie von einer Rakete angetrieben, schlägt die Uzi in den Schädel des Mannes ein und hinterlässt ein riesiges Loch.

Mit seiner jetzt leeren Hand hebt Vlad seine Sonnenbrille hoch und starrt die verbleibenden Feinde mit diesen bezirzenden Augen an.

»Schlafen«, befiehlt er über die Musik und die Schreie.

Jeder, der sich in Sichtweite von Vlads reflektierenden Augen befindet, fällt auf den Boden.

Zwei Kerle hinter ihm fallen jedoch nicht.

Sie heben ihre Waffen.

Vlad muss sie irgendwie spüren, denn er bewegt sich in einem Rückwärtssalto durch die Luft.

Die Augen der Schläger weiten sich.

Vlad landet hinter ihnen und schlägt einen mit seiner freien Hand, während er den anderen mit dem Kolben der Schrotflinte schlägt.

Die Schläger stürzen zu Boden.

Dann landen Lucretia, Ariel und Gaius, als seien sie vom Himmel gefallen, und umgeben Vlad von drei Seiten.

KAPITEL FÜNFUNDVIERZIG

VLAD GREIFT in seine Tasche und nimmt eine Granate heraus.

»Aus nächster Nähe wirst du wahrscheinlich genauso in die Luft fliegen wie wir«, sagt Gaius, weicht aber zurück.

Vlads grüblerisches Gesicht ist grimmig, als er den Stift aus der Granate entfernt und sie neben seine eigenen Füße wirft.

»Geht zurück!«, befiehlt Gaius Lucretia und Ariel.

Sie gehorchen sofort.

Die Granate explodiert nicht. Stattdessen strömt dicker Rauch aus.

Gaius tritt verwirrt zurück.

Der Rauch macht es schwer, Vlads Bewegungen zu verfolgen. In einem Moment steht er in der Wolke, im nächsten steht er neben Gaius und richtet die Schrotflinte auf das Gesicht des Vampirs.

Gaius' Augen werden größer. »Warte …«

Vlad drückt ab.

Gaius' Kopf explodiert.

Vlad schießt wieder, diesmal auf Gaius' Brust, und schießt dann weiter, bis die Schrotflinte leer ist.

Gaius' Aura verschwindet. Ich schätze, es gibt praktischere Wege, einen Vampir zu töten.

Ariel springt auf Vlad und beweist, dass das Bezirzen auch dann funktioniert, selbst wenn der Vampir, der es getan hat, tot ist.

Lucretia packt Ariel von hinten und beweist, dass das Erzeugerband gebrochen ist.

»Schaff sie hier raus«, knirscht Vlad mit zusammengebissenen Zähnen. »Geht jetzt, alle beide.«

Lucretia zieht Ariel zum Ausgang.

Vlad wirft die Flinte beiseite, holt eine Machete heraus und geht in den hinteren Teil des Restaurants.

Der Rauch der Granate erreicht die Decke.

Der Feueralarm beginnt den Beat des Songs zu übertönen.

Sprinkler schalten sich ein, aber statt Wasser sprühen sie eine dicke Flüssigkeit, die nach Benzin riecht.

Schürzen in Patientenkleidung kommen angerannt und halten auf Vlad zu. Sie hatten es offensichtlich eilig, hierherzukommen. Einige von ihnen tragen keine Sonnenbrille und zeigen ihre schwarzen, von Baba Yaga kontrollierten Augen.

Vlad halbiert zwei von ihnen mit seiner Machete, wie ein Jäger, der Gebüsch weghaut.

Er wischt sich Benzin von der Stirn und verengt die

Augen, während er auf etwas hinter einem Dutzend weiterer Schürzen sieht.

Es ist Koschei. Er steht da und greift nach einem Messer.

Vlads Machete fährt durch die restlichen Krankenhemden wie ein heißer Löffel durch Eis.

Als er die letzte Schürze ausgeweidet hat, springt Vlad unmenschlich hoch und spaltet Koscheis messerschwingenden Arm, während er landet.

Koschei schreit.

Vlad hackt auf seinen Feind ein, immer wieder.

Koschei schreit lauter, als er mehr Körperteile verliert, aber irgendwie am Leben bleibt.

Als es nichts mehr zu schneiden gibt, hackt Vlad Koschei den Kopf ab, wartet auf die Auferstehung und wiederholt die grausame Arbeit mit der Begeisterung eines Kindes, das Flügel aus einer Fliege zieht.

Als Koschei ohne Gliedmaßen schreit und sich zum zehnten Mal wie eine Schlange auf dem Boden krümmt, kommt Baba Yaga aus dem Rauch.

»Danke, dass du mir den Ratssitz auf einer Silberplatte gebracht hast«, sagt sie in ihrer androgynen, tausend Jahre alten Stimme. »Dein Platz sollte an Gaius gehen, aber da er tot ist, vereinfacht deine Anwesenheit hier meine Pläne erheblich.«

»Du hättest Gaius nicht helfen sollen, Rose zu töten.« Vlad vibriert fast vor Wut.

»Du sprichst von Rache«, sagt Baba Yaga, aber falls Vlad merkt, dass sie wieder einmal aus *Der Pate* zitiert, zeigt er es nicht. Stattdessen hebt er die

Machete an, als ob er plant, sie wie ein Messer zu werfen.

Baba Yaga hebt ihren Arm und ahmt Vlads Bewegung nach. Bevor er überhaupt blinzeln kann, fließt schwarze Energie aus jedem ihrer Finger in seinen Kopf.

Viel Energie.

Die Hexe scheint vor Anstrengung noch ein paar Jahrzehnte zu altern.

Vlads Augen füllen sich mit der schwarzen Energie, die identisch mit der der Schürzen ist, und die Waffe verlässt seine Hand *nicht*.

»Gut«, sagt Baba Yaga mit schwacher Stimme. »Jetzt lass uns das Messer benutzen, um deinen Hals aufzuschneiden.«

Sie strengt sich an, bis ihr Gesicht wegen der mentalen Belastung gequält aussieht.

Vlad beginnt, sich wie ein Roboter zu bewegen. Er positioniert die Machete an seiner eigenen Kehle und schwingt sie langsam.

Die Halswunde sieht schlimm aus.

Vlad fällt auf die Knie.

Sein Blut fließt nach unten und vermischt sich mit dem Benzin.

»Nochmal«, zischt Baba Yaga.

Vlad schneidet sich noch einmal und fängt an, auf den Marmorboden zu fallen.

Baba Yaga sackt vor Erschöpfung zusammen.

Vlads Körper liegt auf dem Boden.

Ein Feuervogel-Ei rollt unter seinem schwarzen

Ledermantel hervor und bleibt in der Benzinpfütze zu Baba Yagas Füßen liegen.

»Nein«, keucht sie und starrt entsetzt hinunter. »Nicht nach …«

Das Ei bricht auf.

Die Flamme verwandelt Vlad, Baba Yaga und den noch kämpfenden Koschei in Asche, das Benzin entzündet sich, und die Flammen breiten sich rasend schnell aus.

Innerhalb weniger Augenblicke sieht das Restaurant aus wie der Siebte Kreis von Dantes *Inferno* …

KAPITEL SECHSUNDVIERZIG

ICH BIN WIEDER in meiner Zelle, bedeckt mit einer so dicken Schweißschicht, dass man meinen könnte, ich wäre wirklich noch vor einem Moment in einem brennenden Restaurant gewesen.

Ich springe auf meine Füße und gehe direkt zu der Monitor-Tastatur.

Die Uhr zeigt 1:49:52 – die verbleibende Zeit meines Arbeitspensums.

Mit einem zitternden Finger tippte ich den Notruf in den Nummernblock.

Der Bildschirm blinkt zunächst rot, dann erscheint eine Videokonferenz-App.

Ich blinzele verwirrt, während ich den Anruf annehme.

»Du siehst nicht aus, als hättest du einen medizinischen Notfall«, knurrt Nero. »Ich dachte, ich hätte die Konsequenzen erklärt ...«

»Vlad ist im Begriff zu sterben«, platze ich heraus. »Wir müssen ihn retten. Das Feuer …«

»Langsam.« Nero kommt näher an die Kamera heran. »Wie und warum wird Vlad diesmal sterben?«

Meine Stimme ist unnatürlich schrill, als ich ihm sage, was ich gerade vorhergesehen habe.

»Es war Sonnenuntergang, als es geschah, und die Sonne geht um diese Jahreszeit gegen 18 Uhr unter.« Ich winke mit meinem Handy. »Es ist 15.45 Uhr, und es könnte über zwei Stunden dauern, um zu dieser Tageszeit nach Brighton Beach zu kommen. Wir müssen …«

»Ich kann keinen Fuß nach Brighton Beach setzen.« Ein Muskel zuckt in Neros Schläfe. »Das habe ich dir gesagt.«

»Ist der Vertrag nicht nur gültig, solange Baba Yaga noch lebt?«

»Ja.«

»Nun, in meiner Vision sah ich sie sterben. Kannst du nicht …«

»Nein. So funktioniert das nicht. Wenn überhaupt, ist das ein ausgezeichnetes Argument gegen das Gehen. Das kann die Vision verändern und zum Überleben von Baba Yaga führen.«

»Aber hast du nicht auch das Recht, sie anzugreifen, wenn sie hinter mir her ist?«

Seine Augenbrauen ziehen sich zusammen. »Sie hat gerade bestätigt, dass sie nicht versucht hat, dich mit dieser Explosion zu töten – und sie hat wieder die Wahrheit gesagt.«

»Das ist Schwachsinn.« Ich schlage frustriert auf den Monitor. »Mal sehen, wie sie nicht versuchen wird, mich zu töten, wenn ich dorthin gehe, um Vlad zu retten.«

»Du wirst nirgendwo hingehen.« Nero greift nach seinem Computer und ist kurz davor, die Verbindung zu trennen.

»Warte!«, rufe ich. »Bitte. Ich habe Rose versprochen, mich um Vlad zu kümmern.«

Der Satz »mich um Vlad zu kümmern« scheint etwas Dunkles in Neros Augen zu erwecken. Etwas Beängstigendes.

»Siehst du nicht, dass das genau Vlads Plan war?« Sein Ton ist scharf genug, um Glas zu schneiden. »Er weiß, dass Baba Yaga die Macht hat, jemanden zu übernehmen. Das Benzin in den Sprinklern, die Rauchgranate, das Feuervogel-Ei – sie sind alle Teil einer Selbstmordmission. Vlad *will* sterben. Jemanden zu verlieren, den man liebt, kann ...«

»Vlad denkt nicht rational.«

»Du auch nicht«, schnappt Nero. »Dein Arbeitspensum ist jetzt für heute verdoppelt.«

Damit legt er auf.

Ich schlage mit der Faust gegen die sicherheitsähnliche Metalltür, ohne Erfolg.

Die Uhr erscheint wieder auf dem Bildschirm und zeigt nun 9:45:12 Uhr an.

Ich widersetze mich dem Drang, dagegenzuschlagen, und tippe erneut 911 ein.

Der Bildschirm wird rot, und die Videokonferenz-

App startet, aber die Verbindung wird sofort wieder getrennt.

Nero nimmt nicht einmal mehr ab, um mir zu sagen, dass sich mein *Arbeitspensum* erneut verdoppelt hat – die Uhr zeigt jetzt 15:44:59 an.

Ich würde am liebsten den Bildschirm von der Wand reißen, aber ich brauche ihn noch.

Da ich mich nicht auf die Hilfe des Mistkerls verlassen kann, muss ich das Passwort herausfinden.

Ich bete zu meiner Seherintuition und tippe meine beste Eingebung ein: 5317. Laut Felix, wenn man 5317 auf einen Taschenrechner der alten Schule schreibt und ihn auf den Kopf stellt, liest sich das wie LIES.

Der Bildschirm blinkt rot, und ein lästiges Piepen ertönt – aber die Tür bleibt geschlossen und die Uhr wechselt auf 55:44:48.

Was?

Er hatte gesagt, er würde mein wöchentliches Arbeitspensum verdoppeln, wenn ich das falsche Passwort eingebe, aber ich hatte nicht erwartet, dass der Bastard es auch macht.

Mein Kopf ist bereit, zu explodieren, und ich brauche meine ganze Willenskraft, um mich genug zu beruhigen, um denken zu können.

Wenn meine Kräfte kein Passwort liefern, bin ich am Ende. Angenommen, der Code ist vierstellig, gibt es zehntausend Möglichkeiten. Wenn ich eine pro Sekunde eingebe, dauert es 166 Minuten, um sie durchzugehen –– oder etwa zwei Stunden und zweiundvierzig Minuten.

Das aber auch nur, wenn ich nicht wie bei Smartphone-Passcodes aus Sicherheitsgründen nach zu vielen Fehleingaben gesperrt werde.

Wie dem auch sei, Vlad hat nicht so viel Zeit.

Wenn ich an diesem Ort nur Empfang hätte. Dann würde ich Felix anrufen, und er würde einen Weg finden, dieses Schloss zu knacken.

An Felix zu denken gibt mir eine Idee.

Als wir versuchten, Neros Computer zu hacken, hatte Felix vorgeschlagen, mit Hilfe des Leerraums das Passwort zu knacken. Damals hatte ich keine Ahnung, wie ich das tun sollte, was er beschrieb, aber jetzt vielleicht.

»Ich werde die Passwörter erraten«, sage ich mir so zuversichtlich, dass ich es tatsächlich glaube. »Ich werde 0001, dann 0002 und so weiter und so fort eingeben, bis ich bei 9999 bin.«

Um den Deal zu besiegeln, gebe ich 0001 ein.

Es funktioniert nicht, und ich bekomme vierzig weitere Stunden auf meine Uhr.

Ich gebe 0002 ein.

Mit demselben Ergebnis.

Anstatt 0003 einzugeben, begebe ich mich in den Leerraum.

———

ICH IGNORIERE die Standardformen um mich herum, und konzentriere mich auf meine Situation in der Zelle

– insbesondere auf das Passwort-Ratespiel, das ich begonnen habe.

Ein Haufen Visionen erscheint vor mir, die sich alle so ähnlich sind, wie ich es noch nie erlebt habe.

Wenn ich auf dem richtigen Weg bin, sind diese so ähnlich, weil der einzige Unterschied zwischen ihnen ist, welche Ziffer ich in diese Tastatur tippe.

Ich konzentriere mich darauf, mich mit mehreren Schweifen auszustrecken, wie ich es bei den Vlad-Visionen getan habe. Nur sind es diesmal nicht ein Dutzend, die ich bekommen muss, sondern zehntausend.

Das Gefühl, auseinandergerissen zu werden, ist exponentiell stärker, als ich in Tausende von Richtungen gezogen werde – aber dann fühle ich mich an zehntausenden Orten gleichzeitig, und die Visionen beginnen.

———

ICH GEBE ERFOLGLOS 0003 in die Tastatur ein.

———

ICH GEBE ERFOLGLOS 0004 in die Tastatur ein.

———

ICH BEKOMME VISIONEN VON MIR, wie ich versage,

während ich 0005, dann 0006 und so weiter und so weiter eingebe, bis ich 7734 erreiche.

———

ICH GEBE 7735 in die Tastatur ein. Grünes Licht blinkt auf, und die Zellentür öffnet sich.

———

ICH BEKOMME Visionen von mir selbst, wie ich 7736, dann 7737 und so weiter und so weiter eingebe, bis ich zu 9999 komme und die Visionen aufhören.

———

ICH BIN WIEDER IM RAUM, und die Metallwände drehen sich um mich herum, während ich vor Aufregung von einem Fuß auf den anderen trete.

Ich habe es geschafft.

Ich habe meine Kraft genutzt, um das dumme Schloss zu knacken.

Zumindest hoffe ich das.

Mit zitterndem Zeigefinger tippe ich 7735 in die Tastatur ein.

Grünes Licht blinkt auf, und die Zellentür öffnet sich.

Endlich.

Jetzt muss ich nur noch aus dem Gebäude raus, bevor Nero mich aufhalten kann.

KAPITEL SIEBENUNDVIERZIG

ICH LAUFE ZUM AUFZUG, als ob ich von einem Team von Zombie-Bundessteuerbehörden-Beamten verfolgt werden würde.

Der Aufzug scheint tausend hektische Herzschläge zu brauchen, um zu mir zu gelangen, und als ich hineinstürme, drücke ich den Knopf im Erdgeschoss fest genug, um meinen Finger zu verletzen, bevor ich danach den ganzen Weg nach oben auf meinen Nägeln kaue.

Die Türen öffnen sich.

Nero ist nicht da.

Puh.

Ich springe aus dem Aufzug und laufe durch die Lobby.

Meine Kollegen sehen mich verwirrt an, aber niemand hält mich auf.

Ich stoße mit einer Frau zusammen, als ich aus der Tür gehe. Sie kommt mir bekannt vor, aber ich gehe zu schnell weiter, um herauszufinden, woher ich sie kennen könnte.

Als ich ein leeres gelbes Taxi entdecke, springe ich davor und rudere verzweifelt mit den Armen.

Der Fahrer hält an, lässt sein Fenster herunter und schreit etwas für meinen Verstand Unverständliches.

»Ich gebe Ihnen zweihundert Dollar, wenn Sie mich nach Brooklyn bringen«, schreie ich zurück. »Und dreihundert, wenn Sie es vor Sonnenuntergang schaffen.«

Er entriegelt die Tür für mich, und wir rasen davon.

Als wir um die Ecke fahren, sehe ich, wie Nero aus dem Gebäude rennt.

Zu spät, Arschloch.

Ich ziehe mein Telefon heraus und wähle Felix' Nummer.

»Sasha«, sagt er. »Wie bist du …?«

»Keine Zeit. Stell mich auf Lautsprecher, damit Kit zuhören kann.«

Felix tut, was ich verlange, und ich beginne zu erklären, was passiert ist, wobei ich meine Stimme auf Flüsterlautstärke senke, wenn ich zu übernatürlichen Teilen komme.

»Wusstest du, dass das Passwort, das du geknackt hast, ein weiteres dieser umgedrehten Wörter im Taschenrechner ist?«, fragt Felix, als ich fertig bin. »Es ist SELL – das ist *so* typisch Nero, findest du nicht auch?«

Ich presse die Augen zusammen. »Dafür haben wir keine Zeit. Ich habe angerufen, weil ich gehofft hatte, dass du deinen Roboter schicken könntest, um mir zu helfen. Es könnte der einzige Weg sein, um zu Baba Yaga zu gelangen, ohne von ihrem Gedankenkontroll-Juju gefangen zu werden.«

»Das klingt nach einem guten Auftrag für Golem«, sagt Felix. »Lass ihn mich aufbauen und fertig machen.«

»Nur Golem, nicht du«, erkläre ich. »Damit das am besten funktioniert, musst du ihn von der Sicherheit unserer Wohnung aus kontrollieren, sonst kann dich jemand erreichen, bevor der Roboter zu Baba Yaga kommt.«

Ich verdrehe die Wahrheit nur ein wenig. Ich will ihn auch nicht noch mehr entsetzlichen Situationen aussetzen.

»Das macht Sinn«, sagt Felix mit spürbarer Erleichterung in der Stimme.

»Was ist mit mir?«, fragt Kit.

»Kann Baba Yaga *dich* übernehmen?«, frage ich.

»Wahrscheinlich«, sagt sie. »Aber wie Vlad wäre ich für sie sehr schwierig zu kontrollieren, was bedeutet, wenn sie es versucht, wäre sie geschwächt, was dir einen entscheidenden Vorteil verschaffen könnte.«

»In diesem Fall würde ich mich freuen, wenn du dich freiwillig melden würdest«, antworte ich. »Aber ich würde es total verstehen, wenn du das lieber nicht riskieren möchtest.«

»Bedeutet das, dass wir jetzt Freundinnen sind?«, fragt sie fröhlich. »Ich habe so viel Spaß daran, mit dir rumzuhängen und …«

»Ja.« Ich bin froh, dass Kit nicht sehen kann, wie ich mit den Augen rolle. »Wir sind Freundinnen ohne Benefits, ob du dieser Mission beitrittst oder nicht. Aber wenn du mich noch viel länger lebendig als Freundin haben möchtest, dann schließ dich bitte an.«

»Gutes Argument«, sagt Kit. »Du schuldest mir immer noch eine Vision.«

»Ja«, sage ich und bin ausnahmsweise einmal dankbar, jemandem einen Gefallen zu schulden.

»Okay, dann …«, sagt Kit. »Ich bin dabei. Aber denk daran, ich werde *niemanden* unter dem Mandat töten. Ich kann auch nicht die Vollstrecker mitbringen oder etwas anderes, was ich in meiner offiziellen Funktion als Ratsmitglied sonst tun könnte.«

Mist.

Baba Yaga, Koschei und Gaius sind alle »unter dem Mandat« – was bedeutet, dass Kit die Hände gebunden sind.

»Kit kann immer noch mit den Schürzen und den anderen Schlägern helfen«, sagt Felix. »Ich denke, es lohnt sich trotzdem, sie mitzunehmen.«

»Das denke ich auch«, sage ich. »Unser Hauptziel ist es, Vlad, Lucretia und Ariel lebend rauszuholen. Rache ist eine optionale Sahnehaube.«

»Fluffster will etwas hinzufügen«, sagt Felix. »Er sagt: ›Wage es nicht, zu sterben‹.«

»Sag ihm, dass ich mein Bestes geben werde«, antworte ich. »Können Kit und Golem mich am Broadway treffen, um Zeit zu sparen? Auf diese Weise kann mein Taxi sie einsammeln, ohne in unsere Straße zu fahren.«

»Kein Problem«, sagen Kit und Felix unisono.

»Okay, beeilt euch«, sage ich. »Wir werden bald da sein.«

Sie legen auf, und ich beobachte mit nervöser Unruhe, wie das Taxi durch den Berufsverkehr fährt.

Um bei Verstand zu bleiben, verbringe ich ein paar Minuten mit meditativer Atmung; dann, als ich ruhiger bin, versuche ich, in den Leerraum zu gelangen.

Es funktioniert nicht, was Sinn ergibt.

Obwohl die Visionen, die mir geholfen haben, das Passwort zu hacken, kurz waren, gab es Zehntausende davon, also ist es möglich, dass mir die Kraft ausgegangen ist.

Wenn ich Glück habe, kann ich mich bis zur Ankunft am Ziel aufladen. Und wenn es eine Art von Sehererfahrung gibt, von der ich mehr gebrauchen könnte, wäre es das Energiemanagement.

Ich sehe meine Freunde schon aus einem Block Entfernung an der Ecke stehen.

»Fahren Sie rechts ran, neben die Dame in dem Ninja-Outfit«, sage ich zum Fahrer, und als wir näher kommen, zeige ich auf Kit. »Die neben einem Roboter.«

Mit einem Achselzucken hält der Taxifahrer dort wie gebeten an.

Abgestumpfte New Yorker scheinen sich nicht darum zu kümmern, dass eine metallische Kreatur in ein Taxi steigt, aber ein paar Touristen gaffen Golem fasziniert an.

Der Fahrer interessiert sich noch weniger dafür als die Einheimischen dieser Stadt. Er tritt einfach aufs Gas, und wir schießen vorwärts.

Verspätet fällt mir ein, dass ich Kit hätte bitten sollen, mein Focusall mitzubringen, falls meine Kräfte rechtzeitig zurückkommen.

Na ja, ich schätze, ich muss mich auf mein Training verlassen.

»Steck dir das ins Ohr.« Kit gibt mir einen vertraut aussehenden Ohrhörer.

»Ich dachte, wir würden genauso kommunizieren wie bei Ariels Rettung«, sagt Felix' Stimme aus dem Inneren der Ohrhörer. »Tippt auf die Ohrhörer, um sie stummzuschalten, und tippt erneut auf sie, um zu sprechen – oder sprecht einfach mit Golem. Ich benutze seine Augen und Ohren als meine eigenen.«

»Klingt gut«, sage ich zu Golem. »Du würdest ein Vermögen verdienen, wenn du solche Roboter für die Öffentlichkeit herstellen könntest.«

»Man braucht im Moment noch meine Technomanten-Kräfte, um Golem zu kontrollieren«, erwidert Felix enttäuscht. »Aber vielleicht könnte ich eines Tages etwas machen, was jeder benutzen kann.«

»Ich habe versucht, Vlad anzurufen, und ihm eine SMS geschickt, um ihn davon abzuhalten, in dieses Restaurant zu gehen«, sagt Kit. »Kein Glück.«

»Oh, ich bin froh, dass du das getan hast.« Ich

erröte. »Ich war so in Eile, dass ich vergessen habe, eine so einfache Lösung auszuprobieren.«

»Ich bezweifle, dass er überhaupt zuhören würde«, sagt Felix durch die Ohrhörer.

Mein Telefon klingelt.

Es ist Nero.

Ich klicke auf »Ignorieren«.

Ich bekomme eine Benachrichtigung von meiner Mailbox und dann eine Textnachricht.

Und … Überraschung! Es ist eine Kombination aus Drohungen und Bitten.

Nero will nicht, dass ich nach Brighton Beach fahre.

Ich rufe weder zurück noch beantworte ich die Nachricht.

Ich kümmere mich später um meinen Chef, falls ich überlebe.

»Das hätte ich fast vergessen.« Kit gibt mir einen Energieriegel und eine Flasche Wasser. »Fluffster war besorgt, dass du vielleicht nichts gegessen hast.«

»Fluffster hatte recht«, sage ich und stürze mich mit Begeisterung auf das Essen.

Essen und Trinken hält mich für die Hälfte des Weges beschäftigt. In der zweiten Hälfte versuche ich immer wieder, den Leerraum zu erreichen – erfolglos.

Um 18.04 Uhr kommen wir in Brighton Beach an und parken.

»Wir beeilen uns besser«, sagt Kit und wirft dem Fahrer Bargeld zu, während sie das Fahrzeug verlässt.

Der Roboter und ich eilen Kit hinterher.

Die Sonne geht bereits unter.

»Mach die um.« Kit gibt mir eine schwarze Maske und legt sich gleichzeitig selbst eine um. »Es gibt keine Vollstrecker, die Erinnerungen löschen können, nachdem wir fertig sind, also müssen wir uns selbst um die Zeugen kümmern.«

Ich fühle mich wie ein Einbrecher aus einem Film, als ich die juckende Maske aufsetze und zu dem mit Hühnerbeinen geschmückten Eingang des Restaurants Izbushka gehe.

Kit und Golem folgen dicht hinter mir.

Die beiden kräftigen Türsteher liegen bereits auf dem Boden und schlafen.

»Scheiße«, sagt Kit und holt mich ein. »Wir sind vielleicht schon zu spät.«

KAPITEL ACHTUNDVIERZIG

ICH ZIEHE meine Waffe und laufe hinein.

»Das Lied von t.A.T.u. ertönt immer noch aus den Lautsprechern«, sagt Felix im Ohrhörer. »Das sagt mir, dass du nicht *so* spät dran bist.«

Ich schaue mich um.

Felix hat recht.

Wir sind noch rechtzeitig.

Vlad steht in der Mitte des Raumes mit einer Schrotflinte in der einen und einer Uzi in der anderen Hand.

»Nicht bewegen«, sagt Felix unnötigerweise in meinem Kopfhörer. »Wir wissen, dass es ihm gut gehen wird, aber wenn du in die Schusslinie kommst, kannst du sterben.«

Wie um Felix' Worte hervorzuheben, sprüht Vlad Kugeln auf die nächsten Schlägertypen, genau wie er es in meiner Vision getan hat.

Die Typen fallen und bluten auf die glänzenden Böden.

Verzweifelte Schreie ertönen, und wir weichen der panischen Flucht des Personals aus, so gut wir können.

Genau wie zuvor greifen die überlebenden Gangster nach ihren Waffen.

Vlad schickt wie vorhergesehen einen weiteren Kugelhagel auf sie.

Die meisten fallen zu Boden, aber ein paar schaffen es, auf Vlad zu schießen – und eine Kugel landet in seiner Schulter.

Vlad schießt weiter, bis seiner Uzi die Kugeln ausgehen.

»Jetzt rennen wir«, sage ich und beginne zu laufen, wobei ich über die blutenden Körper springe, die mir im Weg liegen.

Vlad wirft die leere Waffe auf den nächsten Schläger und schlägt damit seinen Schädel ein, wie zuvor.

Sowohl Kit als auch ich schauen nach unten, als Vlad seine Sonnenbrille anhebt und jeden in der Reichweite seines waffenscheinpflichtigen Blicks befiehlt, zu schlafen.

Bis auf zwei Schlägertypen fallen alle um.

In meiner Vision wäre dies der Zeitpunkt, an dem Vlad diesen fantastischen Salto rückwärts macht.

Diesmal jedoch schlägt Golem den beiden Kerlen mit seinen riesigen Metallarmen auf den Kopf.

Der Schlag ist nicht so heftig wie der von Vlad

gewesen wäre, aber er tut, was er tun soll: Die beiden Männer gehen zu Boden.

»Vlad, ich bin's, mit Kit«, rufe ich. »Bitte nicht schießen!«

»Sasha?« Vlad sieht mich an, als wäre mir ein zweiter Kopf gewachsen. »Kit?«

»Vorsicht!«, schreie ich. »Sie sind dabei, anzugreifen.«

Genau wie in der Vision landen Lucretia, Ariel und Gaius, als würden sie vom Himmel fallen.

Nur, dass wir die Zukunft geändert haben, als wir hier ankamen und Golem die Schläger töten ließen.

Sie hat sich verschlechtert.

Da Vlad diesen Salto nie durchgeführt hat, steht er an einem anderen Ort als an dem aus meiner Vision – und Gaius tritt Vlad die Waffe aus den Händen, als er landet.

Die Schrotflinte rutscht auf dem blutüberströmten Boden außer Reichweite.

»Nehmt sie«, befiehlt Gaius Lucretia und Ariel.

Mit gutem Beispiel vorangehend, schlägt er Vlad ins Gesicht.

KAPITEL NEUNUNDVIERZIG

»KIT, schnapp dir Lucretia. Ich hole Ariel«, schreit Felix in den Kopfhörer, als der Roboter sich für unseren Mitbewohner in Bewegung setzt.

Kit gewinnt an Höhe und Muskeln und springt auf Lucretia.

Gaius' Schlag bewirkt, dass Vlad ein paar Meter zurückfliegt, aber er erholt sich sofort.

Gaius blickt finster, dann folgt er Vlad so schnell, dass meine Augen Schwierigkeiten haben, ihn im schwachen Lasershowlicht zu verfolgen.

Vlad greift in seine Jacke und zieht die Granate heraus.

Gaius schlägt sie Vlad aus den Händen.

Die Granate rollt wirkungslos über den Boden und bleibt in der Nähe der Schrotflinte liegen.

Hatte Gaius recht, als er prahlte? Ist er mächtiger als Vlad, wenn ihm Roses Extra-Kraft weggenommen wird?

Vlad schlägt Gaius ins Gesicht.

Gaius weicht dem Schlag aus und landet seinen eigenen in Vlads Bauch.

Ich erschaudere. Wenn Gaius' Faust auf das Feuervogel-Ei trifft, werden sie und jeder in der Nähe in Flammen aufgehen.

Natürlich … wenn diese Granate losgegangen wäre und die Benzin-Sprinkler ausgelöst hätte, hätte eine Feuervogel-Ei-Explosion alle getötet.

Vlad fliegt wieder rückwärts.

Gaius rennt ihm hinterher.

Ich hebe meine Waffe und schieße dorthin, wo ich hoffe, dass Gaius in einem Moment sein wird.

Ich treffe die Discokugel anstelle von Gaius.

Die beiden Vampire stehen jetzt zu nah beieinander, als dass ich es riskieren könnte, noch einmal zu schießen.

Sie tauschen weitere Schläge aus.

»Ariel, ich will dir nicht wehtun«, sagt Felix mit Golems Roboterstimme neben uns.

Ich werfe einen Blick dorthin.

Der Roboter hält Ariels Hände hinter ihrem Rücken fest, aber Ariel windet sich und schlägt um sich wie bei einem Exorzismus.

Lucretia muss sich auch gewehrt haben. Kits Maske ist zerfetzt. Doch Kit hält Lucretia jetzt in einer engen, unausweichlichen Umarmung.

Ich blicke rechtzeitig zurück, um zu sehen, wie Gaius Vlad so stark schlägt, dass der Vampir vier Meter zurückfliegt.

Gaius rennt nach vorn.

Ich schieße und verfehle den superschnellen Vampir wieder einmal.

Vlad greift in seinen Mantel, zieht die Machete heraus und schwingt sie auf Gaius' Kopf zu.

Gaius fängt Vlads Handgelenk auf und führt eine Bewegung ähnlich wie beim Aikido durch.

Die Machete durchbohrt Vlads Oberschenkel und lässt ihn vor Schmerz schnaufen.

Ich eile auf sie zu. Wenn ich aus der Nähe schieße, sind die Chancen geringer, dass ich Vlad treffe.

Als ich einen halben Meter entfernt bin, hebe ich die Waffe.

Gaius muss gespürt haben, dass ich komme, weil er mich wie eine Fliege wegschlägt.

Ich fühle mich wie ein Baseball, den Babe Ruths Schläger getroffen hat. Meine Waffe fliegt in die eine Richtung, und ich fliege in die andere.

Etwas knackt, als ich gegen eine Wand knalle, und die Luft verlässt meine Lungen, während ich den blutigen Marmor hinunterrutsche.

Meine Nervenenden werden atomisiert, und ich glaube, ich werde ohnmächtig.

Als ich zur Besinnung komme, will ich nur zusammengerollt daliegen und mich erholen, aber das kann ich nicht.

Vlad braucht mich.

Mit einer Willenskraft, die ausreicht, um zwei Marathons zu beenden, kämpfe ich mich in eine Liegestützposition.

Dort merke ich, wo ich gelandet bin: ein paar Meter von der Granate und der Schrotflinte entfernt.

Durch den Schmerz entsteht in meinem Kopf der verzweifelte Umriss eines Plans. Nicht einmal ein Plan, nur ein Gedanke.

Als Vlad in meiner Vision gewann, war es im Schutz des Rauches, und er tat es, indem er Gaius ins Gesicht geschossen hat. Würde die Zukunft Gestalt annehmen, wenn die gleichen Variablen im Spiel wären?

Ich krabbele hinüber und schnappe mir die Granate und die Schrotflinte. Mit der Flinte als Krücke stehe ich auf wackeligen Füßen.

Ich atme tief ein und gehe mit einem schlurfenden Schritt in Richtung der kämpfenden Vampire.

Dann noch einen und noch einen.

Gaius hat die Machete von Vlad genommen und hackt vor sich hin.

Vlad schafft es nur, der Hälfte der Schnitte auszuweichen, der Rest lässt Vlads Kleidung und Fleisch zerfetzt zurück.

Es gibt zahlreiche für Menschen tödliche Wunden an Vlads Körper.

Ich bereite mich darauf vor, die Granate nach ihnen zu werfen, um Vlad etwas Deckung zu geben, aber dann erinnere ich mich, dass der Rauch zu Benzin aus den Sprinklern führt – was nicht gut gehen wird, wenn Gaius das Feuervogel-Ei trifft ... oder wenn Vlad fällt.

Ich versuche, in die Zukunft zu schauen, um zu

sehen, ob die Verwendung der Granate sicher ist, aber ich habe kein Glück.

Entweder gelingt es mir nicht, den benötigten Leerraum-Fokus zu erhalten, oder ich habe meine Energie noch nicht wieder aufgeladen.

Ich stecke die Granate vorerst wieder ein und versuche einen weiteren Schritt, dann noch einen und noch einen.

Bald erkläre ich meine Beine für funktionsfähig. Ich schöpfe Hoffnung, dass das bedeutet, dass nichts Wichtiges gebrochen ist.

Nach einem Dutzend weiterer qualvoller Schritte komme ich wieder in Gaius' Nähe.

Ich setze darauf, dass er damit beschäftigt ist, die Machete aus Vlads Schulter zu ziehen.

Leise ziele ich mit der Schrotflinte, aber dann zögere ich.

Eine Schrotkugel könnte Vlad treffen. Andererseits wird das wahrscheinlich nicht so schlimm sein, wie einen weiteren Schlag mit dieser Machete zu bekommen.

Es sei denn, eine Kugel trifft auf das Feuervogel-Ei. Wenn das passiert, werden wir alle drei im Handumdrehen getoastet.

Also gut. Wie Felix sagt: »Wer nichts riskiert, darf nie Champagner trinken.«

Ich halte den Atem an und drücke den Abzug.

KAPITEL FÜNFZIG

DIE EXPLOSION hinterlässt ein klaffendes Loch in der Mitte von Gaius' Brust.

Vlad scheint es gut zu gehen – mit *gut* meine ich: mit einer Machete wild zerlegt, aber ohne Schrotkugel im Körper.

Gaius lässt die Waffe in Vlads Schulter stecken und greift nach seiner Brust.

»Wie kommt es, dass er noch steht?«, flüstert Felix in meinen Ohrhörer.

Mit einem Schnaufen ergreift Vlad die Machete in seiner Schulter mit beiden Händen und reißt sie heraus, wobei sich eine Blutfontäne ergießt.

Gaius' Augen werden größer, und er beginnt, sich zurückzuziehen, aber es ist zu spät.

Vlad schneidet Gaius den Kopf ab.

Der Kopf rollt weg, als der Körper auf den Boden fällt, und die Mandatsaura verschwindet.

Vlad sackt auch zu Boden. Zu seinen Füßen breitet sich eine Blutlache aus.

Ich hoffe, er bleibt aufrecht genug, um das Ei nicht zu zerbrechen.

»Du kannst mich gehen lassen«, sagt Lucretia mit heiserer Stimme. »Ich folge Gaius' Befehlen nicht mehr.«

Ich schaue zurück.

Genau wie in meiner Vision brach Gaius' Tod das Erzeugerband von Lucretia, aber nicht Ariels Bezirzung.

Kit lässt los.

»Ich glaube, du hast mir die Rippen gebrochen«, murmelt Lucretia.

»Geht es dir gut?«, frage ich Vlad.

»Ich werde überleben«, sagt er, während Blut aus seinem Mund fließt. »Ich bin mir aber nicht sicher, ob ich kämpfen kann.«

Ich schaue zu Lucretia. »Kannst du ihn rausbringen?«

Sie nickt feierlich und eilt herbei, um Vlad unter den Armen zu greifen.

»Kit«, sage ich. »Hilf Golem, Ariel hier rauszuholen, während ich uns decke.«

»Wenn ich mich richtig an deine Vision erinnere, gibt es Schürzen im hinteren Bereich«, sagt Felix. »Und Koschei und Baba Yaga.«

»*Deshalb* habe ich gesagt, dass ich uns decken werde«, sage ich mürrisch und schlurfe zu meiner Pistole.

Kit läuft, um Golem zu helfen.

Eine Schürze in Patientenkleidung taucht von hinten im Restaurant auf, gerade als ich meine Waffe hebe und schieße.

Die Schürze läuft auf mich zu.

Ich habe sie ganz klar verfehlt.

Ich schieße wieder, und diesmal treffe ich die Schürze zwischen den schwarzen Augen.

Eine weitere bekommt die gleiche Behandlung, und dann noch eine.

Etwas reißt mir den Kopf so plötzlich zurück, dass ich ein Schleudertrauma bekomme.

Ich ducke mich und lasse meine Maske in der Hand der Schürze zurück, die mich gepackt hatte, bevor sie eine Kugel in den Kopf bekam.

»Alle sind draußen«, sagt Felix in meinem Ohr. »Lucretia hält Ariel fest, und Kit gibt Vlad Blut, damit er nicht stirbt. Ich schicke Golem zurück, um dir zu helfen.«

»Danke«, sage ich, als eine weitere Schürze von der Tanzbühne springt.

Ich erschieße auch sie, und dann frage ich mich, ob ich die Rauchgranate werfen sollte, um mich und den Roboter mit etwas Deckung zu versorgen.

Bedeutet das, dass ich ein Feuer entfachen werde, wenn ich mit meiner Waffe in den daraus resultierenden Benzinschwall schieße? Das war nicht der Fall, als Vlad Gaius in meiner Vision erschoss, aber er könnte einfach Glück gehabt haben.

Andererseits war es Vlad egal, ob dieser Ort mit

ihm darin niedergebrannt wird, während mir das überhaupt nicht egal ist.

Wenn ich nur in die Zukunft sehen könnte. Dann könnte ich mit Sicherheit eine Entscheidung treffen.

Ich atme tief ein, und dann kanalisiere ich meine ganze Übung in ein überwältigendes Bedürfnis, den Leerraum zu erreichen.

Eine Schürze unterbricht meine Konzentration und bezahlt mit ihrem Leben.

Dann taucht eine weitere auf.

In einer Ruhepause zwischen den Morden versuche ich wieder, mich zu konzentrieren.

Zu meiner Überraschung funktioniert es.

Zum ersten Mal überhaupt bekomme ich mitten in einer Schießerei Zugang zum Leerraum.

———

WÄHREND ICH ZWISCHEN den Formen schwebe, hole ich meinen metaphysischen Atem und genieße es, mein Leben einen Moment lang nicht verteidigen zu müssen.

Obwohl ich mir ziemlich sicher bin, dass in der Außenwelt keine Zeit vergeht, während ich im Leerraum bin, möchte ich das trotzdem so schnell wie möglich hinter mich bringen.

Also, worauf konzentriere ich mich?

Die Granate?

Bisher hatte ich mehr Glück damit, Visionen mit

Menschen anzupeilen oder mich auf die Standardformen um mich herum zu verlassen.

Ich untersuche misstrauisch die schwarzen, eiskalten, bitter schmeckenden, pyramidenartigen Schneeflocken, die mich umgeben.

Die Musik, die sie spielen, verheißt nichts Gutes für diese Visionen.

Genau deshalb sollte ich sehen, welche Zukunft sie bringen.

Entschieden greife ich nach einer einzelnen Form, um Kraft für später zu sparen, und lasse dann meinen Schweif das tun, was er tun soll – und tauche ein.

KAPITEL EINUNDFÜNFZIG

BABA YAGA STEHT über einem vertrauten, verletzten weiblichen Körper gebeugt, der ausgestreckt wie eine Leiche an einem Tatort daliegt. Lediglich die Kreidekontur fehlt.

In Baba Yagas Hand befindet sich eine riesige gusseiserne Bratpfanne, die einen Blutfleck aufweist. Eine Beule am Kopf des schlaffen Körpers passt genau zu dem Fleck an der Pfanne.

»Als du angegriffen hast, hast du meinen Vertrag mit Nero aufgelöst«, sagt Baba Yaga zu dem Körper. »Jetzt kann ich endgültig ein für alle Mal mit dir fertigwerden.«

Obwohl ich in diesem Zustand normalerweise keine Emotionen empfinde, durchdringt eine arktische Kälte mein körperloses Wesen.

Kein Wunder, dass der Körper mir so vertraut ist.

Er gehört mir.

Tatsächlich habe ich mich selbst schon einmal so

gesehen – während des Kampfes mit Beatrice, nachdem sie mich in einer Vision getötet hatte. Damals konnte ich dieses Schicksal verhindern, indem ich die Umstände änderte, die dazu führten.

Hoffentlich kann ich diesmal dasselbe tun.

Jemand tritt hinter Baba Yaga auf ein Stück Metall.

Es ist Kit.

Sie zielt mit einer Schrotflinte auf Baba Yagas Kopf.

Bevor sich die alte Hexe umdrehen kann, drückt Kit den Abzug.

Die Waffe klickt nur, ohne dass sich ein Schuss löst – sie muss blockiert oder leer sein.

»Sieht so aus, als würde ich doch noch *deinen* Ratssitz bekommen.« Baba Yaga dreht sich herum, um Kit mit einem fleischfressenden Lächeln anzustarren. »Zuerst haben meine Leute erfolglos versucht, dich zu erschießen, und dann, dich in die Luft zu jagen. Jetzt kommst du freiwillig zu mir – und ich kann alles wie einen legitimen Selbstmord aussehen lassen. Wie …«

Ohne den Satz zu beenden, wirft Baba Yaga die schwere Pfanne Richtung Kits Kopf.

Kit muss von Baba Yagas Geständnis überrascht worden sein, weil sie dem Geschoss nicht ausweicht und die Pfanne gegen ihren Kopf schlägt.

Kit taumelt.

Genau wie in der Vision von Vlad hebt Baba Yaga ihre Arme.

Auf jeder ihrer Fingerspitzen bildet sich schwarze Energie.

Sie scheint ein paar Jahrzehnte vor Anstrengung zu altern, bevor die Energie herausschießt.

Aber sie erreicht Kit nicht.

Anstatt zu Kit strahlt sie bogenförmig zur unbeweglichen Sasha auf dem Boden.

Warum schießt sie dorthin?

Dann sehe ich es.

Die Jubiläumskette mit diesem riesigen Stein.

Es ist immer noch an meinem Hals und absorbiert Baba Yagas Energie – so wie der Ring, den Rose mir einst gab.

Natürlich. Deshalb bat mich Rose, sie zu holen.

Sie wusste, für wen Koschei arbeitet und was nach ihrem Tod passieren könnte.

Typisch Rose, noch aus dem Jenseits eine letzte Rache zu nehmen.

Kit erholt sich von dem Treffer und grinst, als sie sieht, was geschieht.

Dann wächst sie und verwandelt sich in einen Drekavac – eine alptraumhafte Xenomorph-Dementoren-Kreatur, von der wir bei der letzten Einführung erfahren haben.

»Nein«, fleht die geschwächte Baba Yaga. »Erschieß mich einfach. Nicht …«

Drekavac-Kit geht zu Baba Yaga und streckt mehrere von Eiterbläschen befallene Gliedmaßen aus.

Der gequälte Schrei, der aus Baba Yagas Hals kommt, ist kaum als solcher zu erkennen. Es klingt eher wie ein höllisches Streichinstrument, das einen einzelnen Ton spielt, der Glas zerspringen lassen kann.

Sie krümmt sich und zuckt so stark, dass sie sich wahrscheinlich die eigenen Bänder zerreißt, und dann bricht die alte Hexe auf dem Boden zusammen.

Kit beugt sich über ihr Opfer.

Eine schrecklich aussehende Zunge schlängelt sich langsam aus dem Maul des Drekavacs.

Wo immer das Ding Baba Yagas Haut leckt, schmilzt sie weg, als ob sie nie existiert hätte, und hinterlässt rohes Fleisch.

»Von einem Drekavac getötet zu werden ist das schlimmste Schicksal, das jemandem passieren kann«, hatte Dr. Hekima gesagt, und offensichtlich hatte er nicht übertrieben.

Wenn ich einen Körper hätte, würde ich mich übergeben.

Beim dritten Lecken entweicht Baba Yagas Hals ein letzter qualvoller Schrei, und dann driftet sie in einen glückseligen Tod.

Kit verwandelt sich in einen Ork, tritt Baba Yagas Reste zur Seite und geht dann zu meinem unbeweglichen Körper.

Der Ork hebt mich vorsichtig hoch und geht in Richtung Ausgang des Restaurants.

KAPITEL ZWEIUNDFÜNFZIG

ICH WERDE ZURÜCK in die Realität der Schießerei gestoßen, und jetzt, da ich einen Körper habe, muss ich tief durchatmen, um mich nicht wegen dem, was ich gerade gesehen habe, zu übergeben.

Was Kit Baba Yaga in dieser Vision angetan hat, wird mich mehr verfolgen als Bentleys verbrannter Körper – und ich hätte nicht gedacht, dass das möglich ist.

Apropos Bentley: Es sieht so aus, als sei die Autobombe, die ihn getötet hat, für Kit bestimmt gewesen, nicht für mich. Dasselbe gilt für den Überfall im Badezimmer – Gaius half Baba Yaga, als er Kit mit dem Versprechen auf Sex ins Hotel lockte. Deshalb konnte Baba Yaga Nero ehrlich sagen, dass sie nicht versucht hat, *mich* zu töten. Es war die Wahrheit. Ich war nur zufällig in der Nähe von Kit, als Baba Yaga zuschlug.

Wenn ich nicht so egozentrisch gewesen wäre, hätte ich es früher erkannt.

Je mehr ich über die jüngsten Ereignisse nachdenke, desto klarer wird mir, dass Baba Yaga das Schicksal verdient, das sie in der Vision bekommen hat.

Sie hat Rose getötet. Sie hat Kevin und Bentley getötet. In der Vision hat sie sogar mich erwischt – oder will es zumindest.

Ja.

Will.

Vielleicht sollte meine oberste Priorität darin bestehen, zu verhindern, dass ich als dieser unbewegliche Körper ende?

Aber wie? Ich habe nicht gesehen, was dazu geführt hat, also brauche ich mehr Informationen.

Ich versuche, in den Leerraum zurückzugehen, scheitere aber.

Entweder bin ich nach dem, was ich gesehen habe, zu gestresst, oder ich habe nicht genug Energie.

Eine Schürze springt aus dem hinteren Teil des Restaurants hervor, und ich schieße ihr wie ferngesteuert eine Kugel in den Kopf.

Eine weitere springt heraus, und ich erschieße sie ebenfalls.

»Ich habe die schrecklichste Vision überhaupt gesehen«, sage ich zu Felix. »Ich muss etwas tun, um sie zu verhindern, aber …«

Ich beende meinen Satz nicht, weil ich ihn sehe.

Koschei.

Er hält das Messer, und seine grünen Augen

strahlen tödliche Entschlossenheit aus, als er auf mich zustürmt.

Ich ziele auf seinen Kopf.

Die Waffe klickt wirkungslos.

Ich hebe die Schrotflinte, aber es ist zu spät.

Koschei schlägt sie mir aus den Händen und wirft mich dann wie ein Frisbee gegen die nächste Wand.

Ich schlage mit meinem verletzten Rücken gegen die Wand und rutsche wieder auf den Boden.

Mein Bewusstsein schwindet.

KAPITEL DREIUNDFÜNFZIG

ICH ÖFFNE BLINZELND die Augen und sehe Koscheis Messer, das sich auf meine Brust zubewegt.

Das war's.

Ich bin erledigt.

KAPITEL VIERUNDFÜNFZIG

EIN METALLISCHER ARM greift nach Koscheis Handgelenk, bevor er die Stichbewegung beenden kann, und eine riesige Metallfaust schlägt mit einem hörbaren Knacken in seinen Kiefer.

Koschei fliegt zurück.

Golem springt auf ihn zu.

Koschei schneidet mit dem Messer in Golems Oberkörper und hinterlässt eine tiefe Rille im Metall, bevor die Klinge abbricht.

Dann wirft er die Reste des Messers gegen den Roboter. Der Aufprall verbeult den metallischen Panzer, bevor die restlichen Teile mit einem Klappern auf den Boden fallen.

Golem tritt Koschei gegen das Schienbein.

Ich höre das Geräusch von brechenden Knochen.

Golem tritt noch einmal gegen dieselbe Stelle.

Koscheis Bein bricht, und ein abgesplittertes Stück Knochen ragt heraus, als er hinfällt.

Der Roboter stampft so stark auf ihn, dass einige seiner Beinschrauben in verschiedene Richtungen fliegen.

Koschei zischt vor Schmerz, versucht aber trotzdem, den Metallfuß zu fangen.

Golem tritt gegen seinen Kopf, als sei er ein Fußball.

Koschei stirbt, erwacht aber sofort wieder zum Leben und schlägt den Roboter in die Bauchgegend.

Metall verbiegt sich, und Knochen brechen.

Ich atme einen tiefen Atemzug ein und werde fast ohnmächtig vor Schmerzen.

Meine Rippen könnten gebrochen sein.

Möglicherweise auch andere Dinge.

Ich knirsche mit den Zähnen, drehe mich um und beginne, zu der Schrotflinte zu kriechen.

Die Geräusche von Metall und Knochen, die aufeinandertreffen, werden lauter und verstörender.

Es klingt, als würde Koschei sich immer wieder umbringen lassen, um letztendlich trotzdem zu gewinnen.

Ich werfe einen kurzen Blick zurück und sehe, wie Koschei Golem das rechte Bein herausreißt.

Golem fällt auf die Seite.

Koschei eilt auf mich zu, aber Golem rast mit den drei verbleibenden Gliedern wie ein verwundeter *Terminator* hinter ihm her.

Im Handumdrehen umklammert ein Metallarm Koscheis Knöchel.

Koschei benutzt das abgerissene Bein wie eine

Keule und gibt Golem einen verheerenden Schlag auf den Kopf.

Adrenalin überlagert meine Schmerzen, während ich mich mit neuer Entschlossenheit auf die Schrotflinte konzentriere.

Die Geräusche des auseinanderreißenden Roboters verstärken sich.

Ich krieche schneller.

Die Geräusche hören auf.

Ich bin weniger als einen halben Meter von der Waffe entfernt, als mich raue Hände umdrehen und meinen kaputten Rücken gegen den Marmor schlagen.

Ich schreie vor Schmerzen auf.

Grinsend umfasst Koschei meinen Hals mit einer Hand und hebt mich in die Luft.

KAPITEL FÜNFUNDFÜNFZIG

SADISTISCHES VERGNÜGEN SCHIMMERT in Koscheis grünen Augen, als er mich vor sich baumeln sieht.

Sein Griff um meinen Hals schneidet mir die Luft ab und zerquetscht meine Luftröhre.

Auf Grund meines Beinahe-Ertrinkens und meines Trainings für eine Wasserflucht weiß ich, dass ich nicht viel Zeit habe.

Verzweifelt kanalisiere ich alle meine Kampfstunden und ziele mit meiner rechten Faust auf Koscheis Gesicht.

Meine Knöchel treffen auf seinen Kiefer, und meine Hand fühlt sich an, als hätte ich sie mir gerade gebrochen.

Zuckend versucht er, mich mit seiner freien Hand zu schlagen.

So wie Thalia es mir beigebracht hatte, wehre ich seinen Schlag mit meinem rechten Unterarm ab. Etwas bricht, aber ich ignoriere den Schmerz und schlage ihn mit der linken Faust, während ich mit meinen Beinen zutrete.

Koscheis Gesicht verzieht sich zu einer hässlichen Grimasse, und er drückt meinen Hals noch fester zusammen. Ich denke, er beabsichtigt, ihn zu brechen, um mein Ableben zu beschleunigen.

Er beugt sich nach vorn und flüsterte: »Ich hätte nicht gedacht, dass ich das so sehr genießen würde. Du bist …«

Ich werde nie erfahren, was er sagen wollte, denn ich wähle diesen Moment, um meinen letzten Trumpf auszuspielen.

So wie ich es oft für meinen Nadelschluck-Effekt geübt habe, spucke ich die Nadel aus Buyan aus und ziele dabei auf das rechte Auge des Bastards.

Die Nadel dringt wie ein Eispickel in Gelee in Koscheis Iris ein, und sobald sie das getan hat, beginnt der noch freiliegende Teil der Nadel zu leuchten.

KAPITEL SECHSUNDFÜNFZIG

KOSCHEI LÄSST MEINEN HALS LOS, brüllt wie ein verwundeter Bär und fällt auf die Knie.

Ich lande auf allen vieren auf dem Boden, knirsche vor Schmerzen mit den Zähnen und krieche zur Schrotflinte.

Koscheis Schreie verstärken sich.

Mit all meiner verbleibenden Kraft hebe ich die Waffe auf.

Koscheis Mandats-Aura scheint zu flackern.

Ich ziele mit der Flinte auf die aus dem Auge ragende Nadel und drücke ab.

Die Hälfte von Koscheis Kopf verschwindet, und glühende Nadelsplitter breiten sich im Rest seines Körpers aus.

»Das ist für Rose«, zische ich und schieße ein Loch in seinen Oberkörper. »Und das für Kevin.«

Ich schieße, bis die Waffe leer klickt und Koschei

ausgestreckt mit dem Gesicht nach unten auf dem Boden liegt.

Die glänzenden Nadelsplitter scheinen das, was von seiner Aura übrig geblieben ist, aufzusaugen; dann verwandelt sich sein Körper vor meinen Augen in Asche.

Eine Sekunde später verschwindet die Asche spurlos.

Ich starre auf die leere Stelle auf dem Boden und werfe die jetzt unbrauchbare Schrotflinte weg.

Moment mal. Eine leere Schrotflinte war in meiner Vision Kits Hand, also bedeutet das …

»Armer Koscheiushka«, sagt Baba Yaga von hinten, während etwas Hartes auf meinen Hinterkopf trifft. »Letztendlich war er doch nicht so unsterblich.«

Ich wurde gerade von einer riesigen Pfanne getroffen, wird mir klar.

Genau so endete ich in meiner Vision, als Haufen auf dem Boden.

Und dann verschwinden alle meine Gedanken, als mein Bewusstsein in Schwärze versinkt.

KAPITEL SIEBENUNDFÜNFZIG

ICH WACHE VON SCHMERZEN AUF.

Schrecklichen Schmerzen.

Mein Kopf fühlt sich an, als würde mein Gehirn auslaufen, und mein Rücken ist ein Fleischklumpen.

Aber andererseits bin ich nicht tot – obwohl ich mir fast wünschte, ich wäre es.

Ich öffne die Augen und befinde mich in den Armen eines Orks, der mich gerade aus dem Restaurant Izbushka trägt.

»Kit«, krächze ich und zucke dann zusammen, als meine Rippen lautstark protestieren.

»Du lebst«, dröhnt Kits Orkstimme. »Sorg dafür, dass es so bleibt.«

»Du warst da«, kratze ich heraus, »gleich nachdem Baba Yaga mich mit dieser Pfanne k. o. geschlagen hat. Dann hast du dich in einen Drekavac verwandelt und sie getötet, nicht wahr?«

»Wie hast du …«

»Wahrscheinlich eine Vision«, sagt Felix in unseren Ohren. »Sasha, ich bin so froh, dass es dir gut geht. Ich hoffe, es macht dir nichts aus, aber ich habe Nero geschrieben, als Baba Yaga getötet wurde. Er hatte mich gebeten, das zu tun. Ich glaube, seine Limousine war genau an der Grenze zu Brighton Beach geparkt, und er hat darauf gewartet, dass ihr Tod den Vertrag auflöst, damit er hereinkommen und helfen kann.«

Der Schmerz macht es schwierig, Felix' Worte zu verstehen.

Kit verlässt das Restaurant, und ihr ruckeliger Gang ist eine Qual für meinen gebrochenen Körper.

Vlad liegt auf dem Bürgersteig und sieht schon besser aus. Lucretia hält immer noch die sich windende Ariel fest.

Eine Limousine kommt neben dem Bordstein zum Stehen.

Richtig.

Felix erwähnte vorhin eine Limousine.

Die Fahrertür öffnet sich, und Nero springt mit übernatürlicher Geschwindigkeit heraus. Eine vertraut aussehende Frau steigt auf der Beifahrerseite aus.

Sie ist diejenige, der ich auf dem Weg aus dem Büro begegnet bin.

Jetzt, da ich nicht laufe, erkenne ich, dass sie Isis ist – die Heilerin mit Preisen, die nur Nero sich leisten kann.

Der Schmerz macht es schwer, zu denken, aber ich frage mich immer noch, warum Isis in Neros Haus ging, gerade als ich herauslief. Hat er sie vorzeitig herbeigerufen? Das würde ihn zu einem besseren Hellseher machen als mich. Es würde auch bedeuten, dass er wusste, dass ich aus meiner Zelle entkommen würde. Aber wenn das stimmt, warum hat er mich nicht aufgehalten? Und wie konnte er …

»Leg sie hinten rein«, knurrt Nero. »Vorsichtig.«

Kit wird schneller, und alles tut so weh, dass ich aufhöre zu denken und bete, dass ich ohnmächtig werde.

Die Qualen werden fast unerträglich, als Kit mich auf den Sitz legt.

Ich muss unzählige gebrochene Knochen haben, oder Schlimmeres.

»Du musst die übliche Rate vervierfachen«, sagt Isis zu Nero, nachdem sie mich einem schnellen Scan unterzogen hat. »Das wird mir sehr wehtun.«

»Gut«, sagt Nero, ohne einen Moment zu zögern. »Beeil dich.«

Isis seufzt demonstrativ, dann richtet sie ihre Hände auf mich.

Die goldene Energie strömt aus, und ich fühle, wie sich meine Wunden schließen und sich meine gebrochenen Knochen richten.

Als sie uns neulich geheilt hat, hatte Isis' Haut einen gesunden olivfarbenen Farbton. Heute ist sie blasser, und je mehr sie von ihrer Energie aussendet, desto kränker sieht sie aus. Vor meinen Augen werden einige ihrer tiefschwarzen Haare grau.

Eine angenehme Wärme fließt durch mich

hindurch, und mein Schmerz verwandelt sich in Entspannung.

»Lass sie schlafen«, befiehlt Nero.

»Moment«, sage ich und greife in meine Tasche, um die Rauchgranate herauszuziehen. »Wirf das ins Restaurant und lass Vlad sein Feuervogel-Ei hineinwerfen.«

Nero nimmt die Granate, entfernt den Stift und wirft sie durch das Glas über der Tür.

Das Glas zerbricht in kleine Stücke, und ein paar Atemzüge später wird der Feueralarm ausgelöst.

»Tu es«, befiehlt Nero und schaut Vlad auf dem Bürgersteig an. »Lösch diesen Ort aus.«

Vlad stöhnt vor Schmerzen, nimmt das Feuervogel-Ei heraus und wirft es in das Restaurant.

Meine Lippen verziehen sich zu einem bösartigen Lächeln, als ich das Izbushka in Flammen aufgehen sehe.

»Ein einstündiges Nickerchen wird dir guttun«, flüstert Isis und schießt mir einen stärkeren Impuls ihrer Energie zu.

»Moment«, möchte ich noch einmal sagen, aber meine Augenlider werden schwer, und ich sinke in einen heilenden Schlaf.

———

ICH ÖFFNE die Augen und sehe, dass Nero mich über meinem Bett hält.

Nero in meinem Schlafzimmer?

»Das muss ein Traum sein«, murmele ich, als er mich sanft hinlegt.

»Ja.« Seine tiefe Stimme ist sanft. »Das ist nur ein Traum.«

»Ich mag solche Träume«, sage ich benommen und schnappe mir seinen Kragen. »Bist du sicher, dass es ein Traum *ist?*«

Nero antwortet nicht, aber seine Limbusringe übernehmen fast seine Augen.

Ich ziehe mich an seinem Kragen so hoch, dass sich unsere Lippen fast berühren.

Er zieht sich nicht zurück, aber er beugt sich auch nicht nach unten.

Das ist in Ordnung. Die ganze heilende Energie, die durch meinen Körper wandert, gibt mir eine fast übermenschliche Kraft – und die Libido eines Sukkubus.

Ich ziehe mich leicht den Rest der Strecke hoch und drücke meine Lippen auf Neros. Sie sind überraschend weich, und sein Atem hat eine vage Minznote …

Jemand räuspert sich in der Nähe. »Wolltest du mich deshalb hier haben?«, fragt Isis. »Weil ich mir nicht sicher bin, ob ich noch genug Kraft habe, um sie zu heilen, wenn …«

»Nein.« Nero zieht sich widerstrebend von mir zurück. »Beende deinen Job.«

Die heilende Energie macht meine Lider wieder schwer.

»Schlaf gut«, sagt Nero von weitem, und die warme Energie lässt mir keine andere Wahl, als zu gehorchen.

KAPITEL ACHTUNDFÜNFZIG

ICH WACHE auf und fühle etwas Pelziges, das sich an meiner Brust und meinem Rücken schmiegt.

Moment, Brust *und* Rücken?

Ich hebe die Decke an.

Ja. Auf beiden Seiten ist etwas Pelziges.

Eine Katze und ein Chinchilla.

»Guten Morgen«, sagt Fluffster in meinem Kopf.

»Hey, Kumpel«, flüstere ich zurück.

Luzifer sieht mich mit grünen Augen an, die zu sagen scheinen: »Wenn du deine Innereien behalten willst, Vasall, wirst du mich sofort wieder mit dieser Decke bedecken.«

Ich bedecke sie wieder und bin froh, dass es ihr besser geht.

»Wie fühlst du dich?«, fragt Fluffster und stellt sich auf seine Hinterbeine. »Ich habe gehört, dass du schwer verletzt wurdest.«

Ich schwinge meine Beine vom Bett und untersuche meinen Körper auf Schäden von gestern Abend.

Nichts.

Nein, viel besser als nichts.

»Ich fühle mich, als hätte ich zwei Jahre Urlaub gemacht«, sage ich ihm. »Mit Spabehandlungen, Cabana-Jungs, die mich mit Trauben füttern, weißem Sand …«

»Sasha?«, schreit Felix von vor der Tür. »Fluffster sagt mir, dass du wach bist.«

Ich werfe dem verräterischen Chinchilla einen bösen Blick zu. »Was wäre, wenn ich noch ein Nickerchen machen wollte?«

»Es ist 13 Uhr«, antwortet Fluffster ohne Mitgefühl. »Du hast Glück, dass Nero dich von der Arbeit entschuldigt hat, sonst wärst du so spät dran, dass du deinen Job verlieren würdest.«

»Er hat mich von der Arbeit befreit?«, frage ich vielleicht ein wenig zu schrill. Ich erinnere mich vage an einen feuchten Traum, der seltsamer war als sonst, da neben Nero auch Isis vorkam.

Warte einen Moment. Könnte dieser Kuss echt gewesen sein?

Wenn ja, was meinte Isis mit ihrem seltsamen Kommentar? Sie ließ es fast so klingen, als würde sie mich heilen müssen, wenn wir Sex hätten.

Und das führt zu einer Frage, von der ich nie gedacht hätte, dass ich sie über meinen Chef stellen würde.

Wie groß genau ist er?

»Redest du von Nero?«, fragt Felix durch die Tür, und ich fühle, wie meine Wangen zu brennen beginnen. »Er sagte, du kannst wieder zur Arbeit kommen, wenn du dich dafür bereit fühlst.«

»Nero ist nett?« Ich schiebe alle Gedanken an Phallusgrößen zur Seite. »Ich muss *wirklich* schwer verletzt worden sein.«

Weder Fluffster noch Felix sagen etwas, also stehe ich auf und suche nach etwas zum Anziehen.

»Wir sind in der Küche und essen mittag«, sagt Felix, als ich an meinem Bademantel anziehe. »Komm schnell zu uns.«

Mit einem Federn in meinem frischgeheilten Schritt eile ich ins Badezimmer und kümmere mich schnell um meine Geschäfte, bevor ich in die Küche gehe.

Ein ganzer Chor von Stimmen begrüßt mich, als ich mich nähere.

»Wenn ich du wäre, würde ich mich immer wie einer der Batmans aussehen lassen«, höre ich Ariel sagen. »Oder wenigstens wie Christian Bale.«

»Nein, du solltest wie einer der *Matrix*-Charaktere aussehen«, widerspricht Felix. »Wie Neo.«

»Mir wird langweilig, wenn ich zu lange gleich aussehe«, sagt Kit, als ich hereinkomme.

»Sasha!« Ariel legt ihre Gabel weg, springt auf und umarmt mich fest. »Ich bin so froh, dass ich dich noch erwischt habe, bevor ich wieder gehe.«

»Du gehst?« Ich betrachte sie. Natürlich ist Ariel auch nach den gestrigen Torturen bereit für ein Cover-

Shooting. »Ich schaue nur – du bist nicht mehr bezirzt, oder?«

»Nein. Nachdem Gaius gestorben ist …« Sie hört auf zu reden, und ihr Gesichtsausdruck wird düsterer.

Trauert sie tatsächlich um Gaius, nach allem, was er getan hat? Ich bin versucht, sie zu fragen, aber unterdrücke den Drang.

Sie braucht wahrscheinlich etwas Zeit, um sich damit auseinanderzusetzen.

»Sie kam eine Stunde nach unserer Rückkehr zur Besinnung.« Felix steht auf, nimmt einen leeren Teller und geht zum Herd. »Dank Neros Heilerin ist sie jetzt fast so gut wie neu.«

»Und ich habe beschlossen, in die Reha zurückzugehen.« Ariels Gesicht glättet sich, als sie sich wieder hinsetzt und weiter das isst, was wie Felix' berühmter Pilz-Stroganoff aussieht.

Ich setze mich auch hin.

»Kit und ich werden sie nach Gomorrha bringen, sobald wir fertig sind.« Felix stellt einen Teller voller Stroganoff vor mich und gibt mir eine Gabel.

»So.« Ich starre auf das Essen, weil ich mir unsicher bin, wie ich meine Frage am besten stellen soll, ohne meine Freundin zu beleidigen oder schmerzhafte Erinnerungen wachzurufen. »Hat Gaius …?«

»Ich glaube nicht, dass ich noch mehr von seinem Blut getrunken habe«, sagt Ariel mit einem unleserlichen Gesichtsausdruck. »Oder so etwas in der Art.« Sie schiebt einen großen Haufen Nudeln am Rand ihres Tellers zusammen und spießt ihn dann mit ihrer Gabel auf. »Das Verlangen ist jetzt viel erträglicher. Ich fühle mich wieder fast wie ein normaler Mensch, weshalb ich denke, dass ich der Versuchung entkommen und völlig sauber werden sollte. Außerdem hilft mir Baileys Traumtherapie auch bei anderen Dingen …« Sie schiebt sich die Gabel in den Mund und beginnt dann erneut, die Nudeln wieder zu einem großen Haufen zusammenzusammeln.

Felix und ich tauschen heimlich Blicke aus. So nah war Ariel noch nie daran, ihr posttraumatisches Belastungssyndrom zuzugeben – was ein großer Fortschritt ist. Wenn ich Bailey treffe, muss ich ihr danken.

»Ich komme mit euch mit.« Ich lade mir eine große Portion Stroganoff auf meine Gabel. »Ich will nur noch schnell zu Ende essen.«

»Tut mir leid, aber nein«, sagt Felix, ohne mich anzuschauen. »Nero hat mich gebeten, dafür zu sorgen, dass du es heute ruhig angehst.«

»Nero ist nicht mein Chef«, sage ich. »Du auch nicht.«

»Nun, genau genommen«, sagt Felix, »ist er dein …«

»Einfach eine Weile zu Hause entspannen«, sagt Ariel versöhnlich. »Nero könnte Felix wehtun, wenn dein Leibwächter dich das Gebäude verlassen sieht.«

Schäumend stecke ich mir die Gabel in den Mund und kaue heftig.

»Apropos Nero«, sagt Kit und lässt sich wie mein

Chef aussehen, nur ohne Hemd. »Er, Vlad und ich haben einen Deal gemacht, der euch alle betrifft.« Sie verwandelt sich in einen hemdlosen Vlad. »Falls der Rat jemals von all den Morden erfährt, an denen wir beteiligt waren – und das ist unwahrscheinlich –, wird Vlad die Verantwortung für alles übernehmen, sogar für Koschei und Baba Yaga, wenn ihr mich versteht.« Sie sieht mich mit Vlads eindringlichen Augen an.

Ich kaue fertig und schlucke. »Damit ich nicht in Schwierigkeiten komme, weil ich Koschei getötet habe, einen der Cogniti unter dem Mandat, genau wie du Baba Yaga?«

»Genau«, sagt sie. »Es ist nur eine Vorsichtsmaßnahme, weil sowieso niemand merken sollte, dass sie tot sind.«

»Ach?«, meint Felix neugierig.

»Pada hat das abgebrannte Restaurant besucht und die Überreste aufgeräumt«, erklärt sie. »Und ich werde meine Kräfte nutzen, um sicherzustellen, dass alle Getöteten von Zeit zu Zeit auf dem Radar des Rates auftauchen.« Sie lässt sich kurz wie einer der Vollstrecker aussehen, die Vlad am Pier getötet hat, und dann noch kürzer wie Gaius, Koschei und Baba Yaga.

Die letzten beiden zu sehen lässt mich erschaudern, obwohl ich weiß, dass es nur Kit ist. Ich muss mit Lucretia darüber reden.

Vorausgesetzt, neuerschaffene Vampire bieten noch Therapien an.

»Wir können es so aussehen lassen, als seien Baba

Yaga und Koschei nach Russland zurückgekehrt«, sagt Felix begeistert. »Ich kann sogar eine elektronische Spur erstellen.«

»Das ist gut«, sage ich mit einem Grinsen. Sein Vorschlag erinnert mich an einen magischen Effekt, und nichts heitert mich so auf wie das Entwerfen einer guten Täuschung. »Gaius könnte auch an einen anderen Ort ziehen. Dann, nach einer Weile, könnte sich ein Gerücht verbreiten, dass sie alle in ein Otherland mit einem eigenartigen Zeitverlauf gereist sind.«

»Das könnte funktionieren.« Kits listiger Gesichtsausdruck rivalisiert mit meinem. »Vlad und Lucretia haben bereits die Erinnerungen der überlebenden Menschen durch Bezirzen gelöscht, aber wir können sie zurückbringen und Erinnerungen einpflanzen, die mit dieser Geschichte übereinstimmen. Genauso wie bei allen menschlichen Polizisten, die sich mit dem Fall befassen.«

»Es tut mir leid, den Spaß zu unterbrechen, aber ich würde wirklich gern gehen.« Ariel legt ihre Gabel ab. »Sogar die beiläufige Erwähnung von Vampiren …«

»Du musst nichts weiter sagen.« Felix stopft sich den Rest seines Essens in den Mund, und Kit folgt seinem Beispiel.

»Wir sind bald wieder da«, sagt Felix, während er aufsteht.

»Wenn du Lucretia siehst, kannst du ihr bitte dafür danken, dass sie meinen Prof überzeugt hat, mir eine Auszeit zu gewähren?« Ariel steht ebenfalls auf. »Ich weiß nicht, ob ich mich jemals sicher fühlen werde, mit ihr persönlich zu sprechen.«

»Natürlich«, sage ich. »Lustig, dass erst das Bezirzen die Auszeit gebracht hat.«

»Das habe ich auch gesagt.« Felix lacht und geht aus der Küche.

Kit räuspert sich und blickt Ariel bedeutungsvoll an.

»Oh, richtig«, sagt Ariel und rollt fast unmerklich mit den Augen. »Kit kann in meinem Zimmer pennen, solange ich nicht da bin.«

»Wir sollten danach die Laken verbrennen«, sagt Fluffster mental – vermutlich zu allen außer Kit.

»Wir sehen uns auf der Beerdigung.« Ariel gibt mir einen Kuss auf die Wange und folgt Felix aus der Küche.

Ich sitze fassungslos da, und mein Appetit ist spurlos verschwunden.

Ariel meinte Roses Beerdigung.

Ein Ereignis, das ich vergessen hatte, wahrscheinlich, um nicht durchzudrehen. Jetzt, da …

»Ich komme mit Felix zurück«, unterbricht Kit meine Gedanken mit einem Kuss auf meine mit Sauce verschmierten Lippen.

Sie gehen, und ich stochere mit düsteren Gedanken im Rest meiner Mahlzeit, während Fluffster sein Heu frisst.

Als wir beide fertig sind, räume ich die Küche auf, wodurch ich mich ein wenig besser fühle.

Das heißt, bis ich in mein Zimmer zurückkehre und

die zerfetzten Kleider von gestern sehe, die ordentlich auf den Stuhl gefaltet sind.

Huh.

Ich bin nackt aufgewacht und habe mich nicht einmal gewundert, aber das hätte ich wahrscheinlich tun sollen.

Hat Nero mich ausgezogen?

Meine Wangen werden wieder heiß, ebenso wie andere Teile meines Körpers.

Ich schiebe den nicht jugendfreien Film in meinem Kopf beiseite, stöbere durch die Taschen meiner blutbefleckten Hose, nehme die Karte heraus, die nach Buyan führt, und werfe dann die Lumpen in den Müll.

»Wirst du wieder mit dem Leerraum spielen?«, fragt Fluffster, als ich mich setze und meine meditative Atmung beginne.

»Natürlich«, sage ich, obwohl ich nur versucht habe, mich zu beruhigen.

Fluffster springt auf das Bett, um mich besser zu beobachten. Ein Katzenauge schaut ihn hungrig von unter der Decke an, aber zu meiner Überraschung greift Luzifer nicht an.

»Die Katze lernt schnell«, sagt Fluffster selbstgefällig in meinem Kopf. »Wenn ich ihr jetzt beibringen könnte, eine billigere Marke von Katzenfutter zu mögen, wäre sie perfekt.«

Ich schüttele den Kopf und versuche, auf den Leerraum zuzugreifen.

Meine Kraft muss vollständig aufgeladen sein, denn es funktioniert sofort.

———

ICH SCHWIMME DORT für eine Weile und genieße einfach das schwerelose Gefühl.

Keinen Körper zu haben kann sehr beruhigend sein – besonders wenn man weiß, dass man in der Außenwelt nicht um sein Leben kämpft.

Es ist mir davor noch nie aufgefallen, aber der Leerraum ist ein ausgezeichneter Rückzugsort zum Nachdenken. Weil die Zeit in der Außenwelt nicht zu vergehen scheint, kann ich denken, ohne wertvolle Momente meines Lebens zu verschwenden.

Hey, vielleicht werde ich das nächste Mal, wenn ich mir einen magischen Effekt ausdenke, in den Leerraum gehen. Vielleicht erfinde ich so eine Show, die die Cogniti beeindrucken würde. Denn wenn Nero meinen Kartenbetrug wirklich mochte, könnte das bei anderen übernatürlichen Wesen auch der Fall sein.

Ich schwebe einen Moment lang und versuche herauszufinden, was ich in dieser aktuellen Sitzung im Leerraum machen möchte, als mir etwas einfällt.

Es ist schon eine Weile her, dass ich versucht habe, Rasputin – meinen biologischen Vater – im Leerraum zu rufen.

Ihn zu erreichen sollte jetzt einfacher sein, da ich in Neros seltenem Moment der Offenheit mehr über ihn erfahren habe.

Ja, das wär's.

Ich sollte damit anfangen.

Fantasievoll hatte Nero ihn genannt, und ich wette,

Rasputin ist das – vorausgesetzt, er hat die Mystery-Man-Persönlichkeit in den menschlichen Geschichten absichtlich geschaffen.

Eigenartig … das war ein weiterer Beiname, den Nero ihm gegeben hatte, und das ergibt auch Sinn. Wenn ich an das Bild des bärtigen Mannes denke, sind mir die Begriffe *schrullig* und *exzentrisch* definitiv in den Sinn gekommen.

Nero hat ihn auch als einfallsreich bezeichnet. Das ist ebenfalls leicht zu glauben. Der Geschichte nach war mein Vater hervorragend darin gewesen, die russische Königsfamilie zu manipulieren – so gut, dass die Leute ihn schließlich dafür töten wollten.

Die einzige Beschreibung Neros, mit der ich nicht einverstanden bin, ist *loyal*. Wie kann das auf einen Mann zutreffen, der seine Tochter, mich, verlassen hat, um sie von Fremden in einem fremden Land aufziehen zu lassen?

Dennoch gebe ich mein Bestes, um mich auf die Essenz des Mannes zu konzentrieren – einschließlich *allem*, was Nero gesagt hat.

Zu meiner großen Überraschung funktioniert es.

Oder zumindest nehme ich an, dass es das tut, weil ein Leerraum-Wesen neben mir auftaucht.

Eines, das nicht Darian oder der Bannik ist.

Das Wesen pulsiert gleichermaßen mit Neugierde und Angst.

Ich strecke mich nach ihm aus.

Das Wesen erwidert das widerstrebend.

Vielleicht ist es meine Fantasie, aber die

gegenseitige metaphysische Berührung erinnert mich an Szenen, in denen sich Familienmitglieder nach langer Zeit der Trennung umarmen.

Unser Verstand verschmilzt, und ich bereite mich auf eine wilde Fahrt vor.

KAPITEL NEUNUNDFÜNFZIG

ICH SITZE auf einem Bett und kämme das Haar einer Frau mit einer kunstvoll gestalteten Bürste.

Meine Hand ist stark und männlich – ein Beweis dafür, dass ich in Rasputins Erinnerungen sein könnte, oder in der eines anderen männlichen Sehers.

Die Frau ist weggedreht, so dass ich ihr Gesicht nicht sehen kann. Ihre blassen Schultern und ihr anmutiger Rücken erinnern mich an eine Ballerina, und die Art und Weise, wie sie vor Vergnügen stöhnt und schnurrt, als er oder ich sie kämme, ist so verführerisch, dass sie an pornografisch grenzt.

Könnte das meine Mutter sein?

Werde ich eine Erinnerung an meine eigene Empfängnis sehen?

Das wäre, als würde man seine Eltern im Schlafzimmer überraschen, nur tausendmal seltsamer.

Oder ist das ihre postkoitale Glückseligkeit?

»Ich liebe es, wie unberechenbar du bist«, sage ich

auf Russisch mit einer tiefen männlichen Stimme. Die Sprache ist ein weiterer Hinweis darauf, dass dies eine Erinnerung meines Vaters sein könnte.

»Das ist nicht das Einzige, was du an mir liebst«, antwortet die Frau mit einer weichen und melodiösen Stimme.

Obwohl sie die Worte auf Russisch sagt, verstehe ich sie – ein Vorteil, wenn man im Kopf eines russischen Muttersprachlers ist. Ich kann sogar sagen, dass sie einen Akzent hat, wenn sie spricht – obwohl ich nicht sagen kann, welchen.

Sie beginnt sich umzudrehen, aber bevor ich ihr Gesicht sehe, verändert sich die Erinnerung.

———

ICH STEHE in einem opulenten Gebäude mit einem Zwiebelturm, das mit goldenen Dekorationen und religiösen Symbolen im Stil der russisch-orthodoxen Kirche gefüllt ist.

Wenn ich wirklich in Rasputins Erinnerung bin, könnte dies eine Kirche im Winterpalast sein.

Nero steht in einer Kleidung, die einem Schwarz-Weiß-Foto aus Russland um 1900 entsprungen zu sein scheint, neben einem ausgefallenen Kerzenleuchter. Rasputin muss *sehr* groß sein, denn ich schaue auf Nero herab, was eine seltsame Erfahrung ist.

Nero, der erst in hundert Jahren mein Chef werden wird, sieht bereits genauso aus. Na ja, abgesehen von dem perfekt getrimmten Bart, der an einen übereifrigen Hipster erinnert.

»Wenn wir diesem Kurs folgen, wird sie ein friedliches Leben bis zu ihrem vierundzwanzigsten Lebensjahr haben«, sage ich – Rasputin. »Ich kann nicht weiter sehen – obwohl ich sagen *kann*, dass in diesem Jahr etwas passieren wird, was ihre Zukunft extrem verändern wird.«

»Ich werde besonders wachsam sein, wenn es so weit ist«, sagt Nero. »Aber wegen …«

———

DIE ERINNERUNG WECHSELT ERNEUT, und das rege Treiben von JFK umgibt mich von allen Seiten.

Ich – er – halte ein kleines Mädchen an ihrer kleinen Hand.

Ihre Haut ist blass, und ihre großen blauen Augen schauen mit einem ängstlichen Ausdruck nach oben.

Ich erkenne dieses Gesicht.

So sehe ich auf den ersten Bildern aus, die meine Adoptiveltern von mir gemacht haben.

»Wie kann ich nur mein Kind verlassen?«, ist der Gedanke, der durch seinen Kopf wirbelt, und der Schmerz, den er fühlt, ist überwältigend. »Es ist der einzige Weg«, sagt er sich dann immer wieder. »Das ist der einzige Weg, der mir eingefallen ist«, flüstert er dem Mädchen zu.

Irgendein sadistischer Teil von mir mag es sogar, dass er untröstlich ist.

Er ist dabei, mich wie einen Sack Müll zurückzulassen.

Er soll sich ruhig beschissen fühlen.

Ich – er – schaue mir die nahegelegene Bar an.

Meine jünger aussehenden Eltern sitzen da und trinken Cocktails.

»Sie werden gute Eltern für dich sein«, sage ich zu dem Mini-Me auf Russisch. »Das ist der einzige …«

DIE AUGEN von Rasputin oder mir sind geschlossen.

Ich kenne das eingeengte Gefühl an den Handgelenken und um meine Brust von meinem Entfesselungstraining.

So fühlt es sich an, mit einem Seil an einen Stuhl gefesselt zu sein.

Wenn ich könnte, würde ich die Nase rümpfen. Wo immer wir sind, es riecht wie in einer unterirdischen Leichenhalle.

Dann schlägt mir eine Faust in den Bauch.

Nun, in Rasputins, nicht in meinen, aber der Schmerz lässt mich für einen Moment vergessen, wer wer ist.

Luft entweicht aus unserer Lunge, und wir keuchen nach Atem, aber halten unser Gesicht so ruhig wie möglich unter den gegebenen Umständen und haben unsere Augen geschlossenen.

»Wenn *dieser* Folterer den Schmerz sieht, werden die Schläge viel schlimmer«, denkt Rasputin und widersteht der Versuchung, seine Hände zu Fäusten zu ballen.

Der nächste Schlag geht gegen die Kniescheibe – und der Schmerz ist so intensiv, dass er es nicht schafft, ein schmerzhaftes Keuchen zu unterdrücken.

Autsch.

Ich brauche einen Weg, um mich von dieser Erinnerung zu trennen, und zwar schnell.

Der Schmerz ist nur allzu real.

»Ich verdiene das«, denkt Rasputin, als ein weiterer Schlag ihn aufschreien lassen will. »Alles, was sie mir antun, verdiene ich, weil ich mein Kind verlassen habe.«

KAPITEL SECHZIG

ICH BEFINDE mich zum dritten Mal in einer vakuumartigen Schwärze und stehe vor einem Synapsen-Hologramm eines Mannes, den ich nicht erkenne.

Kahl und bartlos, sieht er anfangs nicht aus wie die Bilder von Rasputin, die ich online gesehen habe.

Abgesehen von diesen Augen.

Die Augen sehen gleich aus.

Und dann gibt es sein jetzt freiliegendes Kinn.

Es sieht genauso aus wie das, auf dem ich als Teenager Pickel ausgedrückt habe.

Mein Kinn.

»Grigori Rasputin?«, frage ich zitternd.

Alle Gefühle, zu denen Menschen fähig sind, vermischen sich auf seinem durchsichtigen Gesicht wie in einem Kaleidoskop, als er nickt und auf mich zeigt. »Sasha?«, fragt er und spricht meinen Namen auf diese russische Art und Weise aus, wie es Felix' Eltern tun.

Ich nicke.

Er rasselt etwas auf Russisch heraus und schwebt nach unten.

»Ich verstehe dich nicht.« Ich schwebe auf sein Niveau. »Ich spreche kein Russisch.«

Der Schmerz in seinen Augen scheint sich zu verstärken.

»*Ya ne govoryu po-angliyski*«, sagt Rasputin sehr langsam und zeigt auf sich selbst, dann auf seinen Mund, dann auf meinen Mund.

»Du sprichst kein Englisch«, rate ich.

Er zuckt mit den Schultern.

Wenn er nicht einmal so viel Englisch kann, dass er *diesen* Satz nicht kennt, muss sein Englisch genauso schlecht sein wie mein Russisch.

Oder vielleicht noch schlimmer. Felix hat mir zumindest beigebracht, wie man auf Russisch Hallo sagt, und ein paar Versionen, sich zu verabschieden – und einige Schimpfwörter.

»*Opasno.*« Rasputin zeigt auf unsere Umgebung, dann auf die Wesen, sich selbst und mich. »*Opasno.*« Er wiederholt es ein paarmal.

»*Opasno*«, spreche ich ihm nach, und er nickt.

»Ich habe keine Ahnung, was das bedeutet, aber ich werde es herausfinden, sobald ich hier raus bin«, sage ich ihm.

Er zuckt mit den Achseln und wiederholt das Wort noch einmal.

»Wie finde ich dich?«, frage ich. Ich zeige auf ihn,

ich pantomime mit Zeige- und Mittelfinger Beine, die laufen. »Ich möchte dich treffen.«

»*Nyet*.« Er schüttelt heftig seinen Kopf, dann zeigt er auf mich, dann auf sich selbst. Dann macht er die Geste, die *gehen* bedeutet und formt ein Kreuz mit seinen Armen.

Die Botschaft ist laut und deutlich.

Er will nicht, dass ich ihn suche.

»Warum nicht?«, frage ich. »Wo bist du? Wer hat dich gefoltert? Warum?«

»*Proschay*«, sagt er feierlich, und ich fühle, wie ich von ihm weggerissen werde.

Felix hat mir dieses Wort beigebracht.

Es eine Verabschiedung – aber die Art von Verabschiedung, die die Bedeutung hat, sich nie wiederzusehen.

»Nein. Warte!«, schreie ich, aber das Gefühl, auseinandergerissen zu werden, verstärkt sich, bis sich etwas trennt, und ich wieder in die reale Welt zurückgeworfen werde.

———

ICH SITZE DA und erhole mich einen Moment lang. Mein Vater muss einen Energieschub benutzt haben, um sich von mir zu trennen – die Seherversion von auflegen.

Ich ziehe mein Handy heraus und suche das Wort »*opasno*«.

Es bedeutet »Gefahr«.

Okay. Was meinte er damit?

Er zeigte herum, als er es sagte, also erzählte er mir vielleicht das Gleiche wie Darian, darüber, wie gefährlich es ist, so im Leerraum zu sprechen.

Ich stehe auf und fange an, im Raum umherzulaufen.

»Was ist los?«, fragt Fluffster. »Hast du eine verstörende Vision gesehen?«

Ich fühle mich albern, weil ich völlig vergessen hatte, dass er da war, und erzähle Fluffster, was passiert ist – und als ich fertig bin, bestätigt er, dass *Opasno* tatsächlich Gefahr bedeutet, und dass *Proschay* eine Verabschiedung ist.

»Vielleicht sind diese Gespräche gefährlich, weil sie deine Zukunft schwerer vorherzusagen machen?« Fluffster neigt seinen Kopf. »Darian sagte, dass niemand solche Dinge vorhersehen kann, also …«

»Vielleicht«, sage ich, und meine Augen fallen auf die Karte nach Buyan. »Warte mal eine Sekunde.«

Ich starre auf die Karte, als würde ich sie zum ersten Mal sehen.

Etwas daran nagt an mir, seit Kit sie gezeichnet hat, und das gerade Erlebte scheint mir zu helfen.

Ja. Sie hat mich immer an etwas erinnert – etwas, was mit Rasputin zu tun hat, wird mir jetzt klar, obwohl ich immer noch keine Ahnung habe, was.

Auf eine Eingebung hin entsperre ich mein Handy und beginne, durch die Bilder zu stöbern, und während ich das tue, erinnere ich mich endlich daran, wo ich diese Art von Karte-trifft-Mengendiagramm vorher schon einmal gesehen habe.

Und wie sie mit Rasputin verbunden ist.

Ich gehe durch die Fotos des Vertrages zwischen Nero und meinem Vater, und da finde ich sie.

Sie war die ganze Zeit in meinem Handy.

Ein Bild von etwas anderem in Neros Safe.

Eine weitere Otherland-Karte in dem Stil, in dem Kit sie gezeichnet hat.

Eine Karte, die Nero im selben Ordner aufbewahrt hat wie alles andere, was Rasputin und mich betrifft.

Könnte es sein?

Habe ich einen Weg zu meinem Vater gefunden?

Etwas – wahrscheinlich Seher-Intuition – erfüllt mich mit der Gewissheit, dass ich das habe.

Ja.

Ich *weiß*, dass ich das habe.

So, wie ich noch etwas anderes weiß.

Wo auch immer Rasputin ist, er wird gefoltert – und seine Bewältigungsstrategien deuten darauf hin, dass das etwas ist, was ihm häufig passiert, vielleicht sogar täglich.

Was mir nur eine Möglichkeit lässt.

Egal, was er mir gesagt hat, ich kann nicht wegbleiben.

Er ist mein Vater.

Dass er mich nicht großgezogen hat, war seine Entscheidung, und diese hier ist meine.

So oder so, ich werde ihn finden.

Auch wenn diese Karte mich in die Tiefen der Hölle führt.

Vielen Dank, dass Sie dieses Buch gelesen haben! Ich hoffe, Ihnen gefällt Sashas Geschichte! Ihre Abenteuer gehen in *Übernatürliche Irreführung (Sasha Urban Serie: Buch 5)* weiter.

Möchten Sie über meine Neuerscheinungen informiert werden? Melden Sie sich für meinen Newsletter auf www.dimazales.com/book-series/deutsch/ an!

Möchten Sie meine anderen Bücher lesen? Sie können wählen aus:

- *Gedankendimensionen* – die actionreichen Urban-Fantasy-Abenteuer von Darren, der die Zeit anhalten und Gedanken lesen kann.
- *Mensch++* – die spannende Science-Fiction-Geschichte von Mike Cohen, dessen neue

Technologie unser Gehirn und die Welt verändern wird.

- *Die letzten Menschen* – die futuristische und dystopische Science-Fiction-Geschichte von Theo, der in einer Welt lebt, in der nichts so ist, wie es zu sein scheint …
- *Der Zaubercode* – die epischen Fantasy-Abenteuer des Zauberers Blaise und seiner Schöpfung, der schönen und mächtigen Gala.

Und jetzt blättern Sie bitte um, für einen spannenden Auszug aus *Der Zaubercode.*

Blaise, einst ein respektiertes Mitglied des Rates der Zauberer und jetzt ein Außenseiter, hat das letzte Jahr damit verbracht, an einem ganz besonderen magischen Objekt zu arbeiten. Sein Ziel ist es, die Magie jedermann zugänglich zu machen, nicht nur den ausgewählten Zauberern. Das Resultat seiner Arbeit ist allerdings völlig anders, als er sich das jemals vorgestellt hätte – denn anstelle eines Objekts erschafft er *sie*.

Sie ist Gala und alles andere als seelenlos. Sie wurde in der Welt der Magie geboren, ist wunderschön und hochintelligent – und niemand weiß, wozu sie alles fähig ist.

Augusta, eine mächtige Zauberin, sieht Blaises Werk genau als das, was es ist: die vermessenste aller Anmaßungen. Sie hat immer noch Gefühle für Blaise und möchte ihn retten, bevor er den höchsten aller Preise zahlen muss … für die Abscheulichkeit, die er erschaffen hat.

———

Da befand sich eine nackte Frau auf dem Fußboden in Blaises Arbeitszimmer.

Eine wunderschöne, nackte Frau.

Fassungslos starrte Blaise diese hinreißende Kreatur an, die gerade eben aus dem Nichts erschienen war. Sie schaute mit einem befremdlichen Gesichtsausdruck an sich hinunter. Offensichtlich war sie genauso überrascht darüber, hier zu sein, wie er es war, sie hier zu sehen. Ihr welliges, blondes Haar fiel ihren Rücken hinunter und verdeckte dadurch teilweise ihren Körper, der die Perfektion selbst zu sein schien. Blaise versuchte, nicht an diesen Körper zu denken, sondern sich stattdessen auf die Situation zu konzentrieren.

Eine Frau. *Sie* und kein *Es*. Blaise konnte das kaum glauben. War das möglich? Konnte dieses Mädchen das Objekt sein?

Sie saß mit ihren Beinen unter sich eingeschlagen da und stützte sich auf einem schlanken Arm ab. Diese Pose sah etwas unbeholfen aus, so als wüsste sie nicht so recht, was sie mit ihren eigenen Gliedmaßen anstellen sollte. Trotz ihrer Kurven, die sie als eine ausgewachsene Frau kennzeichneten, strahlte die völlig unbefangene Art und Weise, wie sie dort saß – die erkennen ließ, dass sie sich ihrer eigenen Reize nicht bewusst war – eine kindliche Unschuld aus.

Blaise räusperte sich und dachte darüber nach, was er sagen könnte. In seinen wildesten Träumen hätte er sich niemals vorstellen können, dass so etwas das Ergebnis dieses Projekts sein würde, welches in den letzten Monaten sein ganzes Leben bestimmt hatte.

Als sie das Geräusch hörte, drehte sie ihren Kopf, um ihn anzusehen, und Blaise bemerkte, dass sie ungewöhnlich hellblaue Augen hatte.

Sie blinzelte, legte ihren Kopf leicht zur Seite und nahm ihn mit sichtbarer Neugier in Augenschein. Blaise fragte sich, was sie wohl gerade sah. Er hatte seit zwei Wochen kein Tageslicht mehr gesehen, und es würde ihn nicht wundern, wenn er im Moment wie ein verrückter Zauberer aussah. Sein Gesicht war von etwa einer Woche alten Bartstoppeln übersät, und er wusste, dass sein dunkles Haar ungekämmt war und in alle Richtungen abstand. Hätte er gewusst, heute einer so wunderschönen Frau gegenüberzustehen, hätte er am Morgen einen Pflegezauber gewirkt.

»Wer bin ich?«, fragte sie und verunsicherte Blaise damit. Ihre Stimme war weich und feminin, genauso anziehend wie der Rest von ihr. »Wo bin ich? Was ist das hier für ein Ort?«

»Das weißt du nicht?« Blaise war froh, endlich einen halb zusammenhängenden Satz herausbekommen zu haben. »Du weißt weder wer du bist noch wo du bist?«

Sie schüttelte ihren Kopf. »Nein.«

Blaise schluckte. »Ich verstehe.«

»Was bin ich?«, fragte sie erneut und blickte ihn mit diesen unglaublichen Augen an.

»Also«, sagte Blaise langsam, »wenn du kein grausamer Scherzbold oder ein Produkt meiner Einbildung bist, dann ist das jetzt etwas schwierig zu erklären …«

Sie beobachtete seinen Mund, während er sprach, und als er aufhörte, sah sie wieder auf, und ihre Blicke trafen sich. »Das ist eigenartig«, sagte sie, »solche Worte in der Realität zu hören. Das waren gerade die ersten wirklichen Worte, die ich jemals gehört habe.«

Blaise fühlte, wie ihm ein Schauer über den Rücken lief. Er stand von seinem Stuhl auf und begann, hin und her zu gehen, sorgsam darauf bedacht, seinen Blick von ihrem nackten Körper abzuwenden. Er hatte damit gerechnet, dass etwas erschien. Ein magisches Objekt, eine Sache. Er hatte nur nicht gewusst, welche Form es annehmen würde. Ein Spiegel vielleicht, oder eine Lampe. Vielleicht sogar so etwas Ungewöhnliches wie die Lebensspeicher-Sphäre, die wie ein großer runder Diamant auf seinem Arbeitstisch stand.

Aber eine Person? Und dann auch noch weiblich?

Zugegeben, er hatte versucht, dem Objekt Intelligenz zu geben und die Fähigkeit, menschliche Sprache zu verstehen, um diese in den Code umzuwandeln. Vielleicht sollte er gar nicht so überrascht sein, dass die Intelligenz, die er herbeigerufen hatte, eine menschliche Form angenommen hatte.

Eine wunderschöne, weibliche, sinnliche Hülle.

Konzentriere dich Blaise, konzentriere dich!

»Wieso läufst du so herum?« Sie stand langsam auf, und ihre Bewegungen waren dabei unsicher und eigenartig tollpatschig. »Sollte ich auch umhergehen? Unterhalten sich Menschen so miteinander?«

Blaise hielt vor ihr an und bemühte sich, seine Augen oberhalb ihres Halses zu behalten. »Es tut mir leid. Ich bin es nicht gewohnt, nackte Frauen in meinem Arbeitszimmer zu haben.«

Sie fuhr sich mit ihren Händen an ihrem Körper hinunter, so als würde sie ihn zum allerersten Mal fühlen. Was auch immer sie vorhatte, Blaise fand diese Bewegung höchst erotisch.

»Stimmt etwas mit meinem Aussehen nicht?«, wollte sie von ihm wissen. Das war so eine typisch weibliche Sorge, dass Blaise ein Lächeln unterdrücken musste.

»Ganz im Gegenteil«, versicherte er ihr. »Du siehst unvorstellbar gut aus.« So gut sogar, dass er Schwierigkeiten hatte, sich auf etwas anderes als auf ihre Rundungen zu konzentrieren. Sie war mittelgroß und so perfekt proportioniert, sie hätte als Vorlage für einen Bildhauer dienen können.

»Warum sehe ich so aus?« Ein leichtes Runzeln erschien auf ihrer glatten Stirn. »Was bin ich?« Der letzte Teil schien sie am meisten zu beschäftigen.

Blaise holte tief Luft und versuchte, seinen rasenden Puls zu beruhigen. »Ich denke, ich könnte da eine Vermutung wagen, aber bevor ich das mache, möchte ich dir erst einmal etwas zum Anziehen geben. Bitte warte hier – ich bin sofort wieder zurück.«

Ohne eine Antwort abzuwarten, eilte er zur Tür.

———

Er verließ sein Arbeitszimmer und ging rasch zum anderen Ende des Hauses, zu *ihrem Zimmer*, wie er den halbleeren Raum in Gedanken immer noch nannte. Dort hatte Augusta immer ihre Sachen aufbewahrt, als sie noch zusammen gewesen waren – eine Zeit, die jetzt Ewigkeiten her zu sein schien. Trotzdem war es für ihn genauso schmerzhaft, den verstaubten Raum zu betreten, wie es vor zwei Jahren gewesen war. Sich von der Frau zu trennen, mit der er acht Jahre zusammen gewesen war – der Frau, die er eigentlich gerade heiraten wollte –, war nicht leicht gewesen.

Blaise versuchte, sich auf sein eigentliches Anliegen zu konzentrieren, ging zum Kleiderschrank und warf einen Blick auf dessen Inhalt. Wie er gehofft hatte, befanden sich noch einige Dutzend Kleider in ihm. Wunderschöne lange Kleider aus Samt und Seide, Augustas Lieblingsstoffen. Nur Zauberer – die in der Gesellschaft die obersten Ränge bekleideten – konnten sich so einen Luxus leisten. Die normale Bevölkerung war viel zu arm, um etwas anderes als grobe, schlichte Bekleidung tragen zu können. Blaise fühlte sich ganz schlecht, wenn er darüber nachdachte, über diese furchtbare Ungleichheit, die immer noch jeden Aspekt des Lebens in Koldun betraf.

Er erinnerte sich daran, wie er und Augusta sich immer darüber gestritten hatten. Sie hatte seine Sorgen um die Normalbevölkerung nie geteilt; stattdessen genoss sie die Stellung und die Privilegien, die einem respektierten Zauberer derzeit zugestanden wurden. Wenn Blaise sich richtig erinnerte, hatte sie jeden Tag ihres Lebens ein anderes Kleid getragen, ohne Scham ihren Reichtum zur Schau gestellt.

Wenigstens würden ihm die Kleider, die sie in seinem Haus zurückgelassen hatte, jetzt mehr als gelegen kommen. Blaise nahm sich eines von ihnen – eine blaue Seidenkreation, die zweifellos ein Vermögen gekostet hatte – und ein Paar hochwertige schwarze Samtschuhe, bevor er den Raum wieder verließ, während die Staubschichten und die bitteren Erinnerungen zurückblieben.

Auf seinem Rückweg rannte er in das nackte Lebewesen. Sie stand neben dem Eingang zu seinem Arbeitszimmer und schaute sich das Gemälde an, welches sein Bruder Louie geschaffen hatte. Es stellte eine sehr idyllische Szene in einem Dorf in Blaises Herrschaftsbereich dar – das Fest nach der großen Ernte. Lachende, rotwangige Bauern tanzten miteinander, während ein Harfenspieler auf Wanderschaft im Hintergrund spielte. Blaise schaute sich dieses Gemälde sehr gerne an. Es erinnerte ihn daran, dass seine Untertanen auch gute Zeiten erlebten, ihre Leben nicht nur aus Arbeit bestanden.

Das Mädchen schien es auch gerne zu betrachten – und anzufassen. Ihre Finger strichen über den

Rahmen, als würden sie versuchen, die Struktur zu begreifen. Ihr nackter Körper sah von hinten genauso großartig aus wie von vorne, und Blaise bemerkte, wie seine Gedanken schon wieder in eine unangemessene Richtung abschweiften.

»Hier«, sagte er schroff, trat in sein Arbeitszimmer ein und legte das Kleid und die Schuhe auf dem staubigen Sofa ab. »Bitte zieh das hier an.« Zum ersten Mal seit Louies Tod nahm er den Zustand seines Hauses wahr – und schämte sich dafür. Augustas Raum war nicht der einzige, der von Staub bedeckt war. Selbst hier, wo er den Großteil seiner Zeit verbrachte, war die Luft muffig und abgestanden.

Esther und Maya hatten ihm wiederholt angeboten, vorbeizukommen und sauberzumachen, aber das hatte er abgelehnt, da er niemanden sehen wollte. Nicht einmal die beiden Bäuerinnen, die für ihn wie seine Mütter gewesen waren. Nach dem Debakel mit Louie wollte er einfach nur allein sein und sich vor dem Rest der Welt verstecken. Was die anderen Zauberer betraf, wurde er geächtet, war ein Außenseiter, und das störte ihn auch überhaupt nicht. Er hasste sie ja auch alle. Manchmal dachte er, die Bitterkeit würde ihn auffressen – und wahrscheinlich hätte sie das auch, wenn es nicht seine Arbeit gäbe.

In diesem Moment hob das Ergebnis dieser Arbeit, immer noch nackt wie ein Neugeborenes, das Kleid hoch und betrachtete es neugierig. »Wie ziehe ich das an?«, wollte es wissen und schaute zu ihm auf.

Blaise blinzelte. Er hatte Erfahrung darin, Frauen

auszuziehen, aber ihnen in die Kleider zu helfen? Trotzdem wusste er wahrscheinlich immer noch mehr darüber als das geheimnisvolle Wesen, das vor ihm stand. Er nahm ihr das Kleid aus den Händen, schnürte den Rücken auf und hielt es ihr hin. »Hier. Steig hinein und zieh es hoch, die Arme müssen dabei in die Ärmel gesteckt werden.« Dann drehte er sich weg und versuchte angestrengt, seine Reaktion auf ihre Schönheit zu kontrollieren.

Er hörte, wie sie irgendetwas mit dem Kleid machte.

»Ich könnte ein wenig Hilfe gebrauchen«, sagte sie.

Blaise drehte sich zu ihr herum und war erleichtert, festzustellen, dass sie nur noch Hilfe dabei brauchte, die Schnüre auf dem Rücken festzuziehen. Sie hatte auch schon selber herausgefunden, wie man sich Schuhe anzog. Das Kleid passte ihr erstaunlich gut; sie und Augusta mussten ungefähr die gleiche Größe haben, obwohl das Mädchen irgendwie zierlicher zu sein schien. »Heb dein Haar an«, forderte er sie auf, und sie hielt ihre blonden Locken mit einer unbewussten Anmut in die Höhe. Er schnürte ihr schnell das Kleid zu und trat dann sofort einen Schritt zurück, um ein wenig Abstand zwischen sie zu bringen.

Sie drehte ihm ihr Gesicht zu, und ihre Blicke trafen sich. Blaise kam nicht umhin, die kühle Intelligenz in ihrem Blick zu bemerken. Sie mochte jetzt vielleicht noch nichts wissen, aber sie lernte schnell – und funktionierte unglaublich gut, wenn das, was er über ihren Ursprung vermutete, stimmte.

Einige Sekunden lang sahen sie einander nur an, teilten ein angenehmes Schweigen. Sie schien es mit dem Reden nicht eilig zu haben. Stattdessen betrachtete sie ihn, ihre Augen fuhren über sein Gesicht und seinen Körper. Sie schien ihn genauso faszinierend zu finden wie er sie. Und das war ja auch kein Wunder – er war wahrscheinlich der erste Mensch, den sie traf.

Schließlich unterbrach sie die Stille. »Können wir jetzt reden?«

»Ja.« Blaise lächelte. »Wir können, und wir sollten.« Er ging zur Sofaecke, setzte sich in einen der Loungesessel neben den kleinen, runden Tisch. Die Frau folgte seinem Beispiel und setzte sich in den Sessel ihm gegenüber.

»Ich befürchte, wir werden viele Antworten auf deine Frage zusammen erarbeiten müssen«, erklärte ihr Blaise, und sie nickte.

»Ich möchte es verstehen können«, antwortete sie ihm. »Was bin ich?«

Blaise atmete tief ein. »Lass mich von Anfang an beginnen«, entgegnete er ihr und zermarterte sich sein Hirn, wie er in dieser Angelegenheit am besten vorgehen sollte. »Weißt du, ich habe eine lange Zeit nach einem Weg gesucht, Magie den normalen Menschen einfacher zugänglich zu machen –«

»Steht sie im Moment nicht zur Verfügung?«, fragte sie und sah ihn eindringlich an. Er konnte sehen, dass sie sehr neugierig auf alles war und ihre Umgebung und jedes Wort, das er sagte, aufsaugte wie ein Schwamm.

»Nein, ist sie nicht. Im Moment können nur ein paar Auserwählte Magie anwenden – diejenigen, die die richtigen Voraussetzungen erfüllen, was die analytischen und mathematischen Neigungen ihres Gehirns anbelangt. Selbst die wenigen Glücklichen, die das besitzen, müssen sehr hart dafür studieren, komplexere Zauber zu wirken.«

Sie nickte, als würde das für sie Sinn ergeben. »Okay. Und was hat das alles mit mir zu tun?«

»Alles«, antwortete Blaise. »Es hat alles mit Lenard dem Großen begonnen. Er war der Erste, der herausgefunden hatte, die Zauberdimension anzuzapfen.«

»Die Zauberdimension?«

»Ja, so nennen wir den Ort, an dem der Zauber entsteht – der Ort, der es uns ermöglicht, Magie anzuwenden. Wir wissen nicht viel über sie, weil wir in der physischen Dimension leben – die wir als die reale Welt ansehen.« Blaise machte eine Pause, um zu sehen, ob sie bis jetzt Fragen dazu hatte. Er stellte sich vor, wie überwältigend das alles für sie sein musste.

Sie legte ihren Kopf auf die Seite. »Okay. Bitte mach weiter.«

»Vor etwa zweihundertundsiebzig Jahren hat Lenard der Große die ersten verbalen Zaubersprüche entwickelt – eine Möglichkeit für uns, mit der Zauberdimension zu interagieren und die Wirklichkeit der physischen Dimension zu ändern. Es war extrem schwierig, diese Zaubersprüche richtig zu formulieren, da man dafür eine spezielle Geheimsprache benötigte. Sie mussten ganz exakt ausgesprochen und vorbereitet werden, um das gewünschte Ergebnis zu erzielen. Erst vor kurzer Zeit wurde eine einfachere magische Sprache und ein leichterer Weg, Zaubersprüche anzuwenden, erfunden.«

»Wer hat das erfunden?«, fragte die Frau fasziniert.

»Augusta und ich«, gab Blais zu. »Sie ist meine frühere Verlobte. Wir sind das, was man Zauberer nennt – diejenigen, die eine Begabung für das Studium der Magie aufweisen. Augusta hat ein magisches Objekt erschaffen, welches Deutungsstein heißt, und ich habe eine einfachere magische Sprache gefunden, die dazu passt. Jetzt kann ein Zauberer seine Zaubersprüche in einer leichteren Sprache auf Karten schreiben und sie in den Stein einführen – anstatt einen schwierigen verbalen Spruch aufzusagen.«

Sie blinzelte. »Ich verstehe.«

»Unsere Arbeit sollte die Gesellschaft zum Besseren hin verändern«, fuhr Blaise fort und versuchte dabei, die Bitterkeit aus seiner Stimme zu halten. »Oder das war zumindest das, was ich gehofft hatte. Ich dachte, ein leichterer Weg, um Magie anzuwenden, würde es mehr Menschen ermöglichen, Zugang zu ihr zu bekommen, aber so hat es sich nicht entwickelt. Die mächtige Klasse der Zauberer ist noch mächtiger geworden – und noch abgeneigter, ihr Wissen mit der einfachen Bevölkerung zu teilen.«

»Ist das schlimm?«, fragte sie und schaute ihn mit ihren hellblauen Augen an.

»Das kommt darauf an, wen du fragst«, antwortete ihr Blaise und dachte dabei an Augustas gelegentliche Geringschätzung der Landarbeiter. »Ich denke, das ist schrecklich, aber ich gehöre einer Minderheit an. Den meisten Zauberern gefällt es so, wie es ist. Sie sind reich und mächtig und es stört sie nicht, Untertanen zu haben, die in Elend und Armut leben.«

»Aber dich stört es«, sagte sie aufmerksam.

»Das tut es«, bestätigte Blaise. »Und als ich vor einem Jahr den Rat der Zauberer verlassen habe, beschloss ich, etwas dagegen zu unternehmen. Ich wollte ein magisches Objekt erschaffen, welches unsere normale Sprache versteht – ein Objekt, das von jedem benutzt werden kann, verstehst du? Auf diese Art und Weise könnte auch eine normale Person zaubern. Sie würde einfach sagen, was sie bräuchte, und das Objekt würde es umsetzen.«

Ihre Augen weiteten sich, und Blaise konnte sehen, wie sie anfing, das Ganze zu verstehen. »Willst du mir gerade sagen –?«

»Ja«, antwortete er ihr und blickte sie an. »Ich glaube, ich habe dieses Objekt erfolgreich erschaffen. Ich denke, du bist das Ergebnis meiner Arbeit.«

Einige Augenblicke lang saßen sie einfach nur schweigend da.

»Ich muss das Wort *Objekt* falsch verstehen«, meinte sie schließlich.

»Das tust du wahrscheinlich nicht. Der Stuhl, auf

dem du sitzt, ist ein normales Objekt. Wenn du aus dem Fenster schaust, siehst du eine Chaise im Garten. Das ist ein magisches Objekt, es kann fliegen. Objekte leben nicht. Ich habe erwartet, du würdest so etwas wie ein sprechender Spiegel werden, aber du bist etwas völlig anderes!«

Ihre Stirn zog sich leicht in Falten. »Wenn du mich geschaffen hast, bist du dann mein Vater?«

»Nein«, wehrte Blaise sofort ab, da alles in ihm diese Vorstellung zurückwies. »Ich bin auf gar keinen Fall dein Vater.« Aus irgendeinem Grund war es für ihn wichtig, sicherzustellen, dass sie nicht so von ihm dachte. *Interessant, wohin meine Gedanken schon wieder abschweifen, dachte er selbstironisch.*

Sie sah immer noch verwirrt aus, also versuchte Blaise, es ihr näher zu erklären. »Ich denke, es wäre vielleicht sinnvoller, zu sagen, ich habe den Grundstein für eine Intelligenz gelegt – und habe sichergestellt, dass sie einiges an Wissen besitzt, um darauf aufzubauen –, aber alles Weitere musst du selber geschaffen haben.«

Er konnte einen Funken Wiedererkennung auf ihrem Gesicht sehen. Irgendetwas an seiner Aussage hatte bei ihr etwas zum Läuten gebracht, also musste sie mehr wissen, als es auf den ersten Blick schien.

»Kannst du mir etwas von dir erzählen?«, fragte Blaise und betrachtete die wunderschöne Kreatur vor sich. »Als Erstes, wie nennst du dich?«

»Ich nenne mich gar nichts«, antwortete sie. »Wie nennst du dich?«

»Ich bin Blaise, Sohn von Dasbraw. Ich nenne mich Blaise.«

»Blaise«, wiederholte sie langsam, als würde sie sich seinen Namen auf der Zunge zergehen lassen. Ihre Stimme war weich und sinnlich, unschuldig betörend. Blaise wurde sich schmerzhaft der Tatsache bewusst, dass er schon seit zwei Jahren keiner Frau mehr so nahe gewesen war.

»Ja, das ist richtig«, gelang es ihm ruhig zu sagen. »Und wir sollten auch einen Namen für dich finden.«

»Hast du eine Idee?«, fragte sie neugierig.

»Also, meine Großmutter hieß Galina. Würdest du meiner Familie die Ehre erweisen und ihren Namen annehmen? Du könntest Galina, Tochter der Zauberdimension sein. Ich würde dich dann kurz ›Gala‹ nennen.« Die unbezwingbare alte Dame war alles andere als dieses Mädchen gewesen, welches vor ihm saß, aber trotzdem erinnerte etwas dieser leuchtenden Intelligenz auf dem Gesicht dieser Frau ihn an sie. Er lächelte zärtlich bei diesen Erinnerungen.

»Gala«, versuchte sie zu sagen. Er konnte sehen, sie mochte den Namen, weil sie auch lächelte und ihm dabei ihre ebenmäßigen, weißen Zähne zeigte. Das Lächeln erleuchtete ihr ganzes Gesicht, ließ sie strahlen.

»Ja.« Blaise konnte seine Augen nicht von ihrer blendenden Schönheit abwenden. »Gala. Das passt zu dir.«

»Gala«, wiederholte sie sanft. »Gala. Du hast recht. Das passt zu mir. Aber du sagtest auch, ich sei die

Tochter der Zauberdimension. Ist das meine Mutter oder mein Vater?« Sie sah ihn voller Hoffnung an.

Blaise schüttelte seinen Kopf. »Nein, nicht im traditionellen Sinn. Die Zauberdimension ist der Ort, an dem du dich zu dem entwickelt hast, was du jetzt bist. Weißt du irgendetwas über diesen Platz?« Er machte eine Pause und schaute sich seine erstaunliche Kreation an. »Wie viel weißt du überhaupt von dem, was geschah, bevor du hier auf dem Boden meines Arbeitszimmers auftauchtest?«

ÜBER DEN AUTOR

Dima Zales ist ein *New-York-Times-* und *USA-Today-*Bestsellerautor von Science-Fiction- und Fantasyromanen. Bevor er Schriftsteller wurde, arbeitete er in der Softwareentwicklungsbranche in New York als Programmierer und Führungskraft. Von Hochfrequenz-Handelssoftware für Großbanken bis hin zu mobilen Apps für Publikumsmagazine hat Dima alles entwickelt. Im Jahr 2013 verließ er die Softwarebranche, um sich auf seine Schreibkarriere zu konzentrieren, und zog an die Palm Coast, Florida, wo er derzeit lebt.

Bitte besuchen Sie www.dimazales.com/book-series/deutsch/, um mehr zu erfahren.

www.ingramcontent.com/pod-product-compliance
Lightning Source LLC
Chambersburg PA
CBHW071533120726
47907CB00014B/1541